王鼎钧 作品系列

关山夺路

回忆录四部曲之三

生活·讀書·新知 三联书店

Simplified Chinese Copyright © 2013 by SDX Joint Publishing Company. All Rights Reserved.

本作品中文简体版权由生活·读书·新知三联书店所有。未经许可，不得翻印。

图书在版编目（CIP）数据

关山夺路：回忆录四部曲之三／王鼎钧著．—北京：生活·读书·新知三联书店，2013.1（2020.4 重印）

（王鼎钧作品系列）

ISBN 978-7-108-04229-3

Ⅰ.①关… Ⅱ.①王… Ⅲ.①回忆录－中国－当代 Ⅳ.①I251

中国版本图书馆 CIP 数据核字（2012）第 206431 号

本书由台北尔雅出版社出版繁体字本。我店取得作者正式授权，在中国大陆地区出版发行中文简体字版。

责任编辑	饶淑荣
装帧设计	蔡立国
责任印制	肖洁茹
出版发行	生活·讀書·新知三联书店
	（北京市东城区美术馆东街 22 号）
邮　　编	100010
网　　址	www.sdxjpc.com
图　　字	01-2017-7034
经　　销	新华书店
印　　刷	北京隆昌伟业印刷有限公司
版　　次	2013 年 1 月北京第 1 版
	2020 年 4 月北京第 12 次印刷
开　　本	635 毫米×965 毫米　1/16　印张 18
字　　数	293 千字
印　　数	75,001-80,000 册
定　　价	36.00 元

（印装查询：01064002715；邮购查询：01084010542）

目 录

王鼎钧关山夺路略图

名词带来的迷惑和清醒（代序）　　1

第 一 部

1　竹林里的决定，离开汉阴 ………… 3
2　宪兵连长以国家之名行骗 ………… 8
3　参加学潮，反思学潮 ………… 13
4　最难走的路，穿越秦岭 ………… 19
5　新兵是怎样炼成的（上）………… 28
6　新兵是怎样炼成的（下）………… 37
7　两位排长怎样庇护我 ………… 44
8　南京印象——一叠报纸 ………… 54
9　南京印象——一群难民 ………… 61
10　我爱上海——我爱自来水 ………… 68
11　我所看到的日俘日侨 ………… 76

第 二 部

1　沈阳市的马前马后 ………… 87
2　宪兵的学科训练 ………… 93

3 宪兵的勤务训练 ……… 100
4 我第一天的差事 ……… 106
5 左翼文学熏陶纪事 ……… 113
6 我从文学的窗口进来 ……… 120
7 东北一寸一寸向下沉沦 ……… 126
8 小兵立大功　幻想破灭 ……… 136
9 我的名字王鹤霄 ……… 143
10 贪污哲学智仁勇 ……… 152
11 秦皇岛上的文学因缘 ……… 159
12 由学运英雄于子三看学潮 ……… 165
13 满纸荒唐见人心 ……… 172
14 山东——从洗衣板到绞肉机 ……… 178
15 山东——天敌之下的九条命 ……… 187
16 东北，那些难忘的人 ……… 195
17 滚动的石头往哪里滚 ……… 205

第三部

1 天津中共战俘营半月记 ……… 219
2 为一只眼睛奋斗 ……… 228
3 胶济路上的人间奇遇 ……… 234
4 上海市生死传奇（上） ……… 243
5 山东青年的艰苦流亡 ……… 251
6 上海市生死传奇（下） ……… 259

写在《关山夺路》出版以后 ……… 269
参考资料 ……… 277

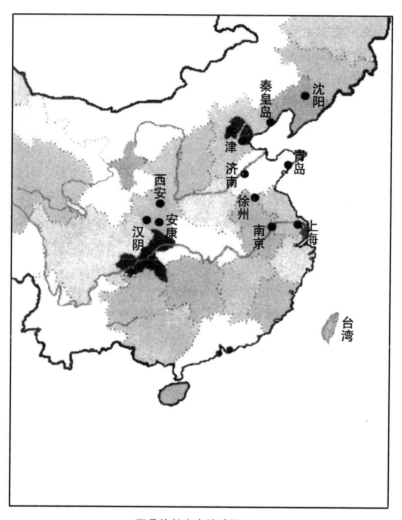

王鼎钧关山夺路略图

名词带来的迷惑和清醒（代序）

时下台湾青少年的新生语言，称一九六〇年到一九六九年出生的人为"五年级生"，称一九七〇年到一九七九年出生的人为"六年级生"。我生于民国十四年（一九二五），算是个"一年级生"吧，正在述说"三年级"的故事。

在学校里，二年级的学生看不懂七年级、八年级的功课，需要解说；人生往往相反，七年级、八年级的学生没见过四年级的功课，好奇，陌生，隔阂。

"天地一舞台，人生一戏剧"，演戏的人都知道舞台分成六个区，每个区都有名称。"四年级"的时候，中国这个大舞台也分成好几个区，每个区也有名称，那些名词曾经天天见报，天天在生活中使用，到今天，那些新闻名词已成为历史名词，许多人看了觉得迷惑。

我经历过那些名词，当新闻名词变成历史名词的时候，我反而清醒过来。

今天述说那时的故事，那些名词都需要注释：

国军：指中华民国政府统率的军队。

共军：指中国共产党统率的军队。

战区：一九三七年到一九四五年，日本派大军侵入中国，引起长期战争，称为八年抗战，实际上打了八年一个月零八天。那时管正在打仗的地方叫战区。

沦陷区：抗战发生后，大体上是日军从东往西攻，占领中国大片土地，把中国从北到南割成两片。日军控制的区域，中国人称之为沦陷区。

国统区：日军全面进攻，中国土地上从南到北形成一条很长很长的战线，长线以西、由中央政府有效治理的这一半，当时被称为"国统区"，也叫大后方。

解放区：战争期间，日军只能占据城市，控制铁路公路。中国共产党在乡村和山地组训民众，发展游击武力，建立地方政权，称为解放区。

游击区：中央政府也在沦陷区发展游击武力、建立地方政权，称为游击区。

收复区：日本战败投降，沦陷区由中国接收，称为收复区。

此外还有几个热门名词。

军事冲突：对中国人来说，抗战是突然胜利的，谁也没料到日本断然求降，如何把半个中国接收过来，国民党和中国共产党发生了严重的争执。那些年，中共在华北各地发展很快，"解放区"的数量和实力超过中央遥控的"游击区"，正规的国军都隔着千山万水。日军从小据点撤退，向大城市集中，准备缴械回国，共军立即就近填补空隙，扩充地盘，把星星点点的解放区连接成大片大片。中央政府禁止中共这样做，派出国军接收，把共军赶出去，共军抵抗，再打回来，于是这里那里都有枪声炮声。依官方的解释，这不是战争，两个国家之间打仗、而且经过宣战，才叫战争；这也不算内战，国民党和共产党尚未以两个交战实体兵戎相见，双方因争夺接收而发生的局部战斗，官方称之为军事冲突。

流亡学生：抗战发生后，沦陷区的爱国青年离开家乡，逃往大后方，称为流亡学生。政府成立学校收容他们，不收费用，还以"贷金"

维持他们的生活。学校随着战局的变化迁徙不定,称为流亡学校。

复员:一声抗战胜利,报上最常见的名词是"复员",正确的解释是"国家由战时状态恢复到平时状态"。但是当时盛传"复员就是复原",局促在偏僻地带、降低了生活水准的党政军人员,一个个回到富庶地区,位居要津,追慕浮华。

从名词的解释,可以看出时代怎样产生了这些名词,名词的背后有种种不测的风涛,人与人之间多少难罢干休的纠葛,白纸上的黑字,俱是命运的幢幢阴影。如果"词条"增加,列入国民政府主席蒋介石、中共中央主席毛泽东、美国五星上将马歇尔,再列入内战、和谈、土改、参军,再列入辽沈战役、淮海战役,那就沧桑兴亡,生死祸福,一一跃然纸上。难怪后来韩少功用编辞典的方式写长篇小说,书名就叫《马桥辞典》。

四年级还有许多名词,最后一个名词是"迁台",国民党主控的政权完全退出中国大陆,迁到台湾。

五十年后,我参加一个座谈会,一群热心的读友在讨论我的作品。有位细心的女士说,许多文选都收了我的《一方阳光》,我在《一方阳光》里用心描写老家的一只猫,猫在呼吸的时候发出呼噜呼噜的声音,家乡父老相传,猫反复地说"许送、不送、许送、不送"。

我解释,依家乡传说,世上本来没有猫,只有老鼠,老鼠太多,人类无法安居。齐天大圣孙悟空动了恻隐之心,他把玉皇大帝座下的御猫带到下界"度假",丢下不管,御猫找不到归路,只好留在人间克制老鼠,子孙后代永远记得孙悟空没有实践诺言。有人问:这段情节可有什么象征意义?

这是一个很好的问题。我写《一方阳光》的时候,正患着严重的怀乡病,我想起当中央政府"迁台"的时候,那个最有权势的人说过,我把你们带出来,一定再把你们带回去。可是终其一生,他没有做到。

说到这里,居然有一位读者发问:这个"最有权势的人"是谁?我为之愕然。

连"最有权势的人"竟然也有人不知道他是谁,那个时代是远去了!但是,"每个时代都是独特的时代",都会留下独特的东西,"四年级"也有一些独特的迷离,独特的激动,独特的觉悟,应该留在人间。

那时,我"主修"过几门功课,得到许多纪念品。我收藏、谛视、摩挲,最后,我要公开。珍珠不该是蚌的私财。

第一部

第 一 部

1 竹林里的决定，离开汉阴

父亲曾经告诉我，民国元年，他剪掉辫子，那年他二十岁。照此推算，一九四五年抗战胜利，他五十四岁。可是依台湾的户籍记录，他老人家要小四岁。我的年龄也不准确，我家的户口资料全乱了，那年代，多少"外省人"的户口资料都错了、乱了。

当年中国大陆户政不上轨道，多少人没有身份证明，内战中逃到台湾，台湾地方政府特准他们自行申报有关资料，申报人可能说错，台湾的户籍管理员的汉文程度不高，可能写错，户籍员守法的精神令"外省人"大吃一惊，资料一经入档，任何有权势的人都不能更改，除非提出"原始证件"。大家领到身份证，有人一看，他的名字是中文大字典里没有的字，有人一看，他的籍贯是中国地理没有的地方，他只有承认那是他的名字，那是他的家乡。一位国民党中央常委、蒋介石总统的文胆，新闻界称他为"头号公民"，他为了更正他父亲的名字"两把刀打到底"，奋斗了许多年，也不知道他到底成功了没有。

一九四五年八月抗战胜利，日本投降，我刚刚读完初中最后一个学期。我是个流亡学生，我们的学校叫国立第二十二中学，山东名将李仙洲创办。学校原来设在安徽北部的阜阳，后来迁往陕西南部的汉阴，四面都是重重叠叠的大山。抗战时期，山区比平地安全，老校长李仙洲寻找校址，入山唯恐不深，有人戏称这地方是"李仙洲的保险箱"。

我们天天盼望胜利，歌颂胜利，想不到胜利并非战争结束，而是另一场大战开始。为了回忆那一段慌乱迷惑的日子，我复查台北"中央研究院"编的大事记，日本一声投降，苏联红军占领了中国的东北三省，共军抢先一步进入东北，占领沈阳，成立东北局。国民政府派熊式辉为东北行营主任，飞往长春接收，受到苏联的阻挠。美国军舰替国民政府运兵，把五十二军、五十三军运到河北省秦皇岛，准备出关。这是一九四五年九、十月发生的事情。那时候，我还不知道东北和我的命运有重大关系。

我的注意力放在华北，尤其是山东。那时，共军攻打山东滕县、博山、黄县、曲阜、巨野、禹城、无棣，新四军占领我的家乡临沂。河北方面，共军攻长垣、衡水、磁县、迁安。山西方面，共军攻屯留、长子、长治。河南方面，共军攻开封、新乡、安阳、修武。江苏方面，共军攻淮安、高邮。由八月半到十月底，仅仅两个多月，居然发生了这么多意外，给我们这些流亡青年造成极大震撼。

为了营造和平，美国驻华大使赫尔利从中撮合，中共主席毛泽东飞到重庆，和国民政府主席蒋介石会谈，留下一份《会谈纪要》，中共称为"双十协定"，但协而未定，局势并未改善，各地的军事冲突继续增加。十月底，第十一战区司令长官孙连仲率国军北上接收，行军至河北磁县境内遭共军伏击，军长高树勋率部投共，他是国军第一个起义投共的军长；副总司令马法武被俘，开国军一连串总司令被俘之先河。

我特别阅读了山东人民出版社一九九一年出版的《中共鲁南区党史大事记》，卷首有三幅地图，第一幅地图显示，一九四〇年、也就是抗战第三年，中共根据地大约占鲁南面积的百分之十五，日军大约占百分之三十，国军大约占百分之二十，还有大约百分之三十到四十的地方群雄争逐，来去飘忽。第二幅地图显示，一九四三年日军发动大规模的扫荡之后，共军的地盘缩小到百分之十以下，国军的地盘缩小到百分之二十以下，日军控制的面积扩充到百分之七十以上。第三幅地图显示，一九四五年十月、抗战胜利之后，日军收缩集中，只控制了津浦、陇海两条铁路沿线，国军全无踪影，百分之九十的面积全成解放区。

我的家乡、山东省临沂县兰陵镇，本由日军占领，属于沦陷区。抗战胜利，日军撤往枣庄集中，共军接管兰陵，成为解放区。国军由江苏徐州北上接收，进占鲁南各地，兰陵又成为收复区。国军只能留下小部队据守，共军又回来把他们赶出去。兰陵一带忽而收复，忽而解放,当时叫做"拉锯"的地区。国军来了,亲共的居民要逃走,共军来了,地主、知识分子要逃走。"军事冲突"产生新的战区,"拉锯"制造新的难民,"复员"可能使我们无书可读,无家可归,政府一再告诫"复员不是复原",我们的痛苦却是"复员不能复原"。

"复员不能复原",家中没有信来,家人可能失去通信的自由,我们也不敢写信回家。父亲曾经托一位"传教士"带了个口信给我,教我"不要回家",此外不多说一个字,也不写一个字,父亲为人十分谨慎,这是他的一贯作风。我无法知道详情,只能猜想。日本宣布投降时,山东没有国军,受国民政府摇控的游击队,多半被共军兼并或歼灭,鲁南各地驻留的日军向枣庄集中,故乡兰陵大概立即解放了,我既然不能回去,家人恐怕也不能留下。

我有一位表姐在校本部读书,她的母亲是我的五姨母。五姨母是个优秀的基督徒,能登台证道,姨丈精通中医。表姐告诉我,她们全家逃到外地,分成两半谋生,姨母带着小表妹云游布道,姨丈带着大表哥到徐州乡下挂牌行医。我和表姐的家庭背景相同,他家既然必须流亡,我家当然无法安居。

汉阴多竹,竹竿比碗口粗,乡下人盖屋,可以用竹做梁做柱。竹林里阴凉、干净、隐秘,我常常躲在里面思索未来。那时候,国军云集徐州,准备北进收复山东,兰陵是兵家必"经"之地。我特别为母亲忧虑,她裹着小脚,有严重的胃病,怎么能再出来逃一次难?我父亲五十四岁了,他是一个守旧的乡绅,没有应变的弹性。我的妹妹十二岁,弟弟十岁(也许只有九岁),都还没有成年。一九四二年我黎明辞家的那一幕涌上心头,父亲母亲都要我接替他们负起责任,我是长子,在那年代,这是长子的命运。

我还能在这里继续读书吗?对我来说,坐在课堂里为七年以后的生活做准备,已是一种罪恶。流亡读书本来很苦,睡在跳蚤窝里,雪花从破窗飘进来,落在脸上,围着破棉被发抖,米饭冰冷,带着稻壳、碎石子和老鼠屎。但是时候来到,我忽然觉得这样已是非分享受,我怎么还能幻想去读大学？乡中父老常说，人要大学毕业才算是读书人，文凭即阶级，大学毕业后的职位待遇，都比中学毕业生高出很多，人事环境、社会关系和发展的机会，也都在另一个层次上。可是，等我读完大学，父母可能饥寒交迫而死，妹妹弟弟可能失散沦落，那时我捧着大学的文凭，又如何立于天地之间？从前的人家为父母办丧事，以"讣闻"通知亲友，照例说做儿子的"罪不自殒、祸延显考"，这样的文句受尽新文学家的耻笑，认为是没有意义的陈套。那天我忽然有了新的了解，"罪不自殒"就是自己不肯牺牲，"祸延显考"就是反而牺牲了父母。

我需要职业，我要赚钱贴补家用，我得离开陕西到山东周边的地带谋生，就近支持家庭，至少，缩短距离可以使他们得到精神上的支持，他们大概已经成为难民，在山东周边地区打转。可是我能做什么呢？我怎样离开陕西呢？老校长李仙洲没有参加山东的接收工作，反而要在重庆受训，他既然丧失了权位，二十二中怎能迁回山东？那时除了二十二中以外，山东人在安徽还有七所学校，在四川也有一所学校，谁能迁回去，谁不能迁回去，也成了战后分配政治利益的一个项目。

学校不能迁回去，我必须自己回去。那时我离山东三千华里。抗战发生以后，国民政府治下有三千万人迁往内地，仅学校和训练机构就有两百零八个单位，教职员两万五千人，学生三十万人。人人都想东归，八年蓄积的人力一泻而东，新闻报道，百万人等候上路。那时交通非常困难，交通部特派员到芷江等飞机，他要到收复区去接收，商人、美国人都有位子，他没有，他和空运机构争执，交通部反而撤销了他的差事。公务机关包一条船走长江水路，军人强征轮船，把船上的文官和眷属赶上岸去，荒郊野外，任强盗劫掠一空。四川国立女子师范学校罢课，要求迁回南京，结果是教育部下令解散。

我一定得回去，我想，高尔基十一岁就独立生活，杰克·伦敦十一岁赚钱养家，张恨水十七岁负担大家庭的生计，我这年已经十九岁了，

第 一 部

我总得汇点钱回家,哪怕是一块钱,有时候对他们也很重要。我也有过慷慨大志,可是我急速缩小。回去,总应该有一条路。那时,我认为人生在一场大雾之中,四顾茫茫,但是,如果你往前走,路就在脚下,你一步一步走,路一尺一尺延长。

那时,"人生观"是个时髦的名词,主流思想强调"革命的人生观",轻视私情。我常常觉得"家"就是"枷",耶稣说,天国里不嫁不娶,那时我的解释是,正因为如此,所以天国里的人快乐。我抬起头来从竹丛的空隙看青天,立志独身。后来我的"独身主义"不断加强,一直维持到一九六三年。

那时局势混乱,我们短期的流亡可能变成长期的漂泊,细心的女同学开始注意可以互相扶持的对象,我也曾接触一些温柔的目光,我从来不看她们。那时有一种说法,情爱是上帝放下来的诱饵,把我们领进责任的圈套,纳入生生不已的大流,耗尽我们的生命。上帝设局骗人,他使年轻的女子都漂亮,使每一个女子都有一个男子梦寐以求。可是到了中年以后,女人的容貌越变越丑,个性的缺点也逐步扩大,她的丈夫只有忍耐适应。上帝使每一个婴儿都非常可爱,诱惑天下父母甘愿辛勤劳苦抚育儿女,孩子有了自己的思想和独立的能力,就循序渐进去伤父母的心。

我在竹林里独自作成重要的决定。以前,我生命中的几件大事,打游击、做流亡学生,父母决定;西迁陕西,老校长李仙洲决定;放弃学业,我第一次对人生作出选择并负责面对后果。

我想,我能走出这一步,算是长大成人了!那时,我常常做一个大致相同的梦,总是我在空中飞行,飞得很远,但是怎么也飞不高,一次又一次几乎撞在屋脊上,我努力维持起码的高度,飞得很辛苦,很辛苦,看看就要坠在地上,我醒了!满身是汗。

同样的梦境常常出现,不管怎样,我还是飞。

现在,我读诗人向明评诗的文章,他称赞"一只鸟在思考方向"。真的没错,我在竹林里看见鸟,鸟站在树上,头部侧向左边又侧向右边，好像想飞、又拿不定主意飞到哪里去。看见我从竹林里走出来，它飞了，不管朝哪里飞，它总不能永远停在这里。

2 宪兵连长以国家之名行骗

国立第二十二中学第二分校设在汉阴县的蒲溪镇，这里也是世局的一个小舞台。抗战胜利了，新戏码带来新演员，第一个登场的是个"骗子"。

这个人姓吴，是宪兵第十四团的一个连长，那时宪兵十四团驻在陕西，派人出来招兵。这天，学校的布告栏里出现了这么一张东西：

宪兵学校招考通告

许多同学围着它看。这张通告只有几十个字，与其说是看，不如说大家仰着脸在那里幻想。军人的专业教育，有步兵学校、炮兵学校、工兵学校，名气很大，论层次都在黄埔军校之上，"宪兵学校"这四个字排列在那里，和他们等量齐观，十分诱人。校中有十几位教师，没人告诉我们，不管步兵学校、炮兵学校、还是宪兵学校，都不是初中学生能够投考的。

"宪兵学校"招考通告中说，报名地点在本校教务处，考试日期是随到随考，通告由吴连长以招考委员具名，他盖了个私人名章。校中十几位教师，没人告诉我们，这样的通告应该由宪兵学校校长署名，应该加盖宪兵学校的大印。

这算什么人师！很久很久以后，我才能够原谅他们的苦衷。

陕西汉阴地区四面环山，资讯缺乏，我们都是井底之蛙，把这张不负责任的通告，当做遥远的、光亮的一线天空。只听得集合号响，全校学生到大操场听吴连长演讲。分校主任陪着他走上演讲台，那时候叫司令台，讲台后面竖着旗杆，旗杆顶上升着国旗。那天天气很好，吴连长就在青天白日下面，在青天白日的国旗下面告诉我们，宪兵对外代表政府，对内代表国家，是领袖的禁卫军，是革命的内层保障。

他说，宪兵上等兵的待遇比照普通部队的少尉。宪兵是"法治之兵种"，地位崇高，见官大一级。他说宪兵服役三年以后，由司令部保送去读大学。他很懂群众心理和演讲技巧，引得我们一次又一次热烈鼓掌。

当年吴连长发表煽动性的演说，由分校主任陪同登台，这位主任不但先讲话介绍，并始终在场静听。他的态度，使我们误以为他对老吴的话完全认可，用今天流行的词汇，叫做"背书"。以这位主任的经验阅历，当然知道宪兵学校是培养军官的地方，吴连长只是招兵，并不是代表什么宪兵学校招考学生。他当然知道宪兵也只是一个兵，学制兵制，对他们没有任何另眼相看之处。可是他没露半句口风，他是分校主任，有责任保护学生，怎么简直像一个共犯？我也很久很久以后才能够体谅他。

后来我知道了，人生在世，临到每一个紧要关头，你都是孤军哀兵。

回想起来，吴连长是个优秀的军人，身材高挺，威武中有文雅，扎武装带，佩短剑，足蹬长筒马靴，彬彬有礼。他带着一个班长同来，两人都穿黄呢军服，这种衣料有个别名叫"将校呢"，这种服装被人称为"黄马褂"。黄马褂是清代皇帝赏赐给臣子的服装，代表某些特权，平民见了满心敬畏，吴连长说，现在中国是世界四强之一，宪兵一律穿这种军服。战胜国的宪兵，世界四强之一的宪兵，就要衣锦荣归。那时我们哪里知道，即便是他，一个连长，也是为了出来招兵，团部破格特许他穿这套军服。

他说宪兵十四团就要离开陕西空运到北平接收，宪兵队的旁边，就是北大清华。老吴的预言博得更热烈的掌声。北平！也就是现在的北京，我们那一代对大都市有无限的向往，俗话说，"到北京放个屁，也给祖宗争口气！"什刹海、天安门、北京大学、全聚德烤鸭，全在名家的作品里再三向我们闪耀着。那是既不可即又不可望的天宫，如今我们却要去做主人。

吴连长的演讲成功，大家一窝蜂报名，李孔思，我至今思念的难友，袁自立，五十年来缠绕在一条激流里的浮萍，都上了榜。你若问人生怎么开始，乡中父老说过一句话：小孩子是骗大的。李仙洲没骗我们，所以我们还没长大，李仙洲失势了，没法再照顾我们，我们在山坳里等着挨骗。

许多年后，我百劫千难寄身纽约，美国有一家汽水公司大做广告，消费者可以拿他家的汽水瓶的瓶盖换奖品，谁能拿出三万个瓶盖，可以换一架飞机。真有一个人借了许多债，买了三万瓶汽水，交出三万个瓶盖，汽水公司没有飞机给他，他一状告到法院。大家都判断他一定赢，谁料法官的判决是：瓶盖换飞机，"一望而知其为不可能的事"，法官反而怪原告不能欣赏汽水广告的"幽默"。我立刻想起老吴的幽默来，他说了那么多"一望而知其为不可能的事"，可是我们不懂欣赏，信以为真。

四十年后，我有幸和几位旧友通信，大家慨叹自己当年无知。骗局总是针对着人的贪念作出设计，我们妄想占尽天下便宜，活该报应，可是政府行骗，政府纵容默许行骗，总不成体统。可怜我们懂得什么，书本教我们相信政府，相信长官，相信现有的制度。我们还没学会怀疑。多年后，我从英文教科书里看见一句话"Too good to believe"（说得太好不可相信）。林语堂并没有把这句话收进他编的教本，我们没有读过。罗兰夫人说："没有诱惑，生活是没有眼睛的。"我们有诱惑，没眼睛。

据黎东方教授写的《蒋介石序传》，当年蒋氏由广东出师北伐，对官兵提出承诺，北伐胜利全国统一之后，凡是参与北伐的官兵，都可以得到一份田地。黎东方很委婉地说，北伐成功以后，蒋氏左右的幕僚忘记提醒他们的领袖，以致授田并未实行。换言之，授田乃是虚诺。

后来才知道，抗战八年，军事第一，国民政府开出多少空头支票！各地军政当局从未因为欺骗人民受到处罚，即使是严重的陷害。我们总算幸运，没有受害，也正因为太幸运，不知道防范。抗战虽然胜利了，国民政府还得准备内战，罗网依然张开。如何使骗术得逞，考验吴连长的才能，也关乎他的荣辱穷通。他的快乐要建筑在别人的痛苦上。

你如果行骗，必定骗最相信你的人，骗一向朝夕共处的人，骗曾经倾心吐胆的人。有一个人欺骗他的朋友，受骗者抗议："我们是朋友，你怎么可以骗我？"他得到的回答是："正因为是朋友，我才骗得到你。"这是定律，政府也得受它支配。所以公务员、军人、青年学子受害最大。政府只好打击拥护它的人，削弱它的基础，饥不择食，蜻蜓咬尾巴，自己吃自己。

我后来知道，骗子得手以后逃走了，消失了，他再也不会和你共同相处，你没有机会追究报复，可是"国家"不同，国家无计可逃，无处可藏，它永远面对被骗的人，还等着被骗的人对它效忠，为它牺牲。种种昨日，"国家"大而化之，难得糊涂，被骗的老百姓可是刻骨难忘！到了关键时刻，这些人若是士兵，只要每次战斗每个人少放一枪，敌人就脱逃了；若是公务员，只要每个人每天积压一件公文，民怨就增加了；街谈巷议，只要每个人传播一句流言，民心就涣散了。这也是你应得的惩罚。

也许政治人物命中注定要说谎，拿破仑承认，他在公众之前没说一句老实话。抗战八年，每一个相信国家许诺的人都受了伤，都正在护理谎言重创后的心灵，而中共新兴乍起，犹能以遥想的理想铸造钢铁骑士！我写这篇文章的时候，美籍华人小说家哈金的《战争垃圾》(*War Trash*) 出版，描写"朝鲜战争"后的劫余人物，哈金对我说，他喜欢人家把这本小说的名字译成《战废品》。中国对日抗战制造大量废品，但中共养精蓄锐，国共内战可说是废品对新品的战争。

那年代，这里那里，高尚的理想都短命，"什么都是假的，只有骗子是真的。"我写这篇文章的时候，这句"格言"正在中国大陆十二亿人民中间流行。

我算是个"思而后行"的人，也还算有一点理想，那时吴连长住在学校附近的农家,我特别去见他,问他:宪兵十四团以河北为驻地,是否已经定案? 他的回答斩钉截铁:精锐部队驻精华之区,十四团团部当然驻在北平,宪兵在全国各地的防区图早已画好,领袖已经核准,军事委员会的命令已经下达,三个月内就要开拔。

我一向痛恨官兵欺压良民,屡次幻想自己变成剑侠,路见不平拔刀相助。我问他:宪兵是否真能够整肃军纪? 老吴(我们私下都管他叫老吴)拿出一本小册子给我看,上面写着:宪兵是国家"法治之兵种",主掌军事警察,兼掌普通司法警察。宪兵是"民众之保,军伍之师"。抑强扶弱,除暴安良。他说,政府马上要实行宪政,推行法治,但"徒法不足以自行",宪兵这个"法治之兵种"负责兴利除弊,伸张正义。他张开双臂说,他代表国家政府号召有理想有胆识的青年。

他用简要有力的言辞批评了军纪,他说,抗战把军纪抗坏了。军纪关乎民心,民心关乎国运,谁来力挽狂澜? 宪兵! 宪兵由领袖亲自指挥,国运在领袖手中,也在宪兵手中,这番话一片救国救民的情怀,把我感动了! 军人欺压百姓太多了! 太过分了! 我见过,我恨过,我做过多少除暴安良的梦,现在我想,机会来了!

我一直想做作家,那一年,陕南的《安康日报》副刊采用了我几篇文章,加强了我的野心。那时流行的文学理论说,作家第一个条件是丰富的、深刻的生活经验,所谓"生活",那时指接触、了解、扶助劳苦担重担的,同情被侮辱和被损害的。宪兵举足军民之间,哪里有弱者到哪里去,见人所未见,经人所未经,岂不是进了写作素材的宝山?

那时,我想,高尚的作家和低微的职务常常并存,薪水加上稿费,双倍收入,也就足以和大学毕业生的出路比美了吧? 那时听说稿费的标准是千字斗米,鲁迅是大师,每千字稿费五元,可以买二百五十斤米。那时我读到谢冰莹女士一篇文章,她说,有一次她需要用钱,找某某书店想办法,书店查账,她的版税早已都领去了。谈话之间,一群学生来逛书店,有几个学生买了她的书,书店立时把版税结算给她。这一类故事我觉得很迷人。

我决定离开学校，没有跟任何人商量。我念过"卜以决疑，不疑何卜？"以后世事茫茫，我的盘算落了空，天不绝人，只有文学未曾负我。

3　参加学潮，反思学潮

依中国传统，人在别离的时候要给对方留下好感，让他以后想念你，谓之"去思"。可是，我们没能这样做。（也许大家都做不到，公共厕所才会那么脏。）

现在我要记述另一个重要"演员"，他是我们那一班的班长，名字叫曹湘源。这个"湘"字与湖南无关，他的原籍是山东日照。

湘源瘦高个子，皮肤黝黑，微微驼背，功课勉强及格，篮球打得很好，得体育老师和军训教官欢心。他的年龄比我们大，在山东打过游击，有领导能力，那时我们快要毕业了，毕业班的学生开始有自己的意见，对校方没那么顺从，曹湘源遇事肯出头，自然而然成为我们的领袖。

老吴来招兵，湘源也报了名，我们少数有意无意带动了多数，总共约有五十个人参加。这些人的共同之处是，都心志浮动，讨厌"读死书"；都怀乡心切，希望离开陕西，回到山东的周边地区；都对二分校的那个黑脸主任有强烈的反应，很想出一口气；都向往学潮，那时校本部（也就是高中部）的学生正在造反，他们把当时的校长软禁起来，清查学校的账目，轰动了大后方。校本部造反之前，重庆、昆明的大学生有了集体的政治活动，响应中共的主张。

湘源对大家说，咱们不能无声无息走了，总得再闹一场才甘心。他说"再闹"，是因为我们为了王吉林同学的医疗和丧葬，已经闹过一次，上一部自传《怒目少年》有记述。他这么说，多数人赞成，现在不怕学校开除，士气高昂。回想起来，那时有人因为"走"，所以敢

"闹",有人根本是为了"闹",才决心"走"。多年后,读北大校长蒋梦麟先生写的回忆录《西潮》,他说学生闹风潮好像小孩吃糖,越吃越多,越吃越想吃。我现在接下他的话头继续说,学生闹风潮好像男女接吻,有头一次就想有第二次,就想有以后许多次,就想升高、扩大、再进一步。

我对湘源说,咱们已经是宪兵团的人,吴连长还没走,咱们一举一动他都看在眼里,咱们大闹天宫,会给他留下什么样的印象呢?湘源立刻说:"走,咱们找他谈谈。"

我猜宪兵是个讲纪律的部队,大概反对我们的行为,谁知老吴表示完全同情,他说人应该争取自己应得的权利,这是原则,宪兵团没有任何意见。他的态度这样开明,我和湘源都很兴奋,现在我理解,老吴要利用这件事观察我们,进一步了解我们的思想、个性和能力。我们和学校的关系越恶劣,也对他越有利,我们自己断了归路,没有回来读书的可能,只能死心塌地做一名宪兵。不管湘源多精明,我有多谨慎,又怎能敌这个老狐狸?

湘源颇有统御的才能,第一招他先树立共同目标,使人人争其所必争,把大家凝聚为一体。他说十万知识青年从军的时候,他们有路费,有安家费,还有一笔慰劳金,我们也应该有。可想而知,大家个个点头称善,乐观其成,于是曹湘源应天顺人,发号施令。

我想出四大理由,写成一纸请愿书。我们在校园里遇见分校主任,不等我们开口,他先说知识青年从军是中央发动,一切优待都有法令依据,你们想比照办理,钱从哪里来?曹湘源上前一步,指着他的鼻子说:"你贪赃枉法是老手,这点小事难不倒你。"分校主任一听,掉头就走,曹湘源举起拳头追赶,我从后面把他抱住。湘源爱打斗,总想揍那个分校主任,每次都是我拦住。我主张谈判争取,说话不妨客气一点,目标决不放弃。湘源是领袖人才,他马上说:听你的!你去做谈判的代表好了!我事事出头,那个主任因此有点恨我,他只知道我是个坏学生,他永远不会知道,没有我,他要受一顿皮肉之苦。

我们那一伙里头有个同学姓崔，鲁西菏泽人，心眼多，他出了许多点子。我们从不集合在一起开会，由徐秉文同学奔走串联，轮到应该说话的时候，数我能言善道，可以说个起承转合。同学们说，那次胡闹是靠徐秉文的"腿"，我的"嘴"，曹湘源的"拳头"和崔某某的"鬼"。我应该把细节写出来吗？算了吧，回想起来，那时心情绝望，自暴自弃，白天兴高采烈，夜间寂寞空虚。

吴连长"批准"我们胡闹以后，就离开蒲溪小镇到汉阴城暂住，留下那位班长做观察员。我们耀武扬威地闹了几天，安家费和路费弄到手，也领到毕业文凭。湘源对我说，咱们最后来个高潮，为全校同学争一点权利。什么样的高潮呢，湘源拿出一张字条，上面写的是：

要民主（学校实行民主管理，取消对学生的高压手段）。

要和平（停止内战，使师生能顺利还乡）。

湘源絮絮地说如何如何，我心里想，这不是中共的口号吗？湘源好像在说，写一份文件逼分校主任签字，再写一份文件，请全体同学照文件内容发表声明。我没有注意听他的话，心中一直想，这是中共的口号啊，民主，和平，延安才说出口，重庆和昆明的学生立刻响应，昆明、重庆、延安，远在天边，曹湘源是从哪里弄来的？

看到口号，想起中共，由中共想到家乡，由家乡想起父母。离家时，父母的叮嘱是读书，自己的抱负是读书，李仙洲办这所学校收容我们，也是让我们有书可读。可是我决定不读书了，以后也永远与学校无缘了，过去，梦是这样短促，未来，偏离目标是如此之远，我不觉流下眼泪。

我说，算了吧，这篇文章我做不出来。

为了"怎样闹"，我和湘源有过多次争辩，可是这一次，他静静地收起字条，一句话也没说。他找不出第二个人替他做文章，只有放弃他的最后高潮。

跟后来大专院校沸腾全国的学潮来比，我们是茶壶里的风波，不过由模型可以看大厦。领导学潮的人总是提出理想，例如反内战，要和平，再带领大家谋现实利益，例如争"公费"，争菜金，然后两者统一，例如停止内战，国库省下钱来增加老师们的薪水，免除学生的学费，改善学生的伙食。哪个学生能反对增加公费、反对改善伙食、反对替清寒学生募助学金？尤其是，助学发展成开舞会，反内战发展成罢课：坏学生欢迎罢课，逃避功课的压力，逍遥自在，好学生也由他罢课，减少竞争的对手，自己躲起来用功，凭成绩出类拔萃。所以拥护政府的"忠贞学生"苍白无力。

学潮使学生立刻获得权力，与校长（或者也包括县长省长）分庭抗礼，恍如白昼飞升的神话人物。学潮也解放了学生的智力体力，大家抛开功课，自由发挥，居然无往不利，每个人立地成为拿破仑。这般情境非常迷人。闹学潮是挑战既存的社会秩序、价值标准，学生以小搏大，在如醉的昂扬中，也模糊觉得难以善了，索性豁了出去，说句漂亮话，就是宁为玉碎，于是行动步步升高，故意走绝路。后来大规模的学潮在全国各地发生，国民政府束手无策，正因为找不到办法逆转人性。

湘源未能尽兴挥洒，颇感遗憾。事后回想，我那一时的软弱，也许正是命运的怜惜。后来知道，我们入营以后，宪兵团查考我们在校的记录，对我们这样一群新兵特别侦防，唯恐中共分了渗透。倘若真的照曹湘源的意思做了，以后在宪兵营里，这一段记录势必成为杯弓蛇影，我们的脑子里好像装着延安的指令，宪兵团非得像敲破核桃一样取出核桃仁来看清楚不可。我们要受到加倍的猜防，加倍的打压，加倍的嫉恨。后果更不堪设想。

曹湘源也许不会这样想，那时他对我言听计从，文稿是我写的，他也许以为可以把责任推得干干净净。后来知道，湘源并非中共分子，他从来不谈政治，我们那个学校历次闹事，都跟中共没有关系，风行草偃，我们并不知道风从哪里来。

湘源后来脱离宪兵十四团，到四川进国立第六中学，六中一位体育教师介绍他参加中共的地下党，始终留在四川。他总算有本事，历史问题一大堆，却也熬过层层叠叠的政治运动，干到四川省德阳县人大常委，不过我那次拒绝合作，到底使他少了一笔政治资本。也正因为如此，后来西安、北京的校友编校史，认为我们的胡闹没有进步的意义，不肯写下一笔。

秋风萧萧，很想无牵无挂走掉算了，但是忍不住还是写了几封信。一封给五叔，他是一位山炮营长，自从入缅甸作战就断了音讯，信笺上有我的眼泪。一封给校本部读书的二表姐，说明我的去向。一封给师范部的凌仲高老师，谢谢他指引我到二十二中来读书。还有一封给训育处，告诉他们怎样处置我以后的信件，我本来写的是请他们把来信一律退回，不知怎么又撕掉重写，信件由二表姐代收。这个决定对二表姐的影响大极了，说得夸张些，这件事改变了她的生命，一如她改变我的生命。我们都出于无心，唯其无心，才使我惊悚人世祸福之难测。

我把以后发生的事情提前写在这里。我们离开汉阴，到宝鸡入伍，二姐也高中毕业，考进武功的西北农学院。几个月后，二姐突然来到新兵连，拿出五叔汇给我的老法币三万元。五叔好意资助我求学，可是我已经当了兵，这笔钱还是退回去罢！二姐沉默不语。我既而一想，如果五叔的本意是栽培一个上进的青年，二姐比我更有资格接受，我何不建议五叔把这笔钱送给她？她凭衣食不周的公费读大学，实在艰苦得很啊。

二姐仍然把钱分两份，给我留下一半。那时候尽管法币贬值，对我们而言，三万元仍是一笔大钱，二姐拿去的那一半，充分发挥了助学的效用。我的那一半呢？……我希望能找到我的父亲、弟弟和妹妹，一直找不到，通货天天膨胀……我的那一半就糊里糊涂地消失了。

再想一想，我该向两个人当面辞行，一位是国文老师牛锡嘏先生，一位是事务员毕础基先生。我和牛老师的因缘，《怒目少年》有记述，以后还要提到他。我和毕先生的关系是，我替学校抄缮名册文件赚零用钱，他在他的职位上照顾我。我向他辞行，拿出用手工做的纪念册请他题字。他想也没想，提笔就写。好像他早已想好了句子，正等着我。 他写的是：

冰山有泪逢春瘦

雏雁无家入网栖

我一向爱读律诗，长于记诵对仗，这两句话很像是律诗中的一联，后来常念诵，常思想，陆陆续续有了解读。

"冰山"应该是指国民党，我们的靠山。国共两立，互为消长，抗战八年，共军壮大，在日军占领区到处建立根据地，在国民政府统治区到处发展地下组织。那时世界思潮向左，中共在国际间到处有声望，有支援，趁着日本突然投降的机会，在华北和东北出面接收，国民党正像开始融化的冰山，暗暗缩小。

"雏雁"当然是指我们这些流亡的孩子。抗战已经胜利，流亡学生的身份还能维持多久？故乡成了解放区，又如何回老家？小鸟不能永远在空中飞翔，总要有个落脚之处，慌不择路，一头撞进网里，还以为那是个鸟窝呢！

毕先生应该是这个意思，他的经验多，阅历广，世事如棋，他能看出下一步、再下一步。后事正如他所说，我们落入了捕鸟人的网罗。由他写下的两句话，可以体会他对我们的同情。往大处看，多少人正被胜利冲昏了头脑，他很清醒。

我们这一群迷途羔羊离开蒲溪镇往西走，曹湘源是头羊，吴连长是牧人，宪兵十四团是饲主。第一站先到汉阴县城，老吴在那里等着我们。下午出发，昏黑到达，住在城南一个小村庄里。农家没有大房子，我们草草分成几组，各自找个宿处。我们住的地方，湘源没来看，湘源和他左右一批人住在哪里，我们不知道。我们显然已经分化。

湘源放下行李，立即带着亲信人马，连夜急行军奔回蒲溪，蒋梦麟说的那块糖他没吃够，他非把分校主任和事务主任痛打一顿，二十二中这一章难画句号。依他设想，蒲溪是个偏僻的小镇，简陋的农舍散布各处，一伙人蒙上脸，半夜三更闯进去又打又砸，呼啸而去，结果必定不了了之。这件大动作他完全瞒着我去干。

曹湘源一再说过，我们是"益者三友"：学友、难友、盟友。他说一同度过艰难困苦的人，彼此必定终生结交，同舟共济的情义，到老犹在。可是湘源以后的行为显示，盟友是可以随便抛弃的，狡兔死、走狗烹，帝王将相之间的事，也可以发生在平民身上。江湖行第一步，我就领受了深刻的教训。

那一夜，湘源扑了个空。对方都是老江湖，料到曹湘源有此一着，他们藏起来了。

第二天，听说老校长李仙洲将军在汉阴，我提议大家去向他辞行，他以无限爱心创校，我说"即使咱们给他磕一个头也应该"。我和湘源一同到第二十八集团军司令部洽商，老校长拒绝接见。

这才知道，学校迁到陕西以后，不断有学生投军，老校长召见过知识青年从军的三百人，考取军校第一分校的二百人，除此以外，参加炮兵第十二团的，参加海军的，参加兰州特训班的，还有我们这批投入宪兵的，他一律不见。褒贬臧否，他心中向有一架天平。

许多年许多年以后，我想起这件事来，还觉得十分惭愧。

这是我和湘源最后一次合作。

4 最难走的路，穿越秦岭

那几天，吴连长很得意，招兵能一网捞上来五十多个"知识青年"，他立了大功。他料定我们是煮熟的鸭子，丢在汉阴城外不理，他带着班长和曹湘源住在城里，每天陪着他吃喝游逛，他认为掌握了湘源可以掌握我们全体。

谁晓得事有不然。

这一夜，我又在做那个梦，梦里一心想飞。我终于飞起来，飞得很勉强，费尽力气拉高，还是往下坠。哎呀，我的肚皮几乎要擦着屋顶了！就在这十分危急的时候，有人把我一把拉上来。

一个姓于的同学拉我起床,把我引到另一农家、另一间屋子,满屋子大约有三十个人,都是我们投入宪兵十四团的同学,众同学中间坐着一个军官,宪兵中尉。

中尉望着我点点头,不说话,同学们个个眼睛朝地上看,也不说话,他们正陷于重大的疑难之中。终于拉我起床的于同学打破沉默,他向我介绍,那位军官是宪兵第六团的郑排长,他引述郑排长的消息,开到北平去服勤务的并不是十四团而是六团,十四团留在陕西不动,吴连长欺骗我们,大家聚在这里商量怎么办。

我冲口而出:"既然六团驻北平,我改投六团。"

郑排长微微一笑,他这才开口对我说话,一口陕西腔。他说他是本地人,做事要对得起当地父老,绝不说半句假话骗人,尤其不能欺骗纯洁的青年。他说十四团不可能驻北平(北京),司令部要他们留在陕西,派到北平去接收的是他们第六团,六团在西安一带的勤务已经移交给十四团了,正等候飞机空运北上。

我以快刀斩乱麻的方式表态,影响了犹豫不决的同学们。大家释然,郑排长欣然。那时六团驻在西安附近的宝鸡整训,郑排长也是来招兵,也看准了流亡学生是个兵源,他也想到一分校和师范部去演讲,碰了软钉子,于是追到汉阴来挖墙角。他是怎样及时找到这些同学,这些同学又怎样想到把我拉进来,至今是个谜。

满屋子学生,没有一个想留在陕西,空运北上多神气啊,更加上要发泄对老吴的不满,立即形成一致的意见。这一次分裂把我和李孔思分开了,我曾在病中蒙他照顾,他于我有恩,可是他为人落落寡合,平时很难倾心吐胆。唉,反正以后的遭际祸福难料,也只有各人去碰各人的运气了!袁自立想了半天,也没通知他的好友陈培业,我们都有遗憾。

郑排长也带了一个班长来,姓张,他的老家就在邻村。我们连夜迁到那个村子去住,在张班长家过中秋节,张班长的母亲是个慈祥的老太太,气氛很温暖。第二天夜里,张班长带我们再换一个村子,经过

"三迁"之后,我们从此和老吴、还有老吴带走的那些同学断了音讯,四十年后,一九八六年,我才找到其中几个人,但是一直到今天,始终没找到李孔思。

张班长说,我们"失踪"以后,吴连长酒气熏天,提着马灯满村搜寻,逢人便照,曹湘源望着空屋大哭一场。四十年后我写信告诉湘源,你如果每天有两个小时和我们在一起,郑排长无从乘隙而入,湘源回信承认错误。不过我一点也不后悔改投六团,我非常需要离开陕西。

由汉阴到宝鸡要经过汉中北上,沿途全是十四团的勤务区。有没有第二条路可走?有,那要从安康穿秦岭到西安,十分辛苦。我坚持要走辛苦的山路,躲开十四团的势力范围,以免被他们扣留。郑排长说,他是本地人,强龙不敌地头蛇,老吴斗不过他。我说,扣留我们的未必是老吴。他说,六团团部会向十四团团部施压力,我说,我们突然脱离了十四团,是我们理亏,团部出面交涉,也起不了多大作用。同学们都认为我的见解正确,大家讨论时,郑排长非常注意地看着我。

最后决定走山路,六团有个医官回团部,由他带队。秋风黄叶,上路的心情凄凉。好吧,天下没有不散的筵席,天下也没有不散的冤家。第一站去安康,走的是回头路,半路要经过蒲溪。后来越想越发觉郑排长会办事,由汉阴到蒲溪五十华里,由蒲溪到安康九十华里,二分校就在蒲溪大道旁边,郑排长极不愿意我们走这条路,他得防止我们回到学校里面看看,进了学校和老同学叙旧,也许改变主意又留下读书。许多人从军出于一时冲动,求学读书是永恒的愿望,他必须使我们远离诱惑,以防功败垂成。

他设法弄来一辆大卡车运送我们,当年汉阴汽车极少,想必他费尽了力气。老吴不能把我们立刻带走,也是因为交涉车辆。车过蒲溪时特别加快速度,努力甩掉我们的旧梦。也是老天帮他的忙,学校门外的公路上有一个老者采樵归来,弯着腰挑着一担木柴,汽车与他擦身而过,吓得他踉跄跌倒,车轮卷起的飞尘埋葬他,露出一颗白苍苍的头顾，显出他在挣扎。我们在车上大笑，这一笑，我们忘记了二分校，确保了郑排长兵运的成果。这一笑，也笑出军心和民心之间的鸿沟。我们还是一个"准兵"，这老樵夫的痛痒已无关我们的痛痒，成为我们的开心果。以后国府调兵遣将，军人和民众始终各有各的喜怒哀乐，彼此很难产生同感。

安康和流亡学生有缘，抗战初期，教育部在此收容华北青年，送入四川。一年前，学校由安徽西迁，一分校设在安康，我由老河口坐船溯汉水而上，在安康"起旱"步行到蒲溪。如今抗战胜利，走来时路，说是青春结伴好还乡，心中却只有惶惑。

仅有的喜悦是匆匆拜访《安康日报》，《安康日报》副刊第一个把我的文稿用铅字印刷出来，它对我有重大的意义。报社是一座两层的小楼，编辑部设在楼上，副刊主编万钧先生和一分校的戴子腾老师早已等着我。我结识万主编出于戴先生介绍，我来向他俩告别。他们对我投入宪兵，没有一句询问、一句安慰、一句勉励，完全避开这个话题，无声之声应该是不以为然。倒是报社的总主笔，我第一次跟他见面，他夸奖我写的《评红豆村人诗稿》，对我不再读书深为奇怪，问明原因之后，嗟嗟两声，相当动听。万钧先生从楼下排字房请来一位王先生，好像是编辑部的负责人，他显然十分忙碌，握个手，送给我一本艾芜的《文学手册》。

这是我今生看见的第一家报馆，虽然简陋，纸张和油墨的气味惹我喜欢，端正庄严的铅字，比手写体多了几分神圣，好像文字一经铅印，便入"古典"。它每天载着信息，漫天飞翔，触手化作灵魂的营养，幕后的工作者岂是常人。这半日流连，产生我无穷的遐想。

他们登过我几篇文章，早就说给我一点稿费，见我远走他方，连忙东拼西凑拿出来以壮行色。我想起班上有位同学非常穷苦，而且生了慢性疾病，今天回想，也许是黄疸。我当场写了一张字条，授权那位同学来领钱。这笔钱是我生平第一笔稿费，钱数不多，给了他，我心里觉得很甜。有时自己也奇怪，为什么会觉得付出是甜美的？难怪我一生

第 一 部

不能聚财。

两年以后，我在河北省秦皇岛有了落脚之地，特地写信给《安康日报》，我说我是当年流亡学生中的忠实读者，我要求他们寄几份报纸给我看看。真难得，他们果然照办，而且是逐日付邮，连续一个星期。还是那样粗糙的土纸，还是那样缺边少框的铅字，一切并未因抗战胜利而改进。我本来想给他们的副刊再写几篇文章，这回我不要他们的稿酬，我要用文字酬答他们，可是他们的副刊已经取消了！我把报纸拿在手上抚摩久之，也惘然久之。

四十年后，定居四川的郭剑青学长来信告诉我，老同学留在四川的，为数不少，有位某某，听到我的名字，表示当年曾得到我的资助。我想如果他肯来封信，开个头，从此温故知新，彼此都可以添制许多美好的回忆。可是他没来信，只撂下这么一句话。唉，四十年后，他还有这么一句话，也难得了。

写到这里，又得加几行注解。一九四五年抗战胜利，接着是国共内战，一九五〇年，国民政府失去中国大陆，退守台湾，国共双方隔着海峡，严厉隔绝一切联系，大家"两世为人"。一九八〇年左右，国共都改变政策，中国大陆和台湾和美国都可以自由交流，我开始设法寻找大陆亲友，自称"望乡台上看前生"。戴子腾住在湖北老河口，我寄去一份厚礼，他和我通信多次，但时存戒心，万钧住在湖南耒阳，根本拒绝和我联系，我完全没有机会对他表示回馈。他们在我心中的分量很重，我在他们心目中的分量很轻，不能对称。

在安康，郑排长安排我们住在安康警备司令部控有的一座房子里，我们一步踏进大门，恰逢几个大兵烤狗肉下酒，他们用广东大兵特有的方法，如我在第一本回忆录《昨天的云》里所记。我们闻见香气，听见他们猜拳行令，也听见如此议论我们："这就是那批闹学潮的学生。"我才知道风潮也是成名的捷径，难怪诱惑多少"英雄"入彀。这是我对安康最后的记忆，回想起来并不舒服。

以后的路程是由安康北行。还记得在安康城北渡汉水，初觉风寒

23

衣单，迎面漫山红叶，血光火色，联想国共两军正在东北华北作战。我们此去正是走向杀声重围，山尖峻峭，山脊像刀剑阵势，不知怎能穿得过去。想起"上帝不能造两座山中间不留空隙"，人从山缝里找路，人也在山缝里耕种，生儿育女。

穿越秦岭山区到西安，中间要经过镇安、柞水。在我们之前，一九四五年，日军进攻河南西部的时候，李永刚教授由河南走避敌锋，奔陕西安康，再由安康穿越秦岭到西安，他走的也是这条路线。他事后著《虎口余生记》，沿途经过的村庄城镇，他都记下名字和里程，我把书中记述的里程加起来，由安康到西安一共是五百七十华里。

这一段路，他携家带眷走了十天，我们轻装赶路，作息不同，他记下的那些地名，除了几个重要的城镇，我都不知道。各有因缘，大概我们留宿的地方他也不知道。我走路很慢，而且容易疲劳，大家迁就我，在山中花了一个星期的时间。后来我听说李孔思和陈培业脱离十四团，再回学校读书，也走过这条山路，他们晨昏疾行，只用三天。分校主任本来拒绝收容他们，经过全体教师说情，级任导师担保，他们以悔过待罪之身，勉强读完最后的课程。

记得第一站在东镇街投宿，镇安县境。这是一个依坡而建的小镇，层层石级穿街而过，见妇女挑着两桶水挣扎而上，心中恻然，那时只听说自来水，没见过，暗想山中人哪一年有这个福气。想起全家逃难时我在外乡自己挑水的经验，罣念现在有谁替我家挑水。

那一夜，我们投宿山家，郑排长忽然出现，他一直远远地尾随我们。他为什么不辞辛苦呢，不经一事，不长一智，我后来知道，他唯恐我们有人反悔，特意在后面拦截。中秋刚刚过去，月亮反而更团圆皎洁。他带来一瓶酒，托山家做了两样菜，说是陪我们赏月。我们坐在山村的小院里，夜色中四围皆黑，我们先看见光，后看见山，最后看见月。月光下看重重叠叠山，世界如同废墟，人和月的关系反而亲切，忘了月球也是废墟。有几位同学轮流向我劝酒，静悄悄望着我的脸让我一个人说话，我醺醺然，忘了我是谁，恍惚第三次世界大战结束，文明毁灭，唯我幸存。又以为自己是李太白，笑傲江湖，五岳看山不辞远。

不经一事不长一智。原来劝酒出于郑排长安排，趁我没注意，他离座走进屋去检查我的书包，取走我的毕业文凭。他以为我没有文凭就没有其他出路，也就没有脱队的动机，我的态度可能左右其他同学。经他导演，这些同学都做了称职的演员。我同甘苦共患难的伙伴啊！不经一事，不长一智，后来我到台湾，又遇见美酒当前唯我独尊的场面，一伙平时自视甚高的人忽然谦虚和蔼，我就料到是怎么一回事了。

郑排长虽不光明，仍然磊落，我们接受新兵训练一个多月的时候，他忽然来到营房探访我们，他只说来看看大家，没有一句八股，然后他掏出那张文凭当众还给我，说明他为什么扣下我的文凭。

还记得镇安县城很小，站在市中心可以望见城墙，墙高刚刚超过人的身长。县政府的规模大约三房一厅，石墙瓦顶，算是全城最好的建筑，衙门大开，门外没有卫兵，黑黢黢空荡荡的大堂中间摆一张方桌，铺着红布，非常安静，桌上没摆文房四宝，古人称道的"花落讼庭闲"，也许就是这般模样。但愿不是这般模样，因为这并不代表民间没有争执，更不表示所有的争执都已公平解决。

还记得有个地方叫火地塘，那里的小旅店，依我们抗战流亡时的标准看，也太简陋肮脏。此去东北也是赴汤蹈火，所以记住了这个地名。彻夜山风呼啸，默诵"我是太阳，我是永远不灭的火"，这支歌一向使我热血沸腾，火地塘之夜却不能增加体温。一度唱到"母亲啊，谢谢你的眼泪，爱人啊，谢谢你的柔情，别了！这些朋友温暖的手"。流下清泪，因为我已一无所有，也就一无可舍，也就没有那份能舍的悲壮，这才体会到"舍"也是福气。

一路投宿，多在山家，石板盖的小屋，立在石块铺成的小径旁。没有院子，屋子里湿气很重。叠石为灶，大石当床，小石当枕头，只差石头不能当被子盖在身上。原来石头有香味，还有一种石头夜间发光。一宿无话，好像睡在石头缝里，山静似太古，我恍惚觉得是一个长生的人猿，从史前活到公元一九四五年。

山中人腿短，个子细小，像山上的苦竹，他们爬山太多，脚趾抓着鞋子生长。男女都穿自己染色的粗布，黑如铁片。七岁八岁的孩子光着屁股，但是眉清目秀，看了觉得"疼"爱。他们沉默，不问山外事，我们喧哗，不问山中事，彼此面对面，中间隔着无形的山。

书上说，秦岭以南的人吃米，秦岭以北的人吃面。我们在秦岭，吃的是水煮玉米屑、加入白萝卜、用酱油搅拌成团。滋味不坏，一面吃一面算计缺少哪些维他命。我们能买到的菜只有豆腐，想零食，只能两元法币买一斤胡桃。两块钱算什么呢，安康的猪肉二十几块钱一斤，这里胡桃满山是，他们收两元法币还觉得卖了好价钱。

每天夜晚我都要想一想：人为什么要世世代代住在山里？为什么不离开？"路是人走出来的"啊！那时候，鲁迅的每一句话都是格言。我告诉自己：一定要走，一定要走出去，山路崎岖，上山一身汗，下山一身冰冷，一天之内好几个寒来暑往，由脚掌到足踝都磨出高温，如炙如烤。走啊走，推开群山万壑，人要走路，山挡不住。一路都是晴朗的天气，风云变幻都在山外，偶然夜间有一阵小雨。夜宿农家，枕上听雨打蕉叶，早晨一看，门外并没有芭蕉，怎么回事，想了很久。

越走山势越高，登上最高峰，有一片平地，没长树也没长草，居然有座庙，庙门居然加了一把大锁。山风如海啸，逼得我们不能走，在地上爬。这地方没有鸟，山坡挡风，树木才有机会歪着插在石缝里。我大喊一声，声音被风裹去，连我自己也听不见。高山比较接近太阳，反而比平地冷，书本上说，高处水气少，热量散发也快。不敢想象高寒最处，四顾无路，不知道自己怎么能来到这里。天空大了几圈，下望群山罗列在云中，一望无尽，云无尽山也无尽，看山尖把云海戳破，冒出头来，想象海上仙山。我并不指望遇见神仙，只盼出来个和尚，可是没有。

越过这座最高的山峰之后，山路忽然平坦了！后来研习小说戏剧，情节冲突到达最高潮以后结束，跟秦岭山势吻合。多年后，我的秦岭经验帮助我领悟什么是"法自然"。到此山势尽,衣服不再每天湿透,汗水流完,心中一喜。路渐渐平坦,两旁巨岩有如拱门,大概就是谷口。谷形南北狭长,据说这是清军追击白莲教的战场,清军利用地形,设下埋伏,打一个大胜仗,来一次大屠杀。这地方怎么能打仗!纵是深山最深处,兵家也有理由必争。

看见瓦房骡马,看见举世闻名的窑洞,陕西土质有黏性,气候又干燥,陕西人借山坡或土丘挖洞居住。窑洞名气大,里面住过王宝钏、毛泽东。看见以一排窑洞做校舍的中学,学生进进出出,活泼可爱。有些窑洞分两层,如同楼上楼下。洞门长圆,一团漆黑,很神秘,想起陕北的无产阶级革命。再往前走,踏上公路,看见中央军官学校七分校的学生,人字呢军服,宽皮带,英挺鲜亮。没想到日后大对决,大崩溃。

匆匆过西安,夕阳西下,人也实在累了,不能欣赏城门城墙的古意,只嫌灰暗没落。看见美国大兵开着吉普车满街跑,身旁坐着中国少女,长发,涂很浓的口红。没想到日后北平出现"沈崇事件",国民政府大伤元气。看见一片妓寮,屋内有人拉胡琴唱戏,屋外电灯光下冷冷清清,一个女子穿着红色的毛衣拉客。经过一处路旁,停着一具棺材,几个学生在材头烧香,上前探问,知道是某大学的一个女生死了,想起流亡学校郊外的累累新坟。后来读圣奥古斯汀自传,他第一次进巴黎时经过巴黎最肮脏落后的地段,以致终生对巴黎没有好感,我跟西安的因缘不幸也是如此。

俱往矣!我写这篇文章的时候,新闻报道说,西安至安康间铁路业已修成,全长二百六十七点八公里。这条铁路号称隧道最长,桥梁最多,建造车站最困难。秦岭隧道长十八公里,中国最长,亚洲第二,世界第六,最长的有一千六百米。还是今天的人有福气,他们穿越秦岭再也没有我们的艰苦经验。

然后新闻报道说,西安到安康一线,要修双线电气化铁路,正在用岩石掘进机挖掘世界上最长的隧道。秦岭深处被人发现"秀才村",平均每四户人家有一个大专学生。还有一条消息说，日本人小椋英勇到秦岭捉蝴蝶，违反中国法律。秦岭和大专学生，电气化铁路，还有蝴蝶等名词一同出现，我有说不出理由来的轻松。

当年我们徒步穿越秦岭，发挥了抗战时期锻炼而成的毅力，但是结局很可笑。我们在西安钻进火车，那时火车一路震动颠簸，座椅用木条制作，屁股像挨了板子一样痛。夜间行车，无从领略秦川风光。西安到宝鸡，一七三公里。宝鸡下车，鱼贯而入一个大院，四面有围墙。我们还没坐定，大门口已布下双岗卫兵，我想出门寄一封信，竟不可能。实在没想到，出了李仙洲的保险箱，关进宪兵团的保险箱，第一个保险箱想使我们与日军隔绝，后来第二个保险箱想使我们与社会隔绝。

5 新兵是怎样炼成的（上）

我们在宝鸡城内略事休息，开到一个叫做马营的小镇去接受新兵训练。今天看地图，马营在宝鸡城东南，隔着渭河，我不记得有河，因为受训形同囚禁，根本不准外出。

马营没有寨墙，出操的时候，操场和田野连在一起，但是班长们好像能使用巫术，他们在操场四周建起无形的高墙，我们能望见田间的小径，却不能走上去，我也从来不想走上去，我的心思意念到操场的边缘为止。即便是野外教练，我们的"阵地"也选在马营镇的东南，马营的房屋隔断视线，我们看不见那河，更看不见宝鸡县城，他们用心剪掉我们思想的翅膀。

马营的营房本是一座庙，那时乡镇庙宇都有大院子，容纳信众朝拜，都有很高的围墙，阻挡外面的红尘，正适合做管理新兵的地方。"铁打的营房流水的兵"，流水已把庙内的任何痕迹冲刷得干干净净。我在鲁南参加游击队的时候，中共的八路军从不住庙，如果万不得已要住，官兵不入正殿，荤腥不入庙门。国民政府的军队是鲁莽的，流亡期间见过几座庙宇，正殿神像所穿的锦缎袍服都不见了，据说是被军官的太太扒下来使用了。我能想象，马营这座宗教信仰的中心如何一步步遭受破坏。

我们各地来的新兵编成一个连，叫做补充连。那时宪兵连的编制是每连三个排，每排三个班，每班十个人。编队时，每排第一班都尽量挑选长相好、反应快的兵摆出来，排横队集合的时候，这一班站在最前面，好比一本书的封面，上级长官来训话的时候，可以看见最好的阵容，那时候，上级长官会突然提出一个问题来，伸手一指，要一个兵回答，他总是随意从第一班挑人，列兵能答上来，连长才有面子。我们流亡学生分散在三个排里，却又大部分集中在每排的第一班里，这种安排显出我们是补充连新兵中的精英。

我编入第一排第一班，全连集合的时候，这一班站在全连的前面，尤其是面子中的面子。我的个子高，站在第一班的排头。"排头兵"也是个荣誉，他是本班的标兵，操演班队形变换的时候，排头兵要立刻了解口令的意旨，要以最快的速度跑到指定的地点站好，全班列兵跟进，如果排头兵错了，全班的行动都错，如果排头兵慢了，全班的行动都慢。据说在火线上如果正副班长同时阵亡，排头兵立刻暂时代理班长。

我们立刻知道宪兵根本不能保送升学，我们的薪饷服装和步兵完全相同，宪六团服勤的地区并非北平而是沈阳。真奇怪，也不知消息从哪里来，立刻人心浮动。班长不动声色，他们有经验，知道怎样走下一步棋。

那时练兵，操课作业全在户外，营房只是睡觉的地方。倘若老天下雨，大家可以窝在地铺上，钉纽扣，写家信，伸懒腰，十分舒适。所以雨天是军中四喜之一，军中流传一首四喜诗："早操逢阴雨，病号盖被子，安寝无岗夜，月底加菜时。"第二句需要解释一下，早晨起床以后，人人把棉被叠得方方正正，整天不碰不摸，晚上睡觉才准许打开。若是生了病，准了全休的病假，就可以盖上被子休息，滋味十分甘美。

可是福兮祸所依,"暗账"也可能在下雨天欠下。

下雨天也是擦枪的时候。那时,上面发给我们一支步枪,"汉阳造",即使在游击队里,这种旧枪也是姥姥不疼、奶奶不爱,可是现在我们得好好地伺候它。军中对擦枪要求很高,规定很琐碎,那没上过战场的人不能领会"武器是军人的第二生命",只觉得这玩意儿既麻烦、又无聊。那位于同学,汉阴之夜把我从床上拉起来的那个人,协助郑排长挖人,功在六团,他在擦枪时想起读书的日子,他说了几句愤慨的话,"那些和我们竞争的人正在物理!化学!我们在这里玩弄一块废铁!"停了一会儿,他居然又说:"我们不知道他们的尽头(意思是前程远大),他们已看见我们的尽头(意思是从此完蛋)。"他越说越气,举起手中的步枪往地铺上一丢。"老子不甘心!"

在一种权力之下,无论那权力多小,多暴虐,无论那权力给你多大痛苦,总有受苦的人攀附它,出卖同类,逢迎它的需要。于同学放言无忌,小报告到了班长的耳朵里。

全连官兵紧急集合,站成戏剧舞台所谓"三面墙"的队形,当时的"军语"——称之为讲话队形。连长先作了简短的训话,他说于某某严重破坏纪律,不可饶恕。接着两名班长把于同学架出来,按倒在队形缺口处的地上,打屁股。他们朝这人的口中塞一块软木,防他因疼痛咬断舌头,又在他小腹底下垫一个枕头,防他疼痛时挤破睾丸。最后一个步骤是,两名班长拉紧他的裤子,否则棍子打下去,裤子的褶皱会像刀刃一般纵横割裂他的皮肉,使他久久不易复元。

本班的班长负责行刑,用乡下人挑东西的"扁担"代替军棍。我不敢看,闭上眼睛,听声音知道行刑的力度,知道挨打的皮肉之苦,想象各个人不同的表情,真个是感同身受!听觉果然可以代替(或者说包括)视觉和触觉,四年后我进广播电台写广播稿,这番体验帮助了我。

打完了,队伍解散,班长立刻架起挨打的人,协助他艰难地踱步。班长知道要走满多少步,才可以把他领进禁闭室,把他平放在门板上。

班长立刻褪下他的裤子，双手蘸满烧酒，为他推拿。他们还有一个偏方，把旧鞋的鞋底烧成灰，敷在打破了皮的地方，帮助伤口提前愈合。这是一套制式作业，唯有如此，挨打的人才不会留下后遗症，成为连队的弃材。

新兵的抱怨立刻无声，窃窃私语也消失了，人人对班长的眼神反应灵敏，自己的面部表情却逐渐麻木，然后随着操场上基本教练的进度，每个人的肢体动作机械化了。人人随着班长的大呼小叫惊魂不定，同时又中规中矩，全部生活没有余地可以躲避，没有余暇可以喘息，以前，生活是悠然神往和忐忑不安合成的，现在只有麻木。

我们在马营受训六个月，前三个月高潮多，每月都有一个人受到这样的大刑伺候，另外两个是陕西青年。班长们也实在能干，他一天花多大精神监视我们，教育我们，打骂我们，连半分钟休闲也没有。他好像永不疲倦，我们的一切过失，他都能立刻发觉。

他们每一次举起扁担来的时候，我都闭着眼睛，坚持不看。我心里一直想，他们行刑的动作怎么这样熟练，默契怎么这样好，他们究竟干过多少次了？尤其是受刑者嘴里的那块软木，每个班长行囊里都备有一块，一定是经过多次试验改进，定出规格，代代相传。经验是从什么时候开始累积的？传统是花了多少时间形成的？在此之前，究竟有多少人咬断了舌头、挤破了睾丸？

在第一次大刑的震慑之后，各班班长面目一变，整天不说，不笑，只发口令，打人。他们管打耳光叫烧饼，管拳头叫面包，管脚踢叫火腿。那年代，我们没有人见过面包，也吃不到火腿，班长们使用这些代称，显示他们的幽默。

原来新兵训练就是挨打，操课教材无非是打人的借口。起床号已响，你的动作慢了，要打；起床号未响，你的动作快了，要打。熄灯号未响，抢先上床，要打；熄灯号已响，还没有上床，也要打。他们打起人来真狠、真下毒手。

夜间紧急集合是一个完善的样本。紧急集合的号声，把大家从梦中惊醒，穿衣服的时限是五分钟，动作慢一拍的人要挨打，罪名是"老百姓"。有人匆忙中把裤子穿反了，并不惊怕，好像挺有幽默感，该打，罪名是"老油条"。有人担心自己来不及，穿着衣服睡觉，该打，罪名是"神经病"。老百姓，老油条，神经病，班长每天动手动脚，念念有词。

尤其是"老百姓"，这一条是每个新兵的原罪。班长打一下，骂一声活老百姓，打一下，骂一声死老百姓，好像和老百姓有深仇大恨。

兵士来自民间，带着民间的习性和身段，也许和军事训练的目标相悖，但是你不该因此污辱老百姓，不该借此丑化老百姓，以致教育出几百万卑视百姓、欺凌百姓的官兵来。

也就是这个时候吧，八路军走出解放区，蹲在收复区农家的灶门，亲亲热热叫声老大娘老大爷："八路军把鬼子打退了，蒋介石要下山来摘桃子……"

以我亲身体会，那时国军士兵所受的训练，要把"兵"从百姓中分化出来，与百姓对立，以百姓为耻。这样的军队怎么能得到老百姓支持。一九四九年，那时国民政府已吞下一切苦果，我到台湾卖文为生，下笔东拉西扯，不知轻重。我给具有军方背景的《扫荡报》副刊写了一篇文章，直陈军中不可把"老百姓"当做骂人的话使用。

忘记过了多久，政府通令全军，彻底废除"老百姓"一语。当然不会是根据我的意见，我想文章既然登在报上，而且是军方的日报，军方有人看过，反映到决策阶层。

后来知道，立法定刑有所谓"法准"。班长打人并没有准则，早操跑步的时候，有人踩掉了前面列兵的鞋子。班长立刻把他揪出来，拿刺刀当戒尺打他的手心，打得很多，很重，挨打的人怕痛，没有军人气概，要狠打。有人硬挺着挨打，很有形象，把打人的班长激怒了。他一面用力打一面说："你有种，你好汉，我一定要打到你哭。"后来挨打的人流下眼泪，班长打得更凶，一面说："你哭，你哭，我一定打到你笑。"后来，唉，挨打的人一面挨打果然也一面笑出来，笑声凄厉，混合着哀伤、愤怒、绝望,完全不是人类的声音,我至今回想起来,毛骨悚然。

班长们常说,你的事到了我的手里,要多轻松有多轻松,要多严重有多严重,这叫"提起千斤,放下四两"。多谢那些班长给我启了蒙、开了窍,五十年代的台湾,政府以"白色恐怖"安内,许多事不可以常情常理度量,我把千斤四两的心法传给好几位朋友,帮他们趋吉避凶。据说,殷海光教授听到这八个字,嗟叹久之,他把这八个字转换成学术用语,称为"不确定感",并附以英文原名。他在一篇文章里说,国民党用"不确定感"统治台湾。

挨过板子的人,左手手心肿得像托着一个包子,他用一只手吃饭,咬着牙。有位同学帮他穿衣服,流下眼泪,班长发现了,也挨了几拳。班长认为流泪是一种批判,一面打他,一面追问:"班长什么地方做错了?你说!你说!"

有一个新兵,唉,我也别说他的姓名了,相貌骨架都好,如果有心培养,将来是个人才。可惜他有个坏习惯,话多。也不知他从哪里得到的消息:宪兵学校快要撤销了,由中央军校设一个宪兵科,训练宪兵军官。

倘若这样,宪兵与步兵炮兵同列,丧失了自许的特殊性,很难再宣传自己是"法治之兵种",做不成"革命的内层保障",也不再是"领袖的近卫军"。虚幻的荣宠丧失了,对宪兵是难以容忍的毁谤。班长们叫这个同学站在院子里,一床棉被蒙在他的头上,几个班长把他围在中间,轮流加以拳打脚踢。这有个名堂,叫"八国联军"。如果在三伏天,烈日下,蒙在被子里的人又痛又热,惩罚的效果最大,我们冬天受训,"联军"的战果稍稍减色。

这个阵式像排球选手练球,"八国"原则上稳站不动,把你打得东倒西歪,你歪到哪一"国"的手下脚旁,哪一国踢你捣你,用一拳一腿之力把你送给另一"国"。他们边打边问:你知道不知道为什么受处分?起初当然不知道,这是执迷不悟,该打,后来回答知道了,好,罪有应得，继续打。

"八国联军"进攻的时候，我正坐在第三排杨排长的卧房里，他召我个别谈话。他听见窗外"八国联军"的杀伐之声，沉默下来，他好像考虑要不要介入。依照训练时期的不成文法，排长不能干涉班长的教育手段，为的是保持班长的权威性，班长是拎捏新兵人格的工匠。但是他好像认为够了，再打下去太过分了。就在这个时候，我听见连长的声音，他出来结束了列强的"侵略"。连长名叫朱腾，从此他在我心目中留下好印象。

我在公元二〇〇二年追述公元一九四五年的新兵训练，阅读相关资料，发现军中有些口耳相传的金科玉律，由大清朝的湘军淮军，民国初期的北洋军阀，经过北伐抗战，一直留传到国民党的台湾时代。

例如，"合理的要求是训练，不合理的要求是磨炼。"这两句格言在军中已有百年以上的历史。训练既然可以包藏在磨炼之中，磨炼也就可以冒充训练，磨炼和折磨的界限模糊，以折磨新兵为乐趣的心态，也就百年不绝。

班长们常说"好铁不打不成钉，好人不打不成兵"，打打打！他们警告"鸡蛋碰不过石头"，"胳臂拗不过大腿"，胳臂又细又短，是弱者，大腿又粗又壮，是强者，恃强可以凌弱，识时务者为俊杰，否则"不打勤，不打懒，专打不长眼"。后来知道，这些话也是不朽的经典。

排长们说话和行为比较文雅，对班长的这一套采旁观的态度，不管怎样，班长把我们"打碎了、和成泥、再捏一个"，他乐观其成。我们的张排长提醒我们"义不掌财，慈不带兵"。言外之意，一切小心。后来有位姓何的来当过几天排长，他没那么含蓄，他告诉我们军中流行两句话："连长打死人，团长杀死人。"也就是，连长可以把一个兵打成重伤，如果这个兵的伤养不好，死掉了，连长可以报这个兵病死，上面不会追究。作战的时候，团长可以用抗命或作战不力的罪名就地枪毙士兵，上级也不会调查。他豪情万丈，自己甘愿先吃兔子后喂狮子,也就是"我先杀你,上级再杀我,我看见你死,你看不见我死"。

我对这种训练非常失望,他们要把我们打造成没有个性、没有正义感的动物,他们要我们对暴力屈服,承认一切现状合理,这哪里像是训练"民众之保、军伍之师"?这样训练出来的机械人,又怎能担任"革命的内层保障、领袖的近卫军"!班长常常反复训示:你可以折断一根筷子,你不能折断一把筷子。他只是要把我们变成筷子。

班长们联手营造了一种看不见、摸不着、深入骨髓的恐怖气氛。他们确实精力过人,料事如神,我们的过去心、未来心、现在心,全在他们的掌中。他们永远不休息,似乎也永远不睡觉。半夜,人人熟睡的时候,一个新兵起来上厕所,班长立即跟踪而至。偶然,两个同学趁左右无人,说几句悄悄话,转脸一看魂飞魄散,班长不知何时从天而降,逼你把对话重排一次,再罚二十个卧倒起立。

两个月以后,我们同学之间断绝了一切沟通,如果还有谁找你攀谈,那人准是班长派出来的线民。我们每一个人都像是裸体,都好像透明,班长不戴手套,爱摸我们哪里就摸哪里。夜晚熄灯以后,我倒在枕头上,努力使呼吸均匀,唯恐有人数算我呼吸的次数。我合上眼再也不睁开,唯恐看见班长的眼睛正在上方注视,看我是真睡还是假睡。据说,在电影院里,如果一个男孩目不转睛地看前排的一个女孩,那女孩的后脑勺就会觉得有压力。我每夜总是带着这种压力。

新兵训练和流亡学校的新生训练确乎不同,两者的区别,并非仅仅是严格到什么程度的问题,而在新兵、新生一字之差。设立学校是教学生如何求生,使自己生存也使别人生存,新兵训练却是教人求死,不是你死就是我死,或者同归于尽,依军中通用的语言,这是"有我无敌,有敌无我",这是"必死不死,幸生不生"。这是最特殊的一种训练,也是最反常的一种训练。

所以当年国民政府对大兵没有退伍后的照顾,没人设想他活到七老八十。五十年代,国民党退守台湾,知耻知病,痛改前非,尊称老兵为荣誉国民,负责养老送终。八十年代,台湾"解严",人民可以自由游行请愿，老兵也为自己的利益走上街头。竟有做过大官的人不以为然，依这位退休特任官的意见，老兵当年在营，作战不力，这个战役也没成仁，那个战役也没取义，一路败退到台湾，依赖政府养活直到耋耄之年，他们还有什么资格争长争短？他的意见能代表某一些人。

我后来逐渐明白，军队的存在是一种非常的存在，和各行各业不同，因之，军人所受的训练，"老百姓"很难了解。那时，建立军队的特殊性，要从人人挨打的时候甘之如饴开始。他要摧毁我们每个人的个性，扫荡我们每个人的自尊，要我们再也没有判断力，再也没有自主性，放弃人生的一切理想，得过且过，自暴自弃。据说人到此时，从自轻自贱中生出勇敢，万众一心，视死如归。我称之为"无耻近乎勇"。

新兵训练是一种轮回，以前种种譬如昨日死，以后种种譬如今日生。如此这般捏塑而成的士兵，当然不会爱民，一个人格破碎的人很难有爱，更难有大爱，除非后来从宗教情操得到救赎。如此这般成长的人又怎会威武不屈？如果班长是他们的教士，"胳臂拗不过大腿"、"别想拿鸡蛋碰石头"是他们代代相传的圣经，后来内战的战场上，处处有"四十万人齐解甲"的大场面，也就事出有因了。

那时，跟我们隔着秦川平原生聚教训的中共，可不是这样练兵的！我得承认，自大清朝廷、北洋政府、国民革命军是一套文化，中共的解放军另是一种文化。

如果说，当年宪兵团的苦修也使我受到什么造就，……一九四九年，我逃到台湾。台湾成为反共基地，出现了所谓白色恐怖。我凭着马营的学习心得，可以料到他们做什么、怎样做，我能理解、能忍受、能躲闪、能坦然相对。我把自己可能受到的伤害减到最小，可是也萎缩成一棵从未盛开的花。

地球总是在转。国民党退守台湾以后，教育发达，军队素质提高，宪兵上等兵都是高中毕业，打骂教育完全废除。服役时有成就感，三年退伍，转业渠道也多，当宪兵是青年的一条好出路，可惜我早生了几十年。

6　新兵是怎样炼成的（下）

有这么一个故事：法国文豪雨果出国旅行，到了某国边境，接受检查登记，他和值勤的宪兵有一番对话：

"你叫什么名字？"

"雨果。"

"你靠什么谋生？"

"笔杆子。"

于是，宪兵在登记簿上写道：

　　姓名：雨果。

　　职业：贩卖笔杆。

我现在记述的那个年代，中国一般宪兵的程度大概也就是如此吧？《中华民国建军史》说，一九三一年国民政府成立宪兵，明文规定要小学毕业才可以报名，事实上当时国民教育不发达，学童入学率很低，招兵时降低水平，只要识字就行。

说到识字，当年文化界曾经辩论"文盲"的定义。有人说，只要有一个字不认识，就算文盲，翻开《康熙字典》看，我们有多少字不认识，我们都成了文盲？有人说，只要认识一个字就不是文盲，中国人的宗法观念强烈，无论如何都认识自己的姓，中国没有文盲？这一次，宪六团吸收了很多陕西乡村和山区的青年，其中有些人不会写自己的名字，他们到底算不算文盲？

这一次，吴连长到汉阴招兵，从二十二中一口气吸走五十多个中学生，算是破了宪兵历史上的纪录。

新兵训练掌握在班长手里。各宪兵团选拔优秀的上等兵，保送进宪兵学校军士队受训，结业后成为班长。所谓优秀，是指木马跳得高，单杠要得转，打野外跑得快，立正姿势站得久，并不重视他们的学科。

我们新兵连有九个班长，三个副班长，我们很快发现他们除单杠、木马和立正稍息之外，严重缺乏必须的知识，只有一位郭班长，名叫郭伟，高中毕业，学冠群僚。当年马营有难同当的陈百融同学帮助我回忆，写出九个班长的姓名籍贯，他们多半来自陕西省的乡村，我今天隐恶扬善，也不必都写在这里了。

我们那一连新兵的程度悬殊。招兵除了"只要识字就行"，还有意外收获。那时抗战突然胜利，时局激烈变动，出现了一些走投无路的人，临时有饭就吃。有一个人姓马，模样瘦、高、黑，果然长了一副狭长的脸。战干团出身，业已做到步兵连长，却突然变成和我们一同入伍的新兵。他对班长们十分恭顺，并且从不和我们任何新兵交谈，很懂得适应环境，班长也从不难为他。还有一位姓崔，身材矮胖，脸上有白麻子，第二十八集团军军官训练班毕业。还有一位，据说是黄埔军官学校炮科毕业，大家将信将疑，六团到沈阳，他果然做了某军的炮兵连长。新兵赵静佚，他的姐姐是国民政府驻美外交官，我们经过上海时，这位姐姐曾来探望弟弟。国府要人魏道明有个外甥，流落陕西，也进了招兵人员的网罗。熊允颐军长的儿子与继母不和，离家出走投军，更是宪兵连的"特殊材料"。凤翔先修班的流亡学生也来了十来个，他们是高中程度，连同我们从十四团改投六团的这三十个初中毕业生，人数超过全连三分之一。据说自宪兵成立以来，新兵的成色从来没有这样十足可观。不久六团开往东北，经过南京，南京当地的宪兵开了个欢迎会，六团沙团长致词的时候，特别提出"一个连有五十个中学毕业生"，赢得热烈掌声。

这一批新兵给那些班长很大的压力。有人说笑话，军训教官懂一二三四，音乐教员懂一二三四五六七，数学教员懂一二三四五六七八九十，现在是只懂一二三四的人当权，管理教导懂一二三四五六七八九十的人，班长们有自卑感，他们必须打人维持尊严。他们知识不足以服人，道德不足以感人，气质不足以诱人，但膂力过人，打人最方便，最占优势，收效也最快。多年后，我读某一位俄国作家写的故事，他说他母亲一向用体罚管教孩子,母亲常说,"打一次比不打两次更有效。"班长们一定完全同意。

班长在训话的时候说过多少次:"你们是龙也得盘着,是虎也得蹲着。"以驯兽师自况,有优越感也有危机意识。这是没知识的人打有知识的人,这是行骗的人打被骗的人,也是吃饱了的人打吃不饱的人(新兵连的伙食很坏)。

每天晚点名后,班长有一段单独训话的时间,每一排三位班长轮流值星,值星班长可以对全排训话,我有机会领教三位班长的言论,他们努力突出自己的文化水平。一个班长很得意地说:学如逆水行舟,不进则"推"。你们不长进,我就要往前"推"。一面说,一面做出推动的手势。

有一次,某班长表示他也懂平面几何,喊过"向右看齐"的口令之后,嫌队形不够整齐,大吼一声:"两点之间可以成直线,你们有这么多点,为什么还不直?"他不知道,点越多,线越不直。

班长训话到段落处,照例高声问我们:"听见了没有?"依照我们所受的训练,全班必须喊破喉咙,齐声回答:

"听见了!"

再问:"听懂了没有?"

再答:"听懂了!"

三问:"记住了没有?"

三答:"记住了!"

回答的声音必须一次比一次雄壮,我们觉得可笑,无聊,但是人人一本正经。

有一个班长说,部下必须相信长官,信心可以产生无比的力量。他举了一个例子:一张钞票明明是一张纸,大家相信它是一块钱,它就是一块钱。这话没有经济学常识,我们仍然齐声高呼:听见了!听懂了!记住了!

确实记住了,我直到今天没有忘记。

几个月后，我们开到沈阳，赶马车的人沿街喊着："一张票！一张票！"（一张一元的钞票。）意思是，市内车费由一块钱起价。不久物价上涨，通货贬值，赶马车的人照样喊叫"一张票"，这张票已经是十元的钞票了，虽然大家比以前更希望那张纸是一块钱，又有什么用。

一九四八年八月，国民政府改革币制，金圆券出笼，当时币信很高，多少人把黄金美钞送进银行换那张纸。几个月后，币值惨跌，老百姓用钞票糊墙，焦头烂额的我还草草想过：那位班长现在怎么样了？他怎么修改他的训词？

为了表示自己有文化，班长们常在训话时诵念四首劝学诗，那是四首七律，作者吴澄，陕西的一位进士，陕西籍的班长们以他为荣。班长念诗，囫囵吞枣，我始终听不清全文，我也怀疑班长了解全文。我还记得有一联是：

人不修习何异兽，

蛇能变化亦成龙。

意思不错。四首律诗的最末两句都是：

拳拳相勉无他意，

三十年前好用功。

班长如此反复叮咛，实在教我伤心。我们那时不到二十岁，"三十年前好用功"，无异责备我们轻易放弃了学业，浪费最宝贵的光阴。学者说，三十岁以后，人多半是重复、加强他三十岁以前学到的东西，三十岁以前奠定广度，三十岁以后只能堆积厚度，老进士的话可以如此解读。可是你们把我们从学校里骗出来以后，怎么可以再对我们念诵这样的教条！他们迫切需要材料使用，却不知此时劝学，失言失人，他们但充面子，不计后果，也可能不知后果。

每天晚点名的时候，照例要唱宪兵学校校歌，这是我们跟宪兵学校唯一的关联。我们是被他们用宪兵学校的名义骗来的，校歌声中有绵绵的新愁旧恨，对别的新兵，校歌连这一点感应也没有，因为他们根本听不懂。试看歌词：

> 整军饬纪，宪兵所司，民众之保，军伍之师。
> 以匡以导，必身先之，修己以教，教不虚施。
> 充尔德性，肃尔威仪，大仁大勇，独立不移。
> 克励尔学，务博尔知，唯勤唯敏，唯职之宜。
> 军有纪律，国有纲维，孰为之率，唯尔是资。
> 完成革命，奠固邦基，匪异人任，念兹在兹。

歌词的体例仿照中华民国国歌。国歌源于党歌，党歌歌词本是孙中山先生参加黄埔军校开学典礼的训词，那时是一九二四年六月十六日。一九三七年制定国歌，没有考量十三年后文化风尚和社会需要，只求在文献形式上延续传统，就歌词论歌词，已是一失。宪兵学校校歌继承了国歌歌词所有的缺点：文言深奥，一般国民很难接受；整齐的四言诗，没有长短错落，节奏呆板；国歌歌词押的是 ong 韵，离暮气太近，离昂扬的朝气太远。宪兵学校的校歌不见前鉴，押司，资，兹，声音从牙缝里出来，押施师，知，基，有"气"无力。而文字艰深又超过国歌。

黄埔军校校歌押 wu，同样不顾声韵，使人想起苏东坡在赤壁赋里形容的"其声呜呜然"，可见当年南京重庆主持文宣大计的人，如何忽略了听觉。他们只想到继承已往的五千年，没设想开创未来的五千年。后来这种模仿繁衍成派，陆军后勤学校校歌，陆军化学兵学校校歌，工兵学校校歌，都学黄埔，不避 wu 韵。国防管理学院校歌，中山理工学院校歌，都学国歌，四言一句，不避 ong 韵。这些歌词有共同的"特色"：你得读过许多文言文，才看得懂，即使读过许多文言文，也听不懂。

宪兵学校校歌的曲谱倒是容易唱，听来也雄壮，里面有一段掌故。当年中华民国教育部用孙中山先生的一段遗训作词，公开征求曲谱。负责决审的大人先生，采用了一首庄严肃穆的黄钟大吕之音（程懋筠作曲），另一首较为轻快活泼的进行曲，列为第二名（于镜涛作曲），拍板决审的大员但知满足自己的庙堂趣味，脱离大众国民。中华民国国歌的曲子，起初太强调字的单音，像祭孔的音乐，后来由低音到高音，差距太大，要受过声乐训练才唱得完。普通常见的情形是，开始大家一齐唱，以后调子越来越高，唱的人越来越少，最后七零八落，溃不成声。有人说，这是象征国祚不永。

宪兵学校成立，处处想表示宪兵的特殊和不凡，不但采用了这首几乎成为国歌的曲谱，也模仿国歌作词，全体宪兵都唱这支歌，事实上成为宪兵的军歌，那年代，也是一首大多数宪兵唱不清、大多数老百姓听不懂的歌。

也就在这时候，山东、河北、安徽、江苏，农村出身的中共干部，喜气洋洋地传播他们炮制的顺口溜：

想中央，望中央，中央来了一扫光！

想中央，望中央，中央来了更遭殃！

愚夫愚妇、男童女童朗朗上口。

每天晚点名之后，全连官兵一同朗诵军人读训，制作文本的人简直拿大兵开心！例如：

第三条：敬爱袍泽，保护人民，不容有倨傲粗暴之行为。

第十条：诚心修身，笃守信义，不容有卑劣诈伪之行为。

招兵时"卑劣诈伪"，练兵时"倨傲粗暴"，带领"只要识字就可以"的"老百姓"，念模糊不清的咒语。班长训话，从来不敢引用这些条文。晚点名时，班长入列，我个子高，做排头第一名列兵，三位班长就站在我旁边，我听得见他们随众朗诵，咬音不准，因为他们不知道那是几个什么字，有时候，他把第九条的（褒荡浪漫）和第十条的（卑劣诈伪）掉了包。

就在我们嗡嗡作声、不知所云的时候，黄河北岸中共士兵朗朗上口的是：

人民的军队爱人民！

一听就会，触类旁通。

班长也有教我们非常佩服的地方，他们的立正姿势很标准。他们上单杠、跳木马轻快如同游戏。他们卧倒、起立、踢正步漂亮迷人。他们只有把心思都花费在"术课"上，他们也的确是很好的教练。

我们为了把立正站好，冤枉吃了很多苦，花了很多时间。对于立正，步兵操典冗长琐碎的规定，每一个班长都背得烂熟，到了排长，能把立正和正心、诚意、修身、齐家、治国挂钩。我们站得腰酸背痛，头晕眼花，站成木雕泥塑，死灰槁木。这是一桩永远修不完也修不好的把式。我不相信这样可以"泰山崩于前而色不变，麋鹿兴于左而目不瞬"。我不相信一位大将"独立三边静"的时候，"两腿并立，两臂下垂，中指贴于裤缝。"我相信这样可以产生很好看的卫兵和仪队。

踢正步的经验也痛苦不堪，我也怀疑有任何价值。尤其是训练踢正步，先要"拔慢步"，腿抬起来，手臂伸出去，做出正步走的姿势，却站在原地不动，简直是一种苦刑，弄得人人夜里睡不好，白天站不直。那时规定，齐步走每步七十五公分，每分钟一百一十四步，脚尖向左十五度；正步走又要脚尖向右，都是根本做不到的事情。

后来我读到蒋介石主席一段训词，他说，"可以先求内容、后求形式，也可以先求形式、后求内容。先有形式、后求内容，易；先有内容、后求形式，难。"是了，他想先有形式、后求内容，他想由徒具形式的教员、训练出精神内涵充实饱满的学生。

现在知道，当我们恨不得个个站成植物人的时候，大河南北的共军，正在苦修另一门功课：战士怎样背着炸药包，挨近碉堡，悄悄坐下，背上的炸药包紧紧靠在碉堡上，自己断然引爆。他牺牲了，可是碉堡也炸出缺口来，被后继者一举攻下。他们完全不需要什么立正姿势。解放军从来不问全班士兵的鼻尖是否在一条线上，全班的棉被是否折成有棱有角的豆腐块。他们卧倒，起立，也不必像天桥的把式一样好看。

现在知道，我们那些班长，每天在操场上呼天抢地，不过是为了"齐步走"——全排士兵的脚掌同时落地，为了"枪放下"——全班士兵的枪托同时落地。那时候，大河南北的共军干部，正在训练他们的战士如何对付国军的坦克，他们轻轻松松，以各种姿态，各种腔调，对坦克发出讥讽：

> 一怕天黑看不见。二怕步兵被切断。三怕飞雷和炸弹。四怕集束手榴弹。五怕战防枪。六怕战防炮。七怕火箭炮。八怕黑头穿甲弹。九怕有沟过不去。十怕白灰烟幕弹。十一特等射手打它的瞭望眼。十二英雄上车塞进手榴弹。

班长常常问我们：世界上有物理博士，有化学博士，你们可听说有军事家博士？没有，确实没有。班长又问：为什么军事家没有博士呢？他说，因为军事学问太高深，单说立正姿势已是神妙莫测，谁也没有资格评定他的成绩。班长侃侃而谈，洋洋得意，虽然对列兵讲话，也站出一个漂漂亮亮的立正来，仿佛他就是军事家。那时我已知道，因为大学没有军事家学位，所以世上没有军事家博士。

地球总是在转。国民党退守台湾以后，教育发达，军队素质提高，军事学校开始设置硕士学位。我写这篇文章的时候读到新闻报道，专家指出，踢正步有碍健康，减损战力，"踢正步的过程中，脚后跟经常猛烈着地，在医学上确实有伤及脑部之虞。世界上踢正步的国家早已不多，美、英部队不踢正步，军力一样强。国军踢正步应系沿袭日本明治维新后的新陆军，日本则学步自德国普鲁士军人。战后的德国已不踢正步了。"老天爷！专家的发现往往是生活经验和常识的学术化，我怀疑，除了踢正步以外，训练立正姿势也"有碍健康、减损战力"，我们有许多人"立正"时昏倒在操场里。而且我怀疑，后来内战正式开打，国军坐困孤城，死而后已，正是"立正"训练的长远影响。

7 两位排长怎样庇护我

马营的打骂有教无类，我却没挨过打。新兵训练分"术课"和"学课"两大门类，传统偏重术课，像单杠、木马、跳远、拳术等。我有相当程度的"麻烦症候群",不能承受严格的体能训练(回忆录第二册《怒目少年》有详细记述),马营新兵连六个月,我的术科成绩落后,挨打的机会很多,本该每天小打一次,每星期痛打一次,可是居然没有。

这是奇迹,我有奇遇。多年以后,我写出两句众人引述的话来:"每一层地狱里都有一个天使,问题是你如何遇见他;每一层天堂上都有一个魔鬼,问题是你如何躲开他。"马营如果是地狱,我有幸遇见天使。

马营第一天,我们鱼贯进入营房,一个军官站在大门以内的走道旁注目看我们每一个人。后来知道,他是新兵连第三排的杨书质排长,那天他是全连的值星官,他要观察我们。由这件事情可以推论他是一位既优秀又尽责的排长,他这么一看,发生了我和他今世来生的"殊胜因缘"。

新兵连的三位排长是:第一排排长张志华,陕西临潼人;第二排排长姓黄,广东人;第三排排长杨书质,河北沧州人。杨先生有"书生气质",使我联想"下马草檄,上马杀贼"。开训一个星期,我的弱点完全暴露了,杨排长庇护我。后来知道,杨排长对连长说,现在抗战胜利了,中国位列四强之一,军队的素质逐渐提高,如果宪兵的知识水准比他们低,就很难执行勤务。杨排长说,文武全才难得,只有取人之长,兼收并蓄,量材施用。训练新兵,他主张要给体质比较文弱而文化资质优秀的青年留下一席之地。当时在六团、甚至在宪兵司令部,这都是相当"前卫"的看法,感谢朱腾连长接受了他的建议。

那时,在新兵连的三位排长之中,杨排长年纪最轻,今天推算,只有二十四岁。他的学识丰富,据说,他在宪兵学校受训的那两年,每逢星期假日,人家坐茶馆,进戏院,三朋四友打麻将,他去听名人演讲,到图书馆看报纸杂志。

那时宪兵学校有学员队和学生队之分,学员队招收军校毕业生,施以一年的专业训练,使他具有宪兵军官的资格;学生队则是宪兵军官的"科班",受完整的宪兵军官教育,是宪兵的嫡系正统。杨排长出身学生队,年轻有为,说句很俗气的话,行情高,面子大,他也说服了第一排的张志华排长。

马营受训六个月,连上对我的术课没有严格要求。训练进行到后期,每月举行全连术科大竞赛,评审官给每个新兵打分数,给每个班算出平均分数,给全连九个班排定名次,如果名次低,班长的考绩也低。第一排第一班赵班长提出异议,认为我的分数会把第一班的名次拉下来,对他不公平。杨排长从中运作,连长同意,把我调到第二班,评审官核算第二班的成绩,把我排除在外,也就是说,全班十名新兵,只拿九个人的分数来平均。

当时我们每一分钟都控制在班长手中,班长绝对不许我们有"私密"的空间和时间。杨排长为我制造喘息的机会,他做值星官,一定找我个别谈话。连上有一挺轻机枪,按规定由第一排排头扛着出操,我调到第二班以后,顿时轻松许多。西北风里学筑城,挖战壕,指导员看杨排长的面子,叫我到他的办公室里写墙报,免除劳役。第二排黄排长以值星官身份训话的时候,强调术课重要,然后叫着我的名字说:"他的腿太长了!"表示原谅。如此这般,给人的印象是全连长官都护着我。

回想起来,他们那时都是时代青年。杨排长年纪最小,个子也不高,但望之有威。朱连长比他大几岁,态度光明磊落,治兵大处着眼。张排长年龄最大,当年三十五岁,阅历丰富,有苦口婆心。三人风格不同,借用宪兵训练的口号来形容,张排长稳重,"钢胆沉着",杨排长朝气蓬勃,"热心慧敏",朱连长慷慨有大志,"向前向上"。这样三个人,他们带我去北平我就去北平,带我去沈阳我就去沈阳。

军事训练一切讲话都有标准说词,千口一腔,辗转重复,十分乏味,但杨排长常有自己的见解。有一次,他以值星官身份对全连士兵讲话,他提出一个问题:为什么要受军事训练?我们说为了报国,我们又说这是一种义务,他都装做没有听见。他的答案是:军事训练可以使青年人养成终身使用的良好习惯,像整洁、勤劳、勇气、效率、合群等等。他的角度不同,他从青年的利益看问题,答案新鲜。二十年后,我看到美国海军的招兵广告:"你想免费周游世界吗?"我又想到当年杨排长的见解多么"前卫"!

  杨排长常常找我个别谈话,他有一间小小的卧房,除了床铺,只容得下一张书桌。我们隔着桌子面对面坐下,在操课时间,他是一个不动而威的长官,个别谈话的时候,他像一个温和的教授。我能有一段时间完全脱离班长的掌握,已是一种幸福,何况又能分享人生道路上先行者的智慧。他虽然年轻,分寸拿捏得准,他暗中庇护我,但从未直接告诉我。他也从来没有一句话谈到政治(那该是指导员的工作),只谈青年人立身处世。还记得他引用成语,解释什么叫"有为有守",他指出,我的性格偏向有守,远离了有为。那时候,他看出我的沮丧和萎缩。

  我必须记下来,他屡次问我有什么计划,他叮嘱我:如果想做什么事,务必先和他商量。我心中暗想,事到如今,个人的一切权利已遭剥夺,个人的一切发展已遭堵塞,我还能有什么计划?我只希望六团带我走出关中,走回华北地区,寻找我的父母、妹妹和弟弟。我并没有把这个意念说出来,说出来也没人相信,也许增加另一种猜疑。我心里的事情,他们知道得越少越好。

  多少年来,我十分思念杨排长,有一天恍然大悟:亲爱的杨老师啊,你是担心我自杀吧,你是用"防范自杀"才说服朱连长的吧,士兵自杀,连长要记过调职的呢!

  了不起的排长,你难道料事如神,那时我的心里的确常常冒出自杀的念头来。那时士兵自杀也是军中常事,奇怪,我们是新兵,不知怎么都听说了自杀的方法:你不是有一支步枪吗,你侧卧在床上,盖好棉被,被窝里抱住步枪,弹舱里装上子弹。你悄悄用脚趾拉开扳机,推子弹上膛,枪口抵住喉部,再用脚趾去扣扳机,惊天动地,一了百了,蚂蚁也有十分钟的轰轰烈烈。班长降级,排长记过,连长调去坐冷板凳，一个个灰头土脸，教你知道我的厉害。

纵然班长有天眼通，连长有天耳通，你们也不知道我悄悄地演习过一次，当然用空枪。你看不起脚趾，没想过一发能动全局，枪机咔嚓一响，全身震动，若有所失，若有所得，赤条条来去，滋味很迷人呢。可是我几乎弄假成真，我不知道弹舱里真有子弹。

必须解释一下："汉阳造"步枪是把子弹装在薄铜片做成的弹夹里，再把弹夹装进弹舱，满夹有五发子弹，最后一颗子弹上膛，空弹夹自动跳出舱外，叫做"漏夹"。平时弹舱里不该有子弹，我没有事先检查，幸亏只有一颗子弹，我用脚趾把子弹推进枪膛，听见空弹夹当啷一声落下，好家伙，枪在警告我。幸亏是汉阳造，幸亏没有第二颗子弹，险哪！

我怎么能自杀，父母家人挂在心上，我得活着。我只是研究自杀，排练自杀，宁可百日不用，不可一日无备。我既然掌握了自杀的方法，随时可以实施，反而好像吃了定心丸。亲爱的杨排长，我一直活着找你，我终于找到你，一直活到二十一世纪。

二表姐突然来到马营，引起一阵轰动。她已在二十二中毕业，考进西北农学院，成为当时的明星级人物，女大学生。大学生有向上级控诉的能力，他们只好让我们见面，连长特别让出他的办公室，供我会客。我那当炮兵营长的五叔，音讯断绝已久，现在忽然汇给我法币三万元。二表姐是我指定的代理收信人，学校训导处把信转给她，她把钱领出来送给我。我很感伤，我说我已辍学，不配再花用这笔钱，咱们退回去吧。二表姐比较理智，主张收下，我这才想起，我有机会进二十二中，多亏二表姐导引成全，流亡学生的生活十分困苦，她现在考上大学，正是需要金钱支持的时候，我就用五叔这笔钱补报了她这份人情吧！五叔能够为家乡培养一个人才，也是一桩善举。

但是二表姐坚持给我留下一半。那时对我们来说，一万五千元是很大一笔钱，有了这笔"基金"，加上半工半读，二表姐读完大学。我突然有了这笔钱，一时手足无措，那时候，我们没有任何私人空间可以收藏它。二表姐走后,我急忙报告班长,班长教我报告连长,连长教我存放在排长那里。我拿着厚厚一叠钞票去找杨排长。杨排长没说话,他只是找一张报纸把钱包起来,又找一根线捆扎了。他替我保管这笔钱,分文没有短少。

我承办过一件重要的事情。抗战胜利,政府对士兵颁发"参加抗战证明书",对尉级和校级军官颁发"抗战胜利纪念章",附有一张证明。新兵补充连收到一百多张空白的证明书,由我用毛笔填写番号和姓名,我愉快地完成了工作。连部有一位准尉司书,可是连部的官长都指定由我填写他们的名字,他们认为我的书法比较好,"插柳学诗"下的工夫还在身上。不过我心里有意见,士兵只是"参加"了抗战,尉官校官才值得"纪念",将官不论他做过什么,一律颁发"抗战胜利奖章"。一个人对抗战的贡献有多大,竟完全由官阶决定!还有,证明书的纸张柔软,容易起毛,不耐久藏,难道要士兵装成镜框背在背上?

我的"学科"成绩毕竟不错。杨排长为我们讲解步兵操典,张排长为我们讲授作战教范和阵中勤务令,这三门功课合起来简称"典范令",十分重要。张排长年资深,已经训练过好几批新兵,不管新兵程度有多低,他都要照上面制定的课程表对牛弹琴,心中一定无可奈何。这一次面对我们这批流亡学生,他算是遇到知音,尤其是我,对他的讲授时时心领神会。他似乎想知道杨排长有没有看错人,讲课时随机拿一些问题考问我,例如背诵步兵操典第一条,背诵立正姿势的要领等等。还好,我都能答得上来。

我甚至超出他们的期望。杨排长讲操典讲到步兵冲锋,操典规定,冲锋前要子弹上膛,关好保险。我不明白为什么要关保险,依我揣想,士兵跳出阵地,平端步枪,冲向敌人,子弹既已上膛,当然要在双方刺刀尚未碰触之前射出这颗子弹,杀伤敌人,操典要我们关上保险,不知留下这颗子弹做什么用?杨排长听了大为惊奇。

野外演习有个项目叫"步测距离",测量的公式是两步算一复步,人人背诵公式"复步加复步乘二分之一、等于公尺数"。这个"复步乘二分之一"是什么玩意儿，难倒了多少新兵，也难为了多少班长。有一次，在操场里，张排长当众要我背诵这个公式，我脱口而出的是"复步加复步的一半"。他的第一个反应是我答错了，既而一想，满面堆下笑来，可不是？"复步的一半"多好懂，多好计算，要"复步乘二分之一"干什么！

据说，这两桩公案都写进了新兵训练的例行报告，由连部贡献给团部；据说，团部汇报材料时加入这两条，上达宪兵司令部；据说……

有一次，张排长突然问我：假使你守在阵地里，你抬头一看，敌人的炮兵就在眼前，你怎么办？我觉得这个问题很奇怪，作战时，步兵在第一线推进，炮兵在第二线支持，怎会先出现敌人的炮兵？我凭直觉反问："他的步兵在哪里？"张排长一笑："算你答对了！"

那时，我和他怎么也没料到，一年以后，国共内战全面爆发，两年以后，共军有了炮兵。司令员料定国军缩守据点，不敢出击，就把炮兵调到第一线攻城。有时候，守军的确可以抬头看见共军的炮兵，若问怎么办，正确的答案是一点办法也没有。

张排长讲课旁征博引，他讲到子弹的速度，也讲到声音的速度，我发现子弹的速度比声音快。有一天他问我们：听见枪声害怕不害怕？大家齐声高呼不怕。再问为什么不怕，一片鸦雀无声。我想起一个答案，我说子弹先到，声音后到，听见枪声，子弹已经飞过去了。这个答案传遍全团。

二十年后，我在台北《中国时报》"人间"副刊写五百字小品专栏，使用了这个答案，表示人生有些恐惧是多余的。台湾最前线金门岛上的驻军打电话来，他们需要这篇文章做士兵的教材，并且问我另外还有没有这一类的文章。

我的术科也并非一无是处。训练后期，步枪实弹打靶，每人射击两发子弹，每一枪的满分是十二环。我一枪打十一环，一枪打十二环，杨班长初露笑脸，张排长提高嗓门说我"太慌张了！"他认为瞄准时沉着一点，两枪都可以打十二环，我听了，体会出什么是"其词若有憾焉，其实乃深喜之"。论射击成绩，全连新兵仅此一人，我到底参加过游击队，见过准星尖。就凭这点虚名，后来有人想调我去执行罪犯的死刑，也就是做刽子手，我当然拒绝，那是六团开到沈阳以后的事了。国共内战，我只放过这两枪，这是我的幸运。

靶场规则也有悠久传统。事先划定范围，通知村长乡长，临事派出哨兵，阻止行人通过，以防误伤百姓。列兵进入靶场以后一律卧倒，不准起立，步枪一律与身体平行，不准"出枪"（把枪管伸出去），枪机一律拉开，暴露空空的弹舱，没有子弹在内，以防误伤官兵。列兵就射击位置，班长跪在他的身旁，指导监看每一步动作，射击手打完子弹，归回原位，班长还要检查枪内有没有多余的子弹。如此谨慎周密，使我动心，影响了、或者加强了我以后行事的风格，或者还及于行文的风格。

"团教练"野外演习，我又有一次精彩的表现。有一个项目是指挥官下达行军宿营的命令，命令的内容分中、前、右、左、后五个部分。演习完毕，全连成讲话队形听连长讲评，朱连长首先点了我的名，要我复诵演习时听到的命令。命令的内容看似复杂，其实次序井然，流亡学校也有军事训练，也有野外演习，军训教官也下达过这样的命令，我喜欢条理分明的东西，印象很深。朱连长临场抽考，我拼凑前后记忆，不足之处再稍加编造，居然一气呵成，很像那么一回事。等我复诵完毕，朱连长大声问全连新兵"听到了没有"，连问两次，十分高兴。

这一连串考验使杨排长很有面子，各班班长对我另眼相看，似乎再也没有人非议我的特权。

杨排长的大动作是改革新兵连的伙食。那时新兵穿不暖也吃不饱，高级军官常引用拿破仑一句话："困苦与匮乏，乃优良士兵之学校。"作战的时候，挨冻受饿很寻常，平时不预习怎么行？可是怎么不想一想，平时养得壮，上了战场才挺得住啊！

连上有专人管经费办伙食，官名很奇怪，叫做"特务长"。它本是特别勤务的意思,出操上课行军宿营是一般正常勤务,被服装具柴米油盐就是特别勤务了。后来我到联勤补给机构工作,有两位同事的职衔是特务员。这些特务长、特务员都和情报间谍没有关系,可是共产党虽然知彼知己,也还没精细到这般程度,后来特务长、特务员做了俘虏,还真受到些特别审问。

那时军官、军士和大兵各有进餐的地方,菜饭成色有别,军中办伙食的准则是:"官长要吃得好,班长要吃得饱,兵有多少吃多少。"结果是,新兵半饥半饱。那时士兵腰间都扎一根皮带,开饭的时候并不解开,吃过饭以后,肚皮胀大,用手指插进皮带测试,如果插不进两根手指,算是吃饱。有一次,某班班长问列兵吃饱了没有,别人不敢回答,有个胆大的坦白说没吃饱。班长要他自己测验,看到了测验的结果,吩咐他"把皮带扎紧一点"。我们天天唱"太阳空气水,蒋委员长说它是三宝",从来不提淀粉和脂肪。有时连开水也短缺,我们照以赛亚书所说,"以艰难当饼,以困苦当水"。

写到这里,我应该谈到我们的待遇。招兵的人说,宪兵上等兵的薪饷比照步兵少尉,当然没那回事,到底比少尉差多少呢?我找到军政部当年编制的"陆军官兵待遇比较表",那时少尉薪俸每月法币四十二元,战时加给三十元,生活补助费二百五十元,合计法币三百二十二元。二等兵饷金每月法币二十元,草鞋费六元,合计法币二十六元。少尉薪资是二等兵的十二点三倍。二等兵拿到的二十六元又是多少钱呢,我还记得当时阳春面每碗二元,今天这个时代的人,可以用十三碗阳春面的价格,想象当年二等兵的购买力,"国家"给的伙食吃不饱,他没有资财自己补充。

我们每天活蹦乱跳,攀高举重,热量消耗很大,杨排长看在眼里,动了恻隐之心。全连伙食虽由特务长负责主办,却又由三位排长轮流监督,每人"任期"一个月。战时菜金少,物价高,人所共知,没有什么可说的。抗战突然胜利,菜肉的价钱降下来,杨排长认为新兵可以吃得好一些,就在轮到他"值月"的时候提议改善。

这是对特务长的挑战，也微妙地碰触连长的威信和利益，另外两位排长知道不妥，但是谁也没有反对。以前，每天早晨，新兵推举出来的采买，带着炊事班长，向特务长领当天的菜金。杨排长的改革方案是，每月一日把上半月的菜金都领出来，到十六日再把下半月的菜金都领出来，统筹支配，货币可以发挥更大的效用。

杨排长的设想没有错，然而特务长岂是好惹的？他欺杨排长不知世道险恶。一号那天，杨排长派人来领钱开伙，特务长把全月的菜金都给了他，却不告诉他全月一次付讫；而杨排长以为只支取了半数，另外还有一半到十六号再领。他用全月的菜金办半个月的伙食，当然有明显的改善，可是他十六号再去找特务长，才知道本月份已无钱可用，这一下子麻烦大了。

杨排长必须马上解决两个问题：第一，下半月的菜金如何筹措；第二，下半月的菜比上半月差得多，他如何向全连士兵解释。张排长、黄排长都为他分忧，各自对本排士兵说明委屈，他们谁也没怀疑杨排长贪污。我不知道杨排长如何渡过难关，即使在个别谈话的时候，他从未提过半句。他才二十四岁呐，这么有担当。

不久，团部要把杨排长调到另一个连去做排长。团部没有发表书面的人事命令，只由主管业务的人打了个电话，并且指定前往报到的日期。杨排长认为团部作业程序违反规定，提出异议，但是团部置之不理。于是杨排长集合全连士兵告别。

记得正是黄昏，地面晦暗，天空明亮。记得杨排长别出心裁，教我们蹲下。记得他说舍不得分离。记得他提高了声音说，团部把我调来调去，从来没有人事命令，我好像是一条狗。暮色渐浓，我们看不清他的脸色，只见他举起手帕拭泪，只听见他说："他们拿人当狗！"这句话触动了每个新兵的伤心处，全场同声大哭。

团部慌了手脚也发了脾气，一个排长居然跟新兵建立这样深的感情，这还了得！这种反应我了解，大地主雇个奶妈照顾小孩，就慎防孩子爱他的奶妈。杨排长暂时留下来，六团开往沈阳的日子近了，稳定新兵的情绪要紧，这笔账秋后再算。通过杨排长，我仿佛看见宪兵团的黑暗面。该看见的、总有一天会看见，但是现在未免太早。

8 南京印象——一叠报纸

六团不去北京，大家颇为失望，大概团部为了安抚军心，颁下一套说辞，各位班长异口同声告诉我们，六团此行由西京长安出发，先到南京，再到以前满洲国的新京长春，一共是三个京城，北京去不去又有什么关系？

陕西本土生长的新兵，偷偷地问我西京到新京有多远。我说不知道。今天我为了写这篇文章，特地翻查资料，掌握了一些里程数字，我们由陕西宝鸡出发，由宝鸡到西安，一七三公里。由西安到徐州，八六〇公里。由徐州到南京，三四六公里。由南京到上海，三〇九公里。然后海军把我们运送到葫芦岛，一三八四公里（七四七海里）。由葫芦岛到沈阳，二九三公里。沈阳到长春，三〇五公里。一共是三千六百七十公里。

那时，我们渴望和平。到了南京，第一件事情是看报，队伍入城，我沿街向卖报的报童买了几份日报，没想到买报这么方便！进了营房，全身披挂未卸，站在窗下打开报纸，恍如与世界重逢，心情激动。那时东北是世界注目的焦点，报上说，国军收复沈阳之北的重镇四平街，考其时为五月十九日。国军继续向北推进，占领长春，那是五月二十二日。这一段时间，史家称为东北国军的巅峰期。二十三日，国民政府蒋主席飞沈阳视察，那时我有个可笑的想法：你怎么不等我们到了沈阳再去视察？我们是你的禁卫军、是你的内层保障啊！六月六日，蒋氏对东北国军下达停战令，我们已在上海。我们在南京逗留的时间，大致可以推算出来。

日本投降后，苏联红军占领东北，苏军撤退时把东北移交给共军，国军接收东北，事实上就是与共军作战。我关心东北，那是我即将前往的地方。我关心山东，那是我的故乡。抗战胜利，日军退走，山东百分之九十的面积、百分之八十七的人口由中共控制。一九四三年，蒋氏判断错误，下令撤回驻在山东敌后的国军，实际上放弃了山东，他并未料到一年以后日本投降。国军接收东北，陆路难通，必须聚集在北越的海防等美国军舰接运，有人怪他从温暖的昆明调军到严寒的东北作战，两地气候差别太大，官兵难以适应，可是他有什么选择？运兵的航线绕过广西、广东、福建、浙江、江苏、山东，也就是经过南海、东海、黄海入渤海湾，路程到底有多远，我一时没法计算。若不是盟军指定中国接收北越，给了这么一个出海口，国军也许闷死在崇山峻岭里。可是共军由山东半岛出渤海到营口，二一七海里（四〇二公里），到大连，八十九海里（一六五公里），共军坐帆船接收东北，抢在国军前头。

我从报纸上看见蒋氏决心纠正他的过失，他以徐州为中心，部署大军四十六万人，准备向北、向东逐步压缩，打通山东境内的津浦路段。他先派李延年接收，后派王耀武去统领山东军政（老校长李仙洲在哪里呢？）准备以济南为中心向东推进，青岛的守军向西推进，协力打通胶济铁路。战云密布，只待一声霹雳。

那时关内关外，每当共军受挫、国军得手的时候，也就是和平的呼声很高的时候，左派的媒体，中立的贤达，纯真的学人，平时有各种分歧，却在这一点上异口同声，他们奔走呼号，痛陈中国人民在战争中所受的痛苦，催促国民政府大幅度让步谋和，表现了惊人的执著和热情。他们坦率大胆，指着鼻子骂人，抗战八年，几时见过这般不留情面的言论，简直让我慌了手脚，即使是汪精卫政府指责重庆政府，也比这些文章客气三分。（两年半以后，李宗仁主政，向共产党求和，这些人却全部保持沉默，并未对中共提出类似的要求。）

想出现和平，需要双方罢手，想双方罢手，需要有人调停，美国总统杜鲁门派来的特使马歇尔将军已在中国辛苦工作了半年。马营听训，朱连长几次提到"马帅"，这马帅是个"吗帅？"（什么帅）他没细说。人到南京,耳聪目明,马帅者,马歇尔元帅也,他是美国的五星上将,大战中担任陆军参谋长,有运用组织和谈判的才能,长于协调各方面的力量,"化不可能为可能",增加胜算。他又是一位战略家,运筹帷幄,高瞻远瞩,美国的罗斯福总统和杜鲁门总统倚为左右手。盟国对他的尊敬,美国民众对他的信赖,都可以用"极高"来形容。所以杜鲁门总统任命他做特使,调停国共冲突。

半年来,马帅的工作并没有多大进展,他压迫国民党让步,换取中共的信任,所以国民党人不喜欢他。他又执行美国的政策,协助国民政府接收日军占领过的沦陷区,所以共产党人也不喜欢他。自古"调人"总是两面招怨,马歇尔正陷入窘境。他首先要促成"停战",停战先要"停火",他希望国军共军都在原地按兵不动,谁也别惹谁,等待谈判的结果。可是"冲突"仍然天天有,国共双方抢先告状,都说对方开火进攻,"停战小组"派人调查,哪能查出真相来?何况战线那么长,发生冲突的地点那么多,停战小组的人员那么少。

那时我暗中纳闷:"停火"怎么会那么难?如果派出几批人马,把国共两军第一线的驻地画成地图,如果发生冲突,调查小组拿着地图到出事地点去核对,是非曲直岂不立刻可以判明?这样简单有效的办法,停战小组怎会想不出来?这个问题我一直闷在心里。

那时南京是首善之区,"名牌"报纸杂志很多,《大公报》是一般读者的首选,报道比较中立,新闻常有独家。当然要看《中央日报》,抗战八年,家乡与后方隔绝,《中央日报》就是中央"公报"。日本投降,抗战胜利,各地抗日游击队等待上级指示,某地官员拿出一份《中央日报》给游击队领袖看,上面写的是游击队就地解散,那些打游击的庄稼汉就消失了。"龚大炮"办的《救国日报》反苏反共,常以通栏破格的大字标题批评政府,耸动四方。《文汇报》格调近似《大公报》,但激昂慷慨有过之,雍容大方则不及,境界低一级,形象小一圈。也看《扫荡报》(《和平日报》),我和它南京结缘,三年后觅食台北,竟有幸进了这家报馆。

第 一 部

我也看《新民报》、《南京晚报》，觉得亲切，后来知道他们是当地的民营报纸，力求贴近市民。我也看上海来的《申报》、《新闻报》，曾在三十年代的文学作品中屡次看到两报的大名，有崇拜的心情。还有……我什么报都看，唯有中共办的《新华日报》，我不敢看，班长们对我整天看报已经侧目而视，他们一向认为读书看报的兵不可靠，如果我再看中共的机关报，他们将无法忍耐，我自己也觉得太过分了。

各家报纸立场不同，对同一件事各有不同的说法，我觉得十分新奇。在后方，我只知道一个观点，一种长短，对天下事只有一种看法，"公说公有理、婆说婆有理"应该仅是家务小事，至于国家大事，应该有大是大非，而大是大非应该由政府宣示。借用今天流行的词语，南京上海的报纸"颠覆"了、"解构"了我受的教育，那时我的确受到震撼。自此以后，我一直留在聚讼纷纭的社会中，没有再回到"一言堂"下讨生活。

八十年代，中共建立的共和国开放对美留学，我在纽约认识一位北京来的留学生，他看到纽约新闻文化界"一件事情、十种说词"，深感苦恼，他又偏要自寻烦恼，到图书馆借出《明报月刊》十年来的合订本，《七十年代》十年来的合订本，挑灯夜读，深入察看，直看得面黄肌瘦，意乱情迷。我是过来人，我把当年的心路历程向他剖析一番，他说他得到很大的帮助。

我们在南京逗留，只是为了一件事："谒陵"，登上孙中山先生的陵墓参观致敬。那时复员的机构、来往的官员、过境的部队都要"谒陵"表示对党国的忠诚，事关意识形态，绝不可缺，大家挂号排队，争先恐后，管理陵园的官员也就有绝大的支配权，管你什么人物，谁敢站在中山陵园的门口放一个屁，个个只有小心说话，我们读历史，都知道守护汉文帝陵墓的小军官，如何侮慢李广将军。宪兵团一向自视甚高，想不到团部的公文无效，要宪兵司令部才行，少校团附拿了司令部的公文去交涉，人家不理，中校副团长出面，也不够看，最后还是团长亲自一行。那时流行一句话："到了南京，才知道自己的官小，到了上海，才知道自己的钱少。"物换星移天不变，我写这篇文章的时候，这句话已经改成："到了北京，才知道自己的官小，到了上海，才知道自己的钱少。"然后不断有人增添，例如到了东北，才知道胆小，到了什么地方才知道肾脏不好，等等。

逗留南京，我以为宪兵司令可能来校阅，或者什么人可能来训话，结果没有。我打过游击，见过中共练兵，他们每到一个新地方，总有人讲述当地的民情风俗，定下官兵遵守的事项，宪兵并没这样做（我们进驻东北以后，知道开进东北的五个军都没这样做）。中央大员忙着接收，营连官长忙着带队游览，我忙着看报。每天晚上，他们谈论秦淮河、雨花台、玄武湖，我独自咀嚼读报的滋味。我脱队读报，没人干涉，我把看过的报纸放在墙角，堆成厚厚一叠，今天回忆南京，马上想到一叠报纸，这一叠报纸放在那里，没有任何人去翻动一下。

离开南京，到了上海，我"嗜报"到达高潮。从那时起，我养成看报的习惯，每天早晨没有报纸在手，怅怅然若有所失。后来到台北，我干脆进了报馆，职业与兴趣结合，实在是一大幸事。我曾追述我在上海读报的经验，写成一篇散文：《旧时天气，今日心情》。我一直认为，当你伸手买一份报纸的时候，你已花最少的钱买到最多的东西。我写这篇文章的时候，某公司正在推销百科全书，广告说，你只要花六分钱就可以买一条知识。我立时想起，报纸读者只要花一分钱，就可以买六条资讯。我在劝人读报的时候说，"一天开门八件事，柴米油盐酱醋茶、报纸。"

尽管我读报那么专心，尽管我读了那么多报纸，仍有许多事情我不知道。我难以想象，故乡兰陵成为中共的重要据点，临时设置了兰陵县。我知道国军沿苏北运河向北布防，并不知道他们攻入兰陵。我不知道中共从游击队手中夺取临沂县城，史家说，中共从此停止乡村游击战，开始正面进攻城市。我也不知道，中共在临沂设置山东省人民政府，召开"山东军区党政军领导干部会议"，陈毅在临沂严肃地批评

第 一 部

了中共干部的"天下太平思想",他反对"解甲归田",宣称"自古只有打出来的江山"。我看报只知道中共呼吁和平,高音盖过一切。

我完全不知道母亲已经一病不起,时在一九四五年九月。那时日军投降撤走,中共的老五团过境,中共地方党政干部进驻,管制工作开始,斗争尚未着手。她老人家素有肠胃痼疾,最后病发时,兰陵一带只有中医,没有中药,医师开出来的药方,药店无法配齐。我也不知道,父亲本来决心留在家乡做顺民,他知道逃到外地无法生活,可是他是没落的地主,他读过专科学校,他曾经是孙传芳的幕僚,他参加过国民政府遥控的抗日游击队,他有一个儿子当宪兵,他有一个弟弟是炮兵上校,中共革命,他没有生存的空间。

起初,工作人员对我家还算宽容,称赞我母亲同情穷人,经常施舍,干部组织群众扫街,也因为我家没有劳动力,予以豁免。后来了解,这是拉拢次要的敌人,打击主要的敌人。一个月后,他们突然拘捕父亲,解往兰陵镇北的卞庄镇关押。他已升高为主要敌人。

父亲羁押期间,任何人不得探视,堂弟东才几番送去衣服食物,也没到父亲手中。干部花了一个多月时间,对父亲的素行展开细密的调查,乡人都说他没有劣迹,只好放他回家,这是中共的民主作风。后来了解,中共的调查其实是对群众的教育,劝说乡亲依靠人民,鼓励他们站稳立场,大义灭亲,为下次的拘捕审讯做准备,这是中共的专政原则。父亲细密谨慎,他在多次疲劳审讯的问话中窥见中共的鸿图远略。

父亲回到家中衰弱疲惫,说话用气音,别人慰问,他只摇摇手,想象中他吃了苦。母亲逝世,父亲又遭拘押,十岁的弟弟和十二岁的妹妹由邻家勉强照料,也受了很多苦。说到受苦,这并非开始,也不是结束,以后许多年,家人聚居台北,每个人的苦自己藏在心里,谁也没说,谁也没问。当年母亲卧病的日子,我在异乡,十二岁的妹妹侍奉汤药,清洗秽物,还要每天做两顿饭,十指粗肿,后来见面,她没叫一声苦。多年来我们形成共识,不让家人复述痛苦的遭遇,我们能想象,能

59

体会，但是未必能互相承担，每一个人所以受苦，对方多少是个因素，家庭是个奇怪的组织，如果不能互相增加幸福，那就要互相增加灾难，我是长子，我知道自己要负最大责任。

随着鲁南战局的发展，共军退出兰陵，国军进入兰陵。然后，随着鲁南战局的发展，国军又退出兰陵。那天天气炎热，父亲带着弟弟、妹妹到大门外路旁边乘凉，看见国军大队出行，好像撤退的样子。他上前向一位"老总"求证，那时国军保密训练不足，"老总"对他说了实话，父亲当机立断，左手拉起他的小儿子，右手牵着他的小女儿，紧紧跟在国军的队伍走出去，他老人家一生谨慎周密，唯恐国军前脚走出，共军后脚进来，中间不留空隙，他也唯恐国军出城以后，中共地下人员紧闭城门，禁止出入，机不可失，他没有回到深宅大院里去多拿一件衣服。这时候，母亲已经逝世了，当父亲被捕的时候，母亲就已经离开人间，她没受到种种试炼，上帝释放了她，她释放了丈夫和儿女。

这一老两小徒步来到徐州，夜色昏黑，想到继祖母处落脚，五叔给继祖母租了房子，留下生活费用。继祖母总算让他们进门，并不问他们吃过晚饭没有，教他们睡在客厅的泥土地上。父亲一夜未曾合眼，继祖母在隔壁卧房里也一夜没有住口，她抽着旱烟，数落父亲没有出息。好不容易天亮了，这一老两小仓皇辞出，流浪街头。

天无绝人之路，他们也遇见天使。那时徐州乡下有一个地主，托人找私塾老师教他儿子读书，塾师住在他的家里，由他供给三餐，没有现金报酬。父亲前往面谈，要求子女同来，那地主勉强同意只带一个女儿。无可奈何，父亲另想办法安置儿子，那时常有难民夫妇双亡，教会收容遗下的孤儿，父亲带着弟弟前往，执事人员认为孩子还有父亲，条件不合，后来知道孩子的母亲是谁，破例答应。我母亲支持兰陵教会，接待四方传道人无数，结下善缘。弟弟在收容所里常常挨饿挨骂，夜间睡在地上，老鼠咬他的耳朵和脚指头。这一段生活经验，弟弟很久很久无法忘记。

依情理推想，父亲终于断然出走，想是因为外面还有一个儿子吧！对于他老人家，我仅是空中的一根游丝，却也是他的一线希望，这根游丝也许能变成一根绳索，或者一个救生圈。也许真有心电感应，这根游丝由西北山区飘起，朝着他老人家飘来，稍一偏差，飘向东南沿海，在南京上空飘荡，在上海上空飘荡，又转一个大弯儿，飘到沈阳。飘来飘去，还只是一根游丝。

9 南京印象——一群难民

回忆南京，另一个主要画面是一群难民。

我们临时住在空置不用的库房里，那是日本人建造的库房，一排一排，占了相当大的面积。这么大一座仓库，想必存放了很多物资，我们来时，库房干干净净，可以说寸草不留，屋顶下孤零零拉着一根电线，稀落落挂着几个安置电灯的螺旋窝，没有灯泡。那时距日本投降十个月，"接收"还是热门新闻，接收人员常常侵吞盗卖敌伪物资，这些人有后台，胆子大，可以把一座一座仓库搬空，因此京沪报纸把"接收"写成"劫搜"。面对空空的库房，我对这个新词有深刻的体会。

第一件事情是买灯泡。特务长从没见过灯泡，好歹找到电料行，店员问他"几度"，他怔住了。幸亏店员懂得怎样做生意，问清楚用途和使用的场所，替他作了主张。我还记得，一个灯泡的价钱是法币两百元，很贵。

各排领到灯泡，都不知道怎样安装，李戬排长料到我们有困难，前来察看，他在重庆读宪兵学校，接触过都市文明。他亲手把灯泡装上去，仓库的屋顶高，他的身材又矮，我们出去到处找凳子，好不容易弄到一把椅子。

他吩咐我们不要去碰那些灯泡，"触了电，就像天打雷劈！"他的声调很夸张。以后一连多天，电灯昼夜亮着，没人知道怎样把它关上，连长和值星排长偶然来过，都没有对电灯表示任何意见。

我们在南京大约停留了一个多星期，然后去上海，整队出发时，有些灯泡已经烧坏了，玻璃球上蒙着一层黑雾，有些灯泡没坏，还迎着太阳发光。特务长带着勤务兵，搬来椅子，不分好坏，把灯泡一个一个取下来（他现在学会了），装进面粉口袋，郑重其事。烧坏了的灯泡还有什么用？我觉得奇怪。后来知道，那时灯泡也算财产，凭废品报销，机关部队迁移时，照例把灯泡取下来带走。你的新营房、新办公地点一定没有灯泡，你得交出废品，添购新品。

闲言带过，按下不表。且说库房连着库房，我们的邻居是苏北逃来的难民，苏北有大片土地已经解放了。我对这些难民发生极大的关切，他们为什么要逃出来？中共究竟在做什么？为什么要那样做？苏北鲁南，地理环境相同（一度有人主张把它们合并了，单独设置一个行省）。社会结构相同，战后的情势相同，中共在苏北怎样做，也会在鲁南怎样做，了解苏北，也就间接了解鲁南。

我去访问这些难民，我担心，像我这样一个陌生的年轻人，他们可能排斥我。我走进他们群居的库房，表白来意，他们把我围在中间，热情接待，好像一直等着我。他们齐声诉苦，日本虽然投降，政府并未接收苏北，害他们流离失所。他们递过三次陈情书，请求政府派大军北进，赶走共军，没有回应，索性派出代表到国民政府请愿，警卫部队把他们轰回来。

他们误会了，看我穿着军服，以为我是政府派来的工作人员。我赶紧声明，我是一个作家，我来找材料写文章。他们的热情并未冷却，他们说，中共在苏北做的事，南京人都不知道，他们曾经把《中央日报》的记者请来长谈，一五一十告诉他，可是《中央日报》一个字也没登。《文汇报》登他们的消息，说他们这些难民是家乡的恶势力，家乡人不欢迎他们，所以他们在家乡不能立足。"《文汇报》根本是胡说八道！我们写信去更正，也是石沉大海。"他们在南京的感觉是不见天日，非常希望有一支笔为他们拨开阴霾。他们问："你的文章能在《中央日报》登出来吗？"我说能登出来。"你的文章能在《文汇报》登出来吗？"我也说能登出来。无可奈何，我欺骗了他们。

第 一 部

　　大家争先发言，有人出来维持秩序，请一位绅士模样的老年人先说。他透露的讯息是，抗战时期，中共"团结各阶级共同抗战"，大家相处得很好。不止一次，中共在根据地开会筹款，邀请住在城市里的大商人和大地主参加，他们瞒着日本占领军前往，要粮出粮，要钱出钱，中共对他们亲切友善，而且满口赞许。抗战胜利，日军撤走，共军前来接防，都变了。这位长者说，他百思难解，昨天共同抗战，今天怎么就反目成仇？

　　老者说，中共刚来的时候，大家还想攀交情，讲斤两，但是那些人一出手就把地方上一个有名望的人杀了，家产也抄了，日军占领期间，这人做日本人和地方的中介，暗中又为国民党设置的江苏省政府效力，那些人说他既是汉奸，又是国民党特务。抗战八年，地方士绅迫于形势，个个都是两面敷衍，也可以说个个犯了同样的罪，现在拉出一个来祭刀，其他的人都吓坏了。再加上那些人虽不杀你，却派人到处调查你的罪行，人人服服贴贴，不敢大声喘气，那些人无论办什么样的事，也就一呼百诺了。

　　一个中年人自我介绍，他说他是地主，中共来了，成立"姐妹会"，把各家的妇女组织起来，每天开会上课，教她们识字，分派工作，给解放军战士做鞋，干部对她们反复申说：女人受男人压迫，受封建社会压迫，女人要联合起来，争独立，争平等，跟男人算账。又成立"儿童团"，把各家的孩子集中在一起，每天和孩子谈心，引孩子说出父母的言谈行为和交往，训练孩子放哨、站岗、监视出入行人。妇女、儿童都是清早出门，夜晚回家，这样一来，他的家庭就分裂了，他完全陷于孤立。那些人又把佃农组织起来，教佃农知道地主有罪，地主是无产阶级的敌人，大家要觉悟，要联合起来打倒地主阶级，把土地财产夺回来。这位小地主一听，大事不好，趁着妻子将信将疑，趁着儿女对父母还有几分依恋，也趁着佃农对他还有几分温情，连忙带着妻子儿女逃出来。

　　座中有一个中学教员，他的经验又与别人不同，他不是地主，不是

63

资本家，不是国民党员，也没当过汉奸，自己认为可以留在家乡活着。可是他有一个女儿，他为女婴请过一个奶妈，中共来了，这位奶妈一跃而为妇女干部，开斗争大会，昔日的奶妈指控雇主剥削，她的奶水本来应该喂养自己的孩子，却被特权阶级抢夺。中学教员俯首认错，原以为可以过关，夜晚，有位家长偷偷地通知他，第二天还要继续开会，奶妈将提出新的控诉，不但中学教员的孩子吃她的奶，那中学教员也吃他的奶，意思是性骚扰，甚至可以解释为逼奸。教师一听，这样如何担当得起，也急忙连夜逃出来了。

斗争大会又是怎样运作的呢，透过一个难民的遭遇，可以大致了解。这人是地主，是国民党员，他的儿子在国军里当连长，他是反动分子家属，干部选定他教育群众。这人有个习惯，常到树林里散步，干部给他设定了一个罪名，借树林掩护，跟国民党特务联络，传送情报。怎么发现的呢，干部鼓励大义灭亲，由他的弟弟检举，他跟这个弟弟同父异母，小时候，弟弟受他欺压，怀恨在心。如果拒绝检举，哥哥株连弟弟，一同定罪，如果弟弟"站在人民的这一边"，登上斗争台，表现得很积极，不仅免罪，也出了胸中这口恶气。弟弟知道怎样选择。

大会开始，被斗争的对象捆绑上台，干部派人沿街敲锣呐喊："有仇报仇，有冤报冤！"全村集合，称为人民公审。干部对群众平时有训练，临事有布置。那年代，国军盛行"抓壮丁"，抓走了村中一个青年，从此没有消息，父母伤痛，不必细表。经过干部的一番"思想工作"，壮丁的父母登台控诉，多年的悲愤喷射出来，干部布置的"积极分子"抓住时机，高呼口号，狂热反复回增感染，许多人轮流上台揭发国军官兵的罪行，一时之间，那些罪行都好像是某连长的罪行，某连长的罪行也就是他爸爸妈妈的罪行。全场唯有干部和核心工作人员是冷静的，他们暗中记下谁没有呼口号，谁呼口号的声音太小。如果有人奋身忘我，自动冲上台去，给那连长的爸爸两个耳光，朝他脸上吐两口唾沫，那才是干部们最满意的镜头。高潮迭起之后，干部上台，请"人民"决定罪刑，群众高呼"枪毙他！活埋他！"斗争大会才算圆满成功。

如果群众的反应迟疑敷衍呢？这是"群众的觉悟不够"，事情缓一缓，先教育群众，提高群众的觉悟，然后再开会斗争公审，决不勉强。禁止包办，禁止代替群众决定。"形势比人强"，价值标准一旦形成，自然有人揣摩运动的需要，自动献身配合，参与者互相竞赛，热忱步步上升，不但可以义正词严揭发别人，也可以痛哭流涕揭发自己。五十年代台湾盛行反共文学，很多小说把中共干部写成暴躁专横的杀人魔王，我曾告诉他们，中共不是这副模样，干部在"运动"中很冷静，杀人十分慎重。这句话说得太早了，他们听了目瞪口呆，第二天"线民"找上门来。

中共究竟派来多少枪、多少兵、多少干部呢？它怎么能把你们控制得这样严密呢？他们说，军队并不插手，军队只是创造一个环境。外来的干部寥寥数人，他们就地取材，每一个村镇、每一个城市都有一些人，没受过教育，没有职业，没有固定收入，这些人心里有无限委屈。大户人家瞧不起这些人，可是又怕这些人，大户人家的尊严，也不过是"隔着一层窗户纸，好歹别戳破了"。干部先把这些人组织起来，手里就有了"硬"的，这些人敢作敢当，"赤脚的不怕穿鞋的"，破坏旧秩序是他们的一大乐趣，干部用他们打前锋。地主士绅不管他以前是何等样人，一旦被这些冲锋陷阵的人拉下马、揪上台，另外那些需要自保的人，就按照干部的"教育"站出来，表示自己的觉悟。这些人虽然觉悟了，可是过了这一关过不了下一关，下一次轮到他上台挨斗，再演一出墙倒众人推，戏码重复，演员循环。

我和难民一起混了三天，用他们提供的碎片，拼出大略的图形。中共要彻底改变这个社会，第一步，它先彻底扫除构成这个社会的主要人物，这些人物的优势，第一是财产，第二是世袭的自尊，两者剥夺干净，精英立时变成垃圾。人要维持尊严，第一把某些事情掩盖起来，第二对某些事情作善意的解释，中共反其道而行，叫做"脱裤子"，脱掉他的裤子，再重新分配他的财产，他从此必须自食其力，或者沿街乞讨。他的子女已经参加革命，亲友也和他划清界限，他只能自生自灭。南京的难民声声诉苦叫冤，竭力辩说他们的财产是辛苦累积的，他们的素行代代忠厚传家，这些话完全没有意义。干部并非拿着一把秤一个一个称你，他拿着一把大扫帚"一塌瓜子"扫你。

以后几年，我在这方面有更多的了解。我逃到台湾以后，进"中国广播公司"工作，"中共问题专家"某人来电台演讲，嘲笑"人民民主专政"不通，认为三个名词放在一起不合逻辑。那时电台的编撰部门由王健民教授主领，他对我说，中共是用"民主"的方法"专政"，"民主专政"有它实际的内容。

我明白了！这些在苏北发生的变故，也正在我的家乡鲁南发生，我想华北所有的解放区都不例外，南京这些难民的遭遇，也就是徐州那些难民的遭遇。我和苏北的难民共处，时时产生类比推理：有一个老翁，带着两个幼小的孙子，小孙子时常吵闹哭泣，我想起我的父亲。有一个旧式读书人，幸而学过中医，他每天在马路旁边摆摊看病，我想起五姨父。一个教员，每天到夫子庙打鼓说书，他的太太帮场子，他的女儿向听众收钱，我想起潘子皋老师。有一个乡绅，虽然做了难民，仍然天天喝酒，喝醉了，就说要跳进长江自尽，我想起教我唐诗的"疯爷"。后来事实证明，后者前者的遭逢真的差不多。

革命是由浅入深，苏北那些难民能逃出来，证明一切刚刚开始。即使如此，江南人并不相信他们的故事，一个南京人对他们说，"共产党为什么要这样做？没有必要嘛，再说，他们也做不到。"后来革命"深化"，那些故事，"国统区"的人民简直连听也懒得。北方发生的故事，离南方人的经验太远，凡是完全超出经验范围的事，都教人很难接受。大战期间，美国之音对德军说，美国善待俘虏，集中营里吃牛排，洗热水澡，还有俱乐部，可以看电影、打桥牌。美国之音报道的是实情，但是德军听了完全不信，因为德国对待俘虏很残酷，新资讯和旧经验很难融合。后来美国之音只好修改讲稿，把俘虏的待遇说得坏一些。

第 一 部

我读过一个短篇小说，故事大概是，丈夫怀疑妻子不忠，杀死妻子，妻子在被杀的时候反复分辩："哈利！我是纯洁的！"哈利是她丈夫的名字，她的叫喊当然无人听见，可是行凶现场有一只鹦鹉，后来鹦鹉辗转易主，所到之处它总是喊着"哈利！我是纯洁的！"当然无人理会。家乡人就像小说中的鹦鹉，逃到徐州，逃到南京上海，逃到广州，逃到台湾，一路上诉说"我是纯洁的"，没人注意他们到底说什么。

真奇怪，难民带来的这些讯息，既有新闻价值，又有宣传作用，左派亲共的报纸不登倒也罢了，国民党办的报纸，国民政府影响力所及的报纸，为什么也不登？马歇尔发表谈话，要求国共双方停止宣传仇恨猜忌，那时我从未读到"仇恨猜忌"中共的新闻报道或文学作品。还记得有一次《中央日报》刊出一条"小"消息，说是有一些作家决定以中共的"行为"为题材，创作诗歌小说。这条消息"小"到只有"题文一"，也就是连题目带内文只占一栏，一栏的高度是十个小字，长度也总在十五行到二十行吧！这条消息能够登出来，那些作家显然费了些力气，至于他们的作品，直到大陆撤守，我没有读到任何后续报道。

新闻界元老王新命的回忆录打破了这个闷葫芦，他长期在《中央日报》服务。据他透露，那时国民党中央禁止报道评论中共的行为，营造气氛，为和谈留余地。新闻界另一耆宿雷啸岑（马五先生）在他的回忆录里说，国共军事冲突期间，有一位将级军官阵亡，遗体运回南京，国府中央禁止刊登新闻，禁止军方参加治丧，避免刺激中共，升高对立。蒋氏似乎表现了儒家的人生哲学，他一直用宋明理学对付中共的唯物辩证法，始终没占上风。抗战期间，蒋氏一再批评中共没有信义，阎锡山告诉他，立场相同的人才有信义可讲，国共两党立场相反，你说人家没有信义，人家自己说这是革命。蒋氏爱将、官拜参谋本部作战厅长的郭汝瑰在他的回忆录里说，他的蒋校长曾对中共代表董必武讲"絜矩之道"，意思和"己所不欲，勿施予人"相同。西方人说，国共内战是美式代理人和俄式代理人的战争，我不同意，我看是中国孔孟文化与马列文化的战争，战争结果，中国传统文化失败。一九四九年撤守台湾，国民党"痛改前非"，这才放手推出"仇恨猜忌"的文宣来。

六月二十三日，我在上海，"上海人民和平请愿代表团"晋京请愿，他们在南京下关车站下车，苏北难民冲上去，见人就打，把团长马叙伦打了，把女代表雷洁琼也打了，连新闻记者和看热闹的一个女子也挨了打。此时我们在上海等船北渡，我读各报的新闻报道，一点也没觉得意外。打人当然是大错，这是评论，若要客观分析，那些难民怨气冲天，情绪极易冲动，"和平请愿代表团"的言论倒向一边，措词又十分激烈，并不能增加难民的理性。我相信难民到下关车站阻挠请愿，出于自发，我也不怀疑特务人员混杂其中，煽风点火，国人口诛笔伐至今未息，国民党应该完全承受。但是，我还要说，"和平请愿代表团"的成员都是高等知识分子，知识分子是社会的良心，国家的智慧，南京请愿一行，他们也的确没有好好地扮演他们应该扮演的角色。

过了几天，我们离开上海，前往沈阳，那时沈阳是一个没有难民的地方，新锣新戏，另有一番忙碌。我仍然天天看报，偶然看到苏北逃往南京的难民增加了，偶然看见上海也有苏北的难民，冬天到了，偶然看见苏北的难民冻死了几个。咳，事情就是这个样子了！

10　我爱上海——我爱自来水

一九四六年六月，我们逗留上海，等海军派船开往东北。解放区当道，关山难越，我们要走海路。

我们住十六铺码头，靠近苏州河和黄浦江，过河可到上海著名的三大百货公司：先施、永安、新新，步行稍北，就是有名的外滩。十六铺码头罗列着非常大的仓库，库房一栋连一栋，一律平顶，团长训话，拿这一片房顶代替操场。好大的仓库！好大的上海！我们在库房里搭地铺，工程师把江水引到门前，我站在库房门口可以看见工人卸货。什么地方装了扩音喇叭，呼喝号令，指挥工人，清闲的日子转播广播电台的流行歌曲，常常听见周璇唱"夜上海，夜上海，你是一个不夜城。华灯起，车声响，歌舞升平"。

踏进上海，没忘记南京，南京是古城，上海是洋场，南京看古迹，上海看百货，南京官大，上海楼高。南京上海都有柏油路，都有自来水。上海是左翼作家集中射击的箭靶，闸北的工厂，外滩的银行，四马路的妓院，罪恶丛生，黑幕重重。我读过夏衍的《包身工》，老舍的《月牙儿》，茅盾的《子夜》，也读过一些短篇小说，反抗封建家庭的青年流落上海，跳进黄浦江自杀。抗战时期上海号称孤岛，做流亡学生的时候唱过《孤岛天堂》："孤岛是困苦颠连者的地狱，孤岛是醉生梦死者的天堂。"尽是贬词。我一脚踏进上海，觉得上海宽敞清洁，好像不是可怕的地方，马路上人来人往，衣服干干净净，嘴唇红润，眼睛明亮，比华北的乡下人活得有精神。

我爱自来水，在家乡，饮水多么难，挑水多么苦，我干过挑水的活儿，曾经掉进井里。曾经看见乡人凿井寻水，昼夜挖掘，结果汗水比井水多。曾经看见山区的居民打水，井深，井绳长，自己挑着水罐，却用一头驴子驮着井绳来去。乡下小媳妇的重担：一是推磨，二是挑水。少林寺小和尚苦修：一是打柴，二是挑水。八路军收揽民心：一是唱歌，一是挑水。大上海神通大，你只消伸出三个指头，轻轻转动龙头的旋钮，清水就哗啦哗啦流出来，要多少有多少，听那哗哗的水声真有些心疼，几乎流下眼泪。

我爱柏油路，平坦宽阔，没有坑洞，没有石头，没有牛屎马粪。一眼望不到尽头，房屋和树木都排列两旁，不来阻挡。下雨天想起柏油路的好处，哪像家乡的泥巴路，一脚踏下去，泥深淹没到脚脖子，泥水脱掉你的鞋子，脱掉你的袜子，脚上免不了留下伤口，泥水里藏着铁钉子碎玻璃。晴天想起柏油路的好处，太阳光的热度藏在柏油路里，柏油路软软的，隔着你的鞋底轻轻地烫你的脚底板，像针灸一样，某种舒适贯满四肢，哪像河南的黄土路，飞沙扬尘，几乎要活埋几个人。忙里偷闲，柏油路上走走，真觉得到了外国。

我对自己说，假如可能，我愿意今生永远住在有柏油路和自来水的地方。只要有柏油路和自来水，大概也会有医院、市场、车站、邮局，也会有报摊、书店、学校、教堂……没有医院车站、没有书店学校的地方绝不会更好。

那时候我也意识到，如果做了作家，为了发表和出版方便，为了和同行交往观摩，为了及时得到信息，大概也必须寄生在都市里吧。三十年代，"中国作家的一半"住在上海，鲁迅、徐志摩、郁达夫、郑振铎、施蛰存……国民党元老陈果夫寄居上海，读到左翼作家的作品，发现文艺可以凝聚意识，推动思潮，国民党这才有文艺政策，有文艺运动。这件事影响千万人，后来我也是其中一个。

必须记下夏丏尊，他写过许多文章指导青年写作，我深受影响，后来他一度是我摹仿的人物。这年四月二十三日，夏先生在上海逝世，享年六十三岁。我到上海读到纪念他的文字，有一则轶事说，每逢闪电打雷的时候，他总是躲在床底下。他随大人一同看戏，台上演出石秀杀嫂的场面，他低下头去等它演完。他去世早，也去得及时，如果长寿，他怎么面对以后现实世界的震撼和杀戮。

对了，别忘记张爱玲。我在上海读到有关张爱玲的消息，抗战胜利，政府审判汉奸，其中一项叫文化汉奸，张爱玲受到牵连。那年代，左翼批评家把张爱玲的小说贬为迎合小市民口味的流行故事，大家并不怎么看重她的作品，我那时喜欢看与法律有关的新闻，欣赏张爱玲为自己辩护的经过，基于法律观点，我支持她，一直没忘记她。我写这篇文章的时候，张爱玲早已跃居中国现代最好的小说家之一，与鲁迅、沈从文相提并论，压倒茅盾、老舍、巴金。她的语言风格和观察人生的角度，引导许多作家摹仿，形成风气，多少人写文章记述她、讨论她，怎么也读不完。我也写过一篇《如此江山待才人》，其中有几句话，当时与众不同，事后各家袭用。

第一部

我们到京沪时,日俘日侨犹未遣送完毕,京沪已嗅不到战争气氛,看不到中国受害的痕迹。"南京大屠杀"受难人数有争议,大屠杀确有其事(纳粹德国希特勒屠杀六百万犹太人,数字也有争议,大屠杀也是事实)。总得留个万人坑给我们看看,竖个纪念碑给我们读读,怎么会没有。民国廿一年(一九三二)一月廿八日,日军借口一个和尚被殴伤,攻击上海闸北天通庵驻军,打了四十多天,史称"一·二八"战役。民国廿六年(一九三七)七月七日,卢沟桥事变爆发,对日抗战正式开打,八月十三日,国军五十万将士在上海布成血肉长城,与日军对决,死伤近半,史称淞沪战役,总得有个古战场给我们凭吊一番,怎么也没有。

日本投降,盟军占领日本,把日本政府的战时档案运到夏威夷,交给夏威夷大学整理,杨觉勇教授主持其事。后来杨教授受新泽西州西东大学罗致,担任亚洲系主任和远东研究院院长,并成立双语教学发展中心,负责编写中文、日文、韩文的教材,我在他指导下做中文编辑。他对我说,日本战时档案极多,美国联邦政府拨款极少,任务难以完成,他曾向中华民国政府提出建议,他聘用中国的历史学家参加工作,由中国政府资助酬劳,这些来自中国的学者,工作之余寻求中国需要的资料,这些资料对日本的战争责任、战时国军的贡献、战后日本的赔偿都很重要。国民政府主持对日外交的人答复他,中国对日本不念旧恶,无须搜集这样的资料。

想想日本的做法:美军用原子弹轰炸广岛,造成空前的破坏与死亡,战后美国协助日本复兴,重建广岛,日本政府精确地记录了广岛受害的程度,特别留下一些废墟和树林残骸,让国人、也让世人触目惊心,没听说因此妨碍了日本和美国的邦交。

那时京沪人士歌舞升平,我们是潮流中的泡沫,浪花怎样、泡沫也怎样。以我而论,南京时只关心大局,到了上海,注意力就分散了,音乐家大力挞伐"黄色歌曲",引起我的兴趣。

那时歌曲分"艺术歌曲"和"流行歌曲",大部分流行歌曲视为

"黄色歌曲"。这个名词源自"黄色新闻",十九世纪,美国出现低级趣味的报纸,用黄色纸张印刷,被称为黄色新闻,延伸出黄色歌曲、黄色小说。黄色新闻传播色情,挑动情欲,那么黄色歌曲的含义不言而喻。甲方说,黄色歌曲就是靡靡之音,就是亡国之音,"乱世之征其词淫","亡国之音哀以思",要不得。乙方说,"悲喜由心,非由乐也,将亡之政民心悲苦,故闻乐而悲。"并非亡国之音造成亡国,乃是国家快要亡了,亡国之音出现。丙方说,流行歌曲对上海人没问题,对"内地人"才有问题,所以问题不在歌,在听歌的人。丁方说,歌曲未唱之前,无所谓黄不黄,只有唱出来才有分别,任何一首歌都可能唱成黄色歌曲,即使国歌也在内。那一场争论真是"横看成岭侧看成峰",使我"民智大开"。

战时歌曲音调雄壮,唱法朴拙,伴奏简单,歌词内容偏重国家利益、个人责任,它是密封个人欲念的一把锁,而婉转缠绵的抒情歌曲,正是开锁的钥匙。禁欲主义的苦行训练,把热情的哀愁的曲调、华丽的音乐一律视为危险品,我们对黄色歌曲闻名已久,怀有戒心。

我们进南京的那天,路旁商店的收音机里正在播放歌曲,我停下来听了一会儿,节目报告员介绍,中央广播电台,XGOA,刚才是郎毓秀唱的《教我如何不想她》。我以为这就是黄色歌曲,其实中央广播电台那时不播流行歌曲,郎毓秀的节目是艺术歌曲。我坐在十六铺的库房里看报,外面扩音器源源转播民营广播电台的歌唱节目,那才是真正的流行歌曲,我的肌肉为之放松,心情为之柔和,感官为之舒适,享受欲念也为之上升。那时我们对流行歌曲一无所知,"如果没有你,日子怎么过",同伍的新兵听了一怔:"她说的是什么?"另一个新兵回答:"她说的是钱。"依我们的感受,所谓靡靡之音,白光应坐第一把金交椅,也许可以说只有她当之无愧,她一声"何必呢"教人如何不酥软,一个新兵直叫:"受不了!我像梦遗。"

卢沟桥事变发生,我的家乡有了第一架收音机,我第一次听到广播节目,国民党经营的中央广播电台,正播送《义勇军进行曲》,呼号

XGOA,女声,响亮清脆。八年零十一个月以后我到南京,第一次听到广播节目《教我如何不想她》,也是中央广播电台播出,呼号 XGOA,仍是女声,响亮清脆。这里面有什么象征意义吗?时代把平时生活变成战时生活,转了一个大弯儿,又把战时生活变回平时生活,人如何在平时生活中仍然保有战时生活的优点?战后的大上海,除了有人辩论是否限制流行歌曲,还有人辩论是否禁止跳舞,是否劝阻妇女化妆,无非都是在思考这个问题而已。上海人认为这些辩论真可笑,有人问:"女人不要化妆?难道房子不要粉刷?"一个商人告诉一个军人:"我必须跳舞,正如你必须出操上课。"

这个问题也许永远没有答案,争论永不停止,"商女不知亡国恨,隔江犹唱后庭花",这两句诗简直是一排永远射不完的子弹。一九四九年,台北又对"跳舞"发生辩论,那时党营的广播事业迁到台湾,改组为"中国广播公司",呼号改成 BED,我总觉得没有旧呼号动听。我考进节目部做资料员,奉命就跳舞问题写一篇对话稿供节目使用。我有从上海学到的辩才和"辩材",充分呈现正反两面的意见,戛然而止,不作结论,留给听众去裁判。这种写法在当时颇有新意,层峰赏识,把我调到编撰科去写稿,正式成为一个"写作的人"。前后因缘,容后细说。

人人各有所爱,我爱柏油路和自来水,别人爱什么?倘若能够知道,一定十分有趣,可惜当时不懂民意调查。回想当初,应该有人教导我们怎样承受大都会文明的撞击,可惜完全没有。两年零十一个月以后,中共的解放军进占上海,指导员事先告诉士兵,上海是人民的财产,我们要把它从资本家手里收回来,交还给人民,部队入城以后,看见花花世界,内心的困扰可以减轻。共军既入南京,指导员带士兵游雨花台,指指点点告诉大家,这里曾经是刑场,国民党在这里杀害了无数的革命烈士,雨花石上的红颜色,就是烈士的鲜血染成的。指导员在那儿作诗,他也有所本,上级发给他材料。每人每天都有二十四小时,他们的上级在做什么,我们的上级又在做什么!

我们连上有两个新兵都姓周,一个比较胖,人称"大周",一个瘦小,大家管他叫"小周",他俩并非兄弟,但彼此互相扶持。有一天,我和小周一同上街,他指着头顶上的高楼大厦说:"你看这楼多高多大,那么多窗户。唉,我只要一个窗户,只要有一个窗户是我的!……"走过几条街,经过银行门外,他像是问我,又像是自言自语:"他们怎么这么有钱!一个人怎么会有这么多的钱!"他爱的是钱。

大周另有所爱,他爱站在百货公司、茶楼戏院门口看女人。唉,我和大周小周都从关中来,初到上海,我遇见女人抬不起头来。关中女子剪裁衣服,一心遮盖曲线,上海女子剪裁衣服,一心暴露曲线,初来乍见,怎么她好像没穿衣服!关中女子的衣服颜色简单,多半全黑、全灰、全蓝,上海女子的衣服多半花花绿绿,几种颜色设计配搭,日光之下全身发亮。上海女子穿高跟鞋,身体的重心后移,前胸张开挺出,走起路来脚步快,腰肢敢扭敢摆,一身丝绸衣料如同春水,细波轻浪,起伏不定。那年代还没听人说过"肉感",大周说他已经"感"觉到"肉"。

关中人论美女,标准是"细皮白肉"。上海女子如张爱玲形容:"肥白如代乳粉的广告。"董桥形容:"睡过午觉洗过澡的女人,仿佛刚蒸出来的春桃包子,红红的胭脂和白白的香粉,都敷上一层汗气。"那时上海流行旗袍,短袖玉臂,衣衩加长提高,露出全部小腿。好莱坞影星珍哈露说,小腿是女人最性感的地方,我莫名其妙,大周比我早熟。她们结拜姐妹,成群结队,衣饰化妆争新斗艳,大周敢看,他看了个够。

咳,大周不知足,他说,"这样的女人脱光了,搂着睡一夜,第二天枪毙了也甘心。"晚上翻来覆去睡不着,悄悄告诉我今天看到多少女人,他一个一个记下数目。他说美女川流不息,一个人瞄一眼,只瞄到她一部分,今天瞄了多少眼,带回来多少个"部分",再慢慢拼凑成几个完整的女人。他爱的是女人。

第一部

那年代，左翼作家耳提面命，教人敢爱敢恨。爱和恨都得付出代价，大周小周都为此丧失生命。那时我们都站在岔路口，我把以后发生的事情先写在这里：我们到了东北，驻在沈阳，大周小周又看见许多繁华，也看见多少人贪污发财。一九四八年，沈阳外围据点尽失，城内粮价一天一夜涨七十倍，粮店卖黄豆面，路边摊卖豆饼，买黑市米要用黄金。大周动了"捞一票"的念头，说服小周合作。

他们交了个坏朋友，辎汽十七团的一个班长，区区班长居然租房子包女人，他们羡慕得不得了。这个班长告诉他们："如果现在还不能发财，命中注定一辈子穷到底。"发财很容易，他可以提供卡车，宪兵可以提供身份，他们伪造沈阳防守司令部的公文，夜间查封粮栈，没收存粮，以低价卖给另一家粮栈。这个大眼球的大孩子当夜就分到一笔巨款，当夜就抱着漂亮的女人睡了一夜，他说过"死了也甘心"，第三天他就死了。

宪六团有四个宪兵参加作案，三人归案，一人漏网，辎汽十七团二人，全案五人，沈阳防守司令部速审速决，立即行刑。死刑犯游街示众，特意经过六团团部门口，扫尽宪兵的颜面。沙团长拍电报到南京自请处分，没人回电，那时大人物已没有心思处理这等小事，再过四个月，沈阳守军投降，东北的战事就结束了。

且说那个漏网的小鱼，姓李，大约十六岁吧，相貌文秀，说话轻声细语，怎么看也不像个明火执仗的人。一九四八年，他大约十八岁吧，暗恋一个守着摊位卖香烟的女孩，天天去买香烟，香烟一再涨价，到后来他一个月的薪饷只能买一包两包香烟，必须开辟财源。他入伙作案，只是想多买几包香烟而已，并无大志。他们"抢"了粮店之后，他越想越怕，仓皇摆脱伙伴，悄悄躲起来了。

他往哪里躲？他常常买香烟，卖烟的女孩明白他的来意，沉默以对。有一天，女孩流下眼泪，对他说抽那么多香烟伤身体，劝他戒烟。其实他买了烟自己不抽，拿去分送给伤兵了，这就跟那些伤兵有了交情。那些伤兵把他也打扮成伤兵，藏在伤兵医院里，躲过缉拿。直到四个月后，共军接管了沈阳。可是以后？以后呢？

"由西京到南京有多远"？他们的问题犹在我耳边，我已经知道答案。"由沈阳到天堂地狱有多远"，谁能答复？那时一个大兵，即便是宪兵，也没人照顾他们的灵魂，没人来教他们读书识字，没人来教他们念经祷告，没人来陪他们唱歌下棋，没人告诉他们怎样一步一步上进，他们能有多少定力、多少良知来抵抗罪恶的污染？他们又有几条命来偿付天地不仁？再过一年，全国解放，通信的障碍拆除了，他们的父母天天等待游子的消息，"时间"要用多少岁月来慢慢杀死"希望"？

11 我所看到的日俘日侨

抗战胜利，日本军人缴械投降，叫做日俘，住在中国的日本平民仍然叫日侨，中国政府设立了一个机构管理他们，这个机构的名称，今人说法分歧，我记得我看见的招牌是"日侨俘管理处"。侨俘两个字破例密接，印象深刻。

那时"中国本部"（不包括东北和台湾）有日俘一百二十八万三千多人，日侨约八十万人，中国政府要把他们送回日本，当时称为"遣俘"和"遣侨"。那时"中国本部"使用广州、上海、秦皇岛、青岛等十三个港口进行遣送工作，上海最受重用，资料显示，上海港口送出日俘七十六万人，日侨约六十万人。我们逗留京沪时，遣送工作还没有结束。

国际通例，战胜国有权使用战俘的劳力。我们到南京时，看见日俘正在挥汗修路，江湾新建的机场尚未修好，仍由日俘继续施工。多年后，美国好莱坞拍了一部有名的电影：《桂河大桥》，演出英军战俘修桥的故事。虽然做了俘虏，为敌人修桥，那个英军上校还是很兴奋，他说，身为军人，一生做的都是破坏工作，难得有机会建设，他一定要督率部下，提高工程水平。日军攻打中国，一枪一个洞，一弹一个坑，留下无数断桥残壁，征用他们出力建设，也是一种教育。

有一天，我去看他们修路，皇军一变而为苦力，也是千载难逢的景观。那时机械器材缺乏，修路还是靠锹和镐，他们挖过许多战壕掩体，操作十分熟练。动作比较慢，似乎不甘心？但是一锹一镐下去很确实，不敷衍了事，也没看见有人擅自休息走动或抽烟喝水。军官带队督工，工地狭长，他不停地走动察看。盟军规定，日俘遇见战胜国的军人，不论对方阶级高低，都要敬礼，而对方不必还礼（这是长官唯一叮嘱过的注意事项）。乖乖，他向我敬礼的时候，我还真觉得如在梦中。下次再去，我到马路对面远远地看，躲着他。连上有个班长，他每天故意走过工地，每天享受一个敬礼，大日本皇军的军官，动作敏捷，姿势正确，从未违背盟军的规定。我听见有人笑那班长无聊，那班长说，"抗战八年，除了这个，咱们还能捞到什么？"他每天计算一共得到多少敬礼，到沈阳后，我听他数到第七十次。

我也曾到江湾看日俘修机场，那里参加劳动的人数多，一片黄尘中黄蚂蚁成群蠕动，乍见之下，产生错觉，还以为他们构筑工事，包围上海。我看见他们整队归营，尽管鞋袜破旧，军服肮脏，他们的队形仍然成列成行，目不斜视，无人交头接耳。官长的军服上业已卸除那些显示阶级尊严的佩件，外形和他们一样狼狈，同时也失去了关乎他们生死荣辱的权力，可是他们对长官的尊敬服从丝毫未减。那时怎么也没料到，两年零十一个月后，我狼狈奔往江湾，由江湾逃出大陆。

听说上海的慈善机构想捐一批鞋袜给这些日俘，人家不要。如果说日俘决心给京沪人士留下"去思"，他们办到了，报纸杂志不断有人称道他们。据说他们在投降前一天照常出操上课，纪律严整。据说投降后照常整理内务，被服装具一丝不苟。据说缴枪之前把枪擦得干干净净。据说他们登船回国，秩序井然，无人抢占好位子，而且让妇孺优先。他们的财物都得留下，只准带很少的钱、很少的随身用品，例如五百日元的现款，一只手表，一只自来水笔。宪兵检查严格，据说他们无人违反规定。

不久，我们走海路赴东北，葫芦岛登岸，正是夕阳西下，我看见许多日本侨民在码头上排成队伍，接受检查，老人弯着腰，排在最前面，然后是妇女，牵着小孩子，最后才是青壮男子。队伍很长，没有声音，图画中才有那样的沉默，只听见海浪拍打堤防，连小孩子都不走、不跳、不哭、不叫。海水中一艘轮船等着送他们回国，记得是一艘年久失修的老船，外壳油漆斑驳，我当时有一个念头闪过：如果海上起了大风大浪，这样一艘船能把他们平安送到日本吗？

"可怕的日本人"！京沪的论客如此判断，他们借小报一角，谈日本军人在硫磺岛上的壮烈，谈日本侨民在塞班岛上的壮烈，谈"自杀飞机"在空中的壮烈。我今天重读关于"神风特攻队"的记述，两千五百一十九个日本青年，志愿献身，他们驾着特制的小飞机，带着重磅炸弹，全速冲向美国军舰，粉身碎骨。他们炸沉了普林斯顿航空母舰、怀特普来恩斯航空母舰，以及其他军舰。美国的生产力雄厚庞大，马上可以补充损失，日本的自杀飞机却用光了。无论神风队如何英勇，日军在太平洋战场上仍然节节败退，亡国的命运注定，神风战术不能挽回。最后，执行此一战术的日本第五海军航空司令宇垣，亲自登上自杀飞机出动攻击；发明此一战术的海军参谋长大西切腹自杀，他留下遗书，对英勇牺牲的神风队员道谢，对那些队员的家属道歉。

日本政府欺骗了日本青年，执行骗术的将领过于"入戏"，"入乎其中"而无法"出乎其外"，跟着假戏真做了。但是我至今不能认定这是中肯的论断，无论如何，日本军人的品质是优秀的，日本政府浪费了他们。 无论如何，政略错误不能由军人用投降叛变来纠正。战地军官，军权至高，当地司令官以通敌和作战不力之类的罪名杀了多少人！结果高级将领以千万士兵做投降的资本，换一个新官位，他的部下经过改编整训，枪口换个方向，不是死在这个战场上，就是死在那个战场上，无论如何我不能承认这样的军人"优于"那样的军人。

然而那样的军人的确可怕。抗战时期，我们都熟知兵学家蒋百里的名言，他说日本盛产清酒、樱花和鲤鱼，这三样东西可以代表日本人：清酒没有后劲，象征日本的国力难以为继；樱花突然满树盛开，也一夜败落干净，象征日本的国运无常；厨师烹鱼前，鲤鱼躺在砧板上不动，象征日本人的武士道精神。可怕的是清酒喝光了，酒厂再造；樱花谢尽了，明年重开；鲤鱼死了，来世轮回。京沪论客高分贝呼喝，教人莫唱《何日君再来》。

投降，日本军人一万个不甘心，闲言闲语很多。中国政府派陆军总司令何应钦飞南京"受降"，日军总参谋长小林浅三郎呈递降书，两人留下历史性镜头。我乍见那张照片时，觉得什么地方不对劲，看了几十年，终于看出眉目来，那位降将双手送出"那张纸"时，纸离桌面太近，太低，"那张纸"也没过桌面的中线，何大将得伸长胳臂俯着上身接过来，"降将"有机心，何上将恐怕是有些慌张。单就那授受片刻而论，日本没输。

然而一般军人也的确可怜，无论精神上、物质上他们都贫无立锥，战争耗尽了日本的一切资源，"人活着不是单靠食物"，他们回去连食物也没有。如果他们中间有人强奸过中国妇女，此人的妻女正在卖淫；如果此人放火烧掉中国人的房子，此人的祖居已被烧夷弹或原子弹化为灰烬；如果此人用他的东洋皮靴踢过中国人的孩子，中国学童正把日本孩子推入水中。即使此人从未抢过中国人的东西，他的家已遭中国游民侵入，喜欢什么拿什么，"你们从中国人家里抢来的、我们收回。"即使此人一向尊敬中国读书人，中国学生打日本教师也形成一时风气。

东北人性情刚烈，属于"北方之强"，那时他们远在"化外"，没听见"以德报怨"的广播，"恩仇不报非君子"，动手杀死许多日俘。多少日俘日侨被飞机炸死，被老百姓杀死，衣服被人扒光冻死，多少人生了病，得不到治疗，也是一死，还有不少人自杀而死。死神一次一次筛选，最后大难不死，再回到日本去受罪。现在读台北"中央研究院"出版的《日治时期在满洲的台湾人》，书中有许多见证，跟我当初听到的传闻八九不离十。

天皇下诏投降，教他们"不能忍者忍之，不能受者受之"，可怜天皇哪里知道个中隐痛辛酸。"忍"能维持自尊，也许这是日本人的特点，但是也只有在中国人手中办得到，或许可以说，这才是中国给他们的特惠。"南京大屠杀"一笔账，算来算去算到日军将领谷寿夫头上，他是第六师团长，一九四五年进占南京。中国法庭审判他，他十分庄重地说，他不知道有大屠杀，他从未下过那样的命令，但是他说，如果他的部下真的那样做了，他有责任，他愿意负起责任。声调沉稳，要言不烦。中国法庭杀了他，"杀身体不能杀灵魂的不要怕他"，大体上说，盟国法庭杀战犯，仅仅杀了他们的肉体，我写这篇文章的时候，幽魂早在日本复活。任何国家都得有国魂，日本打造国魂，"二战"战犯的幽魂也做了材料，十四名甲级战犯的灵位移到靖国神社、日本的忠烈祠。二〇〇一年盂兰盆假期，日本首相小泉纯一郎参拜靖国神社，他说，那些战犯在艰难岁月中怀着对祖国未来的信念，血洒疆场，英灵不泯。

我们到了沈阳，听到苏联军队干的坏事。奸淫掳掠的事容后再谈，单说对待俘虏，斯大林把二十八万日俘运往西伯利亚做苦工，饥寒交迫，劳动量很大，估计他们以青壮之年憔悴而死，斯大林杀了他们的身体，也杀了他们的灵魂。一九五〇年，苏联把"在中国犯罪"的日本战犯交给中共，其中包括在山东执行"三光"政策的日军第五十九师团中将师团长藤田茂，关东军制造细菌武器的七三一部队支队长神厚秀夫。日军投降时，中共力主严惩战犯，一朝战犯在手，个个从轻发落。中共只是杀了他们的灵魂。

日本关东军大约有十万人不愿投降，抛弃妻子儿女，遁入长白山中，再也没有出来。长白山区冬季有四十天下雪，气温经常在摄氏零下四十度左右，他们没有生存的条件。奇怪的是没有人逃回来，估计最后的结局是集体自杀，而且是少数人控制多数人强迫自杀。他们的妻女担当另一种角色。那时国民政府船只有限，东北的遣送工作排在最后，我到沈阳时，马路两侧日侨摆了许多地摊，出售他们带不走的东西，维持目前的生活，大件如钢琴沙发，小件如玩偶花瓶，虽说家产充公,当局并未禁止。那些专售"小件"物品的地摊最有看头,日本文化琳琅满目,地摊后面几乎清一色的"跪"着一个女子,绝对没有男孩子出现,只有他的母亲或姐姐,她们给"男子"留面子。她低着头,双目下垂,并不真正照顾她的货物,任凭顾客自动取货,自动照标价付款,如果有人白白拿走,她也没有任何表示。偶然有男人(多半是关内来的中国大兵)伸手去摸她的脸蛋儿,强迫她抬起脸来,她的反应是"三不":不合作,不挣扎,不出声。

那时还有日本女子沿街叫卖自己制作的食物,据说她们都是日本官员的女儿。日本女子也在街头搭建临时的小木屋卖酒,拉起白布条做成的广告,中年妇女炒菜,少女担任招待,二十岁模样的少女,穿着和服,站在柜台里面,端出咸豆花生米,把酒杯斟满。顾客多半是东北的工人或马车夫,这些粗鲁的男人乘其不备出手突袭,摸她们的胸脯,或者揪住头发吻她们的脸,她们都能说汉语,可是没有抗议争吵,也不流泪,默默地承受一切。

资料显示,东北地区有日侨一百三十万人。沈阳一地大约有二十万人,其中妇女占百分之七十,包括由日本来的营妓舞女。东北遣送日俘日侨进度较慢,李修业在《遣送东北日侨俘的回忆》中说,这年十一月才遣送完毕。所以我们还有机会见到许多、听到许多。

日本占领东北后,向东北大量移民,移民是他经营东北的重要手段之一,日本人是特权分子,一声投降,全成了搁在沙滩上的鱼。那时她们非常恐惧,她们熟知日军在中国造了什么样的孽,伸长了脖子等待中国军人的屠刀。她们为丈夫乞命,为子女乞命,为自己乞命,既而发现中国男人所要的不过如此。她们也弄不清楚眼前这个中国人谁有多大权限、谁能发挥多少影响力,她们完全顺从"中介人"的摆布。所谓中介人,主要的是日侨管理所的中国干部,各方"权势"向他们要女人,他们晚间把年轻女子送到指定的地方。沈阳外围某市的市长,每夜换一个日本女子侍寝,他向人夸耀,他打算一年睡三百六十五个日本女子,自称民族英雄。管理日侨俘的处长和他所属的许多所长,都由当地党政要员兼任，他们从来不把这项兼职写在履历表上，他们的传记和墓志铭夸尽当年勇，从未提起管理日俘这一段。

"淫媒"之类的人物也应运而生。我有一位本族的长辈，他在关内工作，因业务需要，经常往来沈阳，为起居方便，他在沈阳市买了一幢日式房屋，他若不来沈阳，房子就由他军中的密友们自由使用。管理房屋的副官告诉我，许多上校、少将级的人物轮流在那幢房子里宿夜，年老的日本妇女晚上送年轻的日本女子来，那些军官喝酒的节目也省了，有时一个人睡人家两个，有时两个人睡人家一个。关于这幢房子和它的主人，以后还有故事可讲。

美色也是阶级，漂亮女子总是归官位高的人，门当户对。聪明的美女也总是赶快找一个"英雄"献身，受他的保护，免得再去伺候一个一个"人下人"。那年代，女囚收监以后，倘若无背景而有姿色，很可能由典狱长之类的人物召去陪睡，若是不从，她就会落进那些看守员的手里，他们轮流纵欲，使她悔不当初。日本女子毫不迟疑接受了她们的命运，而且竭力减少了损害。

据说在床上，日本女子委屈迎合，那一份从里到外彻底奉献，才真是"无条件投降"。而且她们穿着华美的和服来，脱掉和服，里面并没有内衣，男人的这份骄傲和享受，也许只有皇帝召幸后宫嫔妃才可以得到。日本男人太刚，幸亏日本女人来补救，战胜国的男人尝过日本女子的委婉承接之后，对这个战败国有宽恕心。

后来我到台湾，结识了一位剧作家，他当年在军中做政工，他的部队第一批出关，进占沈阳。他的官阶虽然低，却也有一段醇酒妇人的日子，他说，他们当时的口头禅是"以个人幸福庆祝抗战胜利"。他胸中有许多日侨女子的故事，但是没来得及写出来。

我从他那里知道，日本的少妇和少女，装束有别，他们找来的都是少妇，上了床才发现是少女。他们纳闷：向来只见少妇冒充少女，何曾听说"反串"？后来明白了，日本少女认为贞操神圣，妇人就没那么严重，她以少妇装扮保留自尊心，同时她也表示大割大舍，没有什么

"过渡"。那时中国男人嫖妓,也指明要日本女子,老鸨常以中国女子冒充。有经验的嫖客说,识别真伪很容易,你把手伸进女孩子的衣服里,抚摸她的胸部,如果她的肌肉温暖柔软,她是日本人;如果她的肌肉冰冷僵硬,她是中国人。面对横逆,日本女子有她的哲学,她完全撤除了心理的防线。日本女子挂在十字架上,替日本男人担当罪孽。

　　动荡之世,"每一个维持尊严的男人,背后都有一个牺牲尊严的女人。"日本男人亏欠中国人,中国男人亏欠日本女人。并不是每一个女人都有美色,正如并不是每一个男人都有权势,双方都有自知之明,不得已而求其次,连我们的几个班长都没留空白,他们总是白天外出,匆匆赶回来参加晚点名,一脸酒色财气,连长训话,要求大家"节制"。后来知道,美军占领日本以后,日本女子为美军官兵布置温柔乡,赚外汇,也争取美国对日本的同情。美国记者发出报道:"东京的妇女大半是妓女。"中国记者水平高:"日本的女子大半是西施。"西施牺牲肉身,图利本国。我写这篇文章的时候,台湾企业家许文龙旧话重提,他称赞日本女人牺牲色相,挽救日本危亡。

第二部

1 沈阳市的马前马后

上级通知我们更换装备,离开上海的日子到了。

我们换了新枪,闻名已久的中正式步枪运到,连装箱的木料都崭新。打开木箱,但见油纸密封,揭破油纸,新步枪像罐头里的沙丁鱼密密排列,凡士林涂满枪身,灌满枪管,我们费了整整一天工夫擦枪,用不完的凡士林油大桶废弃。想起困居大后方的日子,弄一点凡士林调芥药多么珍贵,一声抗战胜利,物资又这么充裕,我觉得很奢侈。枪身木部纹理清晰,铁部一层晶晶的蓝,新得像个新娘子。枪管比较短,想起蒋委员长的身材。据《中国抗战时期的武器和装备》一书,它比汉阳造短 6.13 英寸,轻 0.06 公斤,携带比较方便。我常常觉得对日本兵来说,三八式步枪是太长了,冲锋枪对美国兵来说,又太短了。

中正式步枪的弹舱是"暗舱",藏在枪身里面,不露出来,枪身平坦,"枪上肩"就舒服多了。它用的弹夹叫"桥夹",像一座桥把五发子弹托住,枪兵用拇指往下一按,子弹鱼贯下桥,进入弹舱。这个改变关系重大,我们用汉阳造步枪训练装子弹,学到的技术完全作废,新枪到手,行色匆匆,竟未经过充分操练。事后回想,倘若我们在海上或者在登陆的时候需要战斗,大部分人不会使用手中的武器,我也只能装一颗子弹射击一次,好像游击队员使用"单打一",——它是土造的步枪,没有弹舱。幸而这样的状况没有发生。

中正式步枪名气大,抗战还没发生的时候,民间盛传国军设计了制式的步枪,将来全国军队都用一种步枪,它是采用捷克斯拉夫的蓝图加上某些改进,民间俗名叫捷克式。这枪稀罕,游击队里偶然有几支,大家都很景仰,蚂蚁也有虚荣心,扛着这样一支枪出关有精神。三十五年后,我在美国听说有个世界武器博物馆,中国只有中正式步枪陈列在里面,认为它是中国研发出来的武器。我很想去看一看旧物,一直不知道博物馆坐落在哪里。

接着换新军服，大家排队进仓库领军服，哇！管理人员一个一个打量我们的身材，发给相应的型号，太棒了！我领到的衣服不会再像紧身马甲，小周的衣服也不会再像睡袍了。哇！居然是"人字呢"，它是一种高档的布料，美国织造，纤维重叠成"人"字形，坚固美观，那时中国没有这么好的布料，所以尊称为"呢"。第一批人字呢进中国，它是罗斯福总统送给中国士兵的礼物，报纸称为"罗斯福呢"，后来中国用美援款项继续购买，可是多少军队南来北往，几曾在士兵身上见过？回到十六铺仓库，打开大包，哇！原来是长裤，我们都穿短裤，下面打绑腿连接，我的裤子太短，一到冬天膝盖露在外面。马营冬天的气温通常是摄氏一度，我得了风湿病，青年壮年挺得住，老年变成了痼疾。

我们也领到宪兵上等兵的领章和正式的符号。那时陆军各兵科的名称，依照顺序是步、骑、炮、工、辎，各兵科领章的底色，依照顺序是红、黄、蓝、白、黑。宪兵并未单独成科，领章也是红色，为表示地位特殊，又和步兵略有区别，官文书上说是"暗红色"，怎么给我们那个"暗"字！宪兵自己改称是粉红色，沙团长训话说是荷花的颜色，勉励我们出污泥而不染。说到这里，我慨叹那时参谋本部作业没学问，抗战时期，国军炮兵养了一些壮汉，以人力拖拉炮车，代替马匹，这些壮汉也是军人，他们在花名册上叫做"代马输卒"，轻贱侮慢，离纸三寸！作家张拓芜干过这份差使，他的自传叫做《代马输卒手记》。抗战胜利了，沦陷区里有汉奸武力，有国民政府遥控的游击武力，有自发自动、自生自灭的地方武力，国民政府订了个处理办法，竟笼统称之为"汉奸游杂部队"！当年抗战发生，政府派员游走华北，鼓励地方人士共赴国难，拿出空白的委任状当面加委，这个是司令，那个是总队长。这些人卖田买枪，艰难抗日，九死一生之余，最后国府说出实话，这些抗日武力的身份既游且杂，地位竟在汉奸之下，真是情何以堪！

我们也领到宪兵独特的袖章，白底红字，两个大字"宪兵"，官版正印，十分醒目，宪兵执行勤务的时候把它套在左臂上，象征国家赋予的权力。我在沦陷区见过日本宪兵,中国建立宪兵以日本宪兵为蓝本,袖章的式样和日本宪兵相同。日本宪兵代表天皇,中国"宪兵令"第一条自称"对内代表政府,对外代表国家"。也是学日本宪兵的口气。没人喜欢日本宪兵,可是那时我崇拜纪律和效率,日本军人的表现感动了我。那时我不能用超乎国家的观点看事,我认为那些品质是"日本的"才有害处,如果是"中国的",就是优点。条件相同,结果可以大异,犹如两部汽车性能相同,年份相同,由于驾驶人不同,目的地不同,其中一部车翻覆了,另一部可以一路平安。

穿戴整齐,再配上一双皮靴,"兵要衣装",众列兵你看我、我看你,嘻嘻地笑,权当照镜子。这般模样,可以去见东北父老了!文章写到这里,不禁有个"假设":假设当年国军接收台湾,也先给官兵打扮打扮,台湾同胞还会说他们是"叫花子"兵吗?还会对中国失望藐视吗?"第一印象"很重要!后来我读到一篇报道,国军到越南北部受降时,部队先在边境的一条河里洗衣服、刮胡子。假使当年开进台湾的国军也有这番见识,尽可能注意军容,抗战艰苦的烙印不掩兴国的气象,台湾同胞以当时的爱国一念,也能接受甚至欣赏这样的"王师"。可惜……

抗战胜利,还我河山,收复山东是小事,收复台湾和东北才是大事。我在《昨天的云》里写过,一九三一年,"九·一八事变"发生,日军侵占东北,母校兰陵小学紧急集合的钟声,师生仓皇的表情,校长激昂的语调,犹在眼前。我在年年纪念"九·一八"国耻中长大,唱"我的家在东北松花江上"一点也没有地理隔阂,对东北的感觉一向亲切,一步踏上登陆艇,我就觉得是踏上了东北的土地,非常痛快,松花江上好像真有我一个家。

海军派来一艘登陆舰,我们第一次看见这么大的"船",它的形状与"船"不同,尾部有一堵方形的铁墙,整面墙打开,里面是个大统舱,汽车坦克车都能开进去。我们又学会了一件事,登上甲板时、向后甲板升起的国旗敬礼,国旗的位置选在后甲板,因为英国海军名将纳尔逊战死在那里，中国建军处处师法外国，创造难！这又是一个证明。我们鱼贯入舱，码头上喇叭里传来歌声，正是"好花不常开，好景不常在，今宵离别后，何日君再来？"再来是三年以后，一九四九年三月，紧接着"五月的风，吹在花心上。……"

海上浪花美丽，但即生即灭，一连三日（？）都是"没有月亮的晚上"。查陈年旧历，一九四六年六月底正是阴历的五月底。我也曾拂晓爬上甲板，银灰色的浓云密布，海景昏沉，没看见日出。海大得令人绝望，天下地上、你能看见的只有水，其中有一切的不可思议。我从未见过这么大的"水"，没有风浪，水依然动荡，不是水在地球上动荡，而是地球在水里动荡。海水变幻，我们没人能控制它，没人能了解它，也就几乎没办法适应它。海！一张很大的面具，底下白骨成山，难测难防。

航行中我不断思索，海到底有多大，要这么大的海做什么。我现在知道，地球上百分之七十是水，数学的答案：海洋面积是大约一三九下面加六个零、平方英里。中国成语"三山六水一分田"，没有科学知识的祖先居然猜个差不多。生物学家说，海是人类的故乡，可是事到如今，故乡难依难恋，我们在很大的压力下爬行，人在水中，心里想着"异乡"，暗自估量：现在走到苏北了，也许对岸就是徐州，现在走到鲁南了，也许对岸就是临沂，我们该进渤海了，也许对岸就是青岛。辽东半岛好像东北伸出来一只手，准备接引我们。我哪里知道，中国大地也像海一样，变化诡异，吞噬生灵，人的有情对大地的无情，当代滴几滴眼泪，后世一场笑谈。

海水连天，人如浮在太虚之中，我是基督徒，这时应该想到神，可是我想到的只是：大水汪洋，船怎能躲开礁石，找到航道。一位海军军官告诉我，那时没有人造卫星导航，高级船舰上用"声呐"探测，我们坐的登陆艇没有那样的配备。海上自然有路，船长能找得到，船长白天看罗盘，晚上看星宿，当然还有经验，而经验来自学习和勇气。好一个"海上自然有路！"后来我到了台湾，一九五六年，台湾修建横贯公路，由西部到东部，穿过层层叠叠的崇山峻岭。我参加新闻采访团前往参观，总工程师胡美璜接待，我问他如何能在群山万壑找出路来，他指着山峰说："你看，每座山都有路，如果没有路，水如何能流下来？"

今天回想，我在海上进入了我的"无神论时代"。也许人人都有个无神论时代。少年时期，宗教是诗，老年，宗教是哲学，我的诗花已谢，哲学之树还没成林。我七尺血肉，跨步不过七十五公分，举重不过一百二十磅，投掷不过五十公尺，很想顶天立地。我是矛盾的，一天中午，我登上甲板，海水正蓝，有如温柔的眠床。我忽然想到自杀，大海实在是自杀最理想的场地，只要纵身一跳，身段潇洒，葬礼豪华，不远处有一条鱼，像一头牛那么大、那么壮、也那么不慌不忙，也许是等着观礼吧。那年代，讴歌死亡的文章多，讴歌生活的文章少，作者以各种不同的动机礼赞各种不同的结束，我赶紧下舱，躲避死神的诱惑。有一天，我也许会自杀，然而不是现在，绝对不是现在。

登陆的地点不是旅顺，不是大连，而是葫芦岛。受苏联的阻挠，心仪已久的"旅大"无缘一见，葫芦岛成为军事运输的咽喉，它一向躲在山东半岛和辽东半岛的胳膊弯里，知名度突然大增。我们舍舟登陆，五十多年后，张力教授说："那批老船还在近海效命，堪称中华民国海军最长寿的舰只了。"暮色苍茫，扑面有风，只觉得风的温度不同，力度不同，风里传递的无字天书也不同。关外的风无情，南方来的游子怅然有所失，凛然有所惧。想起读过的两句诗，"马后桃花马前雪，教人怎得不回头？"后来知道这是清人徐兰的出征诗，他吟咏的是嘉峪关。

休说回头，我们整队直奔火车站。我对葫芦岛车站唯一的印象是：许多民众站在铁路旁边看兵，露着一排亮晶晶的眼睛，回想起来，其中应该有几只中共的情报眼。第二天早晨，列车在某站停靠，有一位中年农妇，左手提着一只大壶，右手拿着两个大碗，靠近车厢，问谁要喝茶。我问多少钱一碗，她很爽快地说不要钱，这是我仅见的一次壶浆迎军。我没有喝她的茶,她走过一节又一节车厢,好像没人喝茶,坐在火车里长途奔驰,解小便麻烦,那时我们年轻,能忍饥耐渴。回想起来,也许有没有人喝茶无所谓,烧茶的也许是个共产党员。但是那时我们谁也没有这样想过。

宪兵勤务每省一个团,东北九省只派一个团,近乎点缀。那时有人说,内战是火,东北是火头头,增兵出关是火上浇油,第六团这一滴油作用不大。后来有人说,出兵东北是"蒋介石的孤注一掷",第六团只是一个很小的筹码。今日论东北战事,各家著作摆满了书架,几乎没人提到六团,即使是大骂国民党扰民,也只是数说警察的罪恶,宪兵连作陪的份儿也没有。千名关中子弟,投入江湖,留芳遗臭都沾不上边,究竟是他们的幸、还是不幸?

沈阳南站下车,好像是走过一段阴暗的地下道、再登上石阶"钻"出来,站前广场空旷,阳光明亮。后来一位东北青年告诉我,他是满洲国军队的成员,曾在这片广场上列队欢迎苏联红军,指挥官向红军部队长举起指挥刀,准备行"撇刀礼",他在举刀时露出腕上的手表。那个老毛子军官一眼瞥见手表,立即抓住对方的手,把手表摘下来,装进口袋里,后面的官兵有样学样,纷纷动手,把仪队每个成员的手表抢走。

广场中心竖着苏联红军炫耀战功的建筑物,那时报纸称为红军的胜利纪念碑(沈阳市志说,现在改称苏联红军阵亡将士纪念碑),不管名字叫什么,且看碑的造型,碑身像一根柱子拔地而起,高耸触天(现在知道全部高度二十七公尺),碑顶上"挑起"一座跃进式的坦克(现在知道坦克四公尺半高),南站是交通枢纽,每天成千上万的人从苏式坦克的阴影下走过,也就是苏式坦克每天从千千万万中国人的头上碾过,建筑也是一种语言,苏联临行放话,何其粗暴!何其傲慢!沈阳留下苏联红军的胜利纪念碑,云南留下史迪威公路,台北留下罗斯福大街,都是出于政治谋略,藐视人民心理反应。

美国用原子弹轰炸了日本广岛,苏联这才出兵攻入东北,日本天皇已宣布投降,苏军继续推进,占领东北全境七个多月,劫走的工业设备价值美金二十亿元，劫走的金块价值美金三十亿元，劫走伪满时代的纸币军票，回头套购物资。在东北境内发行红军票九十七亿元，敲骨吸髓。苏联大兵在火车电车上公开奸淫妇女，中国女子剪发束胸，穿着男装，沈阳的朋友曾经把他太太变装的照片拿给我看。这样的军队，这样的胜利，居然还允许有这样的纪念碑！苏联在东北的行为没有国格，然而中国的国格又何在！我能感受到东北人的屈辱。

跨进沈阳，迎头撞上"盗卖大豆案"。这是"黄金万两"的大案，东北的军政领导人、东北的经济最高主管、中央粮食部派到东北的钦差大臣、一干人等都受牵连。打开报纸，读到正在流行的顺口溜："小宴天天有，大宴三六九。"形容接收人员的快乐生活。然后我们陆续听到"一万四千个"接收变劫搜的故事，报纸社论"问孝陵松柏几多存？年年少！"贪污的种子不择土壤，而东北土地肥沃，"一根筷子插下去也能发芽。"只见眼前一干人等，马前也是桃花，马后也是桃花。咳！也不过三年光景罢了，"争春不肯让分毫，转眼西风一阵。"

2　宪兵的学科训练

我们在南京上海耽误了许多时间，到了沈阳，立即开始"学科"的课程，时间也是六个月。术科是军事训练，学科是司法训练，有人说"宪兵以毫无司法常识之人兼任司法警察"颇失公允。各门课程由军官讲授，班长"靠边站"，军官们循循善诱，宪兵连这才有那么一点"学校"的气氛。我们一面上课，一面投入宪兵勤务，很像文学校清寒学生的半工半读。

读些什么呢，最重要的是法律课程，我最喜欢的也是法律课程。杨排长讲法学通论，讲刑法总则，我听得入神。法学通论先谈天地宇宙的大法，几乎提升到宗教层次，天地宇宙的一切秩序都是"法"，法律是人世的秩序。我后来能领悟什么是"天人合一"，这段话是起了作用的。《通论》又说,"法"可以分成两种,一种是"说明的",也就是事实如此;还有一种是"规范的",也就是应当如此,两者并不经常相等。那年代,万事宣传先行,宣传家常把"应然"当做"实然"来叙述,这是一种欺骗,人凭语言文字认识世界,语文训练又往往不足,容易落入陷阱,幸亏我先打了"防疫针"。后来我参加新闻工作,"新闻不是意见",后来学写小说,小说也不是意见,我都老早开了窍。

法律文字简练周密,千锤百炼。刑法总则说,直系亲属是"己身所出或己身所从出",多一个"从"字,分开尊卑,真是悬之国门、不能增减。它又说"能作为当作为而不作为"要负法律责任,不得了,一句之中,"作为"重复三次,依然字斟句酌。刑法规定刑期,常说几年以上几年以下,"本法所称以上以下俱连本数计算",七年以上和七年以下都包括"七年"在内,不留漏洞。这些文句,我看一遍就能背诵,也了解为什么这样写,它们影响了我的文字风格。

杨排长说,法律条文后面都有法理,"军人以服从为天职",没错,若论法理,可分"绝对有效说"、"绝对无效说"、"相对有效说"。上级下达命令,下级绝对服从,如果命令违法,由上级负完全责任,这是一说。命令能够生效,由于下级执行,而执行视为同意,命令如果违法,同意者要负共同责任,这是一说。如果命令违法,它根本没有效力,下级当然不必执行,上级不得处罚,这又是一说。我一听,这可新鲜!这"三说"长在我心,后来我到台湾,听胡适之高谈人民对政府"合法的反抗",同侪哗然,我心恍然。

我正式投入社会组织以后,总是遇到大有谋略的上级,他总是希望部下勇敢地去破禁忌、试法网、创业绩。政府机关降罪,他顶住,若是顶不住,他牺牲你,弃车保帅。大家都硬着头皮照老板的意思做,他们不知道"三说",好在多半平安没事。可是我心中有"三说",我总是拒绝"同意",我在法理上站得住,我在老板的阶下站不住,所以人家升官总是比我快。我虽然有些坎坷,老板宽大,倒也没让我挨冻受饿,文章写到此处,我遥向老板们在天之灵致谢。

我还记得《服务规程》中有三句话：宪兵维持社会治安，要"防患于未然，遏难于将发，惩戒于事后"。我喜欢这样的句法，也喜欢这样的思想，相形之下，"谨小慎微"吞吞吐吐、模糊不清，"大风起于萍末"玄虚抽象、难以落实。我终身奉行这三句话，我常告诉朋友，我们都是弱者，将来有了难处，我不能替你担当，现在没有难处，我可以替你规划预防。我那时劝亲戚朋友，后来劝国家社会，法律条文使我思虑周密，言辞果决。

沈阳时代，张志华排长调到团部办公，后来升了连长，他来给我们讲过几堂课。还记得他时时提出有趣的问题来，鼓励大家讨论，他说，"现行犯"的定义是"犯罪在进行中"，如果我骂你一句，马上闭嘴，算不算现行犯？他问，法律有"损毁国币罪"，我撕碎我自己的钞票，对别人有什么害处？为什么要定罪？有一次，他引用历史故事，皇帝出巡，看见一个老百姓随身带刀，立刻吩咐"拿下"，理由是他有凶器，可以杀人。随行的一位大臣指着路旁的一个男人，要求皇帝拿下，理由是他有阳具，可以奸淫。皇帝大笑，放了带刀的百姓。张排长要我们表示意见，大家踊跃发言，笑声一再哄堂，引得连长走过来察看。法律用词精准，对我启示良多。

母亲曾经希望我做医生，父亲曾经猜想过各种职业，沈阳时代，我发现我最适合的职业是做法官，我喜欢咬文嚼字，斟酌权衡，坚持条条框框，忘记生死祸福。未能做医生，母亲的遗憾，未能做法官，我的遗憾。父亲不管我做什么，只要是正当职业，能分担家庭责任。我后来总算勉强做到。

资深班长也有课，他们讲服勤务的经验，几乎没有例外，他们真心崇拜谷正伦。谷将军号称宪兵之父，其实他是第二任司令，在他手里，宪兵正规化和扩大发展，由八个团到二十三个团，由南京到各省，由军事警察到行政、司法。成立宪兵学校，蒋公介石兼任校长，他任教育长。抗战八年，宪兵扩充为四十个团（独立营），外加通信营，特务营。谷正伦生杀予夺，独断专行，创造了宪兵的父权时代，宪兵"见官大一级",和黄埔军校学生、空军飞行员并列为最受女学生注目的军人。谷氏后来官拜贵州省主席,粮食部长,他是贵州人,风水先生说,贵州山多,河水外流,地气泄尽,难以产生大人物,但是贵州不但有何应钦、张道藩,还有谷正鼎、谷正纲、谷正伦,"一门三部长"。都说贵州安顺的谷家老太太有福气,生了三个好儿子,比美广东海南的宋家老太太,生了三个好女儿。

宪兵勤务基本上是一种人际关系,处理人际关系要有技巧,也要看天时地利。那时宪兵完全没有这种观念!听老班长传经说法,他们个个都以为自己是谷正伦,铁口直断,一锤定音。但谷正伦的时代已经过去了,国民党的一党专政也快要过去了,潮流冲击,宪兵需要蜕变,身上那一层硬壳脱不下来,只有一再收缩,减少时潮的冲击面,这是国民党丧失创造力的征候之一。我赶上中国宪兵衰落的时代,大体上说,宪兵在东北未尝为恶,也不能为善。

一九五〇年,中华人民共和国成立,凡是当过中华民国宪兵的人,当然有历史问题。一九六八年,中央颁布公安六条,宪兵上等兵也定性为反革命,这就太抬举宪兵了。我们受训一年,从未学到能阻遏中共发展的东西,没喊一句反共口号,没读一页反共教材,没人讲解放区实况,没人讲侦破中共地下组织的案例。"国父遗教"、"领袖言行",也都是退到台湾以后的新课程,我们都是没有思想的木偶,复杂的思想如民主自由,固然不该有,简单的思想如忠党爱国,似乎也不必有,最要紧的是服装整齐,姿势正确,站卫兵,摆仪队。哪能赶得上人家八路军,除了"人人都是战斗员"以外,还要"人人都是情报员,人人都是宣传员"。

为了写回忆录,我苦读东北有关的文史资料,从沈阳政协文史委员会出版的《古城风云录》中得知,那时中共的地下工作条件匮乏而态度十分积极,他们推拉板车谋生,情报藏在轮胎里;他们摆摊卖菜为生,情报藏在挖空了的红辣椒里;他们贩卖豆油,情报就塞在瓶口里。他们把线装的皇历拆开,情报写在空白的边缘,再装订起来。我们几乎天天跟菜摊、板车擦身而过,"匪谍就在你身边?"可是从未起过疑心。

我在宪兵队的那些日子,沈阳发生学潮,西区宪兵队奉命押送几个"共产党"到团部,这时二连换了连长,新连长是老资格,沉稳含蓄,他出来一看也忍不住说:"都是些孩子嘛!"口吻表情仿佛慈禧怜惜汪精卫。以后各地学潮越来越多,警备机关抓人也越来越多,事过境迁看资料,似乎从未抓到策动指挥学潮的共产党干部,抓到的都是"孩子",年龄上的孩子或心智上的孩子。国民党到中共内部做情报工作太难了,简直雪里埋不住人,白白送死。国民党像个大蜂窝,处处可以潜伏,共产党人找一个洞蹲下,四邻不能发觉,即使事败被捕,好歹也还有条活路。了解背景,才可以了解国民党据守台湾以后的"过犹不及"。

后来知道,宪兵团里面有个"特高组",他们才是特务,他们的工作和人事,宪兵团长不能过问,宪兵司令部有独立的特务训练班,不属于宪兵学校。正确的说法是,宪兵里头藏着特务。一般人并不知道,国家排除危害,有警察、警备、作战三种手段,警备司令部可以指挥警察和军队执行任务,因此宪兵也常常出面调查和逮捕,他们的工作是在警备范围。

一般宪兵离特务很远很远,究竟多远,有一个例子可以说明。曾任宪兵第五团团长的赵良佐,晚年写了一本回忆录,他一九四九年出任团长,想和中共的地下党接洽归顺,费尽心机,始终没接上头。直到一九四九年十二月成都起义,他才知道中共地下工作的领导人,是宪兵司令部军法处的一个军法官。

有两件事情,老班长们津津乐道,引为宪兵的无上光荣。

日本女间谍南造云子,吸收南京行政院主任秘书黄濬供给情报。一九三七年七月卢沟桥事变发生时,日本的陆军和海军协调不够,长江中游还停留着日本船舰七十艘,海军陆战队六千人,国民政府计划击沉船只,堵塞水道,把日本的这些武力完全歼灭。黄濬对日本女间谍南造云子泄露机密，江中的日军船舰连夜逃入大海。这个案子是谷正伦指挥宪兵侦破的，黄浚和南造云子都被捕，黄浚处死。此人是一位才子，诗文俱佳，陈寅恪有诗悼念他。斯人也，名字不留在文学史上，而留在间谍史上，令人嗟叹。

七七事变发生前三年，一九三四年六月，南京日本驻华使馆副总领事藏本英明失踪，日本政府要求中国政府负责，调军舰溯江而上，声言派陆战队自行搜寻，又说要撤退在华日侨，一时情势十分紧张。依照日本政府的计划，藏本先失踪，后自杀，制造借口，向中国兴师问罪，但藏本贪生，迟疑不决，也是谷正伦派人找到了他，消弭了一场危机。

宪兵的丰功伟绩也就是如此了吧？自此以后，由抗战到内战，特高组似乎没有重大贡献。我绝对不想当特务，但是从此对间谍小说、间谍电影发生兴趣，一九四九年到台湾，发展成我唯一的秘密癖好。

那时沙团长提倡读书，规定军官交读书报告，军官们常常找我执笔代撰，我因此读了一些"课外读物"。

我替何排长读《孙子兵法》，他一度在本连当排长，挺着个大肚子，时常宣告"我的命令绝对有效"，是个有趣的人物，他调到第一连，仍然和我有联系。那时政坛论客常引孙子一句话："民与上同意。"军队作战要能代表老百姓的利益，得到老百姓的支持，共军做到了，国军没做到。我打开《孙子兵法》找这句话，发现原文是"令民与上同意"，还有一个动词："令"。动词前面应该还有主词，中文惯例，主词可以省略，倘若补足，全句应该是"中共令民与上同意"，并非"民与上同意"，更非"上与民同意"。奈何有些论客将错就错，有些论客人云亦云！我抓住这句话做文章，何排长大而化之，他教我写了直接寄到团部，他连看也没看。

我还有一些意见，当时没有写出来。孙子说，"兵以诈立，以利动。"你一旦出兵作战，你就是一个"不能输的人"。他一再批判道德观念，除非以道德行诈谋利。我念惯了"王者之师"、"仁者无敌"，对孙子的说法不能接受。后来阅历增长，我也得承认"兵不厌诈"、"兵不厌狠"往往是打胜仗的关键，我退一步想，倘若孙子兵法是"真理"，也只是战场上的真理，不能用于做人做事。这些念头一直萦绕心中，直到八十年代，我写了一篇《兵法与人生》。

我替连长读《比较宪法》。那时国民政府定出时间表，制定宪法，实行宪政，也就是结束一党专政，实行民主政治。"宪法"一字一句关系重大，学者咬文嚼字，争议不休。我代读的这本比较宪法，评介欧美多国的宪法，指陈得失，烘云托月，显示孙中山的"五权宪法"最好。依五权宪法，总统的权力很大，凌驾立法、司法、监察之上，民主人士予以负面的批评，我一时也没个主意。那时人人心里有数，行宪后的第一任总统必定是国民政府的蒋介石主席，我想连长只能肯定五权宪法，只能赞成总统有权，于是我把这本书大大称赞一番。后来宪法通过，采取权力制衡，向欧美的两院制倾斜，但是"开卷有益"，这本比较宪法学术包装的部分，给我许多客观的知识，以后很有用处。

指导员没教我替他读书，他教我替他做文章，上级常常出"策论题"考他，他需要助手。有一次，他拿出一个题目来：《用人唯德与用人唯才孰为得失》，要我提供意见，我想了两天，交了白卷。然后我继续在想，继续在看，越看越多，看出一个广度来，越想越透，想出一个高度来，最后，我把心得写进《随缘破密》那本书里，副产品还有一篇短评。

我代读了十几本书，书目都是上级指定的，没有一本批判共产主义，没有一本分析国际局势，也没有一本介绍东北的民情风土。全连上下，没人知道"柿子"是番茄，"木樨"是鸡蛋，"冷子"是冰雹，"蒙事"是骗人。我不明白，为什么要一个少尉读兵法，为什么要一个上尉读宪法，最后这些书轮到一个上等兵来读，更是可笑。不过"开卷有益"，我获益匪浅。

3　宪兵的勤务训练

一九四六年八月，宪兵第六团第一营第二连成立"沈阳市西区宪兵队"，负责沈阳市铁西区的勤务，兵力为两个排，以连长朱腾为队长。队部设在一栋日式小洋楼里，后院宽敞，门前临街，过街有一片年轻的树林，它本是日人的产业，日本投降后由"敌产管理处"接收，分配给宪兵使用。那时沈阳市区本身有居民一百万人，铁西区占百分之二十二，是个大区。

说起铁西区，如雷贯耳，当时的热门话题是"工业救国"，谈工业必定谈东北，谈东北工业必定谈到铁西区。铁西区的街道名称：兴工街，笃工街，励工街，劝工街，一片"舍我其谁"的雄心。公共汽车的车掌小姐报站名，声音响亮，中气充足，兴工劝工，如呼口号。数据显示，铁西区原有工厂二八八家。五月间，国民政府蒋主席视察沈阳，特别到铁西看那一片烟囱，虽然大部分工厂因接收而停工，仓库变成军方的马厩，那些不冒烟的烟囱他也看了又看。四年以后，中共毛主席也曾站在天安门上指点北京，宣示"以后这里全是烟囱"，可见国家领导人醉心工业之情。那时他们都未曾预料，烟囱有一天会成为环保的敌人，都市的杀手，国家落后的标记。

沈阳市有七个宪兵队，我们这些新手，先到各队跟老大哥学习，得以遍览各区风光。那时有个"北市区"，妓院和餐馆林立，那里的人巴结司法警察，算是一等管区。那时有个城中区，党政军高级官员的活动范围，戒备严，责任大，有机会与贵人结缘，算是二等管区。还有个北陵区，古迹多，风景好，环境单纯，没有疑难案件，算是三等管区。铁西区本是工业区，接收后工厂停工，空屋闲置，容易窝藏盗匪。铁西区又是个多事的地方，"九·一八"事变，日本军队由铁西攻入沈阳，日本投降，苏联军队由铁西攻入沈阳，国军接收东北，也是由铁西攻入沈阳。人到铁西，"开门时人在门内，关门时人在门外"，没有归属感，可算是四等管区。

铁西区既是"四战之区",又是"不毛之地",我们怎么会"沦落"到铁西呢?这得郑重介绍六团的副团长,他讨厌我们的朱连长,经常当众指责,而他的指责往往不成理由,长官指责部属,必须"不成理由"才显出权势。朱连长个性强,两次当众顶撞,违反军中(尤其是重视纪律的宪兵)伦理。分配勤务管区,副团长有很大的影响力,他把二连"置之死地"犹未满足,不久他找到机会,朱连长落了个撤职查办。

那时朱连长毫无警觉,他仗着自己"走得稳、坐得正",他忘了中国历史许多记载,清官往往死在"清"上,忠臣往往死在"忠"上。我不懂官场的阴阳八卦,只是一个念头掠过:日式房屋怎么能做宪兵队部呢?进屋脱皮靴,出门穿皮靴,一旦紧急集合怎么来得及!瞧那木板墙,一脚可以踢出一个窟窿,怎么大门正对着一片树林,夜晚卫兵怎么警戒,林中漆黑,纵有十个二十个人藏在里面你也看不见。我只是打过游击,我能想到,难道团部没想到?……还好,后来调整勤务,宪兵放弃了那栋洋房,也完全撤出铁西。

上级规定,宪兵人人写日记,我们都领到统一颁发的日记本,布面硬皮活页装订,团部随时一通电话要查验,队部随时收集日记本上缴。队部每天向团部提出日报表,每十天提出旬报表,队部要讯问违反军风纪的人员,作成笔录,队部要接受民众投诉,作成记录,专案转报团部和警备司令部。种种作业,需要专人承办,连长指定中士班长郭伟负责,郭班长要求派我和李蕴玉两人做他的助手。这位郭班长像个白面书生,他高中毕业,本连九位班长,他的学历最高。或许由于"知识差距",各位班长都和他很疏远,我们三人有一个小小的办公室,各班班长经过门外,侧目而视。

小小办公室开始使用,我问郭班长:西区宪兵队的管区多大? 能不能弄一张地图挂在墙上?他一怔,说没有。我说咱们得制一张表,罗列管区内保甲长的姓名住址,他又一怔,问我怎么会想到这些,我说我打过游击嘛。这一图一表，我们始终没能得到，我每次出外执勤，不知天地之大，常常若有所失，尤其是夜晚，沈阳市应该有路灯，可是许多街道黑不见底，真有无依无助、大海孤航之感。

工作展开，整天难得有事可做，出关的部队军纪那么好！出乎意外。每天出动四班巡查，难得遇见帽子没有戴正的军人，难得遇见风纪扣没有扣好的军人，难得遇见符号肮脏、字迹模糊的军人。整天也没个居民上门告状，说军人怎样欺负了他。没有这些材料，我写"日报"难以下笔，"日报"不能一日不报，郭班长授意可以伪造，我只好乱编违纪人的姓名，人名是假的，部队番号是真的，今天回想，对那些部队长十分抱歉。

铁西区环境单纯，我没染上什么坏嗜好、坏习惯，有自己可用的时间，我记私人日记，读文学书籍，拼命向报社投稿。今天回想副团长"整"朱连长，我倒是个受益人，但是当时我不能原谅他。关于私人日记，我多年后写过一篇《鸳鸯绣就凭君看》，这里不再多说。

军纪好，第一个原因是素质高。想那伞兵、青年军、新一军、新六军，士兵有高中以上学历，出过国门，英军美军并肩，"见贤思齐"。第二个原因是打胜仗，打胜仗的军人有自尊心。第三个原因是待遇提高了，衣食足知荣辱。后来我常想，如果派这样的部队去接收台湾，军民关系一定搞得好，也许给"二二八"事变打了防疫针。

关于那时军人的待遇，我有过一个"诉诸印象"的说明。抗战前夕，军人追求"五皮"，皮鞋、皮带、皮夹、皮手套、皮背心。抗战期间，生活艰苦，但"一室之内，有生地、有死地"，仍有许多军人可以混到"五金"，五金者，金牙、金表、金戒指、金烟嘴、金边眼镜是也。五金代替了五皮。

抗战胜利，出现"五子"，即窑子、馆子、骰子（赌场）、落子（戏院）、澡堂（塘）子。"五金"尚有储蓄的意愿，"五子"就完全是糜费享乐了。——此为一般军人的五子，与接收大员的五子有别。接收时，"五子"有不同的版本，我一九四六年六月到上海，看见上海各报刊载的是车子、房子、条子（金条）、女子、面子。我相信这是正本原典。后来到台北，读到赵丽莲教授编印的英语教材，其中有篇文章谈到中文英译的困难，曾举"五子登科"为例，他的"五子"也是车子、房子、条子、女子、面子。

很显然，后五子由前五子衍生而来，前五子由五金脱胎，五金又与五皮有递承关系。然则五皮又从何而来？我猜五皮源自民间的"五洋财神"，北伐前后，洋货涌至，商店改售洋烟、洋火（火柴）、洋布、洋皂（肥皂）、洋油（煤油），土货几乎全被淘汰。洋货种类极多，何以必举其五？这是因为中国向有"五路财神"也。陈陈相因，因时制宜，难怪有人说，所有的名言都是"长了胡子"的。

我还记得，人到沈阳，宪兵上等兵每月的饷金，加上边远地区的勤务加给，总数是东北流通券四十元，折合法币五百二十元，跟关内的上等兵比较，高出百分之五十，跟马营时代的二等兵比较，高出二十倍。沈阳公车票、电车三毛钱一张票，军人半价，宪兵免费。那时有流动的马车载客，同一区内不分远近，一人一元。宪兵偶然也坐马车，人人自动付钱，没有纠纷。宪兵有了外务，也就有了朋友应酬，常常不回连部吃饭，尤其是班长，往往只有一个值星班长在家，粥多僧少，饭菜吃不完，再也没有伙食问题。

新问题是，宪兵的程度不齐，西区宪兵队两个排，约有三分之一不能写"宪兵日记"，什么刑法民法违警罚法，对他都是白说。漫画书上说，新兵出操，不能分辨左脚右脚。二连真有这么一个人，齐步走，总是踩别人的脚后跟；"枪在肩"的时候，左转右转搞错方向。他的步枪碰别人的步枪，稀里哗啦。他乐天知命，笑口常开，班长想打他，无法下手。陕西招兵难，有时需要人头勉强充数，他是宪兵的稻草人。后来"天崩地裂"，我很为他担心，文章写到这里，不免停下笔来费一番猜想。

宪兵执勤，常常查看军人的"差假证"。我们检验证明文件的真伪，靠关防大印的尺寸，每人有一本"手册"，末页边缘印着米达尺。

这个方法极不可靠，但是限于宪兵的素质，那时只能如此。我们熟记：永久性的机构用方形大印，临时性机构用长方形关防，可怜我们怎知哪个机构永久、哪个机构临时呢！我们熟记：临时机构的首长若是中将，他的关防宽 6 公分、长 8.8 公分，临时机构的首长若是少将，他的关防宽 5.8 公分、长 8.5 公分，我们又怎知哪个机构的首长是少将、哪个机构的首长是中将呢？再说，伪造印信的人总是要找个真迹来摹刻，长宽尺寸一定符合，你量来量去有什么用呢。鉴别印信要知道当时的编制官位，要懂一点篆刻，能从刀法、线条、结体寻踪迹，我读过私塾，对篆刻稍稍有一知半解，那时你怎能求之于人呢！

语言的隔阂很严重，陕西人的口音和东北人的口音差别大，常常把对方的意思弄错了，加上"同物异名"、"同音异字"，有时根本不能交通。很奇怪，上级却从未顾到这个问题，他应该在我们的"学科教育"里加一门课程，介绍"东北话"和东北风俗。中共的优势之一，就是当地人办当地事，无须向当地学习，国军的劣势之一，就是外地人来办本地事，又不肯向当地学习。作战部队飘忽不定，今天还在山东，明天也许空运到广东，无法学遍各地方言，宪兵长期驻扎，又和民众密切接触，为何要留下这个缺口？

后来想想，我们那一票人，也都没有多少心思用在勤务上。宪兵极难升迁，一盆清水孵豆芽，谁也长不大。想到宪兵就想到天主教的结构，一批人有上进的阶梯，当神父，当主教，当总主教，当红衣大主教，红衣大主教有资格被选为教皇。另一批人有奉献的热忱，当修女，当修士，照顾病患、孤儿、残疾，伟大如德雷莎，也还是修女。依政府设计，宪兵是修女，但是宪兵缺乏奉献的精神，因为政府不是上帝。误入网罗的流亡学生马上投入补习班，苦修英文数学，待机脱离牢笼。

我们得慢慢适应大都市的生活。过马路，我们得学着相信红绿灯，我们都不会关电灯，李戬排长夜晚来替我们关灯，我们不会用抽水马桶，李排长到商店借了一副马桶来做"教学道具"，教大家如何操作。有人找我带他到邮局买邮票寄家信,他一直怀疑那枚邮票管用。银行,我只知道里头有很多很多钱,严防歹徒抢劫,有时从门外经过,不敢转脸住里头看。

我们闹了一些笑话。那时军用电话是"手摇式",宪兵外出巡查,看见地摊上有几具"转盘式"电话机,以为是电报发报机,就没收了。有人走进电梯,门突然关上,无法打开,他以为被歹人劫持了,手枪子弹上膛,对准自动门,差一点弄出命案。有人奉命去看守一栋华宅,他对许多物件有好奇心,这里动一动,那里摸一摸,哗啦一声,自来水龙头打开,他心慌意乱,悄悄把门关好,悄悄走开,装做平安无事的样子。自来水流个不停,溢出盆外,满室地毯泡在水里。有人坐火车,他只有坐汽车的经验,火车缓缓离站,他想起了什么,大叫停车,列车长见他是宪兵,火车居然停下来。他又大叫退回去!退回去!火车居然又退回车站月台。那时东北同胞尊敬宪兵,路上相逢,常对出巡的宪兵鞠躬。

"山坳里的孩子"突然得到权力,有人忘形。例如说,他听说日本人会向他敬礼,戴上袖章出去试试,遇见一个日本人没有敬礼,他乒乒乓乓给那人两个耳光。例如说,他听说只要他伸手做出阻挡的姿势,汽车就会停下来,他站在街心试试,车子停住,他又手足无措。这些人需要慢慢接受自己的角色,知道怎样去扮演。马路如虎口,站在街心很危险,天津消息,就这样,一个宪兵被汽车碾死。大家推测也许车子里有歹徒或毒品,更大的可能,驾驶者是个痛恨宪兵的人。慢慢地,我们知道有人痛恨宪兵,这种痛恨也需要我们去适应。

不久,西区宪兵队分兵皇姑屯,成立皇姑屯宪兵队。当地有一个富商选女婿,选中了宪兵队的一位班长,结婚典礼相当铺张,邀请西区宪兵队全体官兵吃喜酒。结婚以后,这位班长白天穿着军服当值,晚上在家丝质棉袄,白底便鞋,俨然是个土财主。西区宪兵队再分兵四平街,成立四平街宪兵队,带队的排长喜欢洗澡,天天泡澡堂子,浴池公会的主席为他设立单独的房间,提供按摩女伺候。依沙团长的尺度,这是不能原谅的腐化,朝里有人好做官,副团长庇护他。

以后,西区宪兵队就撤销了。

我们那一票人大都出身农家,崇拜肥沃的土地,久仰东北的黑土层,我们一直在铺满水泥或木板的都市里走来走去,未能亲近原野。有一天,同连的一个列兵出差回来,黑土填平了他的靴底,他把皮靴脱下来给我们看,我用大头针把靴底沟槽里的黑土挖出来,大家轮流欣赏,欣赏中国人发誓要收复的地方。咳,那时候,我们的心念何其单纯!

我写这篇文章的时候,报上刊载北京水利部的报告,由于人为的原因,东北的黑土层年年流失,每一年损失一厘米,生成这一厘米的黑土层,需要两百年到四百年,预计五十年后,黑土层流失净尽,寸草不生。哀哉,不肯爱护土地的人何其多!何其多!

我很怀念铁西。二〇〇三年五月二十四日,纽约现代艺术博物馆附属的 Gramercy Theatre 放映"铁西区"的纪录片,中国大陆导演王兵制作,我特地跑去看了。电影显示,"沈阳铁西区这个重工业区,解放后发展为中国面积最大、生产品种最多样化的工业重镇,可是到一九九〇年代末,大多数工厂破产倒闭或转型迁移,'文革'年代有如天之骄子的工人,在被逼下岗后生活困顿、前景未卜。王兵顺着铁路来往于工厂及工人住宅区,记录下灰冷荒芜间的日子。"铁西区外观尽改,奈何命运却有如循环!

4 我第一天的差事

我们终须与现实接触,我的差事来了,管区内发生车祸,郭班长命我前去"看看"。

那时汽车少,车祸不多。队部没有汽车,我们坐公共汽车出外执勤,车祸早上七点钟发生,我九点才赶到出事地点。那时十字路口有个圆形建筑叫"圆环",汽车绕过圆盘,谓之大转弯,不绕过圆盘,谓之小转弯,一辆军用卡车在应该大转弯的时候小转弯,撞上了商人用的小车,车头损毁,车里的人也受了重伤,伤者已送进医院,警察保留现场等我出现。

  肇事车辆的单位来了一位中尉军官,他把我拉到旁边,低声说:"咱们都是军人,胳臂弯儿往里拐,您上天言好事。"不等说完,捏着一沓钞票往我口袋里塞,我突然热血上冲,头昏脑涨,举手给他一个耳光,打得他倒退一步。我马上后悔了,我怎么可以打人,尤其是对方是一位军官。完全是反射作用,也许谷正伦阴魂附体,身不由己。那军官指着我说:"好!咱们君子报仇,十年不晚。"匆匆钻进他的吉普车。

  回到队部写"日报",我直言军车违反交通规则,除了文字说明,我还画了一张图。团部打电话来称赞,日报有图有文,这还是第一次。 后来伤者死亡,肇事的单位希望和解,传话恐吓死者家属,"东北人胆大",家属不屈,坚持告状。法庭传我作证,我实话实说,死者的子女当庭给我磕头。

  从车祸现场回来,路上遇见一件很特别的案子。那时国民政府战后裁军,"编余"了很多军官,这些人流落四方,找不到职业。有一位编余的少校营长,跑到铁西区,他在闹市的马路旁边铺下一幅白布,上面写着:他是黄埔军校哪一期毕业,参加过哪几个战役,负过伤,得过奖状、奖章,现在政府把他裁下来,他无家可归,陷于绝境,乞求仁人君子施舍。白布四周摆着他得到的奖章、奖状、"抗战胜利纪念章"、军校毕业生的文凭、佩剑,剑柄两面刻字,一面刻"成功成仁",一面刻"蒋中正赠"。他这一手,北方人叫做"告地状"。

  宪兵以三种方式处理违纪:告诫放行,纠正放行,带队处理。我只有请这位老前辈到队部和连长谈谈,他朝我一挥手:"教你们连长自己来!"我回到队部报告,朱连长果然亲自去了,三言两语,原来两人是黄埔军校的同期同学,有了这层关系,气氛立刻活泼起来。编余军官干净利落,他卷起白布:"你看我该怎么处置?"朱连长针锋相对:"请到我的办公室喝茶。"

他俩谈话，连长命我随侍在侧。编余的少校姓庄，他说出生时投错了胎，人人叫他庄营长，他是一个"假装"的营长，现在露了真身。他说抗战八年，都说为了收复东北和台湾，现在东北收复了，我这个东北人裁掉了，东北是我老家，我在老家门口讨饭，你们外路人凭什么管？想饿死我？我若饿死了，我的列祖列宗从坟墓里钻出来，抓你一把，咬你一口！他说，我们这一辈子什么都不会，只会爱国，现在国家把你一脚踢开，不稀罕你爱，还能做什么？他说"抗战胜利纪念章"是伤心章，毕业证书是牛马证明书。

朱连长说，宪兵有宪兵的职责，你老兄一清二楚，你一定要在这里摆摊，我这个宪兵连长只有辞职，可是辞职没那么容易！裁掉了有裁掉的委屈，辞职辞不掉有辞不掉的委屈。你给我一个面子，离开我的管区。庄营长立刻站起来：没问题，一言为定！朱连长掏出几张钞票送他，他冷笑一声拒绝：你们宪兵清苦，自己留着用吧，你如果发了接收财，这点钱我嫌少呢！

我送他出门，他拍拍我的肩膀说，告地状是发牢骚、开玩笑，"我会留在沈阳继续奋斗，咱们后会有期！"果然，我跟他"恶业"未了。我先补述一下抗战胜利后的裁军。

日军投降以后，国府着手整编军队，军缩编为师，师缩编为旅，团以下酌量合并。究竟裁掉多少人，各家的记述不同，我不做研究，只抄台北"中央研究院"编撰的大事记，一九四六年七月，国防部提出报告，"裁汰"军官十四万人，"汰"字非常刺眼。抗战八年，只有师扩编为军，军扩编为集团军，只有连长升营长，营长升团长，突然反过来，军官在心理上很难适应。不仅如此，有些军官"编余"之时降了级，本来是中校，到头来只是上尉，从军时是少尉，一直升到上尉，抗战胜利编余，又回到少尉。为什么会这样呢？依照政府规定，中尉排长升上尉连长，要经过"任职"和"任官"两道手续。任职，确定你是连长，任官，确定你是上尉。战时戎马倥偬，全凭师长军长下个条子走马上任,人事部门没有替他办任官任职,他自己也不懂,国防部根据人事档案办编余、核官阶,很多汗牛血马白白出生入死。

军人没有恒产,一旦失去军职,生活陷入困境。我听到这样的故事:一个团长被裁掉了,他的太太上街头卖茶,羞愧难当,勉强支持了一天,晚上回家大哭大闹,寻死觅活。一个军官,跟他的女朋友以"初夜"庆祝抗战胜利,兴奋甜蜜,不幸裁军的第一刀就把这个军官切下来,他因此无法结婚,……后来带着她去打胎。这两个故事,开始都有很好的情节,我无法想出快乐的结局。

"解甲归田"本是美谈,可是编余军官有三个原因不能回老家:其一,老家已成解放区,不能回去。其二,老家可以回去,但是苛政太多,官吏太腐败,军队纪律太坏,"什么都可以做,绝对不能做老百姓。"第三,亲友的轻蔑。马营和我们一同入伍的那位马连长,本是为了回北京探母,才和我们同路,他到了沈阳,并未照原计划行事。他说,他常常做一个同样的梦,梦见他回到老家,亲友把他围在中间,朝他身上吐唾沫。他说,有一个编余军官回到东北老家,冬夜严寒,国军派出来的侦察兵到他家取暖,硬把一家老小赶下热炕。老母冻得整夜咳嗽,一口气没上来,也许心脏病发,归天去了,亲友都来责难这个军官,问他在外边怎么混的。

国民政府终于成立了十二个军官总队收容编余军官,维持他们的生活。这些军官都觉得受领袖和政府欺骗,他们自己求公平,办法是集体扰乱社会,欺压官民,军官总队纪律极坏,被称为社会的"四大害"之一,他们居心伤害国民党政权的基础,流行一句话:"你砸我的饭碗,我砸你的饭锅。"我听见有人说,蒋委员长曾对他们演讲:"我的事业就是你们的事业,你们的前途就是我的前途。"这人说,"现在我们的事业前途都完蛋了,且看他的事业前途还能有多久!"

军官总队的本领大概如此。近人论裁军之失,多半说编余军官纷纷投共,国共军力因此消长。当年确有一种说法:"此处不养爷,自有养爷处,处处不养爷,爷去当八路。"也曾出现传单:"不要吵,不要闹,老蒋不要老毛要，武汉领路费，延安去报到。"究其实际，可有资料证明，共军的哪一桩成就，有编余军官参与？共军的哪一次胜利，得了编余军官之力？可有数据记载，编余军官有多少校官，多少尉官"延安报到"？如是我闻：中共要枪不要人，要兵不要官，除非军官率领武装部队起义。国军军官秘密接洽个人投诚，中共的工作人员总是劝他：留在国民党里奋斗，等你能掌握部队了，挑个好日子再来。

有人经过上海，看见"告地状"的编余军官，也曾问可曾考虑投共。他扬起眉毛："笑话！我又没帮他放过一枪！"

这次裁军，裁掉上将十五人，中将两百一十七人，少将五百七十六人，官阶越高，挫折感越大。南京有个军官总队，收容的尽是将官，这些将官到中山陵"哭陵"，发泄心中的愤懑，国民政府蒋主席听到报告，怒斥这些哭陵的人不识大体。我总觉得蒋氏理政往往没有因果观念，辣手裁军，种下这样的"因"，居然想结个"识大体"的果！他是基督徒，他之缺乏因果观念，可能因为《圣经》缺乏因果观念，在《圣经》里面，上帝说"成"，事情就成了，至于后果，上帝要它发生它才发生，上帝要它怎样发生它就怎样发生。党国元老陈立夫曾经指着蒋先生的画像说："他是活着的上帝。"

国府裁军，原则上裁官不裁兵，但老兵、弱兵、病兵一概不留。裁掉的兵比裁掉的官处境更艰难，但是编余将校只替自己说话，没人替士兵说话。我曾经集古人的诗句，代抒他们的心声，而今记忆残缺不全，还可以略见梗概：

问：你是什么时候当兵的　　答：少年十五二十时
问：你上过战场吗　　　　　答：一身转战三千里
问：有没有遭到危险　　　　答：战士军前半死生
问：你为什么还不回老家　　答：古来征战几人回
问：你老家还有什么人　　　答：旧业都随征战尽
问：抗战胜利了，高兴吗　　答：空见葡萄入汉家
问：你的老长官怎么不照顾你　答：将军百战身名裂

问：你的那些同事呢　　　答：可怜无定河边骨

问：你看时局怎么样　　　答：百年世事不胜悲

问：你以后怎么办呢　　　答：生男埋没随百草

……

此文一出，立刻产生许多变体，问答的形式依旧，作家依自己的感想，设计新的问话，填入自己喜欢的诗句。一九四九年我到台北，那时文网尚未周密，还在台北的报纸上看见一篇姊妹作，可见社会对裁军的广泛关怀。

宪兵勤务，有一项取缔"非军人穿着军服"。关东军遗落了大批军服，充斥旧衣市场，沈阳街头常见市民穿着日本军服，团部命令限期禁绝。各区宪兵队加班加点，把这些穿军服的人带到宪兵队门口，门外放着一桶桐油，衣服涂上桐油，就不能再穿了。这是他们从陕西带来的土法，陕西出产桐油。我对郭班长说，这些人穿日本旧军服，多半因为穷，他们身上的军服也是花钱买来的，如果把涂桐油改成涂颜料，他们回去拆洗了，送进染房，染成别的颜色，布料还可以使用。郭班长立即采纳，并且吩咐我写入日报，向全团建议。

"非军人穿着军服"视同冒充军人，而冒充军人视同利用军人身份掩护犯罪，这是"高高举起"。"非军人"没受过军事训练，没有军人的仪态，非军人穿着军服，妨害军人的形象，这是"轻轻放下"。我离开军伍以后对军服有恐怖感，老年移居美国，看见穿着军服的"非军人"很多，报上说，美国陆军的军服用特殊的衣料制成，既能防雨，也可透风，我大为心动，到专卖军用服装的商店去买了一件上装。我问售货员："我不是军人，是否可以穿这件衣服？"店员用保证的语气回答：任何人都可以穿！他一面替我包装货物，一面把我的问题告诉柜台的收银员，两人相视而笑，仿佛发生了有趣的新闻。

我有文书专长，一度豁免例行勤务，不久，两位老班长很有意见，于是特权取消，照常轮值夜间卫兵和昼间巡查。那时电影院是宪兵巡查的绿洲，里面设置"宪警弹压席"，备有清茶、糖果、瓜子、香烟，可以歇脚，我不抽烟，值勤时也不喝茶、不吃糖，我从未把整部电影看完，也从不带朋友进场看白戏。戏院经理看见我，总是露出害怕的神情，好像我是来者不善，使我非常纳闷。后来他明白我没有恶意，只不过初出茅庐，内方有欠外圆。他的态度由戒备改为亲热，不过有时流露出不以为然的样子，他多次拍着我的肩膀说："老弟，好好地干哟！"我至今猜不透他什么意思。

"我从未把整部电影看完"，居然也有好处，离开电影院以后，找个清静地方，推测以后的情节发展。我决心把自己训练成一个写手，第二天，我再去看那部电影的后半部，拿我编想的情节和电影比照，训练我的想象力。《天堂春梦》、《一江春水向东流》，都是这个时候看到的，我从电影编导那里学到一些东西。我又看过一部电影，主角是个乡绅模样的中年男子，他有钱的时候装穷，等到真的没钱了，他又突然装阔，大出我意料之外，世人多半穷的时候哭穷，富的时候炫富，编导反其道而行，产生新意。"反其道而行"！这一部片子只能列为次等制作，许多次等制作也能给我一等的启发。

我非常害怕再遇见行贿的场面，我从鸳鸯蝴蝶派小说改编的电影里看到行贿的方法，又从行贿的方法悟出拒贿的方法。如果对方把钞票塞进你的口袋，抽身离开，你就没有办法退回贿款，即使你掏出来丢在地上，他也不会回头捡起来，任它随风吹去，你依然不清不白，所以绝对不可让对方贴近身旁，要保持六英尺的距离。对方也可能利用握手的机会输送贿款，握手时用拇指按住手心里的钞票，手掌倾斜，手背掩护手心，趁两掌贴合时抽出拇指，钞票就到了对方的掌心里，人人都会不假思索握住已经到手的东西，这是本性使然，等到"既而一想"，已经难办了，所以绝不可与对方握手。如此这般，防患未然，哪里用得着打人耳光？豁然开朗，中心畅快，只苦没有机会马上建议全团，甚至建议全国。但是若干年后我有机会提醒所有的作家，读者亲近文学，有时是为了寻找方法解决难题。

铁西区似乎没有妓院，我从未巡查过妓院。旅馆很多，规模简陋，尤其是"大车店"，大屋通铺，男女老幼一排一排睡在铺了草的地上。抗战流亡时，我也住过类似的店，没想到东北光复，老百姓还要过这样的生活。屋子里没装电灯，我得用手电筒照射他们的脸，光线微弱，面孔灰暗沮丧，不忍多看。我不信他们造反搞破坏。

"正式"的旅馆当然有房间有床铺。那时规定，军警检查旅馆时，住宿的人都要站在房门口，手里拿着身份证明，等待检查人员过目，我有很好的机会观察各色人等。说来惭愧，我并未从治安的角度观察他们（坦白地说，这种方法也根本查不出什么违法犯罪的东西来，即使屋角里有机关枪，我也看不见）。我从写作的角度观察，我观察的能力幼稚薄弱，所见甚少，想得很多，回去写在私人的日记本上。

对我来说，这样见多识广，当然比足不出户伏案办公好得多，老班长抵制郭班长，取消我的特权，焉知非福！我有材料可写，开始投稿，饷金之外，还有一些稿费收入。

服外勤还有最大最意外的收获，我因此遇上另外一位天使，当然，中间经过一些曲折。

5 左翼文学熏陶纪事

事出偶然，我开始大量阅读新文学作品。

这要从初到沈阳说起。我们进行学科训练，使用南满铁道株式会社的宿舍做教室，日本在东北经营的铁路以"满铁"为总管，财产庞大，房屋很多，我们奉命在某个范围内自己挑选。砖墙平顶的三层楼房，式样整齐划一，全是空屋，经年无人打扫，有些房屋的地板被人撬起来（据说是搜寻隐藏的浮财），未曾修复。后来找到一栋，不但完整可用，三楼还摆着许多图书。那时接收人员不要档案文卷，只要物资，《大公报》曾以社论责问《谁是今日之萧何》（刘邦破秦，先入咸阳，萧何不取财宝，一心搜集图籍记录）。日军侵入中国，大量掠夺，并未放过中国图书，上海复旦大学教授赵建民，台北"中央研究院"研究员王聿均,都写下专门论文。

这些书苟全一时,虽是精装,尽是日文。连部找来一辆大卡车,停在窗下,书从三楼窗口掷下来,灰飞烟灭之前,先堕指裂肤。我发现其中有一套中国当代文学的选集,也许有十大本,收录的作品全依中文原典排印,导读、注解、作家小传才用日文。世界上竟然有这等事!我急忙抢救,保全了其中六本。

那年代精装稀罕,家中只有《圣经》和《辞源》,我从邮购买过一部精装的《全国青年代表作》,视同珍品。文艺书平装钉装,连穿线装都很少。一本书祖传父,父传子,哥哥姊姊传给妹妹弟弟,封面破了、用牛皮纸糊起来,书页散了、用针线缝起来。那年月做母亲的除了补褂子、补袜子,还会修补破损的书。人在翻书的时候手指不离书口,书口是一本书最容易弄脏的地方,那年月有人出版毛边的书,书口没有切过,等书翻旧了、弄脏了,爱书人自己动手切齐,书口清洁如新,旧书好像恢复青春。我一下子弄到六册精装书,觉得发了接收财。

翻看目录,六册文选收的是小说和散文,普通文选只收短篇,它这里长篇也收。文章取舍反映了当时的思潮,几乎全是左翼作家。那时连队生活没有私人的空间,这么厚一叠书无处存放,最好也别让连队长官知道我看鲁迅巴金的东西。队部附近有一家中药铺,房屋宽敞,老板善与人交,我借用他的店号对外通信,逃避指导员检查。我把六册文选寄放在他那儿,抽空到他店里看书,中药铺里读到鲁迅的小说《药》,感受特别深刻,我觉得"人血馒头"如能治病,烈士在天之灵也会赞成,可惜它只会传染疾病。读到祥子夜半求医,没有钱预付诊费,遭医生拒绝,恻然久之。多年后我写了一篇《骆驼祥子后事》,收进《活到老,真好》一书,我能理解那医生,大作家老舍不能。

常有军官来买药。有一天,我忽然想起一个问题:军医院专为军人治病,一切免费,怎会有这些人依赖中医?而且这些人也不像生病的样子。老板说,他有祖传秘方配制的壮阳补品,远近驰名,军政人员接收东北,无非酒色财气。我听了大吃一惊,若是我的长官也来买

第二部

药,我看见了他,他也看见了我,他恼羞成怒,忌恨在心,我还有好日子可过? 我马上用帆布袋背起六册文选,另找地方。

到哪里去呢? 我想到教堂,教堂在哪里? 跳上一辆马车,由它去找。那年代教堂的门整天敞开,使我想起"凡劳苦担重担的人,可以到我这里来"。我见到一位执事,说明来意,我俩有一番对话,大略如下:

"你这些书是什么书?"

"都是文学。"

"你是基督徒吗?"

我硬着头皮说是。

"基督徒应该读《圣经》,为什么读这些东西? 你到教堂只能读《圣经》。"

说得也是,可惜脸孔拉得太长,我想起"天堂的门是窄的"。我背起帆布袋,踯躅街头,还有什么地方可去? 我想起坐落在城内北部的地藏庵。

地藏庵是女尼修行的地方,我们有个同学,自幼随母亲信佛,常随母亲到地藏庵上香。他到沈阳,发现沈阳也有地藏庵,非常高兴,常常去拜菩萨,吃素斋,也带我们不信佛的人去游玩。庵中三位女师父,一位年纪最长,接近六十岁,想是当家的住持,另外两位都是二十多岁的少女,一位法号"本参",一位法号"本寅",凭法号班辈,也许有人能知道她们的门派源流。两位说话都是沈阳本地口音,都是相貌清秀,体型适中,为什么会出家,想必背后都有曲折的故事。三位比丘尼对我们这一票人印象挺好,我打算到她们那里看书。

都说佛门清静,难得她们容纳我这个俗人。厢房有桌子,有座位,小师父给我倒一杯茶,老师父在我右手边摆一部佛经,她并未劝我读佛经,她什么话也没说,她把佛经放在特制的小小的架子上,防茶水打翻污毁经页。佛经采折叠式,经上放一支竹签,小师父介绍读经的方法,手持竹签一页一页翻开,避免手指触摸。我每个星期天都去读书，放在我手边的经书常常更换，依靠联想作用，我还记得几部经的名称：《金刚经》联想到金刚钻，《八大人觉经》想到八大山人，《无量寿经》想到成语功德无量，还有《地藏王菩萨本愿经》，联想到地藏庵。这些经我一页未读，我只读鲁迅的《狂人日记》，茅盾的《子夜》，老舍的《牛天赐传》。

我凭六册文选初步认识中国的新文学，知道山东出了王统照、李广田，台湾出了许地山。我喜欢曹聚仁、萧乾，他俩和报馆渊源深，作品带报道文学风格，也许暗示我和新闻有缘。我喜欢丽尼，也许伏下我对"现代文学"的欣赏能力。我喜欢沈从文，他的名作《边城》，写一个老人和一个孙女相依为命，使我想起老父正带着幼女流亡，难以终卷，那时我很难从纯粹审美的角度接受文学。我也喜欢朱自清、周作人、赵景深，还有丁玲，他们展示广阔的生活经验。

我重温郁达夫和冰心。我在读小学的时候，一度亲近郁达夫的作品，他写漂泊的经验很吸引我，他使我觉得漂泊有一种无形的美感。他的作品常常写人在流离不安中同情受苦的老百姓，漂泊的人因此减轻了自己的痛苦。我们那一伙文艺青年，得意的时候读老舍，老舍教我们冷讽热嘲、幸灾乐祸；失意的时候读鲁迅，鲁迅替我们骂人；在家读巴金，巴金教我们怎样讨厌家庭；离家读郁达夫，他教我们怎样流亡，怎样在流亡中保持小资产阶级的忧郁，无产阶级的坚忍，资产阶级的诗情画意。

我也是小学时代亲近冰心，后来觉得她的语言夹生，节奏紊乱。我到台湾后一度主编《中国语文月刊》，该刊的主要读者是中学的国文教师和学生，我曾经想开辟专栏，选择"台湾能够容忍的三十年代作家"，刊出他们的旧文，加以注释分析，帮助学生提升写作水平，这时才发觉许多前贤修辞马虎，有时造句也不通顺，尽管留下"杰作"，却不能做学习的范本。我把这个发现告诉某一位教授，他"顺藤摸瓜"，寻找病人，罗列病例，写了一篇"无情"的论文，我确实吓了一跳。

我不喜欢鲁迅，那时我从未说出口来，即使是今天，说这句话还有些胆怯。我知道陈西滢、梁实秋、胡秋原、苏雪林也不喜欢鲁迅,但是我那时并未读到他们的评论,我的耳目所及尽是高度称颂。我不喜欢他大概是气性使然,我欣赏文学固然有局限,鲁迅恐怕也未能把他的气性完全升华转化。现代诗人杨泽说,鲁迅是"恨世者",哥伦比亚大学教授王德威说,鲁迅刻薄寡恩,他们展示多元的看法,先获我心。瞿秋白和鲁迅同世为人,他说鲁迅是狼族,有狼性。罗马神话:莱漠斯出生后吃狼奶长大,不离狼群。这话我到八十年代才读到,相见不恨晚。如果说读书变化气质,我拒绝变成这样的人,我也不能欣赏、不敢亲近这样的人。我在说我学习的过程,并非搞文学评论。

我也不喜欢巴金、茅盾、郭沫若,他们都是高大的文学偶像,我对他们的成就总有几分怀疑。香港作家林以亮为乔志高译的《大亨小传》作序,文中有一段插话,他说,昔人那样推崇史坦培克,后人看来未免有些不好意思。我想史坦培克的名字也可以换成别人,例如巴金……那时我觉得他们的作品冷酷,不能陶情怡性。后来到台湾,我进文宣单位做事,知道文学作品可以先定方向,然后朝着方向设计。苏东坡设计"危险",写出"盲人骑瞎马,夜半临深池"。他拼贴足以产生危险的四项因素,事实上四项因素并未同时存在。巴金、茅盾、郭沫若都是设计大师,他们根据共产主义革命的需要拼贴情境,构成"语文的世界",但评论家却以"写实主义"之名推广,代换人生的现在和未来。

我爱好文学,但是没参加过他们的"读书会",所以无从领会那些作品的价值。那时读书会是个很普遍的组织,左翼作品的内涵外延,靠它解说引申;左翼作品的正确伟大,靠它肯定建立;左翼作品前瞻方向,靠它指点导引。假如巴金的《家》是马太福音,读书会就是各地的教堂,没有教堂,马太福音只是一本小册子,有了教堂,马太福音就是《圣经》。有一位学者说,左翼文学并未发生多大影响,他举当年那些作品的销售数字为证,他忽略了:第一,当年一本书全家看、全校看,第二,读书会的组织和教化。正因为如此,国民党退守台湾以后,严厉取缔读书会和类似的结合,绝不手软。我如此说,只是指出前因后果。

左翼文学的主调指出,现实社会完全令人绝望,读书会则指出,共产主义革命是唯一的出路,左翼文学设计谜面,读书会揭露谜底,左翼文学公开而不违法,读书会违法而不公开,分工合作,密切配合,文学作家把足球盘到网口,读书会临门一脚。一九九〇年代我在纽约,参加了一个小型的茶会,小说家於梨华在座。中国大陆来的一位作家问我,当年青年普遍左倾,我何以能脱离影响。我说这得从《阿Q正传》说起,赵家被人抢劫,阿Q蒙嫌受审,法官问作案始末,阿Q很委屈地说:"他们没来叫我!"一座皆笑,只有於梨华尖声说:"你万幸!"巴金晚年呼吁成立现代文学馆,说:"我们的现代文学好比是一所预备学校,把无数战士输送到革命战场,难道对新中国的诞生就没有丝毫的功劳?"可见他深晓葫芦里的春秋,我想鲁迅在这方面的功劳比他更大。

我疏离上帝以后,我的心灵并未从文学中找到依傍,这些文豪,我在没有读到他们的作品之前,早已憧憬怀想了很久,可是读了他们的代表作,我这个文学小青年仿佛是一叶扁舟,在许多码头旁边漂来漂去,不能驶入,即使是我喜欢的作家,我也觉得找不到船坞、防波堤或是领航员。我曾经喜欢唐诗宋词,可是那时对我而言,唐诗宋词是废弃的码头,是仅供凭吊的古迹风景。

我当然也有收获,六册文选读完,我眼界大开,立刻觉得长大了,比起同侪,我算是见多识广。白话文学在我血管里流来流去,所有的方块字都有新的生命,我觉得我可以把我的世界装进一个口袋里,背起来万里长走。每一篇作品后面都有附录,介绍作品背景,作家生平,虽然用日文撰写,其中夹用的中文名词,像文学研究会、创造社、语丝社、太阳社、小说月报、晨报副刊,还有每个作家重要作品的名称,都对我传递大量的讯息。我想,写文章除了赚稿费以外,还有一个目标,就是在大部头的选集里挤进一个名字。

即使是你反对的事情,你也会受它影响。这些大作家以及他们的诠释者、鼓吹者,满口不离"压迫"、"剥削"、"受侮辱和受损害的",他们咒诅权力财富,制造困局,显示改进无望,引起"绝望的积极"和毁灭的快感。那时如果我听几句佛法,也许可以得些调剂,然而我心中只有一部《圣经》,有时候,我觉得基督徒也多半是"恨世者",革命理论和基督教义的纠结,常使我头脑混乱。

我后来做事常常抗上,不能和强者合作,脾气急躁,反应每每过当,我猜想肇因这些作品灌输的意识。感谢那些老板包容我,但是也有人在我的安全资料中加添麻辣。有一次,我为了弱者的利益和强者争辩,那强者问我:"像你这样的人应该留在大陆做共产党,跑到台湾来做什么?"一语惊醒梦中人,我才发觉陷入很深的泥淖。此是后话,按下不表。

那时写实主义独霸中国文坛,主张写小人物,关注人间的穷苦、灾难、病患,揭露不公平的现象,他们强调生活经验,主张以调查、观察、访问搜集写作材料,反对泛滥的抒情和空疏的玄想。那时抒情是我所逃避的,想象力是我所缺乏的,他们给我创作的勇气,也可能强化了我的弱点。那时写实主义的诠释者和鼓吹者,只谈意识形态,不谈艺术技巧,作品有没有价值要看站在什么立场、为什么阶级说话,要看揭露的是什么、控诉的是什么。照原料打分数,不照成品打分数,对创作风气的影响是鼓励粗制滥造,助长傲慢自大,对我的影响是:几乎不知道有"形式美"。六十年代,台湾倡行"现代主义",诠释者和鼓吹者纠正了我。

感谢沈阳的地藏庵给我阅读、思考和空间,它是那样安静,我坐在那里,可以偶然想起唐人的诗句:"鸟鸣山更幽","潭影空人心"。很惭愧,我从未捐过香火钱,也不读她们预备的佛经,她们从未因此慢待我。我写这篇文章追记前事,屈指已在五十多年以后,其间天翻地覆,不知她们怎样适应,她们的来生当然没有问题,我忧虑的是今生,只要来生没有问题,今生也就不必太忧虑了吧?老师父应已圆寂,两位小师父呢？希望她们度一切苦厄，也许此刻尚在某处讲经说法。她们是否知道，我终于读了她们最后给我预备的一本经：《父母恩深难报经》，我决定离开沈阳，生命进入另一次大转折。她们是否料到，五十年后，我终于把她们放在我手边的佛经一一读完。

6　我从文学的窗口进来

　　我喜欢报纸的文学副刊，那年代，一家报纸要有文学副刊才算是一张大报。副刊展露报人的心胸识见，他除了理性，还有美感；除了算盘，还有胡琴；除了店面，还有花园；除了现实，还有想象；除了功利，还有性情。

　　一步踏进沈阳，我就打听哪一家报办得好。有人推崇《中苏日报》，那时中苏订立友好条约，随着这个条约产生了中苏友好协会、中苏联谊社，我没法喜欢那个条约，也就没法喜欢那些戴着"中苏"帽子的招牌。我买到《新报》、《和平日报》，以非常勉强的心情顺手也买了一份《中苏日报》，没想到它的社论十分出色，虽有官方背景，却勇于批评官方的缺失。《新报》偏重本市新闻，活泼亲切，类似今天的社区报，版面上常有熟悉的身影晃动，它在本市拥有大量读者。《和平日报》只有一大张，副刊和文艺周刊齐全，令我感动。不久，《中苏日报》停刊，中苏友好协会销声匿迹，象征中苏蜜月结束，沈阳《中央日报》继之出现，重视副刊一向是《中央日报》的传统。

　　我开始投稿，决定以字海战术向三报猛攻。各报都有征文启事，都要求投稿者使用"五百字稿纸"。我在陕西投稿，文章写在白纸上，每行没有一定的字数，每页没有一定的行数，根本不知道有所谓稿纸。我连跑几家书店，他们拿出来的是"原稿纸"，我以为原稿纸不是稿纸，而且每张只能写四百字，跟征稿启事的规定不合，没敢买。我在书店里看见艾思奇的《大众哲学》，站在书架前面读了十几页，他用阶级斗争的观点笼统解释社会关系，痛快淋漓。起初我以为这本书是游戏笔墨，近似李宗吾的《厚黑学》，继而一想，艾思奇也许是个俄国人？我做梦也没想到它会是立国的大经大法。我又看见书架上有一本《牡丹亭》，打开一看，里面是中共中央的许多决议和文告，我想一定是装订错误，并未发觉是中共宣传品瞒人耳目。

我至今不明白为什么要限定五百字稿纸，若说计算字数方便，四百字或六百字效用也是一样。我用复写纸自己制作五百字稿纸，那时连队没有油印机，我并未想到编辑的"第一印象"重要，他一看稿纸，就知道你是毫无经验的新手，文章必然青涩幼稚，懒得再花工夫审阅。多年后我看见第一次投稿的人先印自己的专用稿纸，俨然名家，他们比我聪明。

字海攻势并不顺利。我把"出潼关"的经过写成散文，投给《中苏日报》，文章还没登出来，《中苏日报》就停刊了。我写南京令我失望，小学教科书告诉我，浦口过江到南京有"轮渡"，人可以坐在火车上不动，我们还是下车换船。老师说，中山先生的遗体经过防腐处理，放在玻璃棺里供人瞻仰，我们看见的是仰卧的石像，腿部的裤管粗直僵硬，相当"难看"。我把文章投给沈阳《中央日报》，我并不知道报纸有立场背景，《中央日报》岂能任你非议首都？我也写出我对上海的印象投给《和平日报》，两篇文章都如石沉大海。那时似乎各报都不退稿，我也不知道甲报不用的稿子可以改投乙报，文章像箭一样射出去，一根箭只射一次，我只有加紧造箭。

经过一番观摩和琢磨，我发现关外的报纸爱登关外的事情，关内似乎太遥远了。后来知道报纸的内容讲求"邻近性"，我那时无师自通，心诚则灵，立刻改换题材，写我最熟悉的铁西区。我说雪降沈阳，铁西区的空气冰冷如铁，因为区内遍布停了工的工厂，房屋空洞高大，外墙坚硬，入夜以后相当恐怖。我说公共汽车的车掌小妹妹嗓音清亮，她本来逐站呼告站名，兴工街、笃工街、励工街、劝工街唤醒国人重视工业，现在怎么保持沉默、寂然无声？《新报》采用了这篇文章。

我满心兴奋，立刻再写一篇，我写铁西区的戏院。这时候，沈阳的军纪渐渐变坏了,军人看白戏,塞满了电影院,一般观众裹足不前。依照规定,军人要买半票,他们硬要无票入场。戏院老板有幽默感,他说这些军人也有票,第一是摇头票,你向他收票,他摇摇头,进去了。第二是挺胸票,你向他收票,他胸脯一挺,进去了。第三是瞪眼票,你向他收票,他朝你瞪眼,进去了。那时军人几乎个个抽烟,剧场中香火鼎盛,数不清缕缕青烟袅袅上升,熄灯后,黑暗中,只见星星点点无数暗红色的烟蒂摇晃,舞台旁边竖着一面玻璃箱形的告示牌,两个朱红大字"禁烟",烟雾太浓,两个字也模糊了。于是咳嗽声起起落落,吐痰的声音也相继不绝。这篇文章《新报》也采用了。

但是稿费无踪无影。我投稿全用笔名,而且写一篇文章换一个笔名,避免以宪兵身份现形,久等心焦,没奈何,只得到报社查询。这才知道副刊主编是报社的客卿,并不按时上班,经人指点去找另一个部门。这才知道报社并没有"稿费通知单"一类玩意儿,作者要带着剪报上门申请,报社把采用外稿照"交货、验收、付款"总务三部曲办理。我没带剪报,承办人见我穿着军服,特别通融,自己打开存报找我的文章。他抬起头来对我说:"你的文章登在新闻版,新闻是没稿费的。"我这一惊非同小可!他把我当成各机关的新闻发布员了。五年以后,我知道新闻版的特写、边栏仍然有稿费,若是外稿,报社里可能有人把稿费吃掉,通常以新闻版的编辑嫌疑最大。五十年代初期台湾也有吃稿费的主编,那时大家都穷。

我没有灰心的权利,我继续写。经一事、长一智,我在投稿信的信封上郑重写明副刊编辑室。后来我知道,你若只写某某报社,你的稿子八成进了社长室,你若只写编辑部,你的稿子八成摆在总编辑的办公桌上,先失地利,后失人和,结果凶多吉少。文稿必须交到副刊主编手上,无论如何,他替作者想得多一些。

我喜欢《中央日报》的副刊,向她投稿,连续五次都告失败。有一天,我经过沈阳市的万泉公园,看见满池白色的荷花,我们常常把荷花莲花混为一谈,传说菩萨坐在莲台上,我想安得每朵花上有一位菩萨，普遍拯救人世的劫难。那时中共锐意经营松花江北，它在鲁南苏北怎样做，也在东北怎样做。我"不点名"地写了苏北难民的处境，居然登出来了！我在南京欺骗苏北难民，答应为他们在《中央日报》上发表文章，算是有了补救。到底《中央日报》有规模，我第一次看见稿费通知单，辗转把玩，终身难忘。

我迟迟未能进入《和平日报》的"和平花园"，直到有一天，我想起国军青年军二〇七师，那时这一师人马驻在沈阳附近的抚顺。一九四四年十万知识青年从军，我们有些同学编入二〇七师，抗战胜利，青年军复员，二〇七师全体官兵志愿留营，所以这些老同学也都来到东北。他们都升了官，军官有军官的样子，不过也还有许多人到连队探望我们。我把这些人从军的悲壮、留营的慷慨写成文章，投给沈阳《和平日报》副刊，顺利刊出，也领到稿费。现在回想，《和平日报》前身是军报，我写军人的正面形象，副刊主编爱屋及乌。文章的命运往往由文学以外的因素左右，可惜我没及早参透这个道理。

"该来的终于要来"，沈阳外围作战连连失利，市区也出现了难民。电影院里，难民家庭的小女孩向观众兜售香烟瓜子，看到她，我想起自己的妹妹。她把货品摆在笤筐里，穿一根布条挂在脖子上，两手把笤筐端平了，仿佛流亡学生使用写字板的样子。电影放映时，她在座位和座位之间的通道上慢慢后退，眼睛左右扫瞄观众的脸色，整天吸浓浓的二手烟，寻求顾主。座上全是军人，而且大半是伤兵，他们并非为了看戏，他们来享受冷气或暖气，戏散人不散，由中午坐到晚上，修心养性。那时沈阳警备司令部也曾想加以整饬，一面安排各戏院星期天办理免费劳军，一面通令各部队，除了星期天以外，禁止官兵"任意外出"。可是有什么用？戏院的宪警弹压席渐渐变成令我良心不安的地方，"该来的终于要来"，有一天，卖烟的小女孩向我哭诉，常有一只手伸过来突然抓走她的香烟瓜子，看不清是谁的手，只看见军服的袖子。那时电影院里光线极黑，我不明白为什么要那样黑，一个女孩子不能和一个男孩子去看电影，人言可畏，除非你马上要嫁给他。我完全没有办法处理小女孩的投诉，只能朝她的箩筐里放一张钞票，她拒绝我的安慰，擦着眼泪离开。我唯一能做的，就是把这件事写成文章。

沈阳冬天寒冷，家家烧煤取暖，常见煤灰堆积在空旷之处，隆起如丘陵。难民家庭的小男孩围着灰堆挖掘，寻找尚未完全燃烧的煤核儿回家使用，个个小手冻得又红又肿，看见他们，我想起自己的弟弟。煤从抚顺运来，常有整车整车的煤停在铁轨上等待卸运，无顶车厢的底部往往有缝隙，煤屑漏下来，落在铁轨上，踏雪寻"煤"的孩子钻到车厢底下去，一撮一撮抓起来，一粒一粒捏起来。铁路警察看见了，抬起皮靴踢他们，身材大些的孩子，他踢屁股，身材小些的孩子，他踢腿肚子。我问警察，煤屑落地以后，你们不可能再收拾起来，何不由这些个孩子去打扫？警察告诉我，司机开动列车时，可能忘了从车尾到车头察看一遍，铁轮滚动，这些孩子就没命了。那么把他们喊出来也就是了，何必狠狠地踢呢？警察愤愤地说，你不踢，他们不罢手，喊破喉咙也枉然。我彷徨良久，我唯一能做的，也是把这件事情写出来。

稿费，我记得每千字东北流通券五元，可谓聊胜于无。我不嫌少，我写一千字很容易，无论如何比"卖香烟的女孩"赚钱容易，对我父亲来说，一块钱也很重要，我不希求赚钱更容易的方法。那时枪决犯人大多由宪兵执行，有一位班长告诉我，现在团部人手不够，我打靶的成绩很好，足可胜任。他说每次出任务都有出差费，也都收到额外的红包。我不假思索地立刻反射：我反对死刑。"为什么反对？"我说法律常常改变，人死不能复生。"干吗还要他复生？"我说复生才能悔改。他睁大眼睛看我，像看一件从未见过的东西。事后我也奇怪，这反应对我没经过大脑，好像别人抢着替我回答，也许有些东西藏在我的潜意识里，忽然跳出来作怪。

他是一番好意，可是我非常伤心，原来别人对我的看法是如此，这就是别人预测我将来要走的路。我很久很久不能释然，我太难过了，这个题材我无法处理。它的后续发展是，我以后真的反对死刑，我勤读有关的新闻和论文。以后，今天枪毙银元贩子，明天准许银元流通，昨天枪毙"通匪"的人，今天鼓励交流访问，我的感慨比人家深。

有一个故事一直盘桓胸中。抗战时期，日军占领了华北，有一个大户人家的女儿迟迟不能出嫁，她的父亲对她说，现在优秀的男孩子不是去做汉奸，就是去当八路，都不能付托终身，我要等到抗战胜利再为你择婚，抗战必胜，日本必败，好日子很快就会来到。女儿每天在闺房里刺绣，准备嫁衣。

果然，抗战胜利了，女孩子也长成大姑娘，做了新娘，她的夫婿在国军里当连长，抗战英雄，蒋委员长的学生，深受沦陷区人民的敬重。这位连长随部队出关，打过几场硬仗，他忽然厌恶内战，想回老家，但是"无钱莫还乡，还乡须断肠"！他把妻子卖给沈阳妓院的老鸨，筹措还乡的资金，他老家还有妻子。

陷入火坑的女子写信向宪兵队求救，同时也写信给父亲，请父亲带钱来赎身。连长派我通知老鸨，在女子的父亲来到沈阳以前，不可强迫她接客，可是鸨母还是和她秘密订下最后期限。

她的父亲必须卖掉田地筹钱，农民都等着中共土改分田，没有买主。后来国军进攻，占领了那一片土地，私产有了保障，才把田地脱手，可是时间已经拖延了半年之久。做父亲的匆匆赶到沈阳，首先问女儿失身了没有，女儿说情势不允许无限期拖下去，她业已真正堕落风尘。事已至此，这个父亲认为不值得再花这么大一笔钱，他竟带着赎金独自回家，据说他回到家乡，买回田地，可是国军忽然放弃那一片城乡，成千上万的难民拥入沈阳，他一家也在其中。据说他身无分文，依赖那没有赎回的女儿维持生存。

这个题材太复杂了，我没有能力处理。

我并没有把所有的生活经验都写成文章，许多材料留下来，我等待深度思考、完全的自由和成熟的技巧。沈阳时代，我写作的心态还没完全离开作文簿，投稿是交卷，副刊主编是国文老师，文章登出来是传阅给全班同学看。那时候，我把写文章当做学习一门技能，也把个人的阅历用文字传达出来，社会需要这一个行业。那时文坛先进再三宣告,文章材料要向外开发,不要向内冥想,现实生活的惊险、曲折、诡异,绝对超过所谓天才作家的虚构。也好,我也没有能力处理自己的感情,既不能以感情做文学的动力,也不能以文学做感情的结晶。

以今日之我观昨日之我,报纸副刊只是文学的窗口,"从窗口爬进来的是贼",我不是贼,也不是科班嫡传。他们的窗是玻璃窗,透明,没有上锁,我很感激。我到现在也不知道主编是谁,我知道《和平日报》社长是阎奉璋,《中苏日报》和《中央日报》的社长都是余纪忠。余先生到台湾创办《中国时报》,我有幸投入成为麾下一员,但我从未向他提到这一线因缘,他不喜欢人家提到东北。我搜集资料,找到《中苏日报》长春特派员袁笑星写的《长春三害》,有警察没有宪兵,我很安慰。后来余先生到台北办报,袁笑星做过一任总编辑。文史资料记述沈阳学潮,也提到余先生在内部会议中反对军队镇压,力主劝导化解,那还是训政时期,东北是战地,他的身份是东北保安司令部政治部主任,难能能有这样开明的见解!由沈阳到台北,看来他对国事有一贯理念,我对他应该有更完整的认识。

7 东北一寸一寸向下沉沦

国军的军纪变坏,宪兵队冷衙变热,民众纷纷前来投诉,要求制止军人欺压。宪兵巡查沿途取缔违纪事项,每天带回整页记录,有时加上需要"带队处理"的军人。郭伟班长专门负责处理这些案子,我是他的助手,往往忙到三更半夜才得休息。

军纪是怎么变坏的呢?第一个原因是伤兵增加。

军队作战,官兵当然有伤亡。伤者先由野战医院紧急治疗,转到后方医院继续治疗,他们或因留下后遗症,不能再上战场,或因心灰意冷,不愿再上战场,千方百计保留伤员的身份长期留院,于是后方医院兼有收容所的性质。好莱坞出品的电影里有一场戏,炸掉一条腿的大兵和炸瞎一只眼的大兵额手相庆:"对我们来说,战争已经过去,我们可以回家了!"国军的伤兵无家可归,你两条腿离家,怎么能一条腿回去?而且战争对他们并未过去,他们的家乡在解放区,缺一条腿或瞎一只眼,正是他残害人民的罪证,不能掩饰,无法原谅。这些人逗留戏院,游荡街头,心理不平衡,见谁跟谁生气。

那时社会歧视"残废"的人,多少民间故事以嘲笑他们为题材,连儿童都以捉弄聋哑为乐。那时,基督教认为残废是上帝的惩罚,佛教认为残废是前世的业报。中国人把残废改成残障,再改成肢体障碍,花了四十年的时间。四十年前,给残障的人让路、开门、预留座位,根本是不可想象的事。政府对伤兵没有康乐服务,没有职业训练,没有教育补习,没有宗教陶冶,甚至连医药卫生也照顾不周。九十年代,我读到美国心理学会一份调查报告,人若生活在困难的环境里,长期受疏忽蔑视,容易产生暴力倾向,这时人经常愤怒,爱打架,任意破坏物品虐待动物,喜欢携带武器。我觉得这番话几乎是为四十年代沈阳的伤兵而设。

伤兵还想活,还想活得有自尊心,只有结队聚众提高自己的地位,他们发现,一个伤兵是弱势,一群伤兵就是强势。他们并不游行请愿、奔走陈情,那时不兴这个,他们结伙横行,强力开辟生存空间,用他们自己的办法向社会讨公道、求补偿,例如成群结队吃馆子,上澡堂子、坐车、看戏,都不付钱,而且动不动把馆子戏院砸了。老百姓众口流传的顺口溜把"四大害"扩充为"十大害",伤兵入选。沈阳市是东北军政首长集中办公的地方,伤兵还相当收敛,到了偏远县市,他们简直没有顾忌。陕西安康是我和文学结缘的地方,我手头有一部《安康市志》,明文记载安康八二医院伤兵激起公愤,民众冲进医院,杀伤四人,医院连夜迁走。

我和伤兵有很多接触,我纳闷,他们为何不和市民和善相处。有一个伤兵对我说,他也很想发展军民关系,很想和老百姓起码有点头之交,无奈男人看见他就捂鼻子,女人转身就跑。有一次他到公园散步，看见一个很可爱的小男孩，他走过去朝那男孩微笑，做母亲的立刻把孩子紧紧抱在怀里，向他怒目而视。他说我们是伤兵，只能做坏事，不能做好事，我们进饭店白吃白喝，社会能接受，大家认为我们就是这个料子，我们做别的，社会不接受，认为我们不配干那个。

他说将领以前玩弄他，现在政府舍弃他。二十多年以后，我自己有了孩子，孩子玩塑胶小兵，排列阵势，发现缺腿断手的小兵，挑出来丢掉，我在旁想起沈阳的伤兵，想了很久。

他说小时候信奉基督，后来想上教堂，他告诉我在沈阳进教堂的经验。他只有一只脚，腋下拄着大拐杖，礼拜堂的大门正对着讲坛，牧师正在讲道，他走进去的时候，会众正在唱诗，他熟悉那首诗：

为你，为你，我命曾舍，
你舍何事为我？
为你，为你，我身曾舍，
你忍何辱为我？

他说，会众看他走进来，立刻闭起嘴巴。他的拐杖落地，发出沉重的声音，咚、咚、咚，他一步一步往里面走，全堂听众都转过脸看他，好像都在等待什么。他忽然明白了，他闻到的气味，看到的脸色，知道那些人等他退出去，认为他不该进来，他转身往外走，他听见礼拜堂的大门在背后关上。

他向我大声质问："我的上帝，你为什么离弃我？"那年代教会使我们跌倒。后来我知道，不是上帝离弃我们，是上帝的代理人离弃我们，三十年后，我越过代理人，直接恢复信仰，有时想起那个伤兵，猜想他的灵魂在哪里。

第二个原因是通货膨胀。

抗战胜利，国民政府把东北定为经济特别区，发行九省流通券，希望币值稳定，减低腹地经济波动的冲击，这个目的并没有达到。我们初到沈阳的时候，沈阳市的公共汽车和电车，一张车票三毛钱，另有私营的马车代步，车夫沿街招揽生意，不断喊着"一张票！一张票！"意思是花一块钱就可以上车,你可以坐车到铁西区内的任何地方,越区才加收车资。没过多久,这"一张票"居然变成十块钱了。我把以后的发展提前写在这里,据《沈阳市志》记述,两年以后,一九四八年六月,公车车票一张涨到两万元。再过三个月,币制改革,金圆券出笼,东北流通券三十万才换得新币一元!

且说我们当时,有一个大兵坐上马车,下车的时候车夫向他收钱,他夺下赶车的鞭子,给车夫一顿狠狠地抽打。

郭班长审问他,问他为什么坐马车不付钱,他说,一个月的饷只能买两条麻袋,拿什么付车钱?既然没有钱,为什么要坐马车?军人坐电车、坐公共汽车都是免费的啊。他说沈阳市这么大,街巷这么复杂,我们外路人哪里摸得清楚?谁知道该坐哪辆车?下了车谁又知道怎么找门牌?

你不付钱,已经过分,为什么还要打人?问到这里,"被告"的语气忽然激昂:"他根本不应该向军人要钱,我要立下规矩,教他们知道军人坐马车也得免费,规矩立下来,你们也可以不花钱坐马车。"

我在旁边制作笔录,听到这番话怔住了。郭班长勃然大怒,抄起木板,命令他"伸出手来!"狠狠地打了他一顿手心。吩咐我"写下来!把他说的话都写下来!我们要专案报上去。"

情况越来越令人不堪,我要把后来发生的事情提前写在这里。三个军人坐一辆马车,找个空旷无人之处,把车夫的双手倒剪,毛巾堵住嘴,面粉口袋套住头,推倒在地,三人赶着马车扬长而去。他们一定是把马卖了,把车也卖了,军营似海,这个案子谁也无法海底捞针。

我记得,四小名旦有一位毛世来,他到沈阳登台公演,门票一张东北流通券五千元,爱好京戏的人想买票还得找门路。公演这天晚上,宪警在戏院四周每一个路口布下岗哨,文官的汽车,武官的吉普车,富商巨贾的私家马车,一望如水如龙,平时看白戏的人个个坐在家里死了心。

我听见这样的对话:

毛世来一张票凭什么卖五千块？

大米卖到一万块一石了，毛世来也只是为五斗米折腰。

我要把后来发生的事情提前写在这里。沈阳市有一条街叫太原街，这条街很长，商店很多，街道两旁摆满了卖银元的小摊，军公人员领到薪饷，急忙跑到太原街去买银元，当时叫做"保值"。那时银元市价紊乱，"货比三家不吃亏"，手里攒着钞票的人，一个摊位一个摊位问价钱，怎么越问银元越值钱？还是开头第一家价码合算，急忙回到原处去买，这"第一家"居然比"最后一家"还要贵！"早晚市价不同"，货比三家吃了亏。

于是国军的"五强"作风，渐渐由关内带到关外：强买，强卖，强借，强住，强娶。

强买，商家定价一百元的货物，硬要二十块钱买下来。强卖，拿着东西到商店推销，明明只值二十块钱，硬要一百块卖给你。强借，借用老百姓家的东西，你不借也得借。中国人因为语言不通或腔调不同，互相轻视。有些士兵听不懂东北话，东北人也听不懂他的乡音，借东西沟通失败，自己升堂入室寻找，哪有工夫听老百姓争论，索性举手就打，拿了东西就走。强住，军人不带着房子走路，随地住在民家，眼睛只看屋子不看房主，一句商量也没有。强娶，团长或师长级的带兵官选中了对象要成亲，他的年龄可能比岳父大，说媒求亲纳采下聘样样按规矩来，花轿抬到门口，你还想怎样？强娶的例子关内多，关外少，但是影响面很大。

"五强"本来是个荣誉。大战结束，英美苏并称三强，美国从欧洲拉来法国，从亚洲拉来中国，合称五强。那时"五强"经常挂在要人的嘴边，嵌在报纸的大字标题里，实际上中国的国势很弱，老百姓把军人违纪扰民的行为凑成五项，冠以五强之名，真令人哭笑不得。

第三个原因是成立许多保安团。

几乎人人都说，政府没有收编东北的青年，犯下极大的错误。我到沈阳以后知道，经过苏联红军占领和中共抢先接收两番淘洗，等到国民政府的大员出现,"满洲国"的军队已不存在。国军也曾收容残余,编了两个师,战斗力平常,军纪也差。(据溥杰写的文章说,日本根本不希望"满洲国"有很好的军队。)第一批出关的军队也曾大量吸收东北青年入营,宪兵第六团也曾立刻招考新兵,我还奉命去监考。

然后,出现了一个又一个保安团,我曾看到保安第四十四团的番号。

保安团是就地取材的"民兵",军事当局先委派某人做团长,他再找营长连长,四处招兵。政府给他们的薪饷补给诸多不足,他们自己就地筹措,怎样筹措呢?除了"五强",他们不知道别的办法。有个保安团长在铁西区弄到一栋房子,有了房子就得布置家具,他的副官带着几个护兵四处寻猎,冲进一个中年商人的客厅,搬走全套设备。商人到西区宪兵队告状,郭班长派我去看他家空空的客厅。

我奉令去找那个保安团长,冒着大雪找到他的家,他让我进门,却任我立正站在客厅里,不理不睬,他和他的朋友一同喝高粱酒,吃白肉酸菜火锅,我说话他装做没听见。等到酒过三巡,我按捺不住,提高嗓门告诉他,他必须把东西归还原主,究竟哪一天归还,现在必须给我一个答复。他站起来指着我,斥责我目无长官:"你给我回去,叫你们连长来!"谷正伦的灵魂忽然附在我身上:"我正在执行勤务,我现在代表连长,代表警备司令部,代表国家的法律。我给你三天时间,三天之内你一定要归还。"说完,我离开他的家。

他没有归还。一个星期过去了,我以队部名义起草报告,要求警备司令部处理。两个星期又过去了,我再起草一份言辞激烈的报告去催促,有几句话是:军队是国家的命脉,而军纪是军队的命脉,警备首长一再如此训示,宪兵未敢或忘,所以整饬军纪,锲而不舍,人微言重,要求长官决断。朱连长读了我起草的文稿沉吟良久,终于对"人微言重"四个字表示欣赏,算是批准发文。

然后,我们的努力实现了,保安团副官带着大卡车送还家具。大概我在外面留下一点虚名,常常有市民写"呈文"给我,申诉"五强"

遭遇，信末写着"谨呈上等兵王"。且慢高兴，我把那些信拿给郭班长看，他说"烧掉"，我遵命烧信，心里很痛苦。

我的"第一天差事"，曾经和国军编余的一位营长打过交道，他姓庄。我又遇见他，他佩戴中校领章，进保安团当营长。他对我说："现在我这个庄营长不是假装营长，是真正的营长。"那时许多人冒充连长营长在外招摇，他拍拍我的肩膀，"小兄弟，以后见我这一营的弟兄，能放一马就放一马，大家都得混口饭吃。"

他沿街招兵，我总是在马路边碰见他，每次他都对我有忠告："小兄弟，你们宪兵做事不方便，有些事可以来找我。"我不懂什么意思，他望着我微笑。

有一次，他提议喝茶，坐定了，他又提议喝酒，我坚决拒绝。

他说，他投考军校的时候也是个纯洁的青年，"像你一样纯洁"。但是人生漫长，总不能"一条路走到天黑"，以前当军人为"国"，这一次当军人为"家"，合起来还是"国家"。上一次做的是赔本生意，这一次要赚回来。

他说："我现在是真营长，你来，咱们共患难也共安乐，我给你当排长，你带两三个宪兵来，他们当班长，趁着天下大乱，好好地干它一场。"我急忙站起来往外走。这样的保安部队，我在河南见过，知道他们的三部曲：怕共，通共，降共。真奇怪，军政当局为什么要"一条路走到天黑"！

第四个原因是国军常打败仗。

春尽夏来秋又至，共军连番发动攻势，国军打了好几次败仗，撤出好多据点。败兵入城，自以为"入死"、"出生"，高人一等。这时，首批出关作战的精锐开疆拓土，越走越远，后续部队在训练、装备、教育程度各方面都次一档，基层官兵的旧习气比较深，坏习惯比较多，他们不但扰民，也和友军冲突，也和宪兵冲突。他们的长官多半有"家传"的统驭学，以包庇纵容部下的违纪行为来营造个人威望，维持士气。向来败兵难惹，即使是史可法，也只是一句"悍卒逢人欲弄戈"了事。

后来，终于有一天，他们用冲锋枪向宪兵开火。

　　说到兵家胜负，有人认为出关的国军多半从南方调来，难耐塞外的严寒，此言有理。记得出关第一年冬季，团部派几个人到长春出差，他们穿着皮衣皮裤，回沈阳都进了医院，小腿的肉冻坏了，必须开刀。我们的棉军服里面有纯毛的毛衣，外面有厚毛呢和咔叽布缝制的大衣，风雪之夜，卫兵只能在户外停留三十分钟，他得回到室内休息三十分钟再出来，室内有暖气，两班人马轮流取暖。天气影响士气和战力，我们睡在鸭绒睡袋里，睡袋的尺码形状照着人的身体设计，门户锁钥全仗中间一条拉链，拉链失灵，人就变成木乃伊。长春外围的共军半夜摸进国军的哨所，把躺在鸭绒睡袋里的哨兵抬走了好几个。

　　可是想想共军：抗战胜利，时在夏天，中共急忙从山东、热河、河北、察哈尔抽调十万军队，出关接收，他们是穿着单衣上路的。国军出关以后，共军退到松花江北，那里比沈阳更冷，那时共军的补给十分简陋，纵然组织动员的能力高强，乡村妇女赶制出来的棉衣毕竟水平很低。东北的天气，借用武侠小说家古龙的话："冷风如刀，以大地为砧板，视众生为鱼肉。"他们如何度过第一个冬天？我在风雪之夜站卫兵的时候常替他们犯愁。

　　那时有关共军的报道极少，偶然从报上读到一些，从小道消息听到一些。共军雪地行军，把棉军服翻过来穿，军服用白布做里子，白雪就成了他们的保护色，可以躲避国军飞机侦察，读了这条新闻，我知道他们还没有大衣。后续报道说，有一天，共军踏雪行军，头顶上忽然来了飞机，全体官兵一律蹲下，以免暴露目标，飞机盘旋几圈，掉头而去，可是蹲着的官兵大半站不起来，咳！他们冻僵了。

　　听说国军出动突击，来到乡下，共军的一位军官正站在井旁，指挥民工打水，水桶里的水溢出水来，流到他的脚旁，结成冰，把他钉牢在地上。国军冲进来，他只有站在原地射击抵抗，当然，他阵亡了。由这条新闻看，他似乎穿着布鞋，咳！"千里冰封，万里雪飘"，布鞋！

　　沈阳市区几乎家家用蒸汽取暖，烧煤，煤由抚顺运来，可是共军挖断了铁路。这年冬天，沈阳的最低气温降到摄氏零下三十三度，我们的天花板罩上一层浓霜，还挂下檐溜，我躺进鸭绒睡袋，再盖上毛毯和大衣，还想打哆嗦。那时眼镜的镜片用玻璃制造，同班列兵郭某严重近视，他的眼镜冻裂了，一时没钱去配新的，排长暂时免了他的勤务。夜晚出外巡查，回来指甲发紫，这时暖气降到最低，特准我们到厨房里生火，一面烤火一面发抖。那时国军掌握城市，共军掌握乡村，乡村的建筑水平、取暖设备、食物热量都差一大截，那日子如何度过？咳，布鞋，没有大衣，还半夜出来摸哨，挖铁路。

雪地行军，如大浪中浮沉。冷，人如生了锈的铁。我读到神话，共军入关，七日不眠，三日不食，冰上赤足行走三百里，零下四十五度照常出操。我不相信，他们也无须我相信。他们匮乏艰苦到极点，士气仍然很高，能征惯战，无论如何这是奇迹。毛泽东用兵如神，练兵也如神，其中的神秘性犹待揭开。

无可奈何，有一个国军将领嗟叹：他们怎么没冻死！真是天亡我也，他们怎么冻不死！大家猜想，出关第一个冬天，共军可能冻死许多人，野狗常从雪后的路侧和田野里扒出尸体来，那穿白衣的（翻穿军服）的都是共军。可是直到现在，我没有看到有关的资料或听到传说，征人苦寒也还很少进入以内战为背景的小说诗歌。

国军败兵违法乱纪的事件不断增加，违纪人员的阶级也一再提高，起初只有士兵，后来有尉官，然后出现上校。一名上校在旅馆里企图强暴一名女学生，女生从楼窗跳落街旁，严重骨折。恰巧宪兵巡查经过，举发他的罪行，死生有命，陈诚接东北行辕主任，立即杀他立威。然后出现少将，一名少将高参竟然私带鸦片，那时鸦片行情奇俏，号称"黑金"。宪兵（我还记得他叫周哲斌）发现，移送法办，可是死生有命，陈诚卸任走了，继任的卫立煌放了他！这位朱高参写了一张明信片到宪兵队部，文曰："我行我素，自由自在，其奈我何！"真名真姓落款，毫不含糊。巡查宪兵见他和美女并坐在吉普车上，从身边风驰而过。

郭班长工作认真勤奋，那时处理过军人违纪，沿用谷正伦时代的老模式，侦讯，制作笔录，或者违纪者写悔过书，盖手印。然后郭班长问他：你愿意送回原部队处理呢，还是愿意打五个手心？大多数人立刻把手伸出来。办公室里有一根粗重的"刑具"，既像棍，又像板，郭班长下手不留情，他双手抡起，重重落下。他用这个板子打过二十几个校官，不计其数的尉官和士兵。他的脑子里有个小谷正伦。但是总觉得狂澜已倒，自己立脚不稳。

夜晚，有人报案，他说一个军官尾随他太太进入客厅，坐下不走。郭班长带着我前往处理，进门一看，还是个少校呢，大模大样坐在椅子上喝茶。班长问他："谁请你进来的？"他说主人的太太请他来的，太太坚决否认。"你怎知道太太请你进来？她对你怎么说？"太太一句话也没说，可是太太在前面走，他在后面跟，太太好几次回头看他，他受到鼓励，一路跟进了客厅。

郭班长听了，脸色一沉，吩咐我"出枪！"我把手枪从枪匣里取出来，退后一步，子弹上膛，班长同时取出手铐。他一脸茫然，反复分辩"她还给我倒茶呢！"我差一点笑出来。

原告被告一同带回队部，连夜侦讯。要少校写悔过书，他说不会写。要他在口供上写名字、盖指纹，他用拿铅笔的方法拿毛笔。侦讯完毕，原告回家，郭班长对那被告说："你私闯民宅，意图调戏良家妇女，我送你到警备司令部。"他扑通一声跪在地板上。

班长说："你不愿意？那么换一种处分，我打你五个手心。"他立刻把手伸出来，就这么着，他跪着，班长站起来，居高临下，打了几下，他的手掌肿高，面无人色。

工作完毕，夜静无声。郭班长颓然坐下，他说太累了！低下头去，又抬起头来，他对我说，这种人也当少校，如果我出去干，他们得给我个少将。

后来回想，他说这句话的时候已有去志。

8　小兵立大功　幻想破灭

在我们眼里，朱腾连长的形象很完美，但是，如果副团长一直想整垮他，早晚会逮住机会。

说起来我有罪。我们的营房兼西区宪兵队，设在一栋日本式的小楼里，纸门隔间，"榻榻米"铺地，房间里整面墙装设壁橱。我那时天天觉得睡眠不足，需要"昼寝"（用今天的医学常识来衡量，也许是患了某种程度的忧郁症吧）。营房里规矩严，我不能公然躺在榻榻米上，就钻进壁橱，拉上木板门。有一次我睡过了头，值星班长连问许多人，都说没看见我，他报告值星排长，两人往坏处想，以为中共地下人员绑架了我，他们正在惊疑不安，我揉着睡眼从壁橱里走出来。

咳，我是一个不祥的动物吗，他们对这个营房本来不满意，潜伏在内心的疑惧因我而浮上台面。这么多壁橱都是视线的死角，倘若"歹徒"藏在里面，突然跳出来杀人，我们岂不要全军覆没？一道又一道纸门也是行动的障碍，"榻榻米"有优点，但是进屋要脱鞋，美式军靴穿上脱下都很费事，遇上紧急情况怎么行动！

我不知道决策的过程，只听见朱连长下令"拆"！拆掉壁橱、拆掉纸门、拆除榻榻米，改成一览无余的大通铺，拆下来的木材当柴烧，省下来的煤卖掉做全连官兵的福利金。糟糕，营房怎任你胡乱装修，物资怎可擅自变卖，副团长在二连培养了一个卧底的排长，该排长又培养了一个卧底的班长，该班长向团部提出检举，团部一声令下，把朱连长拘押起来，说是要军法审判。

那时离抗战时代未远，大家都缺乏法治观念，部队长拆东补西，不增加公家负担而能改善生活、提高士气，毋宁是可以欣赏的事。我们认为这是副团长以法律之名迫害忠良，他为了逞快一时，不惜给宪兵很大的伤害。

毁坏营房、盗卖物资已是严重的罪名，副团长又指控朱连长私吞军火,这可怎么得了!我们在马营仓促成连,每个列兵领到一条子弹带,里面应该有一百发子弹,但是有些子弹带里面的子弹数目不足,连部只有设法弥缝。我们打靶,按规定每人射击三发,连部呈报团部,也是每人射击了三发,实际上每人只用了两发子弹,用另外一颗弥补亏空。这等事真个"提起千斤、放下四两",他们简直想要朱连长这条命!

二连的士兵都气愤不平,郭班长发起全连官兵上书为朱连长陈情,他指导我执笔写陈情书,全连官兵签名,据说那向团部告密的人也只好从众。陈情书第一段是"操守论",连长操守很好,没有烟酒嫖赌等等嗜好,从不和商人结交,还没结婚,也还没有女朋友,生活非常俭朴,一心尽忠职守,他绝对没贪污,请长官珍惜他这个人才,给他继续效命的机会。第二段是"动机论",朱连长热爱宪兵,以二连为家,他看见官兵生活清苦,想到自己应该想办法照顾大家,他发现有一个办法,既不增加长官的困难,又可解决士兵的困难,二连官兵感激长官,感激政府,更愿意肝胆热心,报效国家,朱连长因立功心切而触犯禁令,功过可以相抵。第三段可称为"影响论",大意说沙团长治军严明,全军畏服,全国称颂,本来就没人敢贪污,朱连长尤其不会贪污。现在朱连长以贪污获罪,事出有因,他一人得失事小,下级官兵觉得长官用法过严,对下情的了解和体恤未足。

呈文定稿,郭班长先拿给朱连长看,连长读后很感动,他要求这份原稿给他留着,事后送给他做纪念。据说陈情书送到团部,多人传阅,追问这是谁的手笔,嗟叹二连怎会有这样的兵,怎会有这样的班长。据说他们一度想把我调到团部工作,后来知道我写日记、写文章,"写文章的人思想复杂",于是作罢。

沙靖团长总算英明,朱连长一案"事出有因",他不愿重办,但"查有实据",无法不办,他把"撤职查办"改成免职,朱连长失去军职,也免了牢狱之灾。朱连长恢复自由,回连部惜别,他站在院子里,我们围着他,他说我们都还年轻,大家好自为之吧,态度从容,表情诚恳,没有抱怨，没有辩白，余音袅袅，常在我心。我对这样的结果并不满意，朱连长诚然顶撞了副团长，但副团长先恶意羞辱他！我认为武官是死士，统驭者对他应该不计小节，而且你给他的训练是威武不屈，养天地正气。

随着朱连长去职，二连的人事大调动，三个排长"全都换"。第一排张志华排长旧学根柢好，是宪兵连知识水准的象征，他又回到团部办公去了，接替他的李排长改了主意，认为野战部队一刀一枪才像个军人，他调职走了。第三排杨排长最受新兵爱戴，他的眼睛是我们心里的光，他调到北大营训练新兵去了。我们并不怎么喜欢第二排的黄排长，可是一年新兵训练，他和我们一同披星戴月，常言道"衣不如新、人不如故"，我们也希望他留下来，他也调走了。二连好像经过一场激烈的战役，很多人都消失了，我们内心沮丧，大受挫折。

杨排长一直受团部打压。担任新兵训练的排长向来都是最优秀的军官，他们是种子，来做榜样。训练新兵是辛苦的差事，全部时间精力拿来观察新兵，了解新兵，关怀新兵，征服新兵。每天聚精会神，挺胸抬头，像对着照相机。东北的冬天，练兵更要在冰天雪地中做硬汉，耐天磨。依照惯例，他在完成二连的训练之后，应该去服勤务，或者坐办公室，调剂劳逸，现在中箭不下马，不给他留喘息的机会，明明"整人"。他有什么过错呢？无非因为他爱护新兵，替我们争到两餐饱饭而已！"慈不带兵"，这个"慈"字的对面应该是"严"，不应该是残忍冷酷。我们觉得对他有亏欠，宪兵自命神圣部队，居然也有世俗的黑幕。

宪兵要求严格，升迁很难，又不参加第一线战斗，没人阵亡，所以后来继任的连长排长都接近中年，经验丰富，人情练达，我们觉得到底欠缺热力。新连长姓田，上任以后诸事也不顺心，团部打电话给他，教他逮捕刚刚上任的某排长押送团部，那时连队刚刚装上转盘式拨号电话机，他在三楼，一具分机装在二楼。事有凑巧，某排长在二楼和连长同时拿起电话，听到电话的内容，他悄悄放下电话，走出大门，从此不见踪影,简直就像电影情节。

我们看见了田连长的沉稳老辣。事件的原委大概是,一连几天,巡查宪兵都发现某步兵团的士兵违纪,这些违纪官兵的姓名职级照例要呈报上去,由于违纪事件密集发生,团长营长受到上级申斥。他们的副团长带了一个排的兵力来找田连长评理,他教士兵在队部门前的树林里散开,面向宪兵队部,一挺轻机枪冲着队部的大门架好。副团长登上三楼,进入连长室,不久就听见他们大声争吵。那时排长外出,郭班长立刻关好大门,卫兵撤回门内监视"敌人",把二连仅有的一架轻机枪取出来,请一位资深班长就射击位置,二楼三楼的楼梯口加派武装警卫,他自己带着手枪站在三楼的楼梯上,随时可上可下,如果连长室发生异常的情况,他随时准备冲进去。我想排长也未必做得比他更好,他的确是十位班长中的佼佼者。那天田连长坚持立场,寸步不让,最后连长告诉那位副团长有两条路可以选择,其一,连长打电话报告警备司令部,请他们派人来处理,其二,"你到窗口喊话,命令你的部队回营,你留在这里喝茶,喝完了茶再走。"副团长思前想后,只能接受第二个条件,我们胜利了!可是这事代表作战部队对宪兵的轻蔑,为后日的一再冲突显示预兆。

大环境也打击我们。蒋先生开始实践他的诺言,"抗战胜利之日,训政结束之时"。国防最高委员会通过废止限制人民自由的法律三十八种,修正了若干种,公布宪法草案。十一月,政府为制定宪法,召开国民大会。沈阳街头,行人口袋里装着报纸,你若拦住他问话,他从口袋里掏出报纸来给你看宪法草案:人民有居住、言论、集会、结社等等自由。社会上空气弥漫,宪政就是人民向政府争权,宪兵警察都是民主宪政的障碍,公权力遭人奚落,小报开始管我们叫"馅饼"。第一营长对全营官兵训话的时候说,以后军队国家化,我们不能再说宪兵是领袖的近卫军,是革命的内层保障。那么宪兵是什么呢?他说不出来。此公糊涂,徒乱人意,但也显示时潮如何冲刷他的思维。

战争时期,政府需要扩张权力。推行宪政,政府应该缩小权力,那时东北既是战时又是平时，我们处于夹缝之中。我看到命令，宪警执行勤务，搜查必须有搜索票，逮捕必须有拘票，搜索票、拘票由地方法院检察官发给，宪警事先陈述理由向法院申请。我也读到治安机关的陈情书，司法人员侦查犯罪，一要保密，二要迅速，反对事先申请，我还记得原句："摘奸发伏，时机稍纵即逝。"法院一度发给我们空白的搜索票，盖好印章，由宪兵队自己填写使用，不久，上级又下令收回，可以想象两种权力拉锯，其中之一得到最后胜利。

宪兵的金身一层一层剥落。那时国民政府受国际限制，只能派保安部队出关维持地方秩序，所以东北的最高军事机关叫保安司令部。起初，保安司令部行文所有的军事单位，军人违纪必须服从宪兵取缔，我们很高兴。后来保安司令部突然下令，说是宪兵归他指挥，我们一向轻视"保安"两个字，心里很不舒服，怎么宪兵团和保安团成了一丘之貉？然后又出现意外，联勤总部突然来文，宣称宪兵划归联勤，他连大印都替你刻好了，印模随命令颁示，印文是"联合勤务总司令部宪兵司令部印"。紧接着宪兵司令部的公文又来到："本部仍由国防部直辖"。那时国军今日失一城，明日失一地，形势严峻，中央犹在钩心斗角，高峰似乎玩弄权谋。我实在纳闷，联勤管的是补给，他要军事警察权做什么？那时军纪荡然，宪兵在国防部的光环照耀之下，尚且无力整饬，联勤何德何能回天？

当宪兵越来越难，外出执勤，有人被成群的大兵包围辱骂，夺走手枪。南京地区的一位宪兵不甘受辱，他的脑子里大概也有一个谷正伦，愤而开枪射击，把滋事的大兵打死了两个，军中和社会舆论都一面倒，大家责难"宪兵杀人"。依照我们受训时背诵的条文，当"遭遇暴行胁迫有生命之虞"的时候，你可以开枪，但语意笼统模糊，标准难以认定。南京卫戍司令部匆匆审判，赶快把开枪的宪兵枪毙了！报纸记载这个"伏法"的宪兵很年轻，判决执行时，军法官照例允许被告作最后陈述，这个年轻的宪兵很激动地说，现在军人的风纪太坏了，时时刻刻扰民害民，动摇国本，他要求政府拿出决心和办法来。各地宪兵读到这条消息，真个是"寒夜饮冰水，点滴在心头"。

宪兵进一步收缩自己，出外值勤一律佩带空枪，不准携带子弹，只有卫兵例外。料想这是宪兵司令部的统一规定，预防各地血气方刚的宪兵重演南京事件，也预防大兵夺枪后射杀宪兵。除此以外，听任反抗宪兵勤务的行为越来越多，没听说有什么对策。空枪出勤该是宪兵的业务机密，怎么外面立时传遍了？我们出街巡查，常遭路旁的大兵讥笑："喂，老乡，又拿空枪出来吓唬老百姓啊？"聚在一起叨着烟卷游荡的大兵也常对我们提出挑战："枪里有子弹没有？拉开枪膛看看！"有一次，我听见一个大兵像唱小曲似的："枪里没弹，好比鸡巴没有卵，多难为情！"怎样处理这种情况，连上的长官从来没有教导，他们装做不知道，我只有装做没发生。后来我在天津被解放军俘去，接受管训，发现他们每天晚上分组开会，彼此交换经验，改进缺点，解决疑难。这才想到，当初沈阳市内市外，到处可能有看不到的解放军，这种检讨会也是每晚都在举行的吧，他们缩短睡眠时间做工作，国府在东北的军政官员也缩短睡眠时间去享乐，正是："台下卧薪台上舞，可怜俱是不眠人。"

我不喜欢被人看透料中，你们以为我的枪是空枪，我偏偏装上子弹。我决不让他们夺走武器，必要时，我也打算开火。这种想法简直莫名其妙，根本破坏我的大计划，我应该苟全性命，争财不争气，和家人一同度过艰难岁月。一时负气，舍弃干线追逐支线，回想起来，那也是我最危险的时候。

一天晚上，出外巡查的宪兵打来电话，他们遭一群大兵包围，困在一家饭馆里，难以脱身。郭班长带着我赶去处理，他徒手，我佩枪。现场群众对我们嬉笑怒骂，郭班长昂然说，宪兵在遇有暴行胁迫时可以使用武器。他们哈哈大笑，"你的枪是个哑巴，有没有子弹！"郭班长向我伸手，我把自来得手枪从枪匣里取出来交给他，他拉开枪机，一颗子弹跳出来，啪嗒一声落在灯光照不到的黑影里，枪里不但有子弹，而且子弹上膛！郭班长大吃一惊，他本来以为是空枪，拿出来虚张声势。

出来巡查的三个宪兵心领神会，也都把枪拿出来装模作样，那一群大兵立刻气短。"南京事件"固然教训了我们，同时也教训了他们，其中有人较为老成，带头说"今天放他们一马"。

我们外表沉着，内心慌乱，匆匆脱离现场，忘了那颗子弹。第二天，郭班长教我回头去找，哪里找得着？那时枪械子弹管理严格，枪弹短少，上级要追究流向，尤其是手枪子弹，可能涉及暗杀，十分敏感，等到"大检查"那天，我怎么交代？如果把实情说出来，恐怕连郭班长都要受处分。最好能找到一颗子弹补上，可是哪里去找？

那天晚上总算撑过去了，但是事情总是向坏的一面发展，我把以后发生的事情提前写在这里。沈阳四周的据点都丢了，沈阳是孤城也是围城，败兵入城，散乱错落，有人没戴帽子，有人不扣扣子，三五成群叼着香烟街头游荡，进馆子吃饭不付账。他们和巡查宪兵对抗，他们的长官开着吉普车来增援，车上有人开了冲锋枪，一名宪兵当场死亡。地点在第六连管区，沈阳市南站广场，也就是苏联红军留下纪念碑的地方。

这时我和郭班长都已离开沈阳，我听说宪六团在沈阳市的南京戏院开追悼会，我认为追悼会应该由警备司令部主办，至少，东北军政首长应该有人出席演说支持宪兵，可是没有，好像这是宪六团的内部事务。沙团长发表激昂的演说，宣示宪兵的使命和决心，可是他一个人的声音何其小！气势不够。

东北保安司令部改为东北剿匪总部，沈阳警备司令部改为防守司令部，沈阳由"警备"进入"作战"，野战军一把抓，成立军宪警联合纠察队，维持治安，城防司令部派员担任队长。他们的兴趣是抓赌，依照规定，抓赌只能没收赌桌上的现金，他们对赌客脱衣搜查，不分男女，连口袋里的钱也拿去。他们的兴趣是查妓院，命令姑娘们在屋子里排队，听候问话，嫖客站在院子排队，登记姓名职业。他们的兴趣是检查戏院，命令戏院中途停演，打开所有的灯光，辨认"逃犯"。他们的兴趣是检查货运，十辆二十辆大卡车停在路旁，一天两天不许开行，商人急得四处找门路。沙团长能做的是，命令宪兵退出联合纠察队，宪兵在东北名存实亡。人家不容分说，联合纠察队的全衔仍然冠以"军宪警"，沙团长无可奈何，"军宪警"也就晋入"十大害"的名单。

9　我的名字王鹤霄

我需要一颗子弹，"自来得手枪"的子弹。你看，天天看报有好处，报上说，联勤嘉奖办理东北补给有功的军官，其中有一位上校，名叫王润和，山东临沂人。临沂是我的故乡，"王润和"这个名字，很像是我族的长辈。那时全国划分了好几个补给区，东北排名第六，我到补给区司令部去找他。如果我没猜错，我从他那里不但可以得到一颗子弹，还可能得到父母家人的消息。

我一直找到人事处的李处长，寻找"失散多年的爷爷"。他很疑惑："你今年几岁？"我解释，我们是大家族，有"三岁的祖父，八十岁的孙子"。他教我留下姓名、职业、住址和父亲的名字，回去等消息。两个月后，这位王润和先生来一便条，约我到秋町十三号一谈。"秋町"是日本人留下的名称，国府更始以后，地方还在沿用。

他是一个胖子，没有高级军官的英武，却有家族尊长的和蔼。他说他认识我的父亲，也认识我的五叔，他和五叔是黄埔军校炮科的同学。他的工作忙碌，经常关内关外飞来飞去，为了住宿方便，所以在沈阳买下这栋日式房子，交给一个副官留守。他问我工作情形如何，可有什么困难，我说我需要一颗子弹，自来得手枪的子弹。他莞尔一笑，话到此处，来了客人，他不再细问，教我"下星期你来找赵副官"。

重到秋町，没见到上校爷爷，赵副官拉开抽屉给我看，里面手枪子弹成堆，我一颗在手，如释重负。赵副官劝我多拿几颗，我摇头，这玩意儿短少了是麻烦，多出来也是"湿手抓面"。第三次到秋町见这位爷爷，专诚探问家乡的变化，他拿出厚厚一叠信来，异乡的族人纷纷写信给他，其中有五叔，也有我的父亲。一眼看到信封上父亲留下的通信处，悲喜如劫后重逢。

总算能够和父亲通信了，我赶紧把所有的钱寄给他，可恨通货膨胀，我手中的钱已严重缩水。能够和父亲通信，我应该兴奋，但是我十分胆怯，他的颠沛流离，我能想象，写出来，他痛苦，读一遍，我痛苦，我没问，他也没说。我"慌不择路，饥不择食"，他也能想象，写一遍，我痛苦，读一遍，他痛苦，他没问，我也没说。我们的通信简单扼要，毫不流露感情。

父亲十分穷苦，但他从没有主动催我汇钱。母亲已经去世了，父亲也瞒着。他每一封都传达母亲一句话："你娘说，你每天早晨起床以后，要先喝一杯热水。""你娘说，你夜晚要把棉被盖好。""要读马太福音，你娘说的。""你娘交代，洗衣服之前，要把每一个口袋掏干净。"他老人家不肯一次全说，好像有意制造错觉，后来知道，他在传达母亲的遗言，他尽可能维护我，估量我能承受的程度。

直到五姨母来了一封信，她说，母亲重病时，姨母曾到兰陵探望，母亲有话托姨母设法转告：第一，帮助妹妹弟弟长大成人。第二，读《圣经》。第三，每天早晨起床以后要先喝一杯热水。第四，夜晚要把棉被盖好。姨母说，母亲去世时神态安详，弥留之际，兰陵教会的长老宗茂山，传道人张继圣，带领许多信友来到我家，整夜唱诗祈祷。老天爷！我早就有些怀疑了，我跟父亲中间隔着一层窗户纸，谁也没有勇气戳破。姨母还说，……我的天！她说的和父亲来信所说的一样，可是父亲省略了"帮助妹妹弟弟长大成人"一条。也许父亲知道我没有能力做到，也许父亲认为抚养子女毕竟是他的责任，也许他知道即使不说，我也会竭尽所能。

五姨以后不再来信，天下已乱，人人学习无情，母亲去世，她好像认为和我家尘缘已了。她这封信不带感情，简洁客观。我读了她的信热血上涌，夺门而出，必须找一个地方去痛哭，我在马路上乱闯，哭不出来。我闯到地藏庵,小师父照例送来一杯茶,一部经,封面上写着《父母恩深难报经》。我推案而起,我来不及哭,我暗想,我离开宪兵的时候到了!整饬军纪根本没希望,我得另找生存的意义,通货膨胀太快,宪兵待遇太低,稿费收入又不稳定,我得变个法儿活。日本企业家松下说,倘若第一颗纽扣扣错了,以后会一直错下去,我的第一个纽扣已经扣错,现在得扣第二个。我浑身发烧,脑子像一块布幕,左右两股力量拉扯,越拉越紧,中间忽然裂开,露出后面一团漆黑。我悚然一惊,知道不能再想下去。

那时一同出关的同学纷纷设法离开六团。跟我一同协助郭班长办案的李蕴玉,精细深沉,千方百计找到东北宿将万福麟写信,他一个初中毕业生进了杜聿明创办的中正大学。调到团部跟张志华排长一同工作的梁肇钦、陈百融,考进中央军官学校(黄埔军校),前往四川成都受训。还有几个人考进长白师范学院……皇姑屯宪兵队,那位入赘当地富翁之家为婿的班长,作了最后的选择,老老实实当一名老百姓,几个受过军官养成教育的人都进五十三军,各就各位,回归本行。还有那位马连长,一路循规蹈矩演好二等兵的角色,功德圆满,恭恭敬敬跟班长排长握手道别。我们初到沈阳的时候,有位上尉军官到二连来找上等兵黄岳忠,黄的哥哥当师长,也调到东北,驻守沈阳。以后,我没再看见黄岳忠。

现在轮到我了,蜻蜓要在吃完自己的尾巴之前找到食物。我决意另找职业。我去见上校爷爷,他毫不惊讶,毫不推诿,"好,我来想办法。"他了解我家的困境,似乎正等我找他,他的态度使我非常感激。

我有一份新工作,地点:秦皇岛,机构:联勤补给的一个单位。

秦皇岛在河北省东北部,紧靠渤海湾,离山海关只有十七公里。实际上它是一个小小的半岛,据说秦始皇曾经来到这里"鞭石入海",所以有这样一个伟大的名字。

一九四五年对日抗战结束,共军抢先进入东北,国军由秦皇岛登陆攻打山海关,取锦州沈阳,再北上长春。联勤的运输补给使用辽宁省的葫芦岛，葫芦岛离沈阳近一些，港口冬季结冰，因此又使用秦皇岛，路程远一些，冬天不结冰，有时结一层薄冰，也很容易用破冰船冲开。国军补给东北，以秦皇岛为冬港，以葫芦岛为夏港，特别成立秦葫港口司令部，由何世礼中将担任司令，统一指挥，经由这两个港口，满足东北四十万国军的需求，当地联勤的运补单位，可以说责任重大。论补给系统，秦皇岛属于关外，论地域区分，秦皇岛属于关内，这是我当时能够得到的因缘。

仰赖"上校爷爷"的安排，我向秦皇岛的一个补给单位报到。那时该单位上尉军需王鹤霄辞职离任，由我来顶替他的名字，我必须记住：官兵薪饷名册里的那个王鹤霄，就是我。那时"冒名顶替"的现象普遍，我看到一份资料说，抗战八年死亡官兵三百二十万人，发出恤金三万一千人，其中又有若干恤金无人具领，这个数字有争议，但是足以说明问题：许多阵亡的士兵其实还活着，不敢出头，这种怪现象正是"冒名顶替"造成。

为什么不办任免手续呢？其一，如果办公文报上去，说王鹤霄辞职了，上尉军需出缺了，上级机构可能不容分说"空降"一个人下来，老板的眼睛里无异渗进一粒沙子。其二，即使老板可以照自己的意思用人，他要用的人，譬如我，资历不合，上级也是不准。一个风调雨顺的单位，往往多年不任、不免、不奖、不惩，主办人事业务的官员是最清闲的人。

国民党退到台湾以后整军经武，每一个军人都有"军籍"，根绝冒名顶替，有人像演戏一样从大陆演到台湾，无法下台卸妆。三十年后两岸恢复交通，大陆上的父母到台湾找儿子，找到一个假儿子。或者真丈夫有个假身份，没法接妻子到台湾见面。这人得向法院自首，承认犯了伪造文书罪，法官认为情有可原，判个缓刑，当事人拿着判决书去更改户籍，再去做儿子、做丈夫。

同事说我运气好，改了名字没改姓氏。真王鹤霄虽然是个上尉，假王鹤霄却只能领少尉的薪饷，两者的差额由会计部门存进老板的账。我完全没有意见,我知道,我若不来乞食,这份上尉的薪饷全部归他所得,现在他分一大部分给我,并非我分一小部分给他。我还记得我是月半到差,第一次领到饷袋时,里面装着法币一千多元,据此推算,全月饷金约两千多元,折合东北流通券,收入增加了五倍多,尽管通货膨胀厉害,数字本身给我很大的满足。我应该感激他,山重水复,好歹找到一条路,总得纪念修路的人。

做了军官还可以领到眷粮,依规定,每人最多不得超过四口,于是一律按四口申报。我在名册上立刻有了一个老婆和两个孩子,实际有眷的人领实物,实际无眷的人领代金,代金的价格低于实物,中间的差额也归老板。为防虚报冒领,要附全家照片,主办人替我找来三个"演员",我付给演出酬劳法币一百五十元。

我勉强照办,心里觉得十分别扭,忽而有得救的感觉,忽而充满了罪恶感。我又能怎样呢,以前政府骗我,我无法选择,现在我们集体欺骗政府,政府也无法选择。为了防备点名检查,我时时默念我叫王鹤霄,河北徐水人,徐水在保定之北,北京之南,东面天津,南面石家庄。太行山有一条河自西北流向东南,经过县城,徐水因此得名。徐水的特产是黄瓜和老醋。我写这篇文章的时候,得知徐水的新产品是好酒,假故乡和真故乡毕竟有共同之处,两者都是酒乡。我也时常提醒自己,我的妻子姓许,两个孩子叫大宝二宝。

一九四九年五月,我跟随联勤单位以王鹤霄的名字入境台湾,离营后申报户籍,恢复为王鼎钧。不久,台湾保安司令部看到我写的一篇故事新编,传去问话,教我当面写一篇自传,我立即把两件事交代清楚:其一,我在联勤补给单位冒名顶替王鹤霄,其二,天津失守,我成为中共的俘虏。自此以后,我为这两件事填过各机关寄来的调查表,我实在怕人见到王鹤霄三个字,好像找到这三个字就找到我的真赃实犯。多年以后,我又常常挂念真正的王鹤霄那个人,好像他真的成了我的一部分,或者我成了他的一部分,我用它做笔名写文章。我奉他的名活下来,不知他奉谁的名活着、活了多久。

我从未遇见名册里的王鹤霄，却忽然和我照片上的妻子重逢。我穿过台北市新公园的时候遇见那位许小姐，她手里牵着一个小孩，好像想跟我说话，我低下头来躲开。事后自问为什么要躲？应该问一问她是怎么来台湾的，她的机缘也许比我更曲折艰难，我相信任何一个有故事癖的人都不会斩断这条线索，而我那时正在学写小说。比起真正的小说作家，我显然缺乏好奇心，也没有勇气正视人生。

我在秦皇岛服务的这个单位分设好几个部门，经理室、会计室、参谋室、押运室、译电室、书记室、副官室、军医室。经理室是"心腹"，掌理金钱物资的机要作业，押运室是"股肱"，负责把军用物资收进来、运出去，其他各室聊备一格，像参谋室，仅有参谋一人，副官室，仅有副官一人。书记室负责收文、发文，缮写文件表册，管理一般档案，书生无用，受人轻视。医官是个四川人，非常健谈，他本来学兽医，战时应付紧急需要，把他改造成一般医生，大家爱听他谈笑，不找他看病。

我到差时，书记室仅有我一个"司书"，各室拟办的公文都送到我那里缮正，这就给我机会大致了解全部业务。各单位为了争权利、推责任，公文往返，钩心斗角，或者报销遗失短缺的军品，巧用法规缝隙，我觉得妙趣横生。例如某一军品是由四个小件合成，遗失了一百"套"，要追究责任，遗失了四百"个"，可以注销。

我马上学会了中文打字。当年中文打字机有一个字盘，还保留着"活字版"的模样，字盘中间排列常用字，两旁排列"间用字"，另外有个备用的字盘叫"罕用字"，一般公文语言简单，用字重复，打字速度很快。我们的单身寝室和办公室相连，我除了理发、洗澡、寄信，轻易不出大门，出门一步就要花钱。那时"压力"这个名字还未流行，我只觉得紧张疲倦，可是夜晚又要失眠，我拿林肯说过的一句话做药方："只有工作是抵抗烦恼的工具。"我每天把所有的公文打好才上床，常常自动工作到深夜，秦皇岛附近有很多名胜，我从小就向往山海关上的那块匾，爱听孟姜女哭倒长城的故事，而今兴味索然。听说有个地方叫

"无颜城"，据说吴三桂在那里跪迎清兵，我是个无地自容的人，看到这个地名动了心，想去看看，可是也没有实行。

这就给老板留下深刻的印象。既然我那么喜欢留守在办公室里，他们就物尽其用，派我做"收发"。公文的来源很多，远方的机构从邮局寄来，当地的机构派专差送来，异地的押运员随身带来，必须随到随收，十分烦琐，他们发现了我，问题立刻解决。上海来的押运员，常在中午休息时间或傍晚下班以后匆匆赶到，他们阶级比我高，见了我又鞠躬又作揖，感谢我为他们加班，朝我抽屉里一包又一包塞前门牌香烟。我不抽烟，常有本单位的同事拉开我的抽屉顺手拿去。

依照规定，收发公文的人只能读公文前面的"摘由"，按照摘由所说的业务，送交主管人员办理，不可以阅读全文，没人告诉我有这样的规定，我总是把每一件公文从头到底读完。那时国防部已完成军中的公文改革，废除传统的框架、腔调和"套语"，采用白话一条一条写出来，倘有图表或大量叙述，列为附件。国防部把公文分成几个等级，某一级公文遍发给某一个层级的单位，不再一层一层转下去，我们可以直接收到国防部或联勤总部的宣示，铅印精美，套着红色大印，上下距离骤然拉近了许多。

我们的老板是上校，我们那个单位的编制是少将编阶，这叫"上校占少将缺"，凡是发到少将层级的公文，我们也有一份。上级常寄来一些与补给业务无关的讯息，既奇怪又复杂，老板对这一类公文置之不理，我却读来津津有味。我还记得，某单位来一公文，转述什么团体的意见：依宪法规定，"中华民国国旗为红地，左上角青天白日。"该团体认为"左上角"不妥，应该改为"另一意识形态"，转知我们参考。还有某单位来文说，国军的帽徽本是国民党党徽，现在实行宪政，党国有别，新帽徽在党徽四周围一个红边，以国徽代替党徽。这太可笑了，抗战发生后，我在沦陷区生活了四年，看见汪精卫政权统率的军队，他们用青天白日帽徽，表示遵奉正统，却又在周围加上红边，表示和重庆有分别，国军如果要换帽徽，自己应该有创造力，怎么照抄"汉奸"的构想？

许多年后，二十世纪已经结束了，我在纽约《世界日报》读到一则掌故，作者说，中华民国行宪以后，军队国家化，国军的帽徽不再用国民党的党徽，而是在党徽四周围个红圈，算是国徽。这是一个不幸的预兆，以后国共激战，国军的据点一一陷入共军的重重包围，成为死城，最后全部失守。可是我只记得有过这样一份公文，没领到这样的帽徽，联勤制发的军服并未更换帽徽，海军一向以国民党党旗为军旗，也始终一仍其旧。当年到底是怎么一回事，费人疑猜。

那时部队调动频繁，由秦皇岛过境的部队，也由我们这个单位补给。依照规定，部队未到之前，联勤总部先从南京发电报通知我们，部队既到，军需人员拿着收据来领粮领弹，经理室根据电令核实。起初我大吃一惊，这教军队调动如何保密？既而一想，也只能这样办，否则，我们这些人视线不出办公室的四壁，可能把军品发给叛军，也可能发给敌军。史学教授黎东方，名记者陆铿，都曾在他们的著作里责怪补给单位，军队转战千里，竟然不发给他们子弹和棉衣，他们对联勤的补给作业太隔膜了。过境部队倘若缺粮，还可以发一天两天主食，再拍电报向南京请示，倘若要子弹棉衣，那是任他怎样吵闹辱骂也不能答应，必须等联勤总部回电，一点也怪他不得。

运补东北越来越艰难，尤其是粮食。国军以大米为主食，米由上海装船启运，上海到秦皇岛六五七公里（一二一七海里），秦皇岛出山海关经锦州到沈阳，三八九公里，沈阳到长春三〇五公里，全程一三九九公里，补给线太长。由山海关到长春这六九四公里，地形狭长，易入难出，正是《孙子兵法》所说的"挂形阵地"，国军的形势不利。

联勤运补用火车，后来火车不通，改用汽车。共军的确是打游击的天才，他们征集农家耕种用的"耙"摆在公路上，"耙"的形状像梯子，钉满了钢打的长钉，它本来的功用是划破土块以便播种，几百个"耙"翻过来，钉尖向上，公路就变成刀山，军用卡车不能前进，几十辆卡车编成的车队，一时又怎么后退？只有任凭他们把粮弹搬运一空。这个"钉板阵",小说家莫言有生动的描写,他把背景放在山东对日抗战的时候,据我所知,抗战时期,至少在山东,共军从未使用这个奇特的战术。

押运员送粮送弹,不分昼夜,不论雨雪,人人满脸风霜。和谈期间,沿途常遭共军射击,和谈破裂,共军改为袭击,押运员受伤、被俘不是新闻。联勤总部因应时局,派人到许多小据点设立堆积所,就地储存粮弹,供国军固守,用小据点拱卫大城。这些小据点一个一个失守,兵站派出去的库员纷纷下落不明,妻子儿女流离失所。

后来东北的国军全面崩溃,第六补给区司令刘云翼告诉人家,东北国军从未因弹药缺乏而失一城一地。他的话大概可靠,今天读中共出版的战史,他们在攻占名城之后,记述俘虏了多少官兵,缴获了多少武器弹药,数量都很可观。据赵勤轩《沈阳,一九四八》一书记载,国军在沈阳遗留的弹药,可以装六百节火车车皮。张骏主编的《山东重要战役资料丛书》说,共军解放济南,缴获炮弹二十二万多发,子弹一千一百多万发。我写这篇文章的时候读到新闻报道,一九四九年国军撤出上海,遗留子弹将近一亿发,国军还把大量军火埋藏地下,现在一处一处都被上海民众挖掘出来。

我在秦皇岛的日子,每天胸口郁闷,左胸疼痛,常常呼吸困难,只要辛苦工作,症状就会减轻或者暂时消失。我想劳累只能增加病痛,如果真有肺病或心脏病,情况应该相反,我决定不去看医生。后来,长时间持续不断的工作,会产生紧张饱满,一步步造成高潮,这时候非常快乐,跟性经验相同(那时我还没有性生活,我又"把后来发生的事情提前写在这里"了)。我一度怀疑,许多快乐(赛球、登山、看电影、赌博)都是性经验的模拟。

老板发现我没有娱乐嗜好,没有交际应酬,沉默寡言,没有口舌是非,认为我可以进一步吸收使用,这是严重的误会。他想把我调到会计室,学习记账、打算盘、处理单据报销,把我训练成一个亲信,我断然拒绝。老板大出意料之外,他的会计主任也不愿意增加新手,趁机向老板进言:"流亡学生多半有精神病。"我虽然是个边缘人,终于也发现这里每一种业务都在营私舞弊,依法办事乃是为了违法图利。我的心里有斗争,我不能在这样的机构里寻尺寸前程,早晚总得走出去。

一夕之间,我由宠儿变成弃婴,老板不再理我,宦海多风涛,几个月后,他也翻了船。他是读书人,走得很潇洒。新老板来自上海,侩气僚气流气都有几分,都不十足,他带来几个人,当天更换粮仓的管理员,显示他是一个内行,不问江山问钱包。到了这个时候,一切都无所谓,一转眼国军丧失了全部东北,放弃了秦葫两港。

10　贪污哲学智仁勇

国共内战期间,联勤运补东北国军,开支庞大,据说占全国军费的百分之四十。无数物资由上海运出,由秦皇岛葫芦岛两个港口运入,后来陆路交通断绝,仰赖空运,仍然由葫芦岛运往锦州,由秦皇岛运往天津,再由两地空军转接。

军粮运补的工作最繁重,《孙子兵法》:"军无粮则亡。"但我从未想到军粮运补的方式如此粗糙而原始,手续繁复而不精确,每一道手续都有侵吞的机会。

第一步,运粮的轮船进港,起重机卸下米包,每次十包,临时放在码头上。全船一共运来多少包,接粮的单位对"包数"要负责任。依照规定,准许有"船耗",如果船舱漏水,一部分粮米潮湿霉坏,可以由船长出具证明,申请报废。于是每一艘运粮船的船舱都进水,每一位船长也都愿意证明,没听说哪位船长拒绝合作。为什么每一艘轮船都会漏水?政府从未监督改善。

第二步,每一包米都要过磅,计算这一船米有多少公斤,接粮的单位对"斤数"要负责任。俗语说,两只碗同样大小,把满满一碗水倒进另一个空碗里,不会仍然满碗,依照规定,装船时允许有损耗,卸船时也允许有损耗,按路程远近定出百分比,于是每一船粮米都可以短少一些，完全合法。

第三步，一包一包军米过磅以后，由码头工人背上火车。工人手里拿着一支铁钩，先把铁钩插进麻袋，用力向上一提，接着一转身，另一个工人两手捧起麻袋，向上一送，整袋米驮在背上，这时铁钩在麻袋上拉出缝隙，大米哗啦哗啦流到地上。地上早已打扫干净，从地上扫起来的米仍是好米，可是依照规定，这些米受了污染，需要整理，整理时有进一步的损耗，两斤折合一斤。每一船米都会有相当数量的"污染米"。工人为什么一定要用那把铁钩？政府从未过问。

第四步，军粮装满火车，再一节车厢一节车厢过"地磅"，地磅装在铁轨上，称出整节车厢的重量，扣除"皮重"，求出"米重"。我一直纳闷，既要分包过磅，又要整厢过磅，这种设计有何必要？两种重量的差距又将如何对待？这个秘密，我始终没有窥破。

有时候，船上运来的是面粉，面粉只问多少袋，不问多少斤，因而受另外一种待遇。除了船舱漏水产生废面以外，所有的面粉立即运到本单位特设的仓库，这个仓库由老板最信赖的军官管理，最信赖的工人操作，我们一律不得走近。若是老板调动，新老板必定带自己的人来上任，第一天第一件事就是接管仓库。

据说这个仓库除了存放"废米"，有一间密室，四壁光洁，地上铺着细纹的席子。工人把一袋一袋面粉放在席子上，用藤条抽打，面粉从布袋纤维间飞出来，落在席子上，再扫起来，装进空袋里，由老板待机支配。据说每一袋面粉抽打多少下都有规定，抽打的力度角度都有训练，瘦身后的一袋面仍然是一袋，交出去没有困难。有一次，只有一次，我在二楼的办公室凭窗下望，看见一个满身雪白的工人经过，那天他一时怠忽，没有卸装就胡乱走动，算是让我看到一个旁证。

每年一次或两次，本单位依法处理"废米"，照例由三家大粮行竞标，上级派员全程监督。依照规定，派下来的官员阶级一定要比我的老板高，他和我的老板必须没有历史关系，也没有亲戚关系。这些规定都没有发生作用，他们虽然没有历史关系和亲戚关系，他们却像电影里的黑帮人物，尽管素昧平生，只消一个手势，一句暗号，立刻产生完全的默契。他们都熟悉音乐和舞步，可以一见钟情，佳偶天成。高级首长派谁出来干这趟差事，就是看某一个老部下生活太清苦了，给他机会找些外快，当时叫做"调剂调剂"，也许由他顺便带些油水回来分享。监督者和被监督者"二人同心，其利断金"，关系超过同乡同学同宗。

监督者先视察仓库，他看见了"九千斤废米"，他做市场调查，证明"底标"的价格合理，他亲自主持开标，亲眼看见得标的粮商把"九千斤废米"运走，他负责证明这一切，千真万确。但是事实上三家粮行共同接下这笔大生意，他们以低价买去六万多斤好米，我们不眠不休，动员配合，完成表面作业。当年这叫"集体贪污"，今天称为"共犯结构"，可以想象，偌大一笔粮款，绝非老板可以独占，许多人都会有一份。

当时政府筹粮，多管齐下，公文中有采购、派购、摊购、配购、抢购、搜购等等字眼，可见筹粮之辛苦积极，也可见民力负荷之重，运补单位并未受到感动。政府对运补的损耗设想种种可能，也算十分体贴，运补人员反而受到鼓励，浑水摸鱼。防弊的规定如此周密，作弊者破解跨越易如反掌，一切如德国小说家茨威格所说，由军粮处出发，有一条金线似的捷径，直伸到银行家和放高利贷的人。民间也有顺口溜："从粮（良）不如当仓（娼），当仓不如直接税（睡）！"每年约有十艘万吨级轮船前来卸粮，当局没有丝毫检讨改进，我虽已放弃一切理想，仍不能甘心接受这样的现实。

有一位唐中尉，老板的小同乡，他在十多位押运员中年龄最长。他在北洋政府时代当过宪兵，那时叫做陆军警察队，我俩有些共同语言。他偶尔找我聊天，他常说"吃纣王的饭不说纣王无道"。他说得对，可是我听不进。老板常说，合情合理不能合法，唐老说：合情、仁也，合理、智也，不必合法、勇也，要具备智仁勇三德，才够条件当老板。他说得对，可是我也听不进。他说："我们每天犯法才活得下去，联勤不犯法,不能运作;国民政府不犯法,不能存在。"我有时像欧几里得,动辄认为"那是不合理的",然而唐老说,那是"合宜"的,人间事合宜为要,合理次之。他说得对,奈何我总是听不进!今天回想,那时人人疏远我,只有唐老接近我,他是有心人。

有一天,他办公桌上放了一堆旧子弹,他一个个用力擦拭。我问为什么这样做,他说,他押运重机枪子弹,账目上短少一千发,上级催讨,他还不出来,现在弄到几百颗废品,擦亮了,搪塞一下。这未免太荒唐了,子弹怎么可以短少一千发,一旦短少,上级机关应该追查原因,怎么可以要他赔,粮食可以赔,服装可以赔,子弹教他怎么赔!他的对策也奇怪,怎么可以用废品充数,接收的人难道是瞎子。我对唐老已经有感情,这些念头都不在话下,冲口而出的是替他担忧,我说,如果这些子弹发到某个连队手中,如果他们作战时不能射击,阵地因此失守,如果事后检讨战败的原因,追究这批子弹的来源,唐老如何担当得起?他说:"确实担当不起,我现在是瞎子碰上小数点,一筹莫展。"唐老提出一个办法,要我到军械库去找一位孙押运员,请他借给唐老一千颗子弹。是了,我有个"上校爷爷"主管军械补给,唐老看上我这个背景。后来回想,他故意擦废弹给我看,他是有心人。

一千发子弹,而且是重机枪子弹,说是借,根本没法还,我认为孙押运员没有这么大的弹性,关说一定无成。谁知这个短小精悍的中尉一口答应,不过他说要我们那个主管军械的何上尉出借据。我想,何上尉为什么要欠这笔账?他必然拒绝,岂知何上尉欣欣然对唐老说:"咱们两人给他写个条子。"结果是唐老以借方签字,何上尉以证明人签字,我做双方的信使,子弹如数到手。

他怎么会有那么多子弹!他哪里来的子弹!我正在百思不得其解,唐老忽然变了脸,不理我了。这又是怎么一回事,难道在他眼里我只有这么一丁点儿利用价值,难道我像一颗子弹,只能使用一次。这颗心正没安顿处,消息传来,孙押运员向我的"上校爷爷"讨好,说是冲着我的面子借出去一千颗子弹,这些子弹是账外余物,绝对与库存无关。我以为我只是一个传话的人,做梦也没想到有这么大影响力,"上校爷爷"认为我多管闲事。"上校爷爷"那里我留下坏印象,唐老那里我没留下交情,孙押运员那里反而欠了债。他们有心我无心,无心却被有心恼。

这一段烦恼我久久不能忘记。并不是动机好就能把事情办好,一颗好心可以受到各式各样的利用。唐老从此紧闭双唇,但是他说过的话收不回去,他说:"合情仁也,合理智也,不必合法勇也。"至今令我拍案叫好。受他启发,我长期思考贪污问题,贪污的确需要勇气,孔子作《春秋》,乱臣贼子惧,现在贪官污吏勇者不惧,我就是这么干,看你一个字能赚多少稿费!偶有贪官撤职,我都想送一副对联:"三德智仁勇,一官归去来。"

那时贪污是热门话题,舆论界八音连弹,有人说,贪污是潮流,众官不贪,一官难贪,众官皆贪,一官难清。有人说,贪污是人性,贪污不能根绝,因为人性无法改变。有人说,贪污使人乐业,增进祥和气氛。有人说,贪污使人效忠,凝聚向心力。有人说,国富则多贪,"寄主"肥壮,寄生虫营养良好,贪污是好现象。我至今不能分辨谁说了正言,谁说了反话,谁在规劝,谁在讽刺。

遏息贪风,有人提出十二字真言,要做到官吏"不能贪,不敢贪,不愿贪,不必贪",也就是制度足以预防,法律足以吓阻,道德操守足以自约,薪俸足以维持合理的生活水准。看来面面俱到,实际上药方很好,药剂永远配不齐。凡是文章做得太好,实行一定困难,但是好文章一定引人幻想,九十年代,中国共产党采用的生产方法奏效,但果然国富多贪,舆论又翻出这十二字真言来,念念有词。

蒋介石本人是清廉的军政领袖,但是"一二人心之所向"不能转移社会风气。那时国民政府治下,贪污的现象严重而普遍,政府则表现了惊人的宽容,由蒋主席到蒋总统,发表多少文告训词,似乎从未针对惩治贪污宣示决心,贪污大案发生了,他可曾"干涉司法",指示彻查重判?他这一阶段执政的特色是,未因操守问题杀一贪官,那时多少人骂他独裁，看来他像是《红楼梦》里的晴雯，枉担了虚名。他究竟是怎么想的，没人知道，也许得等到他的日记全部公开了，历史学者才会给我们一个答案。但是他退守台湾以后十分注意官员的操守，他整饬联勤的采购业务，他的第一家庭中有一位至亲涉案，他强迫那人自杀，他的决心在中国近代史上再无二人。这时候我们应该知道他是怎么想的了。

毫无问题，秦葫港口司令何世礼操守高洁，他的父亲是香港富豪，财产多，他本人的生活俭朴刻苦，花钱少。他因血统关系生有异相，小孩子看见他，叫喊"洋人来了"，虽然对方是孩子，他总是用中国话郑重纠正："我是中国人，不是洋人。"他的爱国心也不成问题。这人无论作战还是办补给都很认真，唯有对贪污问题漠然视之，他是坐汽车的大官，心中仿佛有个汽车哲学，做官如坐车，车是你的，开车坐车是我的事，修车换新车不是我的事。他虽然在英国美国受军事教育，却跟所谓正统嫡系没有矛盾，他在孙立人之外显示另一种可能。

那时代贪官的风险很小，可以说，"有所不为"的风险比"无所不为"的风险还要大。"合情合理不能合法"，同事长官形成共识，大家有不成文的盟约，若是一个贪官倒下去、揭开来，所有的加盟者都成一网之鱼，他们必须互相保证人人可以全身而退。也正因为如此，贪污的数目必须竭力扩大，他必须计算各方打点之后还能剩下多少，他必须筹划怎样使加盟者皆大欢喜，结果贪得越多越安全。这是第一道防线。

还有第二道防线。万一官司上身，推给部下承担，只要部下说一句"这是我干的，上司不知道"，上级顺水推舟，贪官金蝉脱壳。东方文化有"替死"的传统，首长平时注意物色人选，以备不时之需。如果有一个年轻人，朴实率真，讲忠讲义，没有才能见异思迁，有一点把柄可以掌握胁持，首长就拔擢这个人，把他放在他自己不能达到的位置，由他感恩图报，火中取栗。如果首长该坐牢，他也该坐牢，他一人坐牢可以大事化小，首长还可以照顾他的家小，供应他在狱中的需要，安排他出狱后的工作。我有时对着镜子看自己，觉得我好像正是这样一块材料，所以对进退出处特别谨慎。

最大的恐惧是部下挺身检举，平时首长必须在维持尊严和安抚不驯之间取得平衡，这就增加了统驭的难度。倘若"常在河边走，怎能不湿鞋"，法网恢恢，那就启用第三道防线。没什么了不起！抗战时期，国府本有《惩治贪污条例》，明文规定要没收贪官的财产，胜利后检讨战时法规，认为这一条很像是专制时代的抄家，不合时代潮流，予以彻底修正，贪官失去权位，仍可以保有财富。我曾听见一位官太太在打牌的时候说："我们这辈子和下一辈子吃不完也喝不完，什么都不怕！"她的丈夫因贪污判罪，正在狱中服刑。

我永远不能忘记通货膨胀的噩梦，著名的"金圆券"，就在我挣扎觅食的那段年月出现，在通货膨胀的压力下，一般军公人员都不能靠本薪过活，物价像鞭子，驱使人人向法纪的反面拥挤，贪官反而成了救星。什么是通货膨胀？外电报道有生动的注解，战前法币一元可以买到一只牛犊，战后一元法币只能买到一根油条。有位老太太，战前把积蓄存进银行，战后再去提出来，回到家里她疯了。换个角度说，如果某人居住京沪地区，拥有"中储券"一百万元，一九四五年抗战胜利，兑成法币五千元，一九四八年废法币，只能兑到金圆券六角。他的钱哪里去了？老太太的牛又哪里去了？政府用增加通货发行的方式取去了！通货膨胀是一个骗局，而且全面行骗，天天行骗，悍然违反了林肯的告诫："你不能永久欺骗所有的人。"

"金圆券"并没有结束通货膨胀，通货膨胀是连续剧，金圆券把它推向更高的高潮。金圆券于一九四八年八月出笼，规定银元二元或美金四元换金圆券一元，黄金每市两合金圆券二百元，民间的黄金白银都要送进银行。政府强力推行，今天枪杀粮商，明天逮捕金店老板，天天高呼打倒奸商豪门。据国府财政官员朱偰和黄元彬写的文章，八个月后，一九四九年四月，银元一元兑换金圆券三百六十万元！此时我在上海，看见面额一百万元的大钞，也看见臭水沟里都是百元千元一张的金圆券，上面印着蒋介石的侧面肖像，面对五百元一千元的数字。钞票变垃圾，景象恐怖，现实成虚幻，生存被彻底否定。丢弃钞票的人有意污损咒诅某一个人，这个人能有多大福分、禁得起这样折损？有一个人用金圆券当壁纸，糊满四壁，他邀我去参观，他说要在这间屋子里照一张相片传家，教后儿孙知道他住过这么豪华的房子。到这般田地，军公人员除了抱紧不法手段和不法所得，教他怎么活？

到一九四九年七月，国民政府再改币制，废除金圆券，发行银圆券，竟规定金圆券五亿元换银圆券一元！财经大员的勇气了得，可是智在哪里？仁在哪里？

我每个月按时把钱寄给父亲。这时国军在山东连打败仗，乡人族人纷纷南下，父亲有我那一丁点儿接济，得以离开徐州，暂住浦口。百善孝为先，可是这一善究竟能抵消多少罪孽？当年山东土匪多，好汉们平时在远方打家劫舍，过年回家先给老娘磕响头，到了末日，基督怎样审判他？

11 秦皇岛上的文学因缘

"当你写不出文章来的时候，你就该阅读或旅行。"那几年我南船北马，心中渴求安定，旅行二字，味同嚼蜡。那时我读文艺小说义愤填膺（主流文艺作家爱写现实人世的愁苦不平，鼓励抗争），读爱情小说愁肠百结，几乎没力气揭开书本，没奈何，我找上武侠。

那年代，文学界极力贬低武侠小说，认为写武侠的不是小说家，读武侠的不是文学人口，我在学校读书的时候，武侠是"禁书"。我以"反抗期"的心情走进小说出租的商店，挑选了王度庐的《宝剑金钗》，这是我第一次仔细阅读武侠小说，没想到，他写得很好嘛！休要再说武侠小说有叙事而无抒情，《宝剑金钗》的爱情笔到情到，笔不到的地方情也到，而且常在情何以堪时调门突然拔高，我至今没有忘记他说，人际关系像瓷器，一旦出现裂缝，无论怎样修补也不能完整如初。

他写的是武侠,总有一股柔情灌注其间,感动我,又不使我像雪人一样溶掉,我对武侠的看法立即改变。

王度庐真正把我引进武侠的大门,接着我读了他的《鹤惊昆仑》、《卧虎藏龙》,这样的小说为何有人口诛笔伐?我左看右看找不出理由。我写这篇文章的时候,导演李安在好莱坞把《卧虎藏龙》拍成电影,夺得奥斯卡金像奖,王度庐再度受人注意。听说还珠楼主是承先启后的大师,我喜欢他的《青城十九侠》,他创作丰富,虽然多半结构有缺点,他笔下的脸谱、身段、场景、奇功异能,给后来的武侠小说建立了许多原型。我也看了向恺然的《江湖奇侠传》,郑证因的《鹰爪王》,白羽的《十二金钱镖》,他们文笔简练遒劲,句句到位,我觉得顺心可口。

文章写到这里停笔寻思,世上确有一些恶行,道德不能防止,法律不能制裁,人们盼望武侠手段能够救济。"侠"是"人间天理",信侠和信神有相通之处,"武侠和神话",可有人拿这个题目做论文?初期的侠士好像没有私生活,他们是理想化的人物,可称"神格武侠",后来武侠也有自己的社会,那个社会里也有种种不公平,侠士彼此之间也有斗争,侠士也可能受欺凌陷害,有些武侠中人也做坏事,他们是"人格武侠"。神格武侠只须关心弱者的痛苦,而人格武侠,读者也得关心他们的痛苦。人格武侠比较好看,是武侠小说的进步,似乎同时也是对武侠人物的解构。

我想,武侠小说算是一种"情节小说",情节挂帅,情节密集,以情节之优劣定作品之优劣。严格而论,海明威的《老人与海》只有一个情节:老渔夫出海,好不容易捕到一条大鱼,回航途中,大鱼的肉被鲨鱼吃光了,只剩下一副骨头架子。若是武侠,中文三万字总得写出十几个情节来,情节密集,把自然风景、人物心理、哲理思考、美感经验挤出去,全力诉诸好奇心的满足,所以武侠小说能使人废寝忘餐,堪称"杀时间"的利器。后来我到台北,听说台湾大学一位名教授不幸丧女,教授和夫人整天看武侠小说度过最悲痛的日子,他们把当时能找到的武侠小说统统读完了。

那时代的武侠小说也许禁不起严格的文学检验,但是左翼阵营彻底否定武侠,我仍然觉得很难理解。武侠浪迹江湖,"江湖"向来与"庙堂"相悖,武侠除暴安良,济弱扶倾,又和"社会主义良心"可以挂钩,毛泽东能从《红楼梦》中看出阶级斗争,为何忽视了武侠小说中的"阶级意识"?左翼文坛欣赏《血溅鸳鸯楼》,推荐《打渔杀家》,怎能比武侠刀山血海、快意恩仇?中共宣传革命,利用一切"民族形式",唯独放过武侠小说,真想知道他们当年是怎么考量的。武侠小说是没有受"红粉沾染"的文学门类。

由武侠切入,我找到侦探,它也是一种"情节小说"。福尔摩斯是这一门类的魁首,必然要瞻仰,我一本一本看完他的"大全集"。我看了英国女作家克里斯蒂的《东方快车谋杀案》,后来知道她是西方侦探小说黄金时代的开创者之一。我看过《侠盗亚森罗宾》,法国作家的作品,他的全名里也有一个"莫里哀"。

我认为还是福尔摩斯最迷人。原来一只脚印,一个烟斗,一张看来随手乱画的便条,都可以是险谷入口,高峡栈道。原来人生的重峦叠嶂经不起这样单刀直入。原来我们的行为都会留下证据,而证据就在受人忽视的日常琐事之中。读福尔摩斯探案和读《圣经启示录》差不多,都能产生因果恐惧,只是福尔摩斯比耶稣曲折有趣。

《施公案》、《彭公案》、《海公案》是本国古典,当然要拜读。这些奇案虽然知名度很高,一拿来跟福尔摩斯比就索然乏味了!包公、彭公那样武断草率,任意推理,信任神话和巧合,过程简单粗糙,也是一种可怕。包公、彭公的确破了许多冤案,但是用他的方法一定破不了那些冤案,也许还会制造冤案!写小说的人为才情功力所限,只能预设破案的结局,支持包公、彭公的行为,为了目的正义、牺牲程序正义。我后来知道,它正好反映了、助长了中国人论断是非的态度:经验主义优于证据主义。军中流行一句话,凡是干过三年军需的人一律可以枪毙,保证没有一个是冤枉的。福尔摩斯若是听到这句话,一定嗤之以鼻。

我也读到程小青的《霍桑探案》，他模仿福尔摩斯，还有孙了红的《鲁平奇案》，他模仿亚森罗宾（鲁平、罗宾，连名字都近似）。我后来知道，就文学创作而言，模仿低于原创，但是这两位民国作家毕竟使用了较为严谨的推理，反映了比较复杂的社会结构，胜过《包公案》、《彭公案》、《海公案》多多，但"三公"是朝廷命官，民间向往公正廉能、不畏权势的好官，所以爱听三公断案。后来《包公案》改编成电视连续剧，故事重新设计，原有的缺点完全改正过来，收视率自始至终居高不下。

我觉得武侠小说和侦探小说有共同点，两者都是"侠"，一个武侠一个文侠（我到台湾后一度鼓吹文侠）。也可以说，武侠是体制外的侦探，侦探是体制内的武侠，两者都情节密集，都必须设计情节与情节间的钩连纠结，需要紧密的结构。我后来知道了结构和逻辑的关系，逻辑观念发达的社会才产生福尔摩斯。

胡适博士说《红楼梦》不好看，因为没有 plot，《基度山恩仇记》才好看。武侠和侦探都很注重 plot，侦探小说发展为推理小说，我也逐渐定型为理性的读者。我也读二流的、速朽的武侠和侦探。那时有人说，武侠诉诸人们的报复心，侦探诉诸人们的好奇心，报复和好奇都不是人类高尚的情操，所以……又过了好多年，我知道武侠也罢，侦探也罢，都是作品的题材，作家的艺术是把题材处理成某种高级象征，道在天地、道也在蝼蚁，作品不以他的叙写分大小，而以它的隐藏分大小。那时候武侠侦探没人做到，我怀疑他们也没人知道，直到金庸出现……

基于模仿冲动，我也编过几个情节挂帅的故事。

我们奉命闯入建在深山里的一座迷宫，任务是把躲藏在里头的人全部杀死，不许留一个活口。那夜是中秋节，月光照得见每个人的眉毛，但迷宫是黑暗的。我们冒险点亮所有的火把，没想到里面的人业已逃走，没留下半丝半缕线索，连桌椅床铺茶杯草纸都消失得干干净净，我们希望地上有脚印，门把上有指纹，也都落了空。看样子他们知道首领要下毒手。

第二部

　　首领非常愤怒,他下达严厉的指令,必须追杀所有的逃犯。这几乎是一桩不能完成的任务,我们根本不知道住在里面的人是谁,首领没有任何具体指示。我们重回迷宫搜查,只见一片虚空死寂,唯一的动态是迷宫里面有一道流泉溢出宫外,形成一条小溪,躲在里面的人无须出来取水,行踪就更为隐秘,我们的调查工作就更为困难。

　　我们住在迷宫里研究案情,早晨到溪旁捧起水来洗脸,水明如镜,照见每个人的影子,我们听一位巫师说过,每一个拿流水当镜子的人,他的面相永远留在水里,如同照相机的底片感光,高明的巫术能使隐没的人影显现。

　　千方百计找到那巫师,带他到溪旁察看,他说水中人影都戴着面具,只有一人例外。我们教他把那人的相貌画出来,真令人惊骇莫名,那人就是我们的首领。我们立刻杀死了巫师,有人发抖,他知道首领必定杀死我们,我们决定分头逃亡,终身戴着面具,即使和情妇上床也不取下来。我们永远不用溪流洗脸,我们都立志使自己永远消失,使自己消失比使别人消失更难,你得杀死一个自己,再长成一个自己。

　　我们约定,三十年后的中秋节,再到别墅后面的小溪旁聚晤,取下面具洗脸,那时首领应该已经死了。小溪依然清澈,可是没想到首领突然出现,不消说他一直侦察搜寻我们的行踪,虽然他已老态龙钟,我们还是魂飞魄散。可是……大家重逢以后,情节怎么发展呢？ 我没有能力把故事完成。

　　我还设计过一个故事,作家在摊开的稿纸前面坐了很久,他想写一个故事,心中空空,不能落笔。忽然发生了奇怪的事情,纸上自动显出字来,速度很快,立刻连成一行,马上占满一页两页。那并不是他要写的文章,但是那是一篇很好的文章,预料有许多人爱读,一个作家很难抵抗这样的诱惑,他签上自己的名字。……然后呢？然后应该发生惊人的事件,对吧？我也不能把它完成。

　　算是开卷有益吧,侦探小说给我许多逻辑训练。那时社会普遍缺乏逻辑思考,用意识形态论事。他们口中笔下的事实不是事实本身,

163

而是对事实的诠释。事实的发展永远是合乎逻辑的，事实的"诠释"却往往违反逻辑，这里那里都是意识形态正确、逻辑错误的顽童或玩童。

举例来说，那时流行的口号是"中国人不打中国人"，可是共军一面说，一面攻打国军，国军也还击反攻或主动攻击。这一方说，国军是美帝走狗，不是中国人，另一方说，共军是苏联的爪牙，不是中国人。事实上都是中国人，一经诠释都成了外国人。当初提出"中国人不打中国人"，真正的意思是：我可以打你，你不能打我。那时我的同侪都不能发现其中的谬误。

三民主义有句话："民生主义就是共产主义。"于是有人宣传，三民主义就是共产主义。我的同侪竟不能发觉，民生主义只是三民主义的一部分，部分是共产主义，并不等于全部是共产主义，原典的意思是，三民主义可以包含共产主义，并非共产主义可以包含三民主义。何况下面紧接着说，"共产主义是民生主义的理想，民生主义是共产主义的实行"，国民党要实行的仍是民生主义。我的同侪几乎都不能这样条分缕析。国民党败退台湾，痛定思痛了二十年后，党国元老梁寒操还在党员代表大会上发出惊人之论，他说国民党反中共，反俄共，并不反对共产主义，因为总理说过民生主义就是共产主义。他老人家还是三民主义理论家呢！全场愕然，后台"把场"的蒋经国气得面无人色。

那时有人批评知难行易，认为人的行为并不根据他的知识，而是根据他取得利益的方法。他也举出许多例证，其中一个是针对当时的通货膨胀而发，人人知道"囤积"使市面上物资短缺，使通货的流通量增加，使货币贬价的速度更快，但是人人都急忙把手中的钱抛出去，买更多的柴米油盐回来。报纸以半版的地位刊出这人写的论文，可见他并非等闲之辈。但是我不服气，古往今来，分明有多少人为了抽象目标自动抛弃了现实利益！照他的说法，这些人为名，而名也是利，这就混淆了"名"和"利"两个名词的界限，他说道德满足也是利，他又混淆了理想和现实的界限。他对"利益"一词没有严格的定义，他的大前提也就模糊不清。

我闷在心里有口难开。我想尽办法找《中央日报》看，希望有人反驳澄清，似乎没有。我不自量力，自己写文章寄去，当然也没登出来。我到台湾以后认真读了几本讲述逻辑的书，我本来沉默寡言，我的逻辑癖把我变成一个喜欢辩论的人。

另一方面，武侠使人果断，侦探使人冷酷，对我的写作大概有负面影响。至少写小说不能快刀斩乱麻，马上把结论提出来。小说，尤其长篇小说，常常要纠缠不清，浑沌不明，叙述的过程即是风景，过程比目的更重要，"感觉"比理解更重要，这些并不能从那时我读的武侠或侦探中学到。那个租书店的东墙摆武侠侦探，西墙摆着秦瘦鹃的《秋海棠》，张恨水的《春明外史》、《金粉世家》，刘云若的《红杏出墙记》。那时徐武和张爱玲受委屈，他们的小说也被打入通俗作品，和以上诸人同列。我常想，如果我那时不看东墙看西墙，把那半墙社会言情、鸳鸯蝴蝶一气读完，我又会怎么样？

12 由学运英雄于子三看学潮

秦皇岛环境安定，工作简单，适合写作，但是我写不出文章来。我常常面对稿纸踌躇，同事好奇，有人跑过来问我看什么。日有所思，夜有所梦，我屡次在梦中画钞票，一面画、一面惴惴不安，唯恐人家发现是伪钞。从生活经验到文学创作，应该有"转化"的过程，这才是"将真事隐去"、"满纸荒唐言"。在理论上一切经验都对作家有用，难言之隐，"无可如何之遇"，都能升华为极好的作品，那时候，我完全没有机缘听到或者读到这般指点。

山重水复疑无路，忽然想到，报纸文章常常跟着新闻走，我何不一试？生活经验有限，新闻生灭无穷，游牧民族逐水草而居，草原如海，何愁没有食物？回想起来，我后来为日报工作，配合新闻，写了三十年的小专栏，正是这一念种下的因。

那时各地不断发生学潮，学生游行，军警弹压，发生流血冲突，是新闻也不是新闻。有一天，我在浙江学潮的新闻中看见"于子三"的名字，心中大动：于子三是国立第二十二中学的同学，我在初中部，他在高中部，为人个性外向，口才敏捷，有领导能力，是一颗明星。那时国民党约束学生的课外活动，他嫌二十二中封闭保守，远走重庆，高中并未读完，以"特殊方法"进入浙江大学农学院，那时浙江大学设在贵州。一九四五年抗战胜利，浙大年底复员，迁回杭州。他领导学潮，被警察逮捕，死于保安司令部看守所中，今考其时，已是一九四七年十月二十九日。

我对学潮有感伤，感伤自己失学，于子三给我强烈的写作动机，我借学潮酒杯，浇自己块垒。我以母亲的口吻写了一篇对爱子的呼唤，我说求学的机会难得，何不及时努力？我引用当时教育部发表的统计资料，民国元年至三十二年，全国专科以上学校毕业生十二万人，仅占全国青年的三千分之一。那时华北各省有水灾，有旱灾，有战祸，饿死病死了多少人，多少难民卖儿卖女，社会上有千千万万失学的青年，你们领公费，读大学，为什么要罢课？罢课就是自己制造失学啊！你是在爬梯子，多少人暗中嫉妒你，等着看你们的笑话，只有母亲揪着一颗心，怕你们掉下来。

我没能把那篇文章写好，如果十年以后写，我会加上"孩子的体重增加一磅，母亲的寿命减少一年"，我会加上"儿行千里，母担万里忧"。我的母亲对我说过："这是乱世，我不指望你伟大，只盼望你安全。"当年为劝阻学潮，浙大教务长张绍忠发表公开信："纵诸同学不惜以身牺牲，如何对父母师长？"什么时候天下子女才知道体贴他们的母亲？

于子三，浙江大学为他出了特刊，杭州文史资料为他出了专辑。据钟伯熙《于子三运动回忆片断》，曲言训《青山不老，英名长存》，他是山东牟平人，一九二五年出生，大概和我同年，死时二十三岁，正读四年级毕业班。他有兄弟姊妹十一人，父亲做小学教员，家境十分艰苦。他的父母好不容易盼到儿子就要毕业，大概总希望儿子找一份工作，给这个家庭添几担柴、几升米吧，他跟我背景何其相似，选择又何其不同！但是于子三因缘际会成为英雄，英雄只要伟大，不要安全，他虽然不能给父母面包，却能给父母光荣。他葬在西子湖畔，与岳飞、秋瑾同列，墓园一派烈士气象，入选浙江大学创校以来的"百年人物"，俨然不朽。然而卷入学潮的青年无数，几人能感天动地？单说因于子三之死而引发的一连串学潮，全国二十九座学校、十五万多学生游行支援，持续四个多月，挨打被捕流血丧命的人轻如鸿毛，于子三只能有一个，这就是运动。

那时候我的文章内容单薄，如果现在写，我会提到一九四五年的战地服务团，于子三入团为前方官兵服务，他在团内常受特务"骚扰"，心中愤愤不平，没人告诉他捐血之前先要验血。他的手掌温软，凡是和他握过手的人都久久不能忘记，国民党埋没他的才华，左派满足他的自尊心，他因此投入学潮。于子三是龙，左派是水，学潮是惊涛骇浪，龙的舞台。一九四七年五月，左派学生拥立他做浙大学生自治会长，那是他自信心最强的时候，也是对学校的权力最藐视的时候，没人告诉他，人生如戏，演员入戏，张翼德真以为自己喝断了当阳桥。

如果文章现在写，我会说，"大时代"的青年是资本，是工具。我们振翅时，空中多少罗网；我们奔驰时，路标上多少错字；我们睡眠时，棉絮里多少蒺藜；我们受表扬时，玫瑰里多少假花。渴了，自有人向你喉中灌酒，死时，早有人为你准备好墓志铭。天晓得，因为热血，多么狭隘的视界，多么简单的思考，多么僵硬的性情，多么残酷的判断，多么大的反挫，多么苦的果报。

如果是现在，我会说，学潮由中共授精，国民党授乳，中共与学潮之间曲曲折折的线，明明暗暗的人，闪闪烁烁的话，国民政府的情治人员只会逼上梁山。我会说，这是下一代反抗上一代，这是未来反抗现在，你的儿女反抗你、而你的看家护院打死他，你有再好的理由也难心平。情治机关很难捕到真正组织策动学潮的共产党员，以浙江大学而论，现在知道，真正指挥学潮的地下党负责人姓吕，事发之后，"安全转移"，他是牧人，于子三是引路的"头羊"，他们背后还有"东家"。中共开国以后，各路英雄写史料，夸功绩，直言不讳。那时各界都说学潮是学生自发的爱国行动，都说爱国学生被构陷栽赃，中共对学潮发出那么多文告指示，后来辑成那么厚一本书，当年"各界"有谁读过一行一字。中共对学潮用心之专，用力之勤，当年"各界"有谁知道。学生争民主，要和平，他们怎知道学潮是"解放战争的第二阵线"，于子三的九牛二虎之力，无非"策应苏北解放军的战斗"。

于子三在保安司令部拘留所"以玻璃片割喉管自尽"，浙大校长竺可桢带校医同往探看，竺校长在日记中说，校医认为是"他杀"。这位医生说，割喉自杀应该鲜血喷射而出，玻璃片上应该染满血迹，于子三手中握持的玻璃片只有尖端染血，而血迹又和伤口的大小相符，不合医学常识。于是各校学生的激烈抗议燎原而起，连远在陕西的国立第二十二中学，都想派代表到杭州参加追悼。

我想写文章，材料不够，我用三个办法无话找话。第一个办法是"乱问"：浙江省保安司令部怎会杀死于子三？于子三死了，保安司令部能得到什么好处？保安司令部好不容易钓到这条大鱼，一定要慢慢审问，慢慢引诱，直到掏空所有的情报，于子三突然死了，那是保安司令部极大的损失。

于子三是自杀而死吗？他为什么要自杀呢？他崇拜英雄，英雄贵在成功，不在成仁。"以玻璃片割喉管自尽"，技术上并不容易，他关进去才五天，情势并未山穷水尽。

我的第二个办法是"乱想"，由校医想到法医，校医仅是到场察看，法医验尸才是权威。报上没有验尸报告的内容，没有法医的谈话，民间如沸水，官方如止水，"立正"的功夫很好。由验尸想到指纹，于子三握在手中的玻璃片应该经过化验，上面也许有别人的指纹？那时法医拒绝回答记者提出的问题，我由法医沉默联想到省主席沉默，负实际责任的保安副司令也沉默，一任群情汹涌。我认为高层治安单位应该立即展开专案调查,让社会有个期待,有期待才有安静。

于子三怎么死的,我的第三个办法是"乱猜"。那时流行电刑逼供,很可能,他们朝于子三身上"通电"的时候,由于某种原因,于子三停止呼吸,他们要向社会交代,"畏罪自杀"是唯一可用的理由。浙大校长竺可桢的日记业已出版,书中逐天记载于子三案件的发展,客观详尽。看守所告诉竺校长,于子三已死了三天,可是校医察看尸体之后,认为于子三已经死了六天。这三天"差额",大概是急救、请示、开会商讨和布置现场的时间,于子三的死完全是个"意外"。

于子三死于学潮,触动我失学的伤感,这才文思泉涌,今天回想,还觉得满腔有话。且说当年一波未平,一波又起,继于子三事件之后,北平又发生"七五事件",我的老同学李蕴玉置身其中。李蕴玉是个男生,我们一同随二十二中迁到陕西,一同从军开到沈阳。东北保安司令长官杜聿明为"恭祝蒋校长六十寿辰",策划成立中正大学,蕴玉得贵人之助,由初中毕业生一跃而为大学新鲜人。他曾写信告诉我:"社会正在改变,能吃苦爱工作的年轻人会受到重视。"我一看这般语气,知道他"进步"了。

内战打到一九四七年底,东北败局无可挽回,南京教育部决定把沈阳的大学生迁到华北。左派学生发起运动,反对迁移,国民政府的"忠贞学生"不眠不休,艰苦战斗,总算把对方的气焰压下去。这些学校迁到北平,政府并没有给他们适当的照顾,许多学生没有上课的地方,教育部虎头蛇尾,难以自圆其说。蕴玉写信诉苦,他说天气寒冷,他需要棉被,我急忙买了一床棉被寄给他。这么多"流亡学生",难免三五成群,游荡街头,北平参议会有位参议员看不顺眼,提案要求"处置东北学生",认为这些学生都应该从军。那时已是一九四八年,"从军"可不是什么好字好词,流言飞语,"从军"提案乃是出于南京中央授意,东北学生引为奇耻大辱,力主迁校的"忠贞学生"哑口无言,觉得自己被人出卖,"七五事件"因此而生。

一九四八年七月五日,东北流亡学生集体走上北平街头,军警布成人墙拦截，学生不退，军警开枪，学生九人死亡，七十多人受伤。蕴玉来信历述惊险，他说幸亏受过军事训练。那时我们比别人多些常识，恐慌的人群是死亡的旋涡，人潮席卷，容易因碰撞而受伤，如果撞倒在地，多半遭践踏丧命。商家住户看见学生游行请愿，连忙关紧大门，门板和墙壁相比，毕竟凹下去几寸，这几寸空间也能避难，身体紧紧贴在门板上，比随波逐流要安全。如果位置离门太远，挤不过去，那就抱住电线杆。我在文章里公布了蕴玉的救命秘笈。

明知蕴玉身不由己，我仍然写信劝他"人多的地方不要去"。这句话出于母亲的耳提面命，我用这句话做题目写了一篇文章，母亲说过，"人多胆子大，能做不能当"，她的话有道理。我还记得日本兵打到家乡，大家逃难，当前敌情不明，如果越走同行的越少，大家就害怕，即使那条路很安全，如果同行的人越来越多，大家就放心，即使再走下去很危险。这叫"群胆"，好像大家互相担保，一同负责。"人多的地方不要去"，我到了台湾还一再引述。

我没能把那篇文章写好，如果十年以后写，我会加上"人一多你就犯糊涂"，我已读过许多研究群众心理的文章，但我宁愿引用母亲这句家常话。我已知道个人一旦融入群众，往往陷于催眠状态，思考力、判断力很弱，据说智商只有十四岁，盲从妄动，跟大伙儿一齐叫、一齐冲。日本人常说"红灯大家一齐闯就安全"，其实"他所做的他自己不晓得"。这时候群众会像磁石一样，把旁观的人吸过去、卷进来。当年军警镇暴，也往往把看热闹的人打一顿，或者把中途经过现场的青年铐起来。

"七五事件"也越闹越大，起爆点在军警的枪击，当时军警能够控制现场秩序，为何还要杀人？军警方面说，群众有人先开枪，这话本来不通，你并没有看见开枪的人，居然举枪就射，你把所有的人看成一个人，又认定这个人就是开枪的人，天下岂有此理？可是那时许多人接受这个理由。余波荡漾，有人说，共产党员混在学生的队伍里开枪，引诱军警、制造血案，以便扩大事态，耸动中外。有人说，便衣军警混在学生的队伍里开枪，制造镇压的借口。也有人说，学生队伍里根本没人开枪,军警编造谎言,掩饰错误,推卸责任。真相难明,而死者不可复生!后来我知道,在伊朗,在日本,在南美洲,都有"群众先向军警开枪",军警胡乱镇压一番,这等事居然也有样板。

我对学潮能理解,不能支持。读大陆校友所编的《国立第二十二中学校史初稿》,不谈敦品励学,不谈变化气质,大幅渲染一场受到《新华日报》称赞的学潮,我不能终卷。那时政界和教育界的要人发表许多文告,劝学生专心读书,似乎毫无作用,《蒋主席告全国青年书》,要求青年不要对现实期望过高,老生常谈对初生之犊,学生当做笑话。官员文告的说服力赶不上北洋政府时代的蔡元培,而学生的斗争技术超过五四,起初,学生是胆怯的、零乱的,当局略施小技可以对付过去,但是根本问题犹在。学生回去想一想,心里不服,还要再来,这一次他们比上一次能干一些,一次又一次,你那点子老练,那点子机变,那点子尔虞我诈,学生不久就摸清了,你也许有几个高招,但每一招式只能用一次,下一次,学生就知道怎样破解。你纵有可敬的品德,可爱的风范,可羡慕的学问,拿来掩护现实的缺憾,抵挡潮流的冲刷,也只能维持很短的时间,以有限对无限,终究要赤手空拳。

文章写来容易,发表却很困难。秦皇岛当地没有报纸,天津北平的报纸档次太高。倒也奇怪,我针对学潮写的几篇短文,寄给沈阳的《中央日报》、天津的《民国日报》,他们居然采用了!我收到稿费,没看到报纸,秦皇岛看报不方便,那时文章发表后,报馆不兴把当天的报纸寄给作者。回想那年代谁敢批评学潮!胡适名高、技巧也高,抬出左派最喜欢的易卜生,引用他的名言,劝告学生"要救社会,你自己得先成器"。一言既出,四处回声,都说胡适脱离青年、不配做青年领袖了。我算老几?怎会有我的发言权?思来想去,一定是和声太多,"另类"太少,编辑台上降格以求吧?

我经常"紧追新闻记者的马车,呼吸它扬起的灰尘",为报纸"在豆腐干上刻字",豆腐干卖不掉,丢进垃圾桶,不在话下,我跟同侪一同度过那个时代,记忆力比他们好得多,因为我读过、想过、写过。

13　满纸荒唐见人心

　　国共内战打到一九四八年，国军在两个主力决战的战场上都告失败，东北只剩下长春、沈阳、锦州，山东只剩下济南、青岛、烟台、临沂。眼见反攻无望，坚守也难持久，河北战场唇齿相依，这时候也只剩下北平、天津、新保安、塘沽。

　　形势日非，倘若由作家构想情节，我们人人垂头丧气，惶惶不安。然而我们那个承办后勤军运补给的办公室里，却经常出现亢奋的情绪，哄堂的笑声。秦皇岛到沈阳的火车已全线不通，押运员闲来无事，畅谈他们所见所闻。他们讲述国军投降或败退的情状痛快淋漓，共军征集民工两万六千人，以两昼夜工夫，将锦州到山海关之间的铁轨全部翻转，他们嬉笑述说，如欣赏一幕闹剧。他们的情绪感染整个办公室的人，大家爱听，如同接受一个免费的娱乐节目。

　　回想起来，那些押运员很像替我们"采风"，靠他们居间传播，我们得以略闻当时的街谈巷议，市井流言。那时是民国三十七年，民间耳语，中华民国的国运到民国四十年走到尽头，因为孙中山先生的遗嘱说过："余致力国民革命，凡四十年！"中国"谶语"之说深入人心，这句"戏言"很有震撼力。一九五○年，中华人民共和国成立了，好像是应了那句"谶语"。以后国民党在台湾的日子，有人描述为"借来的时间，借来的空间"。一九七一年，台湾朝野庆祝"中华民国"开国六十年，我觉得恍如一梦。我写这篇文章的时候，已是二○○四年了，这些年，海外多少华人盼"中华民国"消失，盼到头发掉光，她也没消失；又有多少华人盼中华人民共和国崩溃，盼到糖尿病末期，她也没崩溃。

　　且说秦皇岛当年，眼看国军就要完全退出东北，中央的战略要确保华北，大家说：东北既然不保，紧接着华北也要丢掉，因为流行的口头禅是"没有关西（关系）"。那时候人对语言文字怎会那么敏感，

"共产党一定成功",你看凡是跟"共"字合成的词都吉利,共和、共同、共享、共生、共存、共荣、共有、共渡、共得。蒋委员长当初教中国人"走路要靠左边走",注定了中国人都要归共产党管。训政结束,宪政开始,当局沿用孙中山《建国方略》里的说法,宣告国民政府"解散",全国报纸以头版头题特大铅字刊登,大家说:"完了,完了,解散了!"这些校官尉官的声调表情简直幸灾乐祸,完全没想到那将是他们的末日。

我一直很难了解那些人的感情,事前事后,他们都绝非中共的工作人员,国民党政权是他们的衣食父母,他们何以完全没有留恋顾惜?一九四八年八月,金圆券出笼,钞面印上蒋介石总统的肖像(以前都是孙中山先生的遗像)。他们拿着新钞指指点点:谁的像印在钱币上谁垮台,袁世凯,孙中山,现在是蒋介石!他们又说,蒋穿着军服,面相瘦硬倔强,没有王者气象。为了预防钞票折叠时磨损人物肖像,新钞设计把蒋氏的相片从中间稍稍右移,这也成了恶兆,国民党要"偏安"!我知道,他们这些话都从亲朋邻舍那里听来,但是他们非仅不能过滤选择,而且好像炫耀自己的创造发明。

我还记得,我们那个单位有位上尉,他读完了辽西战败的新闻,到处找《三国演义》,他要悠然低吟卷首那首西江月:"是非成败转头空,青山依旧在,几度夕阳红。"好像他真以为自己是明代的杨慎或罗贯中,可以"古今多少事,尽付笑谈中"。一九四九年我到台北,好不容易进《扫荡报》工作,不久,报社的财务发生问题,永久停刊。那时新职难觅,对员工本是很大的压力,可是人人如释重负。后来我读到意大利文豪卡尔维诺的话:"既想自卫又想逃跑,既希望消灭敌人又希望被敌人消灭。"好像被他说中了!

那时中共高喊"形势比人强",形势在变,人的想法在变,谈话也就换了内容。某同事信佛教,拜菩萨,我问拜哪位菩萨,他说我拜"大势至"菩萨,听来悚然一惊。新到差的参谋主任算是本单位的二把手,他为了联络同人感情,发起赴北戴河一游。北戴河距离秦皇岛十三公里，以避暑胜地闻名全国，我也跟着去了，那是我仅有的一次出游。我没有心情写游记，只记得看见一栋一栋精雅的别墅（现在知道有三百栋之多），全是当朝显要的产业，全国硝烟弥漫，山水失色，主人留下一个人看守空屋，飘然远去，预料他永远不再回来。我在庙里抽了一根签，签语是："昨日云，今朝雷，明晚霞；释氏空，塞翁失，楚人得。"十分奇特。

抗战时期，爱好京戏的人信口哼几句"我主爷起义在芒砀"（萧何追韩信），内战末期，爱好京戏的人信口哼几句"未开言不由人珠泪滚滚"（让徐州）。那时最流行的流行歌曲是："你你你，你这个坏东西，当年的一切给了你，你却白白把我弃……从今以后，再也不要你这个坏东西！"它本是一部电影的插曲，剧中妻子唱给负心的丈夫，电影演完以后，歌曲脱离剧情，自己生长，社会供给营养。新闻报道说，宋子文坐船游西湖，被某大学游湖的学生发现，学生的十几条船包围了他的船，大家齐唱"你你你，你这个坏东西"，发泄对财经政策的不满，宋氏十分狼狈。（所以国民党退守台湾后，电影检查的办法里增加规定，某一部电影可以上映，但是其中的歌曲不准广播，不准制成唱片出售）。还有人把几首抗战歌曲混编，唱成："委员长前进，我们跟他前进！委员长胜利，我们跟他胜利！委员长失败，我们跟他失败！我们再也无处流浪，也无处逃亡！"

说到逃亡，那时流行一个说法，中国人有五等去处：第一巴西（想不到吧？），二次大战期间，美国国库的黄金运到巴西贮存，那里最安全。第二澳洲，原子尘的降落量最低。第三瑞士，永久中立国没有战争。第四昆明，第五广州，两地气候温暖，饿死冻不死，紧邻中南半岛和香港，如有必要，可以继续往外逃。美国和台湾榜上无名（更想不到吧？），美国有种族歧视，那时排华的风气还很表面化。台湾面积小，逃去的人已经太多了，道路传闻"连厕所里都住人"，有钱人都往外国逃，后来听说有人写了一篇很叫座的文章，题目是《资产阶级无祖国》。

那时，茶余酒后有些小故事也该传下去。据说两个小国的国王见面交谈，一个问："如果第三次世界大战发生了，你站在哪一边？"一个答："我加入苏联集团，帮他们打美国。"那是为什么？美国有原子弹，胜算比较大啊？对方回答："我也知道美国会打败苏联，我战败之后，美国一定给我大量金钱和物资，也会派很多专家来帮我修桥、盖楼、造铁路，我就有好日子过了。"结论是，宁可做美国的敌人，不可做美国的朋友。国民党正是美国的朋友！

国军军服改制似在一九四六年，我查了好几种版本的大事记，都没有记载，服制改革是大事，比一城一地得失重要，编大事记的人没眼光。"失败主义"气氛弥漫，这件旧事也加入话题，新式军服废除了"武装带"，武装带模仿日本陆军，日本既已战败，成为可耻的或可同情的对象，中国应该走出它的阴影，可是民间说国军解除武装，难怪溃败投降。日本军官在武装带上挂指挥刀，中国军官在武装带上挂短剑，剑柄刻字"成功成仁"，服制改革后短剑不再随身佩带，国军从此既不能成功又不能成仁。旧式军服衣领上有"风纪扣"，军人出门必须把它扣好，否则就是违纪。这个风纪扣实在麻烦，它用铜丝制成，一公一母（以钩形钩住圈形）。被服厂工作粗糙，或者没有对准，或者没有钉牢，军服不是量身定做，领口太松或太紧，反而制造许多风纪问题，新式军服索性废除，大快军心，可是民间说从此国军风纪荡然。

有人说，以上种种都出自中共文宣，中共改造了或者污染了国民党治下的意识形态。如果中共真有偌大能耐，咱们也服了，他也许像破坏铁路一样，自己起个头，拔掉几颗钉，以后靠铁轨枕木本身的压力自动进行。那时候我也对新式军服有"看法"，年轻人当然喜欢新衣服，我用今天的语言述说当年心情，新式军服受美军影响，设计比较"人性化"，但是它"颠覆"了国军陆军的形象。陆军的光荣史是北伐和抗战，战史留下许多照片，英雄健儿头戴窄边帽（野战小帽），身穿中山装改造的上衣，打着绑腿，这个造型和战史一同深入人心，上面附着多少人胜利的信心和英雄崇拜。忽然换成大盘帽，好像一阵风随时可以吹掉，窄腰身大裤脚，帽子上绣着嘉禾，上校帽檐有金色梅花，将官帽上有金箍，三分像征衫，七分像戏装，从服饰上看，陆军和它的光荣史脱离了。再看眼前的战争，陆军自从穿上这套明盔亮甲以后，怎么总是打败仗，有时全军覆没，有时全军投降，人们对这套新衣服很难产生敬意好感。

我觉得这些都是写文章的好材料，可是我的文章一篇一篇寄出去无人采用，我的作家梦受到严重打击。那时我的心思全在如何写成一篇文章，我的喜怒哀乐全由文章是否见报所左右，时而欣然，时而茫然，时而兴致勃然，时而生趣索然，情绪极不稳定，长官同人常用好奇的眼神看我。那时他们不知道我心里想什么，我也不知道他们心里想什么，他们不知道我做什么，我也不知道他们做什么，用今天的新词说当年事，我和别人严重"疏离"，彼此没有情感关系，没有道义关系，没有利害关系，以后的变局怎么应付，我完全没得到别人的关心指点，我也完全不能关心别人。一个人怎么能那样度过战乱，回想起来，那也是我很危险的时候。

我读到一句话："好文章是好的意见说得好。"好意见是内容，说得好是形式，有些文章并非论说，这把尺可以稍稍松动一些："好的材料写得好。"以我的阅读经验，有些文章的技巧平常，只因材料难得，或者有些文章材料平常，只因技巧出色，也都能站得住，我有好材料为什么就不行！我把这些材料藏在心里，带到台湾，台湾文网严密，我是惊弓之鸟，不敢泄露只言片语。后来带到美国，打算写自传，这些见闻未曾轻易使用。一九九九年给纽约《世界日报》写定期小专栏，受截稿线煎熬，偶尔吐露些许。眨眼之间，于今五六年了。

那时国民政府的公信力跌到谷底，无论政府说什么，老百姓总是不相信。那时英国人讽刺伦敦的气象预报，"如果他说今天是晴天，你出门时一定带一把雨伞。"中国人就拿这句话来讽刺自己的政府。这时候发生川岛芳子的生死问题，全国关心，扰攘不休，我也在一片嘈杂声中有幸发表了一篇文章。

川岛芳子的中国名字叫金璧辉,满族肃亲王之女,日本政客川岛浪速收为义女,日本特务头子土肥原把她训练成一名重要的间谍。抗战时期,她是许多传奇故事的主角,抗战胜利被捕,关押在北平第一监狱,一九四七年十月以汉奸罪判处死刑,一九四八年三月执行。川岛芳子受审和处死,都是轰动全国的大新闻,中外记者前来采访,旁听席满座三千人,庭外还有几千人拥挤,法院一度延期审理。

川岛芳子的死刑是在夜间执行,刑场设在监狱里,不准中国记者进入监狱实地采访,法院称为"秘密执行"。众家无冕皇帝守在监狱门口看了一眼尸体,子弹射入头部,血迹模糊,长发散乱,无法辨认脸孔。于是谣言四起,记者大作反面文章,川岛没死,死者是一名替身。报纸扩大发掘,种种内幕出笼,替死的代价是一百根金条。有女子出面自称是她的姐姐替死,她家只拿到三十根金条。死刑执行多日之后,有人收到了川岛芳子一封信。有一家报纸在四月一日登出愚人节消息,记者深夜与金璧辉见面,第二天这家报纸虽然登出更正启事,但前一天造成的轰动效应继续滚雪球。中央政府派员调查,所有的传说都是凭空捏造,但民众只相信传说,不信政府的调查报告。

当时各报质问的重点在"秘密执行",为什么秘密执行?有何不能告人之处?我对这个问题略有了解,死刑本是公开示众以儆效尤,"看杀头"何止是"中国人的劣根性"?法国断头台四周不也万头攒动?后来法律观念进步,发现公开执行可能出现两种后果:如果犯人恐惧战栗(有时不能举步,必须由人抬进刑场)。观众会觉得法律太残忍,损害政府的形象,也助长社会大众滋生残忍心。如果犯人很勇敢,昂然上路大喊小叫,那又打击法律尊严,助长悍然不顾一切的风气。因此现代法院处死犯人不再让大众参观,所谓"秘密执行"不过如此。如果"秘密执行"代表黑幕舞弊,怎能挂在法官嘴上?又怎会明文写在法律条文里?

这篇文章登在天津的《经世日报》上,川岛芳子死了,我的信心活了。但是川岛仍然没死,几十年来,多少人谈论她的故事,仍然用买方替死结尾。到了八十年代，大导演李翰祥在香港写回忆录式的专栏，还咬住"秘密执行"不放。九十年代，李碧华以川岛的素材写小说，还暗示这位大间谍在日本终其余年。我那篇文章没人注意，有人即使看了也不肯吸收，成见是铜墙铁壁。"秘密执行"从日文译来，中文"秘密"一词有负面含义，当年翻译家或者不知语言"染色"之说，或者不信一粒沙里面有一座山。以后多年我一直寻思，怎能另外想一个词句代替"秘密执行"，我也没想出来。

14 山东——从洗衣板到绞肉机

国共内战，由三大战役改朝换代，辽沈会战、平津会战和淮海会战（徐蚌会战）。不应忘记还有一个战场，交战时间久，战斗次数多，战祸损害大，关系国共力量的盈虚消长，那就是山东。

概括地说，抗战胜利到大陆撤守，为时四年，山东战场的形势是：第一年，共军采取攻势，第二年和第三年，国军采取攻势，最后一年，共军又采取攻势。那时山东境内有两条铁路，胶济铁路自东而西，津浦铁路由北到南，好比两根扇骨夹出一个扇面，中间一大片山地，好比画在扇面上的山水，大小战役无数，双方争夺的就是两条扇骨一幅画。

抗战胜利后，山东百分之九十的土地、百分之八十七的人口，俱在中共控制之下，国军锐意夺回，不断交战。往事如麻，我现在参考刘统著的《华东解放战争纪实》，还有丁永隆、孙宅巍合著的《南京政府崩溃始末》，加上族叔玉读的回忆，理出一个头绪来。

一九四六年六月，国军由济南东进，青岛西进，打通胶济路。九月，国军沿津浦路北进。双方激战两个月。

一九四六年十月，国军进攻鲁南，进展顺利。马励武败于此役。

一九四七年一月，国军三十一万人，分南北两线进攻沂蒙山区。李仙洲败于此役（二月）。

一九四七年三月，国军在华北各战区皆取守势，独向山东进攻，调动二十四个整编师，分三路指向沂蒙山区，同时企图打通山东境内之津浦铁路。张灵甫败于此役（五月）。

一九四七年六月，国军以二十五个旅再攻沂蒙山区，南麻战斗即在此役（七月）。

一九四七年八月，国军五个整编师进入鲁西南，与共军鏖战。

一九四七年九月至十二月，国军六个整编师攻入胶东。

一九四七年十一月，国民政府划分二十个绥靖区，山东占了四个：第二绥靖区设在济南，第九绥靖区设在临沂，第十绥靖区兖州，第十一绥靖区青岛。

一九四八年三月至七月，共军攻，先取胶济路中段，再取津浦路中段，济南、青岛、临沂成为孤城。

一九四八年九月，济南失守，王耀武逃至中途被俘。

一九四八年十月，临沂弃守，菏泽、烟台全失。

一九四九年六月，国军撤出山东最后一个据点，青岛。

看了以上的记述可以知道，蒋介石总统并不想放弃山东，至少在军事上他把山东看得非常重要。国军也并非只知道固守据点，大规模的攻势也曾再接再厉。可以说，国军作战经过三个阶段，第一个阶段是攻击，第二个阶段是以攻为守，第三个阶段才是"以孤城为最后碉堡"，死守守死。

国军困于共军的"卷边战术"，顾此失彼，得不偿失，始终没有办法破解。"卷边战术"一词费解，王健民教授在他所著的《中国共产党史稿》里称为"对进战术"，并加上注解："你到我家里来，我到你家里去。"举例来说，一九四七年国军从各地调集重兵打通北宁铁路，共军乘虚攻吉林、新立屯、黑山，占领朝阳、农安、德惠。一九四七年八月，国军以十个整编师追击刘邓，豫西、陕西、陕南一带空虚，共军进占洛阳和潼关之间陇海铁路。一九四八年四月，国军从各地调集重兵，企图收复开封，汉水流域空虚，共军趁机袭取襄阳、樊城。山东战场也是如此，例如一九四七年六月，国军指向蒙阴、新泰、莱芜，共军趁机南下，攻入鲁西南。

《孙子兵法》说战争是"生死之地，存亡之道"，率军出师的人有两个选项，但是战地的民众只有一个选项，山东苦矣，山东苦矣。

"对进战术"产生"拉锯战"，忽而国军来赶走共军，忽而共军来赶走国军，老百姓的身家性命化作木屑，纷纷飞扬坠地。故乡兰陵是个小地方，平时媒体不值一提，基于"战争使小人物成名，使小地方出名"的原理，竟也在当时的报纸和事后的专门著述里频频出现。兰陵苦矣，兰陵苦矣。

一九四五年十月，国军由苏北沿运河布防，一度进入兰陵。

一九四六年一月，郝鹏举起义投共，由苏北入鲁南，经过兰陵。郝的部下还以为是和共军作战，把兰陵的中共干部抓起来。

一九四六年春天，新四军副军长罗炳辉在兰陵病死，军长陈毅到兰陵主持后事，安葬在兰陵东北的凤草山上。

一九四六年秋，国军进攻山东峄县（峄城）、台儿庄，一八〇旅旅部设在兰陵。

一九四六年十月，国军撤出兰陵、峄县（峄城）、枣庄。

一九四六年十二月，国军进攻占领峄、枣，兰陵收复，次年一月又失去。

一九四七年一月，国军共军战于向城、卞庄、兰陵。

一九四七年二月，国军北攻沂蒙山区，沿途收临沂、峄县（峄城）、兰陵、枣庄、滕县、费县。

一九四七年六月，两军在苍山（卞庄）、峄县一带作战，共军退向滨海区。七月，国军进出沂蒙山区，兰陵再失再得。

一九四七年十月，共军取兰陵。

一九四八年三月，共军取兰陵（在此之前想必有一次失兰陵）。

一九四八年六月，台儿庄国军出动，收复兰陵，得而复失。

一九四八年十一月，国军因徐蚌战役（淮海战役）放弃临沂，故乡

"拉锯战"结束。

抗战胜利时,沦陷区民众"想中央,盼中央",不在话下。"拉锯战"前期,地方上的乡镇干部有两套班底,一套接待共军,一套接待国军。小学里有两套教材,国军占领期间使用这一套,共军占领期间使用另一套。乡镇公所办公室预备蒋先生的玉照,也准备毛先生的玉照。听说有个乡公所,高悬蒋的肖像,同一相框的反面就是毛的肖像,若是忽然换了占领军,乡长可以立即把相框翻身。最后国军一败涂地,共产党"铁打的江山",老百姓也只能有一套教材、一张肖像了,也只能唱"没有共产党就没有新中国"了。国民党似乎并非因失去人民而失去土地,乃是失去土地才失去人民。

我要写下一段文字纪念李仙洲将军。抗战后期,他创办国立第二十二中学,我在那所学校里读到初中毕业,那是我的最高学历。那时政府对学生采行军事管理,严厉刻苦,李仙洲爱护学生,居各位"将军创校人"之首,我们至今感念。

老校长李仙洲,山东长清人,黄埔军校第一期毕业,山东"三李"之一,另外两位是李延年和李玉堂。山东还出了一位将领王耀武,黄埔三期毕业,年级比较低,但升迁比较快,军中常说"三李不如一王",三李是纯粹军人,王耀武有政治手腕。他们的蒋校长把王耀武、李仙洲都派到山东,学历较低的人做一把手,学历较高的人做二把手。学历低的人如何指挥学历高的人,年纪大的人如何服从年纪轻的人,向来是个难题。据说,蒋校长故意如此配搭,利用矛盾是蒋氏一贯的统驭之术。

一九四二年,李仙洲以第二十八集团军总司令名义率军入鲁,遭到共军的激烈抵抗,黯然折回,从此失去兵权。据说他常静静地站在山东省地图前面,设想如何攻守制敌,希望有一天统领十万之众,完成未竟之业。一九四七年二月,国军出徐州,由台儿庄、郯城北上;出济南,由明水、淄川南下,想和共军陈毅决战,他自动请缨。他只看山东地图,没看全国地图,更没看世界全图。王耀武给他两个军、一个师,再加一个旅，共五万多人，向共军老根据地莱芜、新泰进攻，计划与南路欧震兵团会师，十天以后兵败被俘。

他怎会这么快就做了俘虏呢？山东父老爱护他，为他编造了传奇。据说他骑在马上进入莱芜县城，牵马的"马童"是共谍，马童带他进入一所宅子，共军早在宅子下面挖好地道，在他床底下留了个出口。半夜时分，李仙洲睡在床上，怎么也没想到床底下突然钻出敌人的敢死队来。这个故事编得好，符合李仙洲鲁直憨厚的性格，夸张解放军舍正用奇的战术，给老校长留下几分面子。

今天知道，老校长被俘并不在莱芜城内，而在莱芜城之北、吐丝口镇外的郊野，并不是马童出卖他，而是他指挥之下的一个军长出卖他。吐丝口吐丝不吐人，他且战且走，左腿中枪，跌下马来，失血昏倒。这一枪保全了老校长的颜面，与那个传说无关。

莱芜兵败，南京国防部作了深刻的检讨，多年以后，参与此役的人也写了文章。国军沿公路向北突围，没有遵守战地行军安全六要：侦查、掩护、警戒、搜索、联络、通信。那时许多指挥官都不遵守"六要"，常为敌人所算，纸上谈兵的杨杰愤愤地说过，凡是被俘的、被袭击的、误入敌人陷阱的指挥官都该枪决！还有，莱芜之役大军撤退不能保密，难民和军队同时出城，拥挤混杂，以致大军行动迟缓，部队与部队间联系困难。老校长是山东人，无法用激烈手段排除难民造成的障碍，"鲁人治鲁"也有坏处。当年岳飞勒马敌前，等义民完全撤走才班师，因此费了秦桧的十二道金牌，老校长学岳飞，画虎不成。名布道家殷颖牧师参与此役，被俘脱险，他当时是政工小青年。

老校长的上级也犯了错误。据说由莱芜、新泰南下是一条险路，胜算最小，南京参谋本部偏偏选了这一条路线。参谋本部认为北线没有共军主力，催促他急进，其实共军已布好口袋。他的部下也犯了错误，沿途乱丢辎重，明语喊话，听见枪响乱成一团。更不说第四十六军军长韩练成是中共的内应！我写这篇文章的时候，一度流行所谓"莫非定律"，其中有一条说，在一个历史悠久的机构里，"每一个人都升到他不能胜任的职位为止"。一个科员做得很好，于是升科长，他做科长也很好，于是升副处长，如果他做副处长很平庸，也只有继续让他当副处长，既不能升他处长，也不能把他降回科长。老校长李仙洲和他的上级，大概也都"升到他不能胜任的职位"了吧！老校长苦矣，老校长苦矣。

莱芜之败有代表性，它提供了一张切片，使我们看见为何共军能够一再得胜。李仙洲指挥两个军长作战，其中一个是中共间谍，这还了得！李仙洲召开会议决定撤退，会后这位军长不见了，他和躲在城里的解放军的高级干部一同开会去了，国军怎样做，人家全知道，人家做什么，国军全不知道。几乎各战场都是如此。

台北的《传记文学》出了一本专书，记述各个高级将帅的身边都有中共间谍，个个深受宠信。中共地下工作者渗透国军上下内部，潜伏了不知多少年，担任了多少重要的工作，情报部门始终没有发觉。参谋本部"一人之下"的运筹者竟是老共产党员，胡宗南挥军攻取延安，竟然找共产党人熊向晖草拟作战计划。每一战役的作战计划摆在蒋介石的办公桌上，同样也摆在周恩来的办公桌上。南京电讯局设置"军话专用台"，专门转接国民政府总统、国防部长，以及陆海空军总司令的电话，工作人员九人，其中七人是中共间谍。许多人把国民政府的军事情报首脑形容为神机妙算，未卜先知，可是"耳目所及尚如此"！国民党失去大陆，原因很多，我总觉得主要的原因还是由于军事失败，而军事失败主要的原因，由于情报失败，金鱼缸撞保险箱，即使战后不裁军，即使没有马歇尔调停，恐怕也是这个结局。

莱芜之役，七十七师师长田君健战死，三十六师师长曹振铎逃回济南。据说王耀武对着他拍案大骂："即使你们是五万多头猪，也不会在三天以内全给人家捉去！"狼奔豕突，的确很难对付，然而李仙洲率领的不是猪，是人，人为万物之灵，看风向，识时务，趋吉避凶。济南守军十万，王耀武也只守了八天，天津守军十三万，只撑了二十九个小时，辽沈战役最后决战，廖兵团一夜瓦解。人啊人！

莱芜既败，蒋介石总统亲自飞到济南，在绥靖区司令部召见王耀武，那时山东籍的名记者王潜石在济南采访新闻，据他得到的消息，蒋劈头就责备王耀武："你把李大牛送出去……死特啦！"蒋氏称李仙洲为大牛，可见他对李的喜爱，也可见他知道李的局限。据说王耀武低声分辩了几句，蒋举起手杖就打。

在台湾，李仙洲是"蜡像馆里溶掉的蜡像"，有时听到他的名字，心中难过，他不是一个灵活的人，如何适应中共的换魂改造？中共对地主、商人、教员、国民党工、中下级军官十分严厉，没想到对中将、上将、当朝一品、封疆大吏反而宽松，八十年代，沈醉的《战犯改造所见闻》问世，公布了许多秘辛，那些超级俘虏既未遭受公审清算，也未经过痛哭认罪，没有强迫劳动，也无须天天背诵八股教条，大家当一天和尚撞一天钟，闲来无事，相互夸耀过去腐化糜烂的生活。

沈醉提到李仙洲的名字，他说老校长沉默寡言，从不参加别人的吹牛聊天小组。中共动员超级俘虏对台湾广播，劝国军官兵起义归顺，别人都公事公办，李仙洲总是婉言推辞，他说我打了败仗，做了俘虏，有什么颜面劝以前的同事部下投降？中共倒也不勉强他。天下事因果难测，《战犯改造所见闻》传到台湾，起了一个意想不到的作用，大家推想，如果有一天台湾解放了，中共算账，也是官做得越大罚得越轻，"特任官住的牢房比简任官舒服，简任官住的牢房又比委任官舒服。"今天赶快力争上游吧！于是"矢勤矢勇，必信必忠"，加强了党政团队的向心力。

美国总统华盛顿说过，美国革命成功，因为有千千万万个华盛顿。国民政府蒋主席引用这句话，他说中国抗战建国，要有千千万万个蒋中正。中共毛主席接着说，他只杀小蒋介石，不杀大蒋介石。国共内战究竟有多少"大蒋介石"落入中共手中，未见正式的统计数字，只知道中共关押国内战犯九二六人，军中系统者七三六人，包括中将七十二人，少将三百二十三人。一九五九年国庆，特赦三十三人。一九六〇年又特赦五十人，李仙洲在内。一九七五年全部特赦完毕，未杀一人。老校长受任全国政协委员，山东省政协常务委员，一九八八年十月二十二日病逝济南，享年九十五岁，国立第二十二中学校友百余人，从各地赶来参加追悼会。

我还要提出另一张切片，从另一角度看内战。一九四六年十月，国军由徐州大举北上，次年二月初，整编廿六师师长马励武中将，下辖李良荣的快速纵队，一夜覆没，战场就在我的故乡。整编廿六师为美式装备，快速纵队是装甲战车，再加上炮五团，工兵总队，辎汽廿四团，共约五万之众，堪称精锐之师，先头部队由兰陵向北延伸，指挥部及后勤支援部队设在峄城。

兰陵之北一片平原，适合装甲部队行动，但是那里有五公里左右的狭长地带，土质松软，晴天看上去没什么异样，天下雨立即成为烂泥塘，当地人称为"漏汁糊"。马励武枉为名将，趾高气扬，他上失天时，下失地利，中失人和，不知道有个"漏汁糊"，没人告诉他有个"漏汁糊"。据《苍山县志》和《临沂百年大事记》记载，一九四七年二月一日，雨雪交加，廿六师官兵躲在装甲车旁的帐篷里忍受恶劣的天气，马励武接受官绅邀请，进城过年。共军自百华里之外的山区，强行军扑向峄城及兰陵以北地区，向马励武部队截击，国军所信任的地方民众，配合共军展开突袭行动，各地区指挥中心皆为共干控制，强大的精锐国军在一夜之间溃散不存。各路共军向快速纵队合围，装甲战车且战且走，大部分陷入"漏汁糊"中被共军炸毁，仅七辆坦克、九百步兵突围逃往峄城。

九日晚间，共军围攻峄城，马励武把坦克摆在城墙上，当做防御炮使用，后来想突围，坦克没法从城墙上开下来，他真是"升到他不能胜任的位子上为止"了。十一日共军攻入城内，马励武投降，族叔毓白看见他高举双手，呼喊"不要打了"。

徐州有百万山东"难民"，他们都坚决反共，国军出兵之时，山东难民推派代表到军部陈情，愿意担任向导，军部高官拒绝接见。国军进入鲁南，从共军手中夺回许多乡镇，各乡镇都没有倾向中央的居民，当地中共干部以民众身份出面欢迎，提供协助。徐州的反共难民返回乡里发觉不妥，大家又推派代表向当地的部队长反应实际情形，部队长认为这是地方派系贪功争宠，实际上他也没有办法分辨好坏，结果这些部队长全被中共的工作者蒙蔽包围。

那时国军从不结合民众，他们不读史，不知一个农夫关系战争胜负、大军安危。在他们看来，老百姓都是"匪"，或者都"通匪"，中央军好像不是跟共军作战，而是跟全体老百姓作战。杨正民教授的回忆录《大地儿女》记述，他的老家在山东定陶，抗战胜利，国军开到，竟把村民都集中看管才放心宿营，国军真的进入了"无人之境"，没有人真心向着他。

今天回想，许多故事血迹未干。国军进入村庄，探问敌情，得到的答复是附近没有共军，话犹未了，共军忽来围攻，国军先把答话的人一枪射死。某将军召集村民训话："我军的行动，你们马上告诉敌人，你们若不通风报信，敌人会活埋你；可是敌人的行动，你们从来不告诉我，你们料定我不会活埋你。今天我来告诉你们，我也会活埋人！"说到此处，将军向民众伸手一指，士兵跑过去，拖出来一个小伙子；将军再一指，士兵拖出来一个老头儿，地上早就挖好了两个坑，等人下土。一时哀声动天，妻子爷娘满地打滚。一九四九年我到台湾，有时听败军之将谈作战经验，提到老百姓就咬牙切齿。

当年国军心高气傲，瞧不起地方武力。所谓地方武力，概指抗战八年残留的游击队，所谓残留，因为这些游击队跟共军势不两立，双方经过无数战斗，大部分已被共军消灭，这些地方武力能顽强地生存下来，自有它的长处，他们身经百战，了解共军的战术，他们深入民间，情报灵通。国军把他们看成多余，实在是天下第一糊涂虫。

那时张天佐、王洪九、张景月都是山东著名的游击领袖，他们想晋见一个团长都鹄候多时，官兵白眼相看，拿他当无知乡愚。共军围攻临沂外围王洪九的据点，有所谓"百日激战"，国军汤恩伯兵团入鲁北上，从临沂境外经过，先头部队陈大庆驻守百华里左右的滕县，山东省主席何思源一再发电向汤恩伯求救,只见飞机来了,空投一批宣传文件了事,听其溃散。陈毅围攻"鲁南反共军"王继美,国军在苏北运河沿线布防,坐观战事进行,王继美全军覆没,举枪自杀。黄伯韬以临沂地方武力为"死子",掩护自己撤退,他自己到了苏北,过运河不派工兵架桥,难逃中共重击,依然损失惨重。国军的行止从来不通知乡公所,共军一再伪装国军占领乡公所,消灭各乡镇的反共力量。如果中央军嫡系部队消耗非嫡系,那么非嫡系也在消耗地方武力,山东精英肝脑涂地,只当做是脚底下的泥。

那年月我并不在山东,但是我回忆过去,无法对故乡变故避而不谈。有人说,一九四二年国军撤出山东,负了山东,有人说,一九四六年国军攻入山东,害了山东,立场不同,见解不同,总而言之,古体诗人说:"兴,百姓苦;亡,百姓苦。"新体诗人说,战争像洗衣板,反复揉搓一件旧衣服。最新的诗人没见过洗衣板,他说战争是绞肉机。两个比喻都有用,一个像八年抗战,一个像四年(?)内战。我落叶飘零,有负故乡,山东之痛,触及灵魂,我是山东的一部分,山东也是我的一部分。我始终不能用山东之痛代表中国之痛,象征人类之痛,我负了文学。

15 山东——天敌之下的九条命

对日抗战发生前,山东没有中共一兵一卒,民间相传,中共"七支钢笔进山东"。那时中共只能秘密工作,称为地下党,西安事变解决后,中共由地下转到地上,公开活动,所以国民党人一再说,西安事变救了中共,他们恨张学良、杨虎城。抗战发生,中共党员可以深入农村,招兵征粮,募款买枪。山东籍的共产党员回到山东,可以向山东军政首长讨一张证明文件,回乡发展抗战的游击武力。人马多了,地盘大了,就要设立党部,委派乡长村长,于是有了解放区。据《天翻地覆三年间》一书说,抗战发生时,全国有七十个解放区,抗战胜利时,全国有两百个解放区。

山东土匪多，国民政府允许民间拥枪自卫，抗战发生时，山东民间自卫存枪越过三十万支。抗战发生，地方以自卫武力为基础，发展抗日游击队，一度超过一百万支枪。中共赤手空拳，从头做起，竟能把这百万人马吃掉十分之九，累累战果，对中共的成长极有帮助，世人注意中共接收日本关东军的武器，忽略了中共并吞了山东的地方武力。有些史家说，抗战期间，国共双方机会均等，而中共后来居上，并不能完全用西安事变和日军侵华来解释。

中共发展壮大的经纬，到现在还没人写出一部《资治通鉴》。以我个人的感受，中共制胜，由于它的行为处处与国民党相反，我是说"行为"，不包括动机和结果，"动机"口说无凭，"结果"木已成舟，"行为"才举足轻重。国共"相反"，非常普遍彻底，几乎可以看作是两种文化，一生一克。可以说，共产党是国民党的"天敌"，国民党虽有种种反共制共的方案，其实挡不住，纵然高呼"向敌人学习"，其实学不来。

概括地说，国民党办事"执简驭繁"，社会组织已经形成，已经运作，国民党顺应这种运作，倚赖由运作产生的枢纽人物，掌握枢纽就掌握了社会。地主是佃农的枢纽，资本家是工人的枢纽，校长是学生的枢纽；一个校长等于全校学生，一个地主等于全村佃户，一个厂长、董事长能抵他旗下一千个工人。国民党注意拉拢这些人，重视这些人的代表性和影响力，也偏重照顾这些人的利益。

共产党不怕麻烦，反方向而行，它搞"农村包围城市"、"小鱼吃大鱼"。它结合贫农，不要地主；它结合工人，不要资本家；它结合学生，不要教育部长。一部总机下面有一千具电话，但是它可以使九百具电话机不通。它在全民抗战的号召下，理直气壮地去组织学生和农民，因为上阵打仗要靠多数，不能靠少数。等到民众组织成功，军队训练成熟，政治运动轰轰烈烈，当务之急是一齐动手摧毁那些枢纽，重组社会，痛快淋漓！

第二部

说到改革社会,那时主要的表现是"土改"。山东省农村多、地主多,山东人对土改的感受特别深刻。农人一生离不开土地,农民多么渴望自己有一块田,多少农民终生流汗难以达到目的,而地主、尤其是大地主拥有那么多田产!"一家饱暖千家怨",佃农对地主有心结。共产党来了,把地主的土地分给佃农,因为"这块田本来就应该是你的",农民非常激动。然后中共又说,你们必须把地主彻底打倒,斩草除根,防他死灰复燃,夺回田产。充满了危机感的农民,用中共发明的方式,把地主斗倒、斗伤、斗死,这就和地主阶级结下血海冤仇。走到这一步,农民无路可退,无处可躲,只有紧紧依靠中共,从军支前,献上身家性命,以防地主的保护人国民党回来算账。

山东土改惨烈,"五岳归来不看山",山东是土改的"东岳"。文学作品写土改,《芙蓉镇》是扮家家酒,《白鹿原》比较深刻,其中有些细节,例如某长工最恨他的雇主,那人走路老是挺直腰杆,所以长工在土改时专门打断雇主的腰,让他到死直不起腰来。北京大学历史系教授刘一皋指出,农民"并非只想改善些子(一点点),那是远远不够的,他们经常梦想一下子翻飞到最高"。据我所知,土改充分满足了农民的幻想,农民可以用铡草的大刀把地主"铡"死,可以往地主头上浇开水把他烫死。斗争大会高潮迭起,地主不堪其苦,恰好会场旁边有一口井,他赶快跳进井里淹死。今天斗争熬过,明天斗争难熬,夫妇二人头上顶着"光前裕后"的门楣,面对面吊死。考验愈来愈严酷,刀尖向内,儿子清算老子,妻子检举丈夫,最好的朋友掌握你最多的秘密,也最有资格置你于死地。于今大学教授在他的论文里举重若轻,"尽管清算是在法律规定的范围内进行,但是由于这些法令条文都是原则性规定,缺少可行的严密性,而且随着运动深入,政策也随着变动,简单化的解释在实际操作上是没有多大作用的。"

外祖母是个寡居多年的老妇,家中田产早被舅舅卖光,她的身份仍然是地主。土改无情,她老人家按照规定"扫地出门",不留田产,不给住所,不问生活。她死在村头的一个席棚里。我那个骑驴打游击的舅舅，乡人告诉我"他没能老死"，我千方百计找到舅舅留下的两个儿子。

那时中共下达了一些文件，纠正运动中"过火"的行为。今天这些文件已经公开，从中可以知道，当年各地群众普遍打死人、逼死人。纠正过火是在过火的行为普遍发生以后，障碍已经清除，社会已经净化。

且说那时候，"逃亡地主"的子弟组成还乡团，尾随国军进入新解放区。国军应该使用这些人安抚乡亲，笼络人心，可是国军发给他们枪械子弹，教他们去杀人报仇！这些子弟本是民间拥枪自卫的骨干，大多数打过游击，或者有跟共军交手的经验，看人流血并不手软。国共对进，共军走了，国军暂不进驻，预留短暂的真空时间，默许还乡团先去"惩罚奸民，铲除障碍"。还乡团杀掉为中共工作的人，杀掉分了他家田地的人，杀掉斗争会上活埋他父母的人，那些人也曾是他们的邻居、佃户或仆从。还乡团杀人不经过任何程序，路上遇见路上杀，田里遇见田里杀，家中捉到家中杀，那时农民耕田经常耕出尸体来。国军犯过许多大错，这是其中一错。还乡团杀人，逼得那些老百姓跟中共同命一体，今生今世再无反顾。

兰陵王族是鲁南的一座"封建堡垒"，土改将之彻底摧毁，王氏族人也就出了几个还乡团的杰出团员。我有一个同族的叔叔，他逃到徐州郊区的九里山做难民，还在九里山野地里枪杀了他家的长工。他逃难逃到上海的时候，还藏着那把手枪。他看见上海市这么大，这么复杂，人和人又这么陌生疏远，以为可以藏身其中，苟且偷生，他低估了中共的统治能力。兰陵公安局派了一个人到上海南京寻找有血债的地主（认乡队？）把他揪出来押回兰陵，在镇中心的大街口枪决。

那时出现了一个新名词："造匪"。陶行知在《申报》发表《论剿匪与造匪》，他说今日"一面造匪一面剿匪，匪既不能以剿而绝，或且以剿而势日大。官逼民变，民安得不变，既逼民变，复从而剿之，事之可悲，孰逾于此"！若说"造匪"，源远流长，国民党始则联俄容共，继而团结抗战，千千万万人都和中共沾上关系，国民党的政策可以任意改变，这些人的历史不能随手涂抹，只因与"匪"偶然结缘，在国民党的档案中一世难解，这些人到了台湾，处境尤其艰难。而且陶公只读半部水浒，他只记得高俅逼林冲上山，忘了宋江也逼卢俊义上山，既有林冲又有卢俊义，《水浒传》这才丰富深刻。中共土改、学潮固无论矣，国军常常半夜出城到卫星村落去抓壮丁，乡村年轻人不敢在家睡觉，逃到离城很远的野地露宿，中共提供招待所管吃管住，只消三天两天，已在他们身上烙下印记，国军把他们列入通匪的黑名单，他们回家再也难以安居，只有离家正式"投匪"。

中国人常说"人多了乱"，所以国民党害怕群众、疏离群众。中共相信"人多拾柴烧火旺"，明知山有虎、偏向虎山行。经过组织训练，人的个性泯灭，群性和公共运动掩盖一切，人人都是党的驯服工具，如此，万人只是一人，西方人的形容为"铁板一块"。北京大学教授刘一皋教授用他的学术语言这样包装起来："新的编村制度全面实施，强化了政权对农村的直接控制，基本上完全改变了过去相对松散的行政结构。在乡村建立村民委员会、村武委会和民兵治保员等机构，职权包括生产、自卫、治安、财政、文教、调解、贸易、合作社等，涵盖了全部农村社会生活。同时农村中还普遍建立了共产党支部、农会、工会、青救会、妇救会、儿童团、识字班、互助组等群众组织，传统的血缘、地缘组织被取消或改造，每个村民都要根据自己的政治、经济、性别、年龄、文化程度等情况，加入数目不等的各种组织，农村社会被置于有机的严密的组织网络之中。"

中共的组织能力反映到沂蒙山区的战场上，出现了军民一体，高度合作。国共对进，飘忽无定，共军部队未到、宣传队先到，老大娘老大爷叫得亲亲热热，解释我们为什么来；部队先走，宣传队后走，解释我们为什么走，告诉村民我们还要再来。宣传队挨家检查有没有打扫干净，有没有借了东西没还，有没有打破了碗没赔。我在秦皇岛的时候，五叔常和上校爷爷通信，一再谈到共军在山东山地坚壁清野之彻底。他当年透露的讯息，后来文史资料有更生动的描述，乡野有史，使无名英雄泣鬼神之事未曾淹没。战守期间，民众协助共军冒险争先，断路、埋雷、割线、炸桥，阻止国军前进。民众砸锅卖铁，拆屋喂马，支援共军作战。民众以树为家，树与树之间拉绳通信，草木皆兵。民家把家当丢进山谷里，国军所到之处，望谷兴叹，没有一根草可以喂马，没有一样生活必需品可用。七岁到十五岁的儿童，刺探国军行动，偷辎重，放火烧汽车。据有关的研究报告说，青少年容易受暴力和枪支诱惑，他们的人生经验一片空白，容易培养出绝对的忠贞，而且没有后顾之忧，十分勇敢。

那时候，山东的解放区、也就是山区和农村都非常穷苦，但民众竭尽所有供应前方共军的军需。一九四七年一月有所谓"鲁南战役"，国共交战十八天，据苍山文史资料，仅我的家乡苍山一个小县，供给解放军毛线袜四万双，干菜两万斤，花生米五千斤，公粮一百二十万斤。家家把枕头套拿出来当口袋，参军一万人，家庭主妇蒸馒头，烙煎饼，九天九夜不休息，许多人累昏了，衣袖着火还不知道。一九四八年九月，共军攻打济南，单单我的家乡兰陵和我的外婆家南桥，两个乡镇昼夜赶工，磨出七万八千斤面粉，提供四万六千七百一十块门板做担架。一九四八年山东春旱，饥民两百万，鲁南为重灾区，战史讴歌淮海战役民众"支前"，山东出动民工两百万人，食油三十五万公斤，食盐三十六万公斤，肉四十三万公斤。单是兰陵一个镇，要负责前方一个师的补给和担架。各地民众推着小车，把这些补给品送到前方，车队千里，昼夜络绎不断。伟哉壮哉！神乎魔乎？

国军穷竭民力，并没有弄到这个程度，它也无法做到这个程度，国民党编神话，也没有这么大的想象力。中共说过，农民自私保守，不可能自动放弃财产，必须如何如何。到底"如何如何"才做到"国民党吃鸡自己抓，共产党吃鸡送到家"？答案可以从"人民民主专政"六字真言中探索。学者既要维护学术尊严，不能说谎，又要符合当前政策，不能实话直说，发展出一套模棱两可、点到为止的说法："许多工作都是依靠部分积极分子,特别是少数干部强力推行才得以完成的。"……"运动本身是发扬民主的一种方式;但大规模的带有激烈阶级斗争性质的运动,运作过程恰恰是经常违反民主原则的。"伟哉壮哉!神乎魔乎?自私保守的农民纷纷自动放弃财产,他们"划掉了自己"。

那时许多人说,共产党员走的是"群众路线",国民党员走的是"领袖路线",怎样得到领袖的信任,怎样厚结领袖左右的亲信,耗尽他们的精力,他们也自以为这样就解决了问题。文史资料说,中共经略东北,二十二个中央委员走出城市,脱下皮鞋,换上农民衣服,不分文武,不分男女,不论资格,统统下乡,国民党员几乎不能想象。据段彩华为黄伯韬写的传记说,国军在山东打了败仗,中央追究责任,怪黄伯韬作战不力,黄氏登台辩解,历述山东作战的艰困,其中一项是没有可靠、详细的地图,他们只有三十万分之一的地图,而且多处和实际地形地物不符。我后来读国军将领廖明哲写的《了了人生》,这是他的自传,他曾多次参加国共战役,经验丰富,书中也谈到国军作战的缺点,"无图上实地的侦察"。国民政府统治山东,即使从"九·一八"算起,那时也有十五年了,为何没有测绘五万分之一的新图?一位曾在有关部门工作的朋友告诉我,专业人员根本无法走出去实地测量。国军脱离民众支持,已严重到这般程度。

中国人一向"离乡作恶,回乡为善"。平时,当地人碍于情面,不能兴利除弊,战时,国军来去如流水,没有责任心,到处作践百姓。我还记得抗战前夕,国民政府办理"土地陈报",命令乡镇政府确实调查每一家地主有多少土地,据以征税,使税负公平。那时地主普遍逃税,短报他的田产,所以偌大兰陵没有任何人肯承办这个工作。镇长(也是族长)找上我的父亲,费了许多唇舌,逼我父亲答应,父亲素有正直之名,不会为任何人弄虚作假,众人信服,办起事来阻力较少。那时中国人不在老家当保安团长、警察局长、税捐处长,这些工作都会留子孙债,结来世怨。他们到遥远的地方去干这些差事,作了孽一走了之。

中共作风不同,他把原籍兰陵的党员派回兰陵地区工作,鲁南专区的政委和主持土改工作的"各救会"会长,都是兰陵小学的老师,兰陵公安局长、武工队长、公安股长,都是兰陵小学的同学。此外还有我的族人。这些人面无表情,没有公事不跟你说话,路上碰见了,你若上前喊"大叔"或是"二哥",他朝你一挥手:"太封建了,叫同志!"他们熟知兰陵每一家屋顶上有多少风雨阴晴,屋顶下面有多少恩怨矛盾,他们也熟悉每个人的性格、能力、知识程度、成长背景、人际脉络,甚至包括不可告人的隐私,他们来推行中共的政策,何等得心应手!他们断然六亲不认,他们并非包龙图,他们都是"新人",推己及人,前来制造更多的新人。

那些脱离民众的国军将领不仅屡战屡败,战败以后也无法逃走。据名记者龚选舞的回忆录说,济南失守,王耀武带着一个副官,假扮商人出城,走到寿光县境,王耀武上厕所,副官站在厕所门旁伺候,"事毕",王耀武伸出一只手来,副官赶紧把雪白的卫生纸放在他的手上,被人看出破绽。我忽然想到一个问题,李自成破北京,崇祯皇帝逃出皇宫,在煤山上吊自杀,他怎么会打结?谁替他打结?临沂专员王洪九一向和老百姓混在一起,兵溃以后,他往北走,化装成牛贩子,再赶牛南下,一路卖牛做盘缠。他最后逃到徐州脱险。

我写这篇文章的时候住在纽约,我说住在纽约的人得有九条命,一条命给儿女,一条命给老板,一条命给国税局,一条命给盗贼,一条命给艾滋病,……

如果是教徒,留一条命给上帝,给活佛。

如果是华侨,留一条命给中国。一条命也许还不够,人祸能把你的一条命气死,天灾能把你的一条命急死。

做人太苦,太累,太要命,拿人命当儿戏的事情太多,拆东补西,哪还有命给上帝(当然成了无神论),哪还有命给非洲苦人(当然成为自了汉)!

猫有九条命。料想有许多人是猫。如果只有一条命，今天我断乎不能坐在这里写文章。我的家乡旧侣，一条给了黄河，一条命给了抗战，一条命给了内战，一条命给了土改或"文革"，一条命给了"资本主义的生产方法"。我们都还活着，隔海相看。

16 东北，那些难忘的人

思念沈阳，有几个人物，我得为他们记上一段。

先说熊式辉，他是东北行辕主任，"行辕"的全称是国民政府主席东北行辕，也就是蒋介石主席在东北的办公厅，行辕主任等于说是蒋氏在东北的代表人，也就是东北九省军政总管。这么个大人物，有根神经跟我们相连。

宪六团派宪兵秦毓庆做熊式辉的随身保安人员。秦毓庆告诉我们，熊氏的工作很辛苦，白天要接见许多人，要开会，半夜还在办公室批公文，熊氏没有下班回家，他也得全副武装伺候着。

他说了一件轶闻。熊在办公室外有个人专用的厕所，每天下班后厕所锁起来，第二天上班时把门打开。这天晚上熊去上厕所，宪兵秦毓庆站在厕所门口等着，这时忽然停电，电灯都灭了，秦毓庆想起办公室的门敞着，急忙回去关门，就在这个时候，专门负责打扫这间厕所的清洁工走过，他发现专用厕所的门还没有上锁，就随手锁好。熊氏打不开门，不好意思叫喊，秦毓庆在厕所门外恭候，不敢催促，害得这位儒将在厕所里关了很久。熊氏大度包容，没有申斥处分任何人。

沈阳各界庆祝东北光复周年，请京戏"四小名旦"之一毛世来公演，只演一场，轰动东北。进场看戏的人皆非等闲，无异是特权阶级大展览，六团负责安全，抽调宪兵严密作业，我的位置恰在戏院门侧，望见熊式辉进场。他的气概威仪可说是东北第一，可惜走路时两脚高低不平，竟是一个轻微的跛子，难免减色，我大感意外。后来知道，东北保安司令长官杜聿明，辽宁省主席徐箴，也都不良于行，更觉诧异。蒋主席用人一向讲求相法和预感，接收东北怎会摆出一个步履艰难的画面？

东北人对熊氏很有意见，认为这位儒将"儒"的成分多、"将"的成分少。熊氏长于折冲调和，东北人盼的是披荆斩棘之才。东北方言，"熊"是懦弱无能的意思，民间俗谚："兵熊熊一个，将熊熊一窝。"行辕主任是上将职位，如何"熊"得？他们管熊式辉叫"熊十回"。蒋氏用人注意面相，但是他不懂东北方言，这也算是千虑一失吧？

熊氏也有英明果断的一面，四平街第二次战役，守将陈明仁置之死地而后生，援军苦战解围。熊式辉争取在第一时间慰问将士，立即飞往四平，再坐汽车驰入市区，当时战场尚未清扫，沿途布满阵亡官兵的尸体，座车从死者身上碾过，熊氏面不改色。那时大家都称赞熊有帅风，可是我们这些上等兵的感受别是一番滋味。

名将孙立人也有根神经跟我们相连。宪六团派出一个加强班到东北行辕站卫兵，大家对这位英雄十分崇敬，但是宪兵向他敬礼的时候他从不还礼。本来也没有什么，后来看电影，美国的巴顿将军也不还礼，不过人所共知，孙将军蔑视蒋氏的嫡系，他以爱兵著称，独薄宪兵，难免令人想得多一些。孙氏有军事天才，但口形倔强，好像随时准备吵架的样子，出入行辕，总是带着怒容。

我在秋町十三号听见高级军官们谈论他，认为他既不能与上级合作，又不能与同僚合作，得民而不能得君，将兵而不知将将。他们说孙将军总认为和黄埔嫡系推挤才有他的空间，其实他也是嫡系，至少他也可以成为嫡系。不错，他战功显赫，认为战功高于一切那是中下级军官心态，"兵骄必败"，不仅是被敌人打败，也包括被自己人打败。一个人，无论他有多好，他不能取代所有的人，到了极不相容的时候，只有调整少数，维护多数，这是"经济"原则。有位军官本是孙氏部属，他千方百计调出来，他说良禽择木而栖，孙立人这棵树有危险。

沈阳岁月，孙氏常有怨言，他的新一军负荷太重，折损太多。我们无力分析每一战役，不能指出指挥上的错误，一般而论，对付劲敌的时候当然要动用劲旅，最优秀的军人常在最艰苦的任务中牺牲，这是战争的"反淘汰"现象，从古如斯，为之奈何！

孙将军有抱负，但东北战局并非他能扭转，塞翁失马，到台湾训练新兵，脱离了东北这一劫，本是幸事。他是英雄，看历史另有见地，终于卷入"兵变"冤案，幽居终身，亲信部属遭到无情的整肃，千古痛惜。《荀子》一书畅论君道与臣道，现在档案资料逐渐公开，孙将军臣道有失，蒋先生君道有亏，都付出惨痛代价。

我们最喜欢的将领是赵家骧，他担任东北保安司令长官部的参谋长，主持沈阳各部队的大会操，每星期一早晨举行一次。沈阳医学院附属医院的大操场大得出奇，东北真个地大物博。我们二连驻地邻近操场，代表六团参加，赵家骧将军声音洪亮，措词简洁生动，善于掌握群众心理，使人精神大振。

那时军政要人训话，宪兵参加陪听，只见他总是拿出稿子照念，这是抗战时期从未见过的事情。稿子由秘书撰写，秘书长于写挽联、寿序、八行书、工作报告，不懂听众心理，未受过口语化训练，演讲者咬字不准，没有节奏感，大部分听不懂，小部分听懂了，也沉闷无趣。蒋夫人在美国国会演讲的时候透露，她在陈列馆看见罗斯福总统的讲稿，有时一篇稿子经过十二次修改，眼前这些长官幕僚根本不知道为什么要修改。我只遇上两位不念稿子的人，除了赵家骧，还有陈诚，陈氏中气不足，浙江乡音极重，音质粗糙刺耳，我要第二天看报才知道他究竟讲了什么。赵将军便不同了，那时听演讲不兴鼓掌，每次听他讲话我都有鼓掌的冲动。

大会操时，我的位置紧接伞兵的排尾，他们全是二十来岁的精壮青年，脸色放出光来，全套美式装备，草绿色尼龙军服，上装翻领，拉链半敞，没有扣纽扣的麻烦，一律佩带卡宾枪，短小轻便而又火力强大，从步枪轻机枪的压力下解放出来，风动袖管裤脚，若不是脚上一双沉重的长筒皮靴，简直飘飘欲仙，对那些扛着小米加步枪的解放军来说，也就是天兵天将了。绝未料到中共能吃掉国民政府派出来的四十万大军。

一九四八年十月底，沈阳不守，东北军事最高负责人卫立煌和他的参谋长赵家骧坐飞机离开沈阳。后来一再有人写文章称赞赵家骧有智谋，当时东塔机场挤满了逃难的人群，满地男女老幼箱笼行李，人群朝着卫立煌的座机一拥齐上，卫士把住机门，一脚一个踢下去，嫩江省主席逃到沈阳，挤不上飞机，挨了这么一脚。许多人的箱子摔破了、挤破了，满地美钞飘散没人捡，有人高呼"卫总司令我是某某"，有人大喊"我是国民党四十年的老党员，忠党爱国，给我一条生路"。这些人堵住跑道，飞机无法起飞，赵家骧出面宣布卫总司令有安排，后面还有四架飞机马上就到，请大家遵守秩序排队等候。他说话有公信力，大家安静下来，目送卫立煌的专机升空，等来等去四架飞机没出现，解放军倒冲进来了。赵家骧用"望梅止渴"之计排除障碍，大材小用，可惜了他的智谋！

我还得记述一位东北耆宿冯庸。他原籍辽宁海城，在军界、工业界、教育界乃至慈善事业都是名人，他和张学良、莫德惠同为东北的象征。政府委派他做东北行辕政务委员会常务委员兼监察处长，主持"东北军法执行部"，表示对东北人的信任尊重。他在"南七条"办公，每个星期一开周会，宪兵第二连全连参加，论人数算是捧场最热心的一个单位。

东北军纪越来越坏，他没有多大作为，情有可原。执行军法非他所长，周会训话言之无物，好在这是国民政府笼络东北的一个形式，大家也能理解。可是有件事很奇怪，冯氏掌理军法，宪兵是他可用的力量，他对宪兵从来没有好言好语，还经常找麻烦。有一次周会结束，值星官喊立正口令，向冯敬礼，冯指着宪兵连大声斥责："看！还有军官不向长官注目，你懂军人礼节吗？"他的指头正指着我的排长李戬。李排长高声回应：根据陆军礼节，由值星官发立正口令向受礼者敬礼，其他的人一律立正，立正的要领是抬头、挺胸、两眼向前平视，我没有错。冯当时很难下台。

那是国民党人充满幻想的时代，每个人自己对着镜子替自己看相，只往好处看。他们个个面庞宽阔，肌肉厚实，步履稳健，个个都能死守据点。他们对外演讲无数，对内训话无数，没有一句"嘉言"流传。但是有两句话也许能在街谈巷议中保存百年：第一句，接收之后，蒋介石主席和夫人宋美龄女士一同到东北视察，沈阳市民特别为蒋夫人举行欢迎大会，万众云集，某大员登上讲台昭告群众："东北收复，你们常说回到母亲的怀抱，现在母亲来了！"台下有许多白胡子老头儿，我不知夫人听了感受如何。下一句：东北溃败，四十万精锐几乎全军覆没，新六军潘军长逃到葫芦岛，新闻记者问他失败的原因，他愤愤地说："我们这一场战役简直是共产党指挥的！"那时大家还不知道参谋本部主管作战的次长和处长都是共谍。军长一言透露消息，中央对东北战事的决策和指挥犯了许多错误。

沈阳不守，宪兵第六团团长沙靖指示官兵自行"突围"，他发给每人一笔路费，指定到安徽省安庆市报到，六团是溃散，没有起义也没有投降，距离一九四六年六月出关，为时两年零六个月。

沙靖绰号"沙和尚"，因为他有异相，"豹头环眼"，近似少数民族，也因为他廉洁严肃，清心寡欲。乱局之中，公财公物缺乏有效管理，遣散费是一笔大钱，他没有私人吞没，十分难得。他治军极严，抗战时期屡开杀戒，出纳亏空少数公款，部下军官与民间女子发生婚姻纠纷，都论罪处死，但他在东北未杀一人，未刑求一人，未借故罗织一人（"特高组"做的事不该由他负责）。眼看大局崩坏，他对从陕西带出来的质朴子弟似有怜惜之心。他本人变装离城，参加葫芦岛的最后撤退，辗转入川。一九四九年解放军破成都，没留他这个活口（张学良、龙云起事，都先杀宪兵团长）。我们说朱连长是好人，没有用，得副团长说他好才行；我们说沙团长是好人，也没有用，得中国共产党说他好才行。共产党也不是唯一的裁判，在这世界上谁也没有最后发言权。

我非常关心杨书质排长和张志华排长，他俩个性不同，际遇有异。一九八〇年，中国改革开放，一九八四年，我从纽约向国内写信寻找杨排长，唯一的线索是先向陕西临潼找张排长。当时军中传说，临潼人做不了大官，蒋介石主席非常讨厌"临潼"这两个字。一九三六年十二月十二日，张学良发动西安事变，派兵到临潼拘捕蒋氏，实行兵谏，这是蒋氏一生最严重的挫折，他从此陷入国共相争的泥沼，步履艰难。蒋氏创巨痛深，对临潼产生过敏症候。幸亏有这个传说，我始终记住张排长的籍贯，也幸亏有临潼这条线索，我于分别四十二年以后，先在临潼乡下找到张排长，承他提供线索，又在沧州乡下找到杨排长。

寻人谈何容易，惊动了共和国的驻美大使馆、侨办、侨联和统战部，最后蒙沧州市委交统战部办理，赖承办人王建国先生热心，发现杨老在沧州市河西陶庄子务农。一九八九年开始通信，这年杨老六十八岁，张老七十七岁。张老三代同堂，生活正常，杨老受的苦可就多了。他离开沈阳，回到天津做小生意。一九五一年镇反，他判了十二年劳改，押送内蒙古劳动改造。一九五九年提前释放，回沧州老家种田，这年杨老三十八岁。"像所有的故事一样"，劳改期间，杨太太跟他离婚，划清界限，幼子幼女无人抚养，离散失联。"像所有的故事一样"，国民党旧人的家属无论多么痛苦，并不怪中共的政策，只是同声责难一家之长害了全家。

我跟杨老通信，连续十年，安慰他，感谢他，劝他，帮助他建立基本生活，寻找子女的下落。我也帮张老买洗衣机、修理房子。杨老反对"平反"，反对我在回忆录里写出他的名字，本书初版只称杨排长而不名，二十一年后本书改版，才把"书质"两个字补上。他拒绝回忆当年东北的工作和生活。他对现在和未来完全绝望，也完全厌恶自己的历史。他也不肯皈依佛教或耶教。他原是一个充满理想和朝气的青年，他原是一个充满爱心和正义感的军官，他原是一个安分守己苟全性命的小市民！可是这几个角色命运一律不准他扮演。

杨老接到我的信当然很激动，但是他在第一封信里写了一段他跟统战部官员的对话，他对官员说明跟我的关系，声明决不为任何搜集情报的人服务。虽然改革开放了，革命政党还是革命政党，我跟杨老张老通信得十分小心。后来我从《新新闻》杂志上读到一篇报道,一九四九年国军撤出大陆时,情报机构曾在各地布置人员,继续敌后工作。一九八〇年中国大陆对外开放,台湾的情报机构确曾派出人员,寻找当年的"布建",看他们是否健在,还能否为台湾做什么,据报道,这个方案叫"踩雷计划"。这就难怪了!人生在世,你总是知道得越多,抱怨越少。

我和杨老张老通信也有过虚惊。"六四"以后,美国华人寄给中国大陆亲友的信常常夹带反共传单,寄信人并不知情,收信人十分困扰,究竟何方高人有这般能耐,颇费疑猜。我把情况告诉张老和杨老,我说:"我有政治主张,没有政治活动,决不会自己夹带传单。"张老拿信给一个什么人看,那人判断这是我的伏笔,以后信中必有传单出现。经验发现,他们总是太聪明,冰雪聪明,玻璃片似的聪明,剃刀边缘似的聪明,使你无地自容。他的判断当然落空,可是害得张老好不担忧。

郭班长也是我心中的牵挂,他是陕西人,他也念过那首"男儿立志出乡关,学未成名誓不还"。他入潼关,出山海关,一路慷慨。到了沈阳不写家信,若是收到家乡来信,他在信封上批注"此人已死,原件退回"。

我曾经把我的困境告诉他:父母已老,弟弟妹妹尚幼,全家已成难民。他把他的计划告诉我:离开宪兵,到陆军求发展,他认为他起码也是个连长,很快就升成营长,他见过多少差劲的连长营长,才具仪表都在他之下,他要带着我一同奋斗。他告诉我,世上最势利的人不在外乡,在自己家里,你要回去,坐着小包车回去,你这个样子回去是步死棋,你去陪他们讨饭也没人感激你。人要升官发财再顾家,咱们留在东北奋斗,混出名堂来回去光宗耀祖,那时候你只要九牛一毛,他们就歌功颂德。我没有听他的,我的困难不能用他的方法解决。

古来征战几人还,可是天下大乱也出奇迹,不知道郭班长是否

"坐着小包车回去"。他山穷水尽找路走,形象突出,可以代表许多人。他看人情世故透彻,说出预言,大家心比天高,身似土贱,"有国有家终是梦,为龙为虎总成空。"他说得对,我做不到。他一直盘桓在我的心中,我很久很久不能放下。我也曾请求陕西省侨办找他,拜托张排长找他,没有结果。

提到当年结伴出关的同学,我也得为他们写上一笔。我还在沈阳的时候,同学之间忽然兴起互相题字之风,为什么要题字呢?"说不出原因来,好像觉得我们随时可能分手。"我给他们写:"时代如酒,健儿易醉。"或者是:"墨比血浓,写不成一个归字。"有人一直保存着他的纪念册,经过多次政治运动,直到"文化大革命"结束之后,拿出来影印给我看。袁自立同学也到了台北,也到了美国,他多次念给我听。 八十年代,他到山东老家探亲,回美后对我说:"归字到底写成了,不过是个简体字。"

我和李孔思同学还有一段后话。陕南分手,他留在宪兵十四团,我改投宪兵六团,东北西北,云里雾里。一九四八年夏天,我在秦皇岛,孔思突来一信,他说到西安考大学,不幸落榜,流落街头,没有出路。我欠他一笔人情,一九四三年我在阜阳病倒,正值日军策应中原战争,由蚌埠出兵北攻,阜阳进入紧急状态,幸亏他帮忙延医买药,治好了我的病,我应该回报他。无奈这时物价飞涨,我每月都把所有的钱汇给父亲,勉强维持他的生活,读了孔思的信非常羞愧。同事中有一位富上尉,本是一位江南佳公子,不知何种因缘也在我们这个单位落脚,他在西安有亲戚,那人干过师长,辞职后隐居。 我借支薪水做电报费,央富上尉发了两封电报,一封给这位退职的师长,请他为孔思找个职业,一封发给孔思,嘱他依照地址前去拜访。

孔思又来一信,他要回宪兵十四团去了!我大吃一惊,以后断了音信,我只能闷在心里。直到一九八五年,我找到定居浦口的陈培业,向他打听,得到一个很好的故事。孔思在十四团受训,学科术科都是第一名,而且性情憨直,十四团赵团长对他有深刻的印象。孔思流落西安，赵团长派人找他，亲自接见面谈，要他重回十四团，并且立即派他做新兵连的训练班长，免除了军士队受训的过程。这是宪兵史上从来没有过的事情，赵团长行事风格不俗，很得我们的赞美。

后事又如何呢？我希望找到孔思，我有能力回报他了。培业说，西北解放时，孔思驻川北广元服勤，随国军撤入成都，在成都起义，参加解放军（一九四九年十二月二十四日是宪兵起义日），以后不知下落。他是孔思的好朋友，应该熟知实际经过。

女同学孟繁英另有说法，据她所知，孔思回到二十二中，随校迁往汉中，一九四九年四月在汉中投考中央陆军军官学校（即黄埔军校），入川受训，名列二十三期第三总队步兵科。十二月起义，进入解放军十八兵团随营学校学习。一九五〇年九月复员，然后失去联络。她言之凿凿，似乎也可信。孔思字希圣，单看名号，可知他出身书香人家，背负着父母很大的期望。可是道路如此曲折，他只能破格做人，时也命也，为之奈何！

我看电影的时候，常想剧中人物"出镜"以后做什么。我遍寻旧侣，向各地写过五百多封信，他们的故事不能尽说。袁枚诗："胸中没有未了事，便是人间好光景。"我们无人修到这般境界，只有一位同学约略近似。他当年考取陆军中央军官学校，"为什么去考军校？"他说考军校是为了学杀人，学杀人是为了报父仇，他的父亲死于土改，此恨难消。他说话的时候声音低沉，鼻翼掀动，呼吸有声。我找到他已是四十年后。当年他到成都入学，编入二十三期，他们还没毕业，共军已兵临城下。他们三个总队三千零四十一名学生，向刘伯承邓小平统率的二野起义归顺。这个新政权教他如何适应？我很知道他的心路历程，不能明问，我转弯抹角，他也不能明答，他含糊其辞。他说有一年游历某地，参观某寺，寺门有对联一副，上联是"天下事没完没了以不了了之"。这句上联令我大惊大笑，这么好的上联必定有个非常好的下联，可惜他忘记了。我东找西找终于找到，全联是：

>天下事了犹未了何妨以不了了之
>世外慧法无定法然后知非法法也

上联醒豁，下联深奥，难怪上联易传，下联易忘。历史像擦黑板一样，也能擦去恩怨情仇，我的好朋友仅得上联已能解脱，下联也就姑置不论了吧。

国军"入出"东北，惹人议论至今。一九四五年日军投降，苏联占领东北，阻挠国军接收，做过中国战区参谋长的美国将领魏德迈，反对国军接收东北，他建议把东北问题交给联合国解决，国府派最能干的军事将领和行政官吏，好好治理华北和华中，集中兵力与共军在华北决战。蒋著《苏俄在中国》书中也说，苏俄对东北问题既违约背信，中国也决定停止接收，最后又复动摇，仍然与他们商谈，并继续进行接收，乃是政策和战略上的一大错误。于是"如果不出兵接收东北，那就会如何如何"，一度是个热门的话题。

历史只有"曾经"，没有"如果"。但是现在有"虚拟历史"出现，引用杨豫译介尼尔·弗格森的说法：作者以一种否定性假设的命题来挑战历史决定论观点，同时企图重新解释现代史。"如果没有发生美国大革命，英国持续统治美国，今日的北美洲将会是怎样的局面？""如果英国没有克伦威尔，那么英国光荣革命会出现吗？""如果德国在'二战'打败苏联，德国可能持续统治欧洲吗？""如果没有戈尔巴乔夫，苏联会垮台吗？"饶富趣味的命题带领我们另类思考历史，沉思事件之间的因果意义是否那么线性逻辑与必然。

我想联合国"监护"东北，中共多了一个民族主义的口号可以借用，它在东北的发展可能更顺利。东北物产丰富，北邻苏联，南邻朝鲜，都是共产主义国家，有这么一块完整的根据地，华北岂有宁日？国民政府官吏怠惰，军事系统又全为共谍渗透，所谓"好好治理华北和华中"，所谓"集中兵力与共军在华北决战"，看来也都不会成功。我实在不敢相信"那样可以全力巩固华北、华中和华南，国民政府可以保住政权"。

东北人常说,倘若派张学良去接收东北就好了!这话感情丰富,表现了对少帅的疼惜敬爱,我们有共鸣。无奈先人遗泽和同袍道义很难遏阻中共发展,战后东北的局面,有形而上的问题,有形而下的问题,幽居十年的少帅究竟能了解多少?历史不能假设,但可以想象,抗战时期,如果少帅带兵"打鬼子",他极可能是另一个张自忠,抗战胜利,如果派他主持东北军政,他也许是另一个傅作义。

17 滚动的石头往哪里滚

一九四八年秋天,长春、沈阳、锦州已成"最后的黄叶",共军则发起"最后一阵秋风"。十月七日长春坠落,十月十四日锦州坠落,十一月二日沈阳坠落,二十五天内三大据点失守,国军收复东北最后的象征消失。十一月四日国军自动放弃葫芦岛,撤出军队及民众十四万人。屈指算来,国军从秦皇岛攻出山海关,又由葫芦岛撤往秦皇岛,相隔三年差七天。

葫芦岛撤退后,空军派飞机侦察东北,在这一百二十万平方公里的大地上已无任何战斗迹象(陈嘉骥《白山黑水的悲歌》),只有松花江大桥的桥头堡上还飘扬着青天白日满地红的国旗,堡中孤军还没投降,算是黑板上剩下一个"顿点"。陈嘉骥感叹国军下级官兵忠勇,高级将领误国。只有顿点没有文字,顿点已没有意义,只是给文史资料添一段笔墨,记述共军怎样心战劝降。

东北决战应该居"三大战役"之首,时间最早,影响也最大。依共方资料,东北交战,国军损失四十七万人,物资财力的耗费无法弥补,国际声望下坠无法恢复。张正隆著《雪白血红》,引《东北三年解放战争军事资料》,共军出关十三万人,内战期间发展到一百七十五万五千人,东北全境解放时有共军一百三十万人,此时东北共军的武器装备战力超过关内的共军,士气尤其高昂。大军进关投入华北战场,五十八天内消灭国军五十二万人。

那时我虽在关内的补给单位供职，补给地区却在关外，我们的眼睛一直望着东北，我们对东北事事关心，也事事揣测。起初，许多事出乎意料，后来我们从事物的发展中摸索规律，多少事都在意料之中。最后突然有一件大事发生，它打碎了我建立起来的规律，使我惊骇莫名。那就是长春围城。

一九四六年四月，国军收复四平，北进长春。然后国军的力量由巅峰下降，一九四八年，国军打算放弃沈阳长春，固守由锦州到山海关的辽西走廊，与平津相呼应。东北解放军的最高指挥官林彪主张，让长春的国军走出城来，半路截击，予以消灭。那时国军只要走出城垣碉堡，对大地山河满心恐惧，察哈尔和河北的国军撤退时惊魂不定，一个解放军战士可以俘虏二十个国军士兵，一个班可以俘虏一个营，十几个人占据一个村子，可以使兵团进退两难。此时毛泽东要林彪包围长春，严密封锁，不许一根柴一粒米入城。

那时共军规定，国军官兵如果带枪出城，交枪可以放人。有一位连长以手枪换路条，连夜过沈阳出山海关，投奔"上校爷爷"。他面色青白，语音如垂危病人，演戏说话有"气音"，气胜于音，以气代音，这位连长用气音说话，有气其实无气，没有"士气"，看见了他，我才明白什么是士气。他常常深夜梦中痛哭，哭声倒是很大，惊醒众人。

连长告诉"上校爷爷"，军中缺粮，国军空投接济，粮袋落下来，各部队派人抢米，自相残杀。他说天天看见老百姓饿死，长官还要派他到民家搜粮，"只要他们不派我去抢老百姓的粮食，我不会逃跑。"

我也流下眼泪，我的眼泪冰冷，手指发麻。世界太可怕了，这要多大本领的人才配站在世界上，像我这样一个人凭什么能够存活。天崩地坍，我还有什么保障，平素读的书，信的教，抱的理念，一下子灰飞烟灭。我是弱者中的弱者，唯一的依靠是有权有势的人也有善念，欺善怕恶的人也有节制，可是命运给我安排的是什么！很久很久，我的心不能平静下来。

我觉得，消灭长春的国军，这样做"毫无必要"。后来才知道有必要，这一招吓坏了傅作义。一九四九年初，共军包围北平，傅作义恐惧长春围城重演，接受"局部和平"，二十五万大军放下武器。世人都说北京是古都，必须保护文物遗产，以免毁于炮火。毛和傅都心里明白，文物遗产一定无恙，只是饿死几十万人，这是土法炮制的"中子弹"，傅作义的投降宣言："以我一人之毁灭，换取数十万人之新生。"要从这个角度解读。

我青年时代的老板，《中国时报》的余董事长，曾任东北保安司令部政治部主任。一九八〇年他在纽约，他和报社驻美人员聊天的时候透露，当初国军出关，攻下四平，国民政府蒋主席命令停止前进，杜聿明坚持拿下长春，蒋氏派白崇禧到东北处理。他们在火车上开会，白对杜说，你如果有把握拿下长春，你可以去打，我负责任；如果长春拿不下来，你自己负责任。杜一举攻入长春，这才有后来的大围城，大饥饿。有人抱怨国军没有渡过松花江占领哈尔滨和齐齐哈尔，如果真的深入北满，会不会再增加两个长春？……当年我们的副团长要"整"我们的连长，最好的办法是派我们这个连到长春，可是官场斗争之道是把你最麻烦的部下留在身边，副团长也像杜聿明毛泽东，一念之差多少生死性命。

长春围得久，东北垮得快，我们身不由己，脚不点地，离东北越来越远，长春围城的消息刺激甚深，围城的详情所知无多。直到一九九一年读到张正隆写的《雪白血红》，他以四十二页的篇幅写长春围城饥饿惨象，前所未见。古人所写不过"罗雀掘鼠"、"拾骨为爨、易子而食"，张正隆以现代报道文学的手法，用白话，用白描，用具体形象，为人间留信史、留痛史。人类历史的进展，很可能是上帝和魔鬼相辅相成，视野辽阔，寄托深远。有人问我，写内战的书这么多，到底该看哪一本，我说如果"只看一本"，就看《雪白血红》。

长春围城对我的影响，好比波兰亡国对丘吉尔的影响。一九四四年，波兰在希特勒控制之下，波兰的"乡土军"追求独立自由，配合苏联红军的攻势，进行"华沙暴动"。乡土军起事以后，斯大林按兵不动，坐视纳粹军队消灭波兰的武装，六十三天后，"乡土军"溃败，波兰受难者多达二十万人，希特勒下令把华沙"夷为平地"。这件事"吓坏了"英国首相丘吉尔，他断定无法跟苏联共谋天下大事，这才出现了日后的"冷战"。

我在秦皇岛国军的后勤单位服务，我们做的最后一件事：收容东北溃散的官兵。港口司令何世礼表现了卓越的指挥能力，他加强已有的防御设施，重兵把守，阻挡来归官兵于铁丝网外，这些人饥寒交迫，我们立刻送去大米和菜金，他们穿平民衣服，昼夜跋涉，从小路翻越长城缺口，我们送上一套新军服，然后军事当局派卡车来，把他们集体运走，设法安置。这件事做得相当圆满，那时溃散官兵在南京、上海、青岛外围都有严重的纪律问题，却没有在秦皇岛造成任何困扰。

看到他们来去，我想起一句洋格言："滚动的石头不长青苔"。他们没有积蓄，没有家庭，没有历史渊源，没有社会关系，他们只是滚动，谁也不知道最后停留在什么地方。

溃散官兵未必全都慌不择路，有些人想进秦皇岛，因为这里有他们的单位或亲友。港口司令部设想周到，事先印好一种申请表，溃散官兵可以申请跟某某人见面，只要有人愿意接待，签名负责，他可以来把申请人领走。这种规定也是秦皇岛独有，赖何世礼将军的德政，我的老同学袁自立找到我。我带他理发、洗澡、换衣服、安排工作，他告诉我沈阳怎样不守，东北行辕主任卫立煌先坐飞机出走，沈阳市瘫痪在地上，等解放军收拾。他星夜疾走八百里，穿越战场，国军炸毁了大凌河的铁桥，但没有完全炸断，他攀住弯曲的铁梁匍匐而过，解放军围困锦州，挖了许多壕沟，他跳下去再爬出来。沿途多少死尸、野狗、废炮，空中飞舞盖好了大印的空白公文纸。

秦皇岛和葫芦岛是东北国军的补给港，东北既已不守，两港随即放弃，秦葫港口司令部撤销，我和袁自立寄身的联勤补给单位调往塘沽，考其时为一九四八年十一月二十四日。前一天，驻守山海关的国军撤到秦皇岛会合,二十四日黎明时分,全部到码头登船。我从未到港口观赏海景,这天站在甲板上迎晨曦朝阳,我才看到古人吟咏的"漫言此后难为水,试看当前不辨天"。码头伸入海中长约百米,面积约一平方公里,这么一个小小的半岛竟在现代史上有这么大的担当。

我在秦皇岛结识了一位眼科大夫栾福铜先生,相处融洽,他是一个有爱心的基督徒,战乱时期,他不但常常免费医治难民,也常常免费照顾过境的伤兵,令我钦佩感动。撤退的行动秘密而匆忙,我没有向他辞行,到了码头,才知道船舰要下午才离港,我站在码头上怅望陆地,对秦皇岛忽然有依依不舍之情。这地方对我太重要了,它和安徽阜阳(我求学的地方)、山东临沂(我生长的地方),同样重要,当然,除了这三个地方以外,还有台湾(我在台湾脱离青年,度过中年)。那是一九四九年以后的事了。对秦皇岛,我惜别的情怀落实在栾大夫身上,我想此时市民都知道我们要走,保密已无必要,何不回到市内跟他告别?

我的行为太鲁莽了!进了市区,才知道全市寂静如死,商家住户的门都关着,街道上没有一个人影,公共汽车停驶,只见车站的站牌孤零零像一根豆芽。我应该折回码头,可是我仍然往前走,我的行为太鲁莽了!栾大夫诊所的门关着,我应该折回码头,可是我上前敲门,他打开了门,他还坐在诊所里等着救人。他并没有教我坐下(幸亏没有),我俩站在诊所里,他为我祷告,他左手拉着我的手,右手蒙着自己的脸,眼泪从他的指缝里流下来。七年以来流亡各地,这是我唯一得到的眼泪,我非常非常感动。

我独自沿着大街走回,一路听自己的脚步声,我从不知道我的脚步声那样响亮。回到码头,船舰仍在,我不知道船舰一直升火待发,随时可以离港。今日读王海城《把红旗插在秦皇岛码头上》,国军撤出市区后,冀东军区独立第八团还不知道秦皇岛已是空城,这怎么会? 当年共军情报何等灵通!事实俱在,我去探望栾大夫的时候,秦皇岛空在那里等新的主人,想想看,那又是一个我最危险的时候,军队行动

"人不离群",我犯了大忌。

回到码头,正值港口司令部派兵搜船,搜出一些穿军服的少女来,她们每人都爱上一个青年军官,难分难舍,军官的同事们掩护她们上船同行,家长发现女儿失踪,跑到港口司令部投诉。她们虽然换上军服,但是军帽盖不住长发,加上身材曲线,一眼就可以认出来。军法无情,码头上一片抽泣之声,女儿哭泣,女儿的母亲哭泣,青年军官也擦不完眼泪。今天想想,"地老天荒,堪叹古今情不尽!"那时我心肠硬,只觉得军纪废弛到这般地步,没人顾虑集体的安危,怎么不怕中共的地下党带着炸弹来!

我们奉令进舱,听见炮声,国军军舰发炮射击,掩护撤退,运输船只缓缓离岸,我如果在市内再多逗留十分钟,就会被海军撂在码头上了。我听见炮声,想到当前并没有敌情,海军照本子办事,有板有眼,可惜用美金买来的炮弹,而且射击之后,大伙水兵要辛苦擦一遍炮膛。船到海中,有人等着眺望码头仓库爆炸的声音烟尘,据说爆破部队已完成准备,只待一声令下,可是上面改变了心意,最后命令没有下来。东北各地国军撤守时,炸毁了一些军火库,没有破坏道路桥梁自来水和发电厂,记得那时《大公报》有一篇社论加以称赞,社论中也隐然有和平的主张。

船行一二七海里(二三五公里)到塘沽,三年前,一九四五年九月,美国海军陆战队第一师在此登陆,给国军多留下一个"活眼"。东北失守以后,华北唇亡齿寒,南京中央打算把华北的国军撤到天津,由塘沽出海运往南方,那时傅作义主持华北军政,反对南迁,我们在塘沽住了大约十天,大概是等待最后决定。记得居住的环境像一个朴素的小镇,记得附近有个地方叫新河,国军三千人驻扎,我们奉命去设立弹药堆积所,以利驻军久守,可是一夜之间新河失守,一切尽入共军之手。记得房东女儿俊秀,同事中一个中尉押运员调戏她,回到办公室和死党计议如何弄上手。我想起古人说过"恶徒向来爱村姑",我想起当时民间批评国军的顺口溜:"见了壮丁他要抽,见了钱包他要搜,见了女人他要勾。"东北的百万共军即将入关，华北的局势岌岌可危，还有这等人不知死活。

傅作义拒绝南撤，防守天津的陈长捷说，傅先生不走我也不走，于是我们带着大批粮食和弹药向天津进发。塘沽距离天津市中心只有四十五公里，可以说，当我们的专车开动的那一刻，华北国军的命运业已注定。我很想留在塘沽，塘沽是港口，有退路，可是塘沽没人发薪水给我，我怎么寄钱给父亲？滚动的石头只好继续滚动，我以后的命运也在那时注定了，小人物的生死祸福常系于大人物的一步棋。

我很后悔，由一九四二年离家到一九四八年此时，我第一次为做过的事后悔不已。那时，我如果知道四十几天以后天津失守，我就留在塘沽和自立兄他们一同撤往上海了，可是我犹豫难决，我听到的判断是，东北共军需要整补，中共需要消化战果稳定后方，空军天天侦察，不见部队调动的迹象。共军大约要三个月到六个月才可以发动华北战役，他们要先打山海关，天津和北平这两个名城重镇大约可以坚守一年。我怎么可以一年没有收入？父亲断了接济，怎么支撑？不料通货膨胀那么快，平津的局面又维持得那么短。

我硬着头皮北上，领到本月所得，直奔银行。我在天津只领到一次钱，然后天津就解放了，塘沽就撤退了！好像我是为这笔钱赴汤蹈火。后来父子重逢，父亲说他看到汇款通知，没有去领这笔钱，那点钱只能买几粒花生米，那时候小孩子吃花生米，可以一粒一粒买。我奋不顾身的全部所得啊！

那时机关部队领到经费，先拿去投资进货，三天五天以后货物涨价几倍，他卖掉货物再发员工薪水，稳赚一大笔钱。汇兑也是这样，我领到薪水送进银行，银行里的某一个人，先把汇款并入他的资金投资周转，一两个星期以后再汇出去；对方银行收到了钱，也有那么一个人先拿去投资周转，一两个星期以后再通知我父亲，这时候那点钱就成了废纸。咳，"人为财死"，而我只是为了一叠废纸。

多年后，一位在南京参谋本部参与情报作业的某将军告诉我，那时国军根本没有从东北来的情报，只能凭空军侦察，共军白天宿营，夜间行军，越过长城，瞒过空军。华北国军只注意山海关，根本忘了长城有很多缺口可以通行，自古以来，长城从未挡住入侵的军队。解放军入关以后，悄悄埋伏在乡村里，监视天津塘沽，"一面包围，一面休整。"

天津，我留下一生最深的烙印，但对生活环境只有最浅的印象。我们住在市区南部，那一带从前是租界，我们借住的洋房依然洋味盎然，客厅大，地毯厚，一人高的落地大钟竖在墙角里，拖着长长的钢链，好大的钟摆！分量一定很重，也能照常摇来摆去，房主人的管家每天拉那根长链上紧发条。怎么会有这么大的钟摆！为什么要用这么大的钟！天津是一个洋化的都市，一眼望去处处洋房，那时中共憎恶西方的东西，我一直揣摩他们会怎样对付这些洋房。

我完全没有心情游览，极少出门，只有一次，我远远离开居住的地方去找银行。管家指点先坐一段电车，那年代左派文人大骂天津电车，电车抢走了人力车的顾客，又一再撞死小童，我一路揣摩中共怎样对付电车。下车步行，走过一座漂亮的大桥，当地人管它叫法国桥，那么我是身在往日的法租界了？桥下流水是有名的海河。虽然天津已是危城，银行行员依然富泰尊贵，气定神闲，左派文人也曾大骂他们，我揣摩中共怎样对付银行。

我沿途看见结婚的礼车来来去去，看见这里那里都有承办喜筵的馆子，悬灯结彩，贺客盈门，只是不准放鞭炮。眼看天变地变，他们赶快儿娶女嫁，了却心头一分牵挂。我想起"末日来临的时候，人们照样又吃又喝，又嫁又娶"。人行道旁，难民牵着小女孩行乞，对过往行人作揖哀求，我在沈阳秦皇岛见过许多，现在反应没那么强烈，只希望他们也遇见天使。

我们借用的洋房很坚固，地下室很深，看样子我们要准备忍受大炮轰击。不久，外围据点开始交火，天津塘沽之间的路切断了！我们各部门业务清闲,只有管军粮的王少校加倍忙碌,几乎每天都有野战部队上门领粮,每次都发生激烈的争吵。陈长捷真想久守,他规定每次只能发一个星期的主食,他的想法是,有战斗就有伤亡,各部队的人数就会减少,每个星期照实有的员额发粮,天津存粮就可以多支持一些日子,他要求部队长和补给单位"核实"。可是各部队领粮的单据上永远有那么多官兵,王少校质问他们:"你的兵难道一个也不死?一个也不逃?"对方回答他:"必死不死,幸生不生,别以为你在后方就能长命百岁!"伸手抚摸佩带的手枪,公然恐吓。起先王少校硬顶着,最后踪影不见,他了解战况,捏住分寸,再过两天,解放军进城,一了百了。

从来没有人为了弹药争多争少,那时候弹药不能变钱。白花花的大米纵然不是金子也是银子,部队长都想多控制一些粮食,兵凶战危,王少校公事公办也就罢了,何必挡他们财路?原来那时补给单位也有私心,他们也想尽量把粮食控制在自己手里,所以对陈长捷的规定热心执行。那时为了减少战时损失,也为了运补方便,军粮分散寄存在几家粮栈里,城池一旦失守,公粮不必报销,粮栈老板算是进了一批便宜货,他立刻把"成本"付给某一个人,收款人当然不是王少校,当然也不是联勤总部。那时部队长、补给单位、粮栈商人,他们彼此有默契,天津很快就会"沦陷",鬼才相信你能守半载一年。

一月五日,天津保卫战开始,外围重要据点灰堆、北仓、东局子、张贵庄,纷纷失守。灰堆守军四千人,防守七个小时,好像"弹药堆积所"里堆的不是子弹,是"灰"。东局子像个赌场,开局坐庄后马上赔光。共军炮兵向城中射击,弹道划破空气,发出刺耳的啸声,我们席地而卧,全身的神经接受震动,轻轻呼吸硝烟的气味。想起在北戴河抽签,抽到"昨日云,今朝雷,明晚霞",签语灵验?这就是那"雷"了!

夜晚,东西南北都有信号弹冲天而起,报纸说共谍向炮兵指示目标,没说守军布线搜捕任何人。信号弹没法掩饰,发射信号弹的人又怎能掩藏，捉人应该容易，那时国军士气低落，谁也不想跟中共结怨，"人情留一线，日后好相见。"美国上将马歇尔来华调停国共冲突，助长了这种倾向，东北崩溃，人心悲观，"多一事不如少一事"。有一天，市内出现共军的传单，报纸把传单的文句写入新闻，全登出来。变相为中共宣传！

一月十四日，共军对天津市区发起总攻，这时天津已是"剥了皮的橘子"。天津市地形狭长，北部防守的兵力强，南部防卫工事强，共军由中部攻入，将天津市斩为两段。以平津之战为题材，中国大陆摄制了剧情片，电影描述，守军司令官陈长捷一再使用无线电话呼救，上级总是告诉他"援军马上就到"，实际上并没有什么援军，最后一次，陈长捷听到同样的答复，丢下听筒，哈哈狂笑，笑声凄厉。那时国军顾此失彼，上级常常用"援军马上就到"让下级望梅止渴，可是天津并没有演出这一幕，陈长捷知道不可能有援军，他从未倚赖援军解围。后来的报道说，陈长捷唯一的怨言是：傅作义一面命令他坚守，一面暗中和中共商谈"投降"。他怎会不知道"兵不厌诈"也包括对自己的部下？他被俘，大赦，事隔多年，见到傅作义，还说出怨言。

天津防守战役只打了二十九个小时。一九四九年一月十五日早晨，枪声停止，我们躺在地下室里还不敢乱说乱动，同事中有位朱少校，他起来打背包。我很纳闷：你这是做什么！他有作战的经验，也有被俘的经验，他知道时候到了，我应该照着他的样子做，可是我没有那个智慧。然后，只听见地下室入口处有人喊叫："出来！出来！缴枪不杀！"紧接着，咚咚咚一颗手榴弹从阶梯上滚下来，我们躺在地上睡成一排，我的位置最接近出口，手榴弹碰到我的大腿停住，我全身僵硬麻木，不能思想。我一手握住手榴弹，感觉手臂像烧透了的一根铁，通红，手榴弹有点软。叨天之幸，这颗手榴弹冷冷地停在那儿没有任何变化。那时共军用土法制造手榴弹，平均每四颗中有一颗哑火，我们有百分之二十五的机会，大概我们中间有个人福大命大，我们都沾了他的光。以后许多年，我每次想起这段奇遇浑身冰冷，又是一个"最危险的时候"！我常常梦见像踢足球一样踢一颗手榴弹，它飞出去，又折回来，还是在我们面前爆炸了，我们彼此相看，个个好比风化了的石像，一张脸坑坑洼洼，面目模糊不清。

不久，房主人的管家走下来，他说解放军已经知道我们是后勤人员，没有武器，欢迎我们上去迎接解放。朱少校立刻穿上大衣，背起背包，踏上阶梯。有一位姓富的中尉，毫不迟疑，他也穿上大衣，背起背包，跟在后面。他年轻单纯，未经世故，但是他知道跟定一个人，一个年长厚道、人生经验丰富的人，有样学样。朱少校并未教他怎样做，他自动模仿，只做不问。事后证明他做对了。

我们蛰伏在地下室里，不知道昨夜快雪初晴，冬天毕竟是冬天，地下室有暖气，院子里只有寒风，这温差教人怎么适应。我们在解放军军官指挥下，十几个人踏着残雪，排成横队，一律不准行动，人人羡慕朱少校有先见之明。军官声明优待俘虏，我们要求回地下室取大衣，或者请解放军战士代取大衣，得到的回答是："你们的行李原封不动存在地下室里，等你们受训完毕再来拿走。"

我一点也不怨朱少校，我已经知道，你在最紧要的关头总是最孤独。天不绝我，我们的何军械官有一个五岁的儿子，只有他还可以在院子里跑来跑去。多么好的孩子！他回到地下室，给他父亲取来大衣。正好我和何军械官并肩站立，趁势请求他再跑一趟把我的大衣也取来，说时迟那时快，当这位小朋友抱着厚重的皮大衣登上地面的时候，我们也在解放军的押送下整队出发，我们都是滚动的石头，身不由己，何军械官频频回首，他急得脸色蜡黄，唯恐丢失了孩子，孩子很能干，一路小跑追上来。我接过大衣，悲喜交集，那是阳历一九四九年一月十五日，阴历腊月，节气在小寒和大寒之间，没有这件大衣我怎么挺得住，我到底不是石头！我多么感激这位姓何的小朋友。

正是这天，我成了"蒋匪军"的被俘官兵。我本是冒名顶替的一个上尉，如果是马克·吐温，他会说："不知道那天被俘的究竟是不是山东临沂的王鼎钧，也不知道今天写自传的究竟是不是河北徐水的王鹤霄。"我可没有那份俏皮轻松，中共的官方资料说，解放天津，"全歼"守军十三万人。"歼"的意思是"杀尽"，从那一天起，我们已是死人，是虽生犹死的人，是该死没死的人。

第三部

1 天津中共战俘营半月记

解放军攻克天津的时候,对处理大批俘虏已经累积了丰富的经验,缴械就擒的国军官兵也有充分的心理准备,好像一切水到渠成。

我的遭遇或许有代表性。我们这十几个后勤军官听从解放军的指挥,离开住所。路上只见掉下来的招牌,断了的电话线,倾斜翻转的电车汽车。成群结队的解放军交臂而过,没人看我们,我偷偷地看他。我们走进一所学校,只见成群的俘虏从各个方向陆续涌来,挤满了房子,挤满了院子。他们都是在第一线缴械就擒的战斗人员,军官跟士兵穿一样的衣服,一律不佩符号,但是你仍然一眼可以分出阶级,比方说,士兵穿又脏又旧的军服,连长穿干干净净的军服,团长穿崭新的军服。解放军的一位营指导员坐在校长办公室里管理我们,我们人数这么多,他们仅仅一位营指导员,身旁几个通信兵,门口几个卫兵,胸有成竹,不慌不忙。他们已有丰富的经验。

虽说是押送和集中监视,他们并未怎样注意我们,反倒是我,我没忘记我是(或者准备是)一个作家,赶紧趁机会观察新事物。虽说是东北解放军入关,那些战士并不魁梧健壮,个个脸色憔悴,嘴唇皱裂,双手赤红,我担心他们生冻疮。有人光着头,大概是战斗中失去了帽子,倒是没人伸手来摘我们的皮帽子,很难得!他们没穿大衣,腰间扎着宽大的布带,想是为了御寒。装备陈旧,多是民间用手工缝制,土布的颜色单调,军容灰暗,只有腰间插着一双新布鞋崭新,兵贵神速,他们一昼夜可以急行两百华里,鞋子是最重要的装备。还记得国军宿营的时候,照例派人四出侦察,报告说百里之内并无敌踪,于是放心睡觉,谁知拂晓时分已陷入解放军重重包围,神通就在这双布鞋。 个别看,解放军哪里是雄师?何以集体表现席卷江山?当时被俘的国军军官陷入沉思,没有答案。

我设法挤到办公室门口去看指导员,他抽烟,看不出香烟牌子,闻气味品质不坏。一个国军军官挤进来向他介绍自己是什么团的团长，跟指导员攀同乡，团长是在战斗位置上被俘的，他已经好多天没回家了，要求指导员行个方便，让他回去看看孩子，他发誓一定回来报到。又有一个军官挤进来，他说他跟解放军司令员刘亚楼是亲戚，刘亚楼指挥解放天津的战斗，目前人在市内，他要求去找刘亚楼见面。那位指导员一面抽烟一面微笑，慢动作撕开香烟盒，掏出铅笔来写字，他用香烟盒的反面写报告，向上级请示。通讯兵去了又回来，字条上面批着两个字："不准"，用的也是铅笔。他们的公文程序怎么简化到这般程度，我非常惊异。指导员拿批示给他们看，不说话。

战斗结束了，许多国军军官没有回家，有些太太真勇敢，牵着小孩出来找丈夫。她们有人找到我们这一站，卫兵不许她们进来，但是可以替她们传话："某某团的副团长某某在这里没有？你太太带着孩子在门口找你！"这样的话由大门外传到大门里，由院子里传到屋子里，没有反应。于是有人高声喊叫，重复一遍又一遍，还是没有回声。于是有人低声议论，就算他在这里也不敢出头承认，他还想隐瞒身份呢。那时国军军官被俘后常常谎报级职姓名，武官冒充文官，将校官冒充尉官，这样做都是枉费心机，以后还有多次清查，总有办法把你一个一个揪出来。

俘虏实在太多了，解放军不断增加临时收容的地方，我们这里一批人疏散出去，腾出空间，开始进行下一个程序，"区分山羊绵羊"。第一步，军官和士兵分开，他们把士兵带走了。第二步，上校以上的军官和中校以下的军官分开，他们又把上校以上的军官带走了。斩头去尾，我们中间这一段人数最多，这才发现我们那个单位只来了我们十几个呆鸟，别人早有脱身之计，人人秘而不宣。两个月后我逃到上海，发现我们的新老板先到一步，住在一栋花园楼房里。四个月后我逃到台北，陆续遇见许多同人，他们也都是狡兔。

俘虏分类之后进行编队，编队之后立即前往指定的地点受训，指导员不再微笑，也没有讲话，他只是冷冷地看部下工作，他的部下也不多讲话,只是冷冷地工作,一片"晚来天欲雪"的感觉。他们为什么不讲话? 这是不祥之兆吗? 由闹哄哄到冷冰冰,看看日色西沉,解放军似乎要赶快把俘虏弄出天津市区,出门以后指导员不见了,他的脸色还像块冰压在我心上。我越走越心虚,胡思乱想,想起滚进地下室的手榴弹,想起德国纳粹把俘虏运到郊外集体枪决。

还好,我们一直走一直走,走到杨柳青,东看西看好像没有杨柳。一直走一直走,走到北仓,看见碉堡残破,交通壕翻边,铁丝网零乱,大概是炮兵猛轰造成的吧,想见战斗还是很激烈。我们一直走下去,有路可走就好,这夜无星无月,野外有人不断发射照明弹,(为什么?) 显示最后的战时景色,冷光下依稀可见队形蜿蜒。途中队伍距离拉得很长,身旁没人监视,可是一个人也没逃走。走了半夜才投宿农家,老大娘为我们烧火做饭,整天仅此一餐,可是并不觉得饿。

第二天黎明上路,有大队解放军同行。我放慢脚步,一再用眼睛的余光打量他们,他们的基本教练简单马虎,肩上的步枪东倒西歪。我注意他们的枪械,那时,"共军用步枪打败国军的飞机大炮",已经成为流行的口号。我只看见日军的制式步枪"三八式",国军的制式步枪"中正式"。我心头一凛,想起我在沈阳背过擦过的那支枪,那支枪流落何方? 我还记得它的号码,真想看看他们每个人的枪,看他们的号码离我多近多远。解放军打天津,除了飞机以外,大炮机枪冲锋枪什么武器都有,据"火器堂"网上资料,抗战八年,内战四年,联勤的兵工厂大约制造了五十万支中正式步枪,我想平津战役结束时,总有三十万支已经握在解放军手中了吧? 韩战发生,中共派志愿军抗美援朝,正好用"中正式"跟联军大战三百回合。

我们一直往北走,天气忽然起了变化,风沙扑面而来,那风沙强悍诡异,难以形容。我拉低帽檐,掏出手帕遮脸,闭紧眼睛赶路,每隔几秒钟睁开一条缝,看一看脚下的路,尘土细沙趁势钻进来。四面一片濛濛的黄,空气有颜色也有重量,鼻孔太小,难以呼吸。我想到我的眼睛,那时我只为眼睛担忧,作家可以没有手,没有脚,必须有眼睛。现在我知道,那天我们遇上了"沙尘暴",西北风挟带内蒙古的沙尘,向南扑来,它一年比一年严重,现在已经形成天灾,华北东北都成灾区。现在"沙尘暴"过境的时候,人取消户外活动,飞机停飞,沙尘落地造成"沙化",土地没法耕种,人民没法安居。专家总是往坏处想,他们忧虑多少年后,东北华北一半变成沙漠。倘若真有那么一天,后世史家会指指点点,国共两党兴兵百万,血流成河,争的就是这几粒沙。

当时风沙中辛苦挣扎,哪会想这许多,我只担心我的眼睛。好不容易到达目的地,风也停了。那是一个很大的村庄,瓦房很多。我们先在村头一字排开,解放军战士抬了一个箩筐来,我们在军官监督下自己搜查自己的口袋,把所有的东西掏出来,钞票、银元、戒指、手表,都放在箩筐里,我能了解,这是防止我们逃亡。所有的文件也要放进去,钢笔、照片、符号、日记本,我明白,这是要从里面找情报。他们做应该做的事情,好在我除了一张符号以外,什么财物也没有。我的职位是个上尉军需啊,军队里不是常说"穷书记、富军需"吗,解放军军官看了我一眼,他怎知道我实际上是个"穷书记"?似乎怀疑,倒也让我过关。他强调受训以后所有的东西都会发还,这位军官是我们的指导员。

下一步是分配住宿的地方,我们住在地主留下的空屋里,屋里没有任何家具,大概是"阶级斗争"取走了一切浮财。每一栋房屋都没有门,应该是民夫拆下门做担架去支援前方的战争。每一栋房屋也没有窗棂,这就奇怪了,我想不出理由来。既然门窗"洞"开,解放军战士管理俘虏,要看要听,十分方便。夜间风雪出入自如,仿佛回到抗战时期流亡学生的生活。

我必须说,解放军管理俘虏还算和善宽松,伙食也不坏,一天两餐,菜里有肉。当然我们仍然要踏灰跳火,早晨起床以后,第一件事情是集体跑步,这时,住在这个村子里的俘虏全员到齐,有两百人左右,解放军驻扎的武力大约是两个班,果然以一当十。跑步之后,大家在广场集合,班长登台教唱,第一天学的是"解放区的天,是明朗的天"。这天夜里降了一场浅浅的雪,天公慈悲,没刮大风,早晨白云折射天光,总算晴了。第二天学的是"换枪换枪快换枪,蒋介石,运输大队长,送来大批美国枪"。我听了不觉一笑,也不知他们有幽默感,还是我有幽默感。

所谓受训,除了跑步,就是唱歌。跑步容易唱歌难,终于有这么一天,早操以后,班长教唱,劈头就是"蒋介石,大流氓,无耻的汉奸卖国贼"。我张口结舌,这未免太离谱了吧?解放军班长领头起句以后,全场默然,指导员一向不说话,脸色像上了一层釉子,这时带着枪的兵走过来,指着我们的鼻子喝问:"你们为什么不唱?为什么不唱?"队伍里这才有了嗡嗡之声。他不满意,又一个一个指着鼻子喝令:"大声唱!大声唱!"队伍里的歌声这才一句一句提高。

我一直不肯学唱,于是被指导员带进办公室。我模仿朱连长向副团长抗辩的态度,立正站好,姿势笔挺,有问必答,一口一个"报告指导员"。他好像很受用,但是仍然厉声斥责,"你已经解放了,为什么不唱解放军的歌?"我告诉他,我是唱八路军的歌长大的。不待他考问,我自动唱起来,我采取提要式的唱法,"在那密密的树林里,有我们无数好兄弟。"唱了两句,马上换另外一首,"风在吼,马在啸,黄河在咆哮。"再换一首,"延水浊,延水清,情郎哥哥去当兵,当兵要当八路军。"再换一首,"中国人不打中国人,抗日军不打抗日军。"

他大喝一声:"够了!你这些歌现在没人唱了,你到这里来受训,就是教你赶上形势。"我说报告指导员,八路军的那些歌真好,我们爱唱,有人禁止也禁不住。现在教的歌哪里比得上?现在这支歌怎么这么低俗?这哪里像解放军的歌?我不顾他的反应,连唱带说,他用锐利的眼神观察我,好像看我的精神是否正常。我后来知道,他们认为抗拒或争辩都是真情流露,他们对"真情"有兴趣,如果我马上无条件适应,他反而认为是虚伪,引起他们的戒备怀疑。

他沉默片刻,忽然问我对这里的生活有什么意见。"报告指导员,没有意见。"怎么会没有?他不信。"报告指导员,抗战的时候,国民党的游击队捉到了八路军要活埋,我们都是该死没死的人,在这里吃得饱,睡得好,当然没有批评。"这几句话他听得进。你对国民党还有什么幻想?"报告指导员,没有任何幻想。"是不是还想倚靠蒋介石?"报告指导员,我跑江湖混饭吃,从来没倚靠蒋介石。"大概这句话太没水平,他皱了一下眉头。那么你对自己的前途有什么打算?"报告指导员,我的父亲在南京做难民,我要到南京去养活他。"我简化问题,隐瞒了弟弟和妹妹。他说南京马上要解放了,全中国都要解放了,你去南京也是白去。他说他也有父母,个人的问题要放在全国解放的问题里解决。

他静待我的反应,我默不作声。

他拿出一本小册子来交给我,他说这是我从未读过的书,他用警告的语气说,"接受新知识的时候要用心,还要虚心。"他等着听我的心得报告。那时候我的左眼开始肿胀疼痛,天津失守那天,我们逆风行军,沙尘伤害了我的眼睛。他不看也不问我的病痛,他显然打算教我用一只眼睛读他指定的教材。

俘虏营里没有医疗服务,班长忽然慈悲,替我弄到一截纱布,我只能把左眼包起来,乍看外表,倒是很像个伤兵。冷风吹拂,我发觉自己跑进指导员的射界,做了他的目标。他们闭上一只耳朵,没再强迫我唱歌,我难道已在享受某种优待?代价是什么?我不知道在人群中隐身,也许因而不能脱身,我那年才二十四岁,对中共多少有用处。

五年前我也许愿意加入共青团,可是我的人生观改变了,大我、纪律、信仰、奉献,都是可怕的名词,背后无数负面的内容。我一心向往个人自由,我曾在新闻纪录片里看见要人走出飞机,仪队像一堵砖墙排列在旁边,新闻记者先是一拥而上,后是满地奔跑追赶,我当时曾暗暗立下志愿,从那一堵墙中走出来,到满地乱跑的人中间去。其实"自由"也有阴暗面,那时我还不知道"事情总是向相反的一面发展",以螺旋形的轨迹寻求救赎。

我已放弃一切伟大非凡的憧憬,无论是入世的还是出世的。我只求能有必需的收入，养活父亲，帮助弟弟妹妹长大。我已知道解放区绝对没有这样的空间，中共管理人民的方式我很难适应，他对老百姓的期许我无法达到，我只有到"腐化的、封建的、自私的、涣散的"社会里去苟活。我必须奔向南京。

脚下有到南京去的路吗？显然没有。如果我的左眼长期发炎得不到治疗，必定失明，中共不会要一个残废的人，那样我就可以一只眼睛去南京。我猜父亲看见一个"眇目"的儿子回来，不会有快乐的表情，但是半盲的乞丐也许会得到慷慨的施舍。我在两利两害之间忐忑不安。那时我的父亲并不知道他自己也面临选择：损失一个儿子、或者仅仅损失儿子的一只眼睛。

我始终没读指导员交给我的那本书，只是偶然揭开封面看了一眼。果真"开卷有益"，封面里空白的那一页盖了一个图章："东北军政大学冀热辽边区分校图书馆"，正好盖在左下角。我大吃一惊，天造地设，一张空白的公文纸，可以由我写一张路条。我以前从未想到逃走，这时左右无人，不假思索，我悄悄把它撕下来。解放军显然还未建立文书制度，士兵文化水平低，没有能力鉴别公文真伪，如果他们不放我，我也有办法！图章的印文是楷书简体，草莽色彩鲜明，后来知道，中共的印信一律废弃篆书。

左眼越来越痛，"难友"朱少校帮助我，他说用食盐水冲洗可以延缓病情。我到附近农家讨盐，一位太太说，她家的盐用光了，还没有补充，她让我进厨房察看，柴米油盐一无所有，锅灶冰冷，使我想起"朝朝寒食"。我走进另一农家，当家的太太说她可以给我一撮盐，但是必须班长许可。我又到处去找班长。

讨到了盐，朱少校卷起袖子，客串护士。每一次我只能讨到一撮盐，好一个慈悲的班长，他天天带我奔波找盐，他走在前面，我在后面六英尺左右跟着，他沉默无声，农家看他的脸色行事。今天回想，我最大的收获不是食盐，我有机会看到"老解放区"人民的生活。好像家家都没有房门。我没看见男人。天气晴朗，阳光普照，打麦场边怎么没有一群孩子嬉戏，没有几只狗摇着尾巴团团转，怎么没有老翁抽着旱烟袋聊天，怎么也没有大鸡小鸡觅食，也没见高高堆起来的麦秸高粱秆。安静，清静，干干净净，一切投入战争，当初"不拿人民一针一线"，而今"人民不留一针一线"，这就是解放战争的魅力，这就是每一个班长的骄傲。

我在俘虏营的那段日子，外面发生了两件大事，蒋介石总统宣布"引退"，副总统李宗仁代行职权；傅作义接受局部和平，北平解放。我们看不到报纸，两件事都由班长口头宣布，我还记得，蒋氏引退的消息夜晚传到俘虏营，我们都已躺好，宿舍里没电灯，班长站在黑暗里说，蒋介石"引退"了，理由是"不能视事"。我了解《中华民国宪法》，其中提到总统"缺位"和总统"因故不能视事"，两者有很大的区别，班长声调平静，用字精准，把"不能视事"重复了一次，表示强调，很有政治水准。也许是黑暗遮住了脸孔吧，大家竟鼓起掌来，那时大家在心理上忽然变成观众，歹戏拖棚，不如早点落幕，散场回家。

散场以后一定可以回家吗？天晓得！资料显示，内战第一年，六十万俘虏参军，第二年，七十万俘虏参军。济南十万俘虏，或参军，或劳动生产，一个不放。中共占有东北全境后决定释放俘虏，而我恰恰在这个时候被俘，硬仗已经打完，俘虏太多，无处消耗，索性由他们投奔国民党，国民党既要照顾他们，又要防范他们，双方必然产生矛盾，他们纵然抗拒洗脑，多多少少仍然要受一点影响，他们不知不觉会把影响带到国府统治的地区，成为活性的"病灶"。世事总是如此，又是如此，千千万万小人物的命运系于大人物一念之间。必须说，中共这一着高明！国军退守台湾，大陆失败的教训深刻难忘，万事防谍当先，尽力布置一个无菌室，那千千万万"匪区来归官兵"跟有洁癖的人吃一锅饭，难免动辄得咎，军政机构疑人也要用，用人也要疑，额外消耗多少元气。

我们在俘虏营过阴历年，万年历显示，那是一九四九年一月二十九日，岁次己丑。事后推想，那时他们已经决定释放我们了，所以停止一切争取吸收的工作。大约是为了留些"去思",过年这天午餐加菜,质量丰富,一个高官骑着马带着秧歌队出现,据说是团政委。我第一次看见扭秧歌,身段步伐很像家乡人"踩高跷",亲切,可是无论如何你不能拿它当做中国的"国风"。他们唱的是"今年一九四九年,今年是个解放年,锣鼓喧天闹得欢,我给大家来拜年"。先是纵队绕行,然后横队排开,唱到最后一句,全体向我们鞠躬,我又觉得折煞。

团政委登台训话,我用我的一只眼睛努力看他,希望看得清、记得牢。他的气质复杂,我当时用三句成语概括记下:文质彬彬,威风凛凛,阴气沉沉。我被俘以后见到的解放军人,跟我在抗战时期见到的共产党人完全不同,前者比较阴沉。

家乡父老常说"一分材料一分福",团政委口才好,胜过连指营指。他称赞我们都是人才,可惜走错了路,迷途知返不嫌晚,谁愿意参加解放军,他伸出双手欢迎。然后他加强语气,谁对国民党还有幻想,解放军发路费,发路条,愿意去南京的去南京,愿意去广州的去广州,愿意去台湾的去台湾,你们去的地方都要解放,你们前脚到,解放军后脚到,水流千遭归大海,谁也逃不出如来佛的手掌心。一番话铿锵有声,惊心动魄。他最后强调解放军守信用,说话算数,路条路费明天就发给你们,任你们行动自由。大家听呆了,不敢鼓掌。演说完毕,团政委上马,他还要到另一个村庄去演说,大概他要走遍附近的村庄。

解放军说话算数,第二天路条到手,我打开一看,有效期间只有两天,我今天出了这个门,明天路条就成废纸,以后的路怎么走?路条的效期是两天,路费也是两天的伙食钱,他们好像假定我两天以后就可以到南京到广州了!我是否可以找指导员申述困难?正在犹豫不决,有个小伙子在我身旁急得团团转,他反复自问:"我的戒指呢?我的手表呢?"

我想起来,我们进村子那天,人人把财物掏出来,一起放在大箩筐里,交给解放军保管,当时指导员明确交代,受训期满之日发还。这时候，有一个人，我心里一直想着这个人，现在我才下笔写到这个人，他也是个俘虏，看样子是个中年人，是个病人，每天闭目打坐不说话，如果夜晚我们上了床不睡觉，如果我们谈天说地东拉西扯，他才喝一声："赶快睡觉！不要扰乱别人！"倒还有几分精气神。有时候，我们三五个人在院子里闲谈几句，他也要站在门口呵斥："走开走开！"声调毫不客气。他真有先见之明，总是我们听从他的呵斥之后，班长就像猎犬一样跑过来，察言观色一番。当那小伙子满口戒指手表追问不舍的时候，那个沉默的中年人又喝一声："你这个混蛋！还不快滚！"人间确有当头棒喝，我和那个小伙子陡然醒悟，两百人的手表戒指都混杂在一个大筐里，哪个是你的？怎么发还？当初解放军收集俘虏财物的时候，并没有一人一个封套包装起来写上名字，可见压根儿就没打算发还，那还啰唆什么？难道想留下不走？我们大彻大悟，四大皆空，万缘放下，急忙上路。咳，那中年病夫是有心人，是好心人，文章写到这里我思念他，不知他后半生何处浮浮沉沉，可曾风平浪静。

一九四九年一月十五日天津失守，我当天被俘。一月二十九日过年，我次日释放。中间管训十五天，解放军果然说话算话。无奈人心不足，我时常想起某某公司设计的一张海报：美女当前，含情望着你，下面的文字是"某某公司信守承诺：某月某日这位女郎全身脱光"。人人记住这个日期，到了那一天，急忙去找海报，海报换新，女郎果然全裸，海滩辽阔，她只是个遥远的背影，下面一行文字："某某公司永远信守承诺"。

2 为一只眼睛奋斗

没人愿意待在俘虏营里，可是我走出俘虏营以后，忽然觉得非常空虚，我不属于共产党，我也不再属于国民党，我也不是一个老百姓，大地茫茫，顿觉失去重心，飘浮在大气之中。我那时的感觉正如今天一位诗人所说：天空是没有彼岸的。

人，有时候我觉得像演傀儡戏，总得有根线牵着你走，如果所有的线都剪断了，他会瘫痪下来。我们单位有位姜参谋，秦皇岛撤退，他回老家，平津不守，他带着家眷走出解放区，奔到国军控制的青岛，眼看青岛不能久守，他又带着妻小回头走，走回老家，因为他全身的线都剪断了！咳，这一去再也没有音讯！他是个老好人。

我身上还有一根线没断，我有一个大家庭，我家老父、弱妹、幼弟都在"国统区"漂泊，母亲临终时托姨母带话，要我负起长子的责任。母亲晚年受尽辛苦，我没能还家给她一个笑脸，甚至没能亲亲热热给她写一封信，若说报答于万一，也只有照着她的心意全力以赴了。这是我今后生存的意义，我还得继续向前，今天回想，当时本来无路可走，凭此一念，我终于走了出来，虽然后来国事家事双重折磨，但若比起土改、反右、"文革"，又算得了什么？我不应有恨，不应有悔。

俘虏营设在天津市以北的乡镇里，我们不知道地名，我也曾向当地居民打听，没人回答。出了俘虏营，行人问行人，才知道地在宝坻县境内，铁路资料显示，宝坻站到天津站一百一十五公里。离开宝坻，我由河北而山东，由青岛而上海，这一段路走得十分痛苦，我一向能够正视痛苦，反刍痛苦，唯有这一段经验不堪承受，我一直逃避它，隐藏它，尽可能遗忘它，于今细数平生，我曾想省略它，越过它，只因为这条路上有几位好人，我要用文字纪念他们，这才不得不写。

我和朱少校、富上尉一同直奔天津，路旁风景和来时不同，农家在门口摆摊卖菜，村头也有人吸烟闲聚，我们的狼狈逃不掉他们的欣赏。我的左眼发炎，用纱布蒙住，他们以为解放军的炮火打瞎了我一只眼，特别爱看。众多"难友"们三三两两各奔前程，没人互相交谈，歧路分散，谁也没看谁一眼，炮弹震碎了人和人之间的纽带。一群民众揪住一位难友拳打脚踢，这是什么时候，什么地方，他居然犯了老毛病，随手拿了人家一个鸡蛋。这个"混蛋"！我低头疾走，不敢多看一眼。

我一心记挂留在天津的行李。我们被俘的时候，解放军的军官说过，"东西放在这里，你们受完了训回来拿。"我身无分文，半丝半缕对我都很重要，解放后的天津市很安静，路上也没人盘查，房东仍然和气。他说，我们所有的东西，当天就被解放军取走了！料想如是，果然如是，总要到了黄河才死心。

天津不能停留，朱少校问我下一步怎么走。我必须设法保全我的左眼，想起秦皇岛那位好心的眼科医生、栾福铜大夫，我断然作了一个危险的决定，回头两百八十六公里，深入解放区，独自再去秦皇岛。

由天津车站登上火车，没人向我要票，秩序还没有完全恢复。秦皇岛下车，没人多看我一眼，来到海阳路，街宽海风大，没灰尘，也没什么车马行人。我向瞎子学习，一只手扶着墙，低下头慢慢走，门巷依然，墙上的标语全换了，据说解放军第一天做的第一件大事就是刷掉旧标语写上新的，他们看重意识形态。重写标语表示要重写一切，标语的变化是一切变化的开始，我一向看轻了标语，现在才发现它关系重大。

听见锣鼓秧歌队迎面而来，交臂而过。有什么东西劈脸扇我一个耳光，急忙抬头，秧歌队的排头人物撑着两面大红旗纵横飞舞，旗角扫到我的右颊，没碰眼睛。我用右眼看清楚了，左上角镰刀斧头，竟是苏联的国旗。后来才知道当时并没看清楚，那是苏联的党旗，比国旗多一颗星。那时世界各国共产党的党旗都跟苏共一模一样，苏联是无产阶级祖国。

栾大夫的诊所容易找，海阳路上，以前我们办公室旁边。我进门第一句话是："栾大夫，我求你看眼来了！"他急忙起立，把我安置在就诊的位子上，按部就班检查了，用药水洗眼，点上眼药。我问病情，他这才说出第一句话来："你多祷告。"他是虔诚的基督徒，也许他劝人祷告已成习惯，可是我顿觉凶多吉少。

栾大夫的眼科诊所和一位李大夫的牙科诊所共用一个大门，进了门，中间是两家诊所共用的候诊室。李大夫原籍哈尔滨，辽沈、平津两大战役之后，东北华北一统，李大夫好不容易有返乡探亲的机会，只留下他的学徒看守诊所。栾大夫安排我跟这位青年一同吃饭，晚上睡在候诊室里。我遵照当局规定去申报临时户口，窗口里面军人当家，我把路条送进去，他瞄了一眼丢出来："准你住半个月"！快刀切梨，好不爽快。

栾大夫每天为我洗眼两次，我按时点眼药，病人稀少，我可以坐在候诊室里闭上眼睛背诵唐诗。我绝不出门，但是我已没有自己的私密空间，有个小青年天天来东拉西扯，我在补给单位工作的那些日子早就认识他，他好像没有工作，但是营养良好，笑口常开，形象高出游手好闲的小混混，那时对他难猜难度。等到华北一统，他的生活方式未改，对我这样的人有兴趣，我对他的动机也就无须再猜再度。我知道我必须给他情报，否则他为了交差，一定胡编乱造，非常可怕，我提供情报时选择内容，也就控制了影响。我从来没有机会两利取其重，只懂得两害取其轻。

我告诉他，解放军作战英勇无敌，我很佩服。我抄袭团政委说的话：国军退到哪里，解放军会追到哪里，哪怕是天涯海角。我把对连指导员说过的话对他再说一遍：我是该死没死的人，感激中共宽大，我对国民党毫无幻想，但是我必须到南京一带去寻找我家的老小三口，照顾他们，即使回山东老家种田，我也得带他们一同回去。

我知道我也必须有一点牢骚，对他们有几句批评，才可以减少他们的猜疑。我说我只是一个出门找饭吃的人，别说我反革命，我什么都不反，只反饿肚子。我说我也承认地主制度不合理，但是对付地主的手段太过分，弄得我在抗战胜利后无家可归。我说我是小人物，随波逐流，有奶便是娘，哪能跟共产党员一样？他们都是英雄豪杰，国民党的饭他们不要吃，国民党的官他们也不要做。

这些话，小青年听得津津有味。

我偶尔聪明，常常糊涂。星期天，栾大夫带我到教会，那时信徒还可以聚集，但是没人讲道，牧师知道神的意思，不知道人的意思，这时候人比神大。教友人人带着《圣经》，但是没人打开，那时候，当局允许整本《圣经》存在，《圣经》里的话未必句句可以存在，他们唯恐读错了章节。取消聚会，唯恐得罪神，参加聚会，又唯恐得罪"人"，个个像缠足的小媳妇，我这个"伤兵"突然出现，更增加了几分戒备的气氛，大家静坐、默祷、散会，彼此几乎没有寒暄。

栾大夫安排我跟教会管理人面谈，对方认识我。这一次我犯了糊涂，他对我说"你要感谢神"，我说世上只有人，没有神。他立刻对我严阵以待。他说"你心里有魔鬼"，我说世上也没有魔鬼，只有人。他厉声说："上帝已经降下刑罚，世人要知道悔改。"我说共产党创造历史，世界照着共产党的意思改变，不是照着神的意思改变。依照逻辑，他只有说共产党执行神的旨意，神借着共产党行使权能，可是他说不出口，他还没有进步到那种程度。直到今天，中国基督徒在这方面的进步仍然有限。

我们不欢而散。今天回想，他希望听见"我是罪人"，求神垂怜。他希望我能提供神迹，例如我在天津市的地下室里祷告，手榴弹滚到我的身旁，天使出现了，手榴弹没有爆炸。栾大夫带我去聚会，也许是想替我争取一丁点儿关怀，可怜我身处绝境还不知道取悦于人，我跟在栾大夫后面一路走回，他一句话也没说，今天回想，他的沉默就是批判。

我在秦皇岛住了一个星期，慢慢看见我给栾大夫带来的压力。他越来越沉默，我不知道应该说什么，也不知道能够做什么。终于他对我说，明天有一班火车可以把我送到山东，机会难得。至于我的眼睛，他说没有问题，我带着眼药水上路，每天点三次。他问我有没有盘缠，我哪有一文钱，可是我觉得他已经帮了这么大的忙，对好人需求太多伤天害理，我咬紧牙关说"有"。

这夜我做梦，又梦见驾着一架小飞机漫天飞，没有目标，也飞不高，急得出汗。拂晓时分，栾大夫带我从火车站贵宾室特别入口到月台，他做过铁路医院院长，有人脉。

栾福铜医师是河北清苑人，心存慈悲，助人无数。四十年后，中国大陆对外开放，我辗转找到他的大公子，这才知道老太爷已在一九七六年去世，还有老太太健在，我说明缘由，献上感谢。栾医师敬畏上帝，一生热心救人。人生自古谁无死，怎么说他不该死于唐山大地震。那次大地震发生在一九七六年七月二十八日凌晨三时四十二分，仅十几秒钟时间，这座新兴的工业城市变成一片废墟，二十四万人死亡，十六万人重伤，没有办法给死者个别营造坟墓，只能找许多地点集体掩埋。天心难测，难怪无神论者振振有词；所幸他的两位公子、一位女公子也都成了名医，驰誉国际，有神论者也还能找到支点。

火车离开秦皇岛直奔天津，把这两百八十六公里再走一遍。车上人多，汗流浃背，不能转身。没看见女人小孩，个个男子汉都穿着深色的便服，只听见呼吸声。这到底是一列什么车？小站不靠，大站也没全停。天津站有人下车，我们沿津浦线南下，奔驰三百六十五公里到济南，一路上没见随车服务的铁路员工。我不知道这到底是一列什么车，我到底是托了什么人的福。

一路上不断有人下车，车到沧州，站务人员减少客车车厢，加挂一串平台车，继续南行。车入山东境内，我知道要经过黄河，我也知道离黄河最近的车站，南有滦口，北有鹊山，中间是有名的黄河大铁桥。我很想下车步行，到河岸的草棚底下喝一碗鱼羹，到河中的浅滩上印几个脚印。

我也料到火车可能不在滦口或鹊山停靠，我走出客车，坐在平台车上，等候看河。乘客坐在平台车上违反铁路局的安全规定，幸而没人干涉。车到鹊山，我扯下眼罩丢掉，火车果然直上铁桥，河水安静，火车匆匆，冬天的黄河水少，沙地枯草多，像缺水的湖，不像是哺育我们民族的河，也不像是多少母亲投水自尽的河。一九四六年出潼关，入河南，我有机会远望五月的黄河，一九四九年过山东，我远望二月的黄河，缘分比冬天的河水还浅。河宽桥长，奈何火车飞快。没有兴奋，没有伤感，烟景稍纵即逝，我只是像尽义务一样用心看，用力看，对中国工程界引以为傲的铁桥，对小学老师满口赞扬的铁桥，几乎没留下多少印象。黄河留在我的血管里，四十年后我六十三岁，它忽然沸腾，倾泻出一本《左心房旋涡》。

一九四六年远望黄河，排长提起"不到黄河心不死"。一九四九年远望黄河，我想的是"跳进黄河洗不清"。行走在外，多少人问我这个山东人，这两句谚语到底是什么意思。我猜第一句嘛，黄河之水天上来，它的长度，古人无法绕过，它的宽度，古人很难越过，它的深度，古人无法涉过，到了黄河就是到了尽头，到了绝路，只好放弃一切妄想。第二句嘛，人生在世要注意避嫌，一旦蒙受某种误解，可能永远无法剖白，纵然有黄河那么多的水，也无法洗净他的污垢。

那天过黄河，我忽然另有一番领悟。黄河水多，但是非常混浊，书上，说这条河一年有十六亿吨泥沙，世界第一，每立方米河水含沙三十四公斤到九十公斤，龙门段的泥沙达到百分之九十，出海口的海滩每年延伸一百公尺。"黄河洗澡一身黄，黄河烧茶一锅汤。"河边居民用水，必须先用明矾把泥沙沉淀下去。所谓"跳进黄河洗不清"，应该是说，你已经跳进了黄河，还想洗清？你跳进了黄河，"所以"洗不清。是了！那时候我走出沈阳，天津被俘，正是跳进了黄河。

眼药水用完，左眼算是康复了，但视力未能完全恢复，也比较容易疲劳。后来经常看医生，医生说心理作用大，"越接近头顶的病越需要心理治疗"。我喜欢眼科医生，轻柔如一阵和风。医生叮嘱注意保养，我看书写稿一小时就闭上眼睛休息，常有人以为我在祷告。不喝酒，不抽烟，后来又加上不喝咖啡，不吃辣椒。常读有关眼疾的资料，偶尔难免紧张过度，自以为出现什么症候，这样那样检查，浪费医生的时间精力。医生说，《疾病大辞典》之类最好别看，看见什么病就好像得了什么病。没错，"越接近头顶的病越需要心理治疗"。

3　胶济路上的人间奇遇

我在济南车站下车，没有立即沿胶济铁路东行，这是山东首府故乡的大门，我得上街走走。

久闻济南马路用石块铺成，可是我没见"家家流水、户户垂杨"，路旁有垃圾,有斗象棋的摊子,也有游手好闲身份不明的人。也许是快要"白日依山尽"的缘故吧,色调灰暗,气象萧条,解放五个多月了,还带着战后的病容。

我站在十字路口向南看,若要回老家,就从这里一直走。我已来到离临沂兰陵最近的地方,死火山忽然复活,我心潮汹涌,由拂晓离家的蒙昧,到流亡学校的热血,仓促投军的懊丧,不甘堕落的煎熬,生命归零的恐惧,瞬息之间重演一遍。我的心里装着一具指南针,泰安、曲阜、兖州、滕县、峄城、枣庄,这些地名都是磁石,我努力把身体钉在地上,这才明白为什么《旧约》里面的罗德之妻要化成盐柱,只有那样她才可以牢牢站定。

我站在那里看了又看,我没有还乡的权利,只有漂泊的命运。我不是盐柱,我是无头苍蝇,凭本能横冲直撞。天色不早,费了一番力气转过身来回到车站,这才发现坐车必须买票,车站对客运管理已经有效执行。我扬起下巴看天,今晚无风无雨,决定沿胶济公路步行,抗战后期,流亡学校西迁,我曾一个人步行横跨河南全省。

夜行省得宿店,而且走路可以取暖,第二天肚子饿了,就到路旁村子里去乞食。我有过乞食的历练,抗战发生后,日军打到家乡,父亲带我们逃到苏北避难,那时沿途难民也是无头苍蝇,成群结队,一家人常被日军的骑兵冲散。父亲一生谨慎,他设想了一种情况,万一孩子脱离了大人的掌握,没有饭吃,要懂得怎样乞讨,我曾奉命实习。他老人家万万没料到他的训练如此这般有了用处!

胶济路乞食的经验很难堪。那时我穿着国军的军服,村头百姓大声嘲问:"老总,我家还有一只老母鸡,你要不要吃?"那时乡人跟国军士兵叫"老总",国军纪律坏,老百姓家养的鸡捉来就杀,一个连长曾经得意洋洋地告诉我,他在山东行军作战的时候,炊事班长每天早上向他请示,问连长今天想吃什么菜,他眉头一皱:"来盘鸡心!"炊事班就挨家捉鸡,剖腹取心,炒一盘鸡心奉上,鸡肉丢进行军专用的大铁锅清炖,全连士兵享用。有时候他吃鸡肝,有时候他吃鸡脑。现在老百姓要出气，我只有装聋作哑。有人特别注意我的眼睛："你的左眼怎么啦？是不是解放军的炮火打伤的？怎么没把你的两只眼睛都打瞎呢？"咳！我把心一横，挺胸昂首走过。

心软的人肯施舍，然而他们穷苦，有人掀开锅盖，双手捧出地瓜叶豆饼混成的食物给我，他们自己也吃这种东西，我来增加他们的负担，心中另有一种羞愧。我双手接过食物，立刻上路，边走边吃，我是不祥之物，唯恐给"施主"添麻烦。

有时候，我必须站在厨房里喝一碗开水。虽然我总是在村头村尾乞食，村干总会立刻出现，村中显然有高效率的通报系统。村干不跟我交谈，他站在厨房里盯着我把水喝完，那一碗水特别烫嘴。我在村干目送下离开村庄，担心他会责备那个施舍的家庭，咳，我成了那条路上的一害。

那年山东半岛冬暖，走到中午，就像童话书所说"太阳劝人脱掉大衣"。我穿的是寒冷地区作战的美式装备，老天不会把我冻死，由济南到青岛三百多公里，乡亲也不会让我饿死。困倦来了，太阳劝人合上眼皮，我到空旷的田野里寻一个低洼的地方躺下，趁着一天之内温度最高的时分睡上一觉。

心神不安，我总是突然睁开了眼，好像出现了危机。真奇怪，一只猪的大脸逼近，我在熟睡中感受到它的压力。猪于人无害，我从容看它，距离近，它脸上的皱纹都放大了，线条古朴，形象居然有悲苦之美。我从来不知道猪的脸这样好看，许多年后，有人发表他的审美观念："远看女人近看猪。"闻者失笑，我没有笑。又过了许多年，台湾的摄影家黎汉龙以猪为题材，多次得到国外大奖，别人觉得奇怪，我不诧异。

另外一次，我突然醒来，看见一只狗，它的嘴巴离我的脸大约只有一英尺。这还了得！它想干什么！父老相传，战场附近家犬多半吃过人的尸体，从此有了狼性，爱吃人，它即使不敢吃大人也敢吃小孩，不敢吃站着的人也敢吃躺着的人。胶济沿线正是国共两军多次激战的地方，我确实吓了一跳，不敢动也不敢不动，还好，它看见我睁开眼睛，掉头走开。它还是一只善良的狗。

我遭到解放军人的搜查，我说"解放军人"，因为我料定是他个人的行为。他独自徒手站在十字路口，只对穿国军军服的人有兴趣，他不看路条，不搜口袋，仔细摸我们衣服下摆的边缘，那时候流行把金戒指缝在那里，他大概尝到过甜头。任何人都能判断，这不是依照规范执行勤务的方式，我的衣服货色好，档次高，但是搜不出任何值得一看的东西，他观察我的脸，流露出怀疑的神气。

盘查总以避免为上，我离开公路沿着铁轨走，这条路上没有行人，尤其是夜间，远处的人看不见我，火车经过的时候，我到路基下面卧倒隐蔽，不让车里面的人发现。沿途有几处简易的桥梁，铁轨悬空架设，人走在上面没法躲避火车，我使用打游击学来的方法，过桥之前，先用耳朵贴在铁轨旁听一听，如果远处有火车驶来，可以听见地壳震动的声音，我躲一躲，先让火车通过。后来回想，我的做法包藏着好几种危险。

自作聪明的人总要受到惩罚。记得那天我进入潍县境内，庆幸全程已走过一半，仍然是夜间，仍然走在铁轨上，黑暗中突然听见哗啦一声子弹上膛，同时有人大喝一声："站住！举起手来！"我站好，双手举高，说明自己的身份，对方命令："你拍着巴掌走过来。"真好笑，我打游击的时候听到故事，敌人教他拍巴掌表示手中没有武器，他左手打自己耳光，右手握紧手枪，这个解放军战士居然没听说过。

解放军在站外布哨，我进入警戒网，这又是以西各站没有的措施，可以看出中共对占领区的管理正在一步一步加强。他们把我带到一个据点枯坐，天亮以后接受军官审问。

受审时我呈上路条，他说你的路条早已过期作废了，我默然。他说你离开路条上的路线私自行动，违反规定，我又默然。我的天！他把路条撕了，他说我在河北山东逗留究竟有什么目的，他要调查，调查期间我到连队学习。

班长拿来一套土布做的棉军服，换走我的美式装备。抗战期间我穿过那种土布军服，纤维疏松，粗细不匀，很像装米的麻袋，棉花薄，后背的棉絮沉淀到下摆去了，简直是一件夹衣，他们自己已经不穿这种衣服了，也许他们准备报废的东西，故意发给我这个可以报废的人。他们有棉大衣，也没给我，换装以后，立刻寒气逼人。没有路条，我不能行动，没有那套防寒的衣服，我怎么度过春寒？我是跌入谷底了！

我加入连队以后，并没有人教我这样那样，他们几乎都不理我。有一天，我信步外出，试一试有多少自由，没人阻止盘问或跟踪。我看见一家中药铺，产生灵感，我对掌柜的说我想写一封家信，请他们借笔砚一用。

果然人要衣装，掌柜的把我当成解放军战士，十分客气，立时端出文房四宝，还摆上茶烟。我仿效当年八路军的作风，一口茶没喝，一只烟没动，我从贴身内衣的口袋里把那张纸取出来，那张我在俘虏营的书本上偷偷撕下来的纸，上面印着"东北军政大会冀热辽边区分校图书室"的图章。我用那张纸写了一张路条，然后我按照当年八路军的传统，向掌柜的敬礼道谢。

没人防止我逃走，他们也许盼望我逃走，看样子他们只对我的一身冬装有兴趣。我不必再回连队了，沿着胶济公路一直往东走。

没错，人要衣装。走着走着，一辆汽车在我身旁停下来，民间商用的货车。坐在司机旁边的那个人跳下来，问我要不要搭顺风车，他们的目的地是胶县。太好了！我又遇见天使，那时中共治下火车通到胶县为止，胶县以东是国军防守区，坐汽车去胶县简直一步登天。后来有人替我分析，也许车上有私货，他们要借你这一身老虎皮挡一下，我可不愿意那样想。

胶县和城阳县相望，城阳是青岛的外围据点，国军尚在驻守，两者中间有一道"无人地带"。我路上遇见六七个"难友"结伙前行，国军哨兵制止，我们到哨所接受盘问，填表登记，交出证明文件，我就凭自己伪造的路条申请国军收容。

第三部

那时代总统李宗仁派"颜邵章江"四老北上,正与中共商谈和平,考其时在一九四九年二月底。那时国军征兵,把南方征集的新兵送到北方,防止他们逃亡,这些人想家,盼望和平。我对国军防地第一个印象是,守在碉堡外面和桥头的国军士兵都在翻看地图,看他的家乡在哪里,有一个小青年从未使用过地图,他请我教他怎样在图上找他的家乡,教他怎样估量离家乡有多远,他是江西赣县人,说远不远,说近也不近。后来我在台北听到青岛撤退的消息,还想起那个小兵,不知道他回到家乡了没有,咳!那年代,世界上最难到的地方就是老家。

我在秦皇岛工作的时候,参与收容东北溃散的国军,发棉衣,发路费,车辆早已备妥,立即送往后方安置。我以为驻守青岛的国军也会这样办,我忘了一个重要的因素,辽沈战役结束时,平津的局面尚能维持,淮海战役还没开打,国军当局办事还有旧谱。平津既失,徐蚌又败,加上统帅引退,危局之中,就没有心情再谈大计顾后果了。我一路行来,发现中共乱中求治,天天改进,两相对照,看见国军阵营的"失败主义"。

我们奉命住在城阳县城周边的村庄里,每天每人发给主食大米,没有菜金倒也罢了,没有燃料,生米如何煮成熟饭?那时青岛地区由山东名将刘安祺驻守,保境安民、抚慰流亡都是他的职责,将在外,国防部必须尊重他的意见,有些事情只要他认为重要,他可以弥补、挽回、便宜行事。我们这批残兵都从他眼皮底下过,他到底是怎么想的?他打算要我们怎么活?四十二年以后,台北"中央研究院"出版了他的口述历史,书中细说青岛勋绩,娓娓动人,只是对我们这些"压伤的芦苇"、这些到了黄河不死心的"余数",只字未提。

我们每十个人编成一班,生活各自料理。起初,我们卖掉一部分食米换钱买柴,马上发现食米的斤两本来不足,拿米换柴之后更吃不饱。我们两人一组轮番打柴,说是打柴,谁也不敢离村一里,一里之外都是解放区的天。村头村尾大树不少,我们没有工具,没有技术,没办法爬上去锯几枝下来。我们只能朝农家种的果树下手,果树枝丫多,姿势低，木质松脆，举手之劳喀嚓一声，"桃李杏春风一家"，桃李杏一同遭殃。我们的锅灶变热了，农家的脸和心变冷了。

农民总有上诉的管道，我们奉指示（也不知谁的指示）保护果树。好吧，果树当然应该保护，我们又岂能"冻死不拆屋"？那时铁路两侧有很多碉堡，下面用木材支撑，上面堆土，时局演变到这一步，那些碉堡已经没有机会使用，里面的木材也干透了。三年前，美国的马歇尔将军来华调停国共冲突，中共要求拆除胶济铁路沿线的碉堡，国民政府坚决拒绝，停火谈判因此一度破裂，现在轮到我们动手。破坏碉堡是死罪，每座碉堡前面都挂着牌示，大家摸黑动工，我的后脑勺阵阵发凉，随时可能背后一声不许动！回身只见枪口，第二天就死在法场上。但是轮到干活的时候就得干，谁也不能独善其身饭来张口。幸亏边防巡查的部队贪睡怕苦，打牌喝酒，留给我们一线生机。哀哀父母，你们说过一千遍：犯病的（东西）不吃，犯法的（行为）不做。哀哀天地，你们普降下民做匪做盗，终于轮到我作恶。我至今痛恨自己做过这些事情，我的人生完全失败了！我也责怪刘安祺，他本来可以使我们不必做这些事情。

解放军发给我的棉军服，增添了许多写文章的材料。"只看衣裳不看人"，别人总以为我是参加了解放军再逃回来。他们推想，参军之前要做积极分子，坑害一同被俘的人，参军之后多多少少对着国军放过几枪，他们如何能容纳这样的败类？我成为他们憎恨的对象，他们用白眼看我，没人跟我讲话，分配工作的时候，多数人拒绝跟我联手，他们之间若是必须提到我，就说"那个匪兵"。那时国军还没有推行整肃清洗，他们对我只能止于歧视，我把心一横，不屑寻求谅解。（我错了吗？）

这套军服褴褛不堪，抗战时期，我们称之为"麻袋装"，没想到抗战胜利四年以后，还有这种衣服，没想到年光倒流，我又穿上这件衣服。我困在城阳大约一个星期，查万年历，阴历节令大约元宵节后，"六九"和"七九"之间，冬天还在当令。那年冬暖，白天好过，胶东半岛海风大，夜晚难熬，我仅这样一身衣服，加上食物的热量不足，单凭一句"春天还会远吗"实在挺不住。我们寄宿的农舍也是没门没窗，他们垄断铺草，占据"避风港"，我的位置正对房门，风吹进来正面泼在我身上，真个"一寒凉到骨"！我的胸腔腹腔好像成了冰箱，放出来的屁都成一股寒流，我夜夜咬紧牙关，白天满口牙根都痛。寒气由地下冒上来，我根本没法躺下去，幸亏还有一面破鼓没人要，我可以坐在鼓上，幸亏有一只猫没人发现，它悄悄挨过来，我把猫抱在怀里，贴近胸口，它像输血一样把温度输进我的心脏里，我趁此机会打个盹儿。

事后回想，那又是我的"最危险的时候"，只要一场大雪，或者害一场重感冒，我就得劳动他们到乱葬岗挖一个坑，听他们一面挖一面咒骂。

按规定我们不能进城，千幸万幸，当局说过也就算了，并未严格执行，竟有人跑到青岛市逛了一圈儿。我夜间身体缩成一团，白天天气好，也想出去舒展一下。我走到县立中学门外站住，学校永远是使我沉吟的地方。它立在大路旁边，围墙很高很长，大门两侧靠路的这面墙，石灰粉刷，平坦洁白，上面却密密麻麻写满了行人的留言：

祖宗保佑青岛见面不见不散

城阳不能待我带孩子先走了

但愿你能看到我留下的这行字谢天谢地

围墙上密密麻麻。我明白，这些题壁留言的人，城阳是他们从解放区逃出来的第一站，很显然，他们和亲人分头行动，或者途中和亲人离散，他们盼望亲人随后来到，读了放心，他们盼望彼此之间的某些约定能够实行。那是一个连一根游丝也要抓住的时代，他们在空中留下游丝。

这时，学校大门里走出一个胖子来，穿着笔挺的中山装，居然是我中学的国文老师，同时也是训育主任。他是胶东人，我在《怒目少年》里仔细写过他，上国文课的时候，我是他最喜欢的学生，可是谈到训导管理，我是他的一个麻烦，加减乘除，他是宽大的。我上前敬礼，他的表情很难解读，好像说，怎么这样不争气，瞧你这副德性！他没有多讲话，把家中的地址告诉了我，（难得啊难得，我穿着一身破旧的军服呢！）晚上我到他家，吃到一顿饱饭，听他如何立志教育家乡子弟。他目前正是县立中学的教务主任，他说他可以安排学校雇用我，他知道我能用毛笔写整整齐齐的小楷，（难得啊难得，我穿着一身共军的制服呢！）听到我的婉谢，他掏出一块银圆给我，难得啊难得，他当天下午才领到薪水呢！我本想跟他要一套旧衣服，消除"匪兵"的形象，只是未免得寸进尺，我把心一横，没有开口。（我错了吗？）

他的大名叫牛锡叚，牛老师给的这块"大头"，后来发生了极大的作用。一九八六年我向中国大陆寻觅前生，知道牛老师在一九五七年划为右派，他始终拒绝认罪，他认为抵抗日本侵略，教育青年子弟，都是正正当当的行为。"抗拒从严"，他受的折磨比别人多，他一向那样整洁，连抗战流亡都衣冠楚楚，奉命下放养猪，跟猪住在同一间屋子里。像千千万万个故事一样，牛师母也和他离了婚，反革命分子的子女不准读书，两个儿子都不识字。牛老师也好容易熬到邓小平拨乱反正，可是没多久就去世了！得青岛校友张力一之助，我找到牛老师的儿子牛阜生，"阜生"生于安徽阜阳，正是牛老师教我读书的地方，听来倍感亲切。我寄了一张支票给他，"这是我欠牛老师的债"，阜生收到了钱，不能自己回信。

国共和谈的气氛浓得化不开，南京的国民政府为了向中共表示谋和的诚意，决定就地遣散"来归官兵"，（又来这一套！）我们面前出现了国防部派来的少将高参，此人形貌猥琐，大约是挂名吃闲饭的人物，想起国军多少窝囊"豆瓣酱"，难免有人不顺气。少将的护卫从农家借来一张桌子，少将站在桌子上对我们讲话，他说你们抗战八年，剿共四年，父母妻子倚门而望，现在国防部发路费，你们回家吧！听他一席话，大家怒火上升，有人立刻怒斥"放屁"，接着有人喊叫"揍他"！许多人一拥齐上，掀翻了桌子，少将跌倒在地，他带来的护卫一面挡住众人，一面把他拉起来。

总有老成持重的人出面讲理，他才知道我们都有回家的路条，解放军也发了路费，若是愿意回家，根本不来城阳。少将毕竟是少将，他戴上帽子，整整衣服，扈从摆好方桌，他重新登台致词。他说我亲眼看见诸位反共爱国的精神，国家正需要这样的精神。他说回到青岛马上打电报告国防部，国防部一定会派船接人。

没几天，我们登上卡车，驶向青岛码头。当时口耳相传，轮船送我们到上海，大家高兴，后来知道此乃一句假话。青岛擦边过，只记得街道高高下下，市内整齐清洁。只记得招商局的轮船有粗大的烟囱，分三段漆成三种颜色。我在甲板上遇见沈阳时期的指导员，他打扮成有钱的商人，棉袍和皮鞋（还有他的脸色）都发亮。我到底替他捉刀写过文章，我如果开口借钱，他很难拒绝，我把心一横，算了！他对我总得应付一下，急忙写了一个纸片给我："这是我在上海的地址"，匆匆退入客舱。到了上海，我拿着他给我的地址团团转，找不到门牌，却遇见了一位天使，绝处逢生。不错，"生活"没有眼睛，"欺骗"是它的导盲犬。幸亏有这个假地址！

好了，我已实现壮志，走完胶济全程，沿途大小车站五十个，三百四十四公里，大约等于台北到台南。大演奏照例有个尾声，"来归官兵"坐在货舱的舱底，同路人早已坐满了，我想找"立锥之地"很难，我挨近谁谁就教我滚开，在他们眼里，我是仇敌。我只有坐在由货舱通往甲板的楼梯上，依照规定，楼梯不能坐人，船员来赶我，我赖住不动，他无可奈何。

最后有个小高潮。我坐在楼梯上打盹，一头栽下来跌到人丛中去了，他们按住我一顿打。这身军服给了我一些方便，也招来无妄之灾，祸福相倚也是一种拉锯战，寒来暑往如同患了一场疟疾。

4　上海市生死传奇（上）

由青岛到上海，海程四〇八海里（七五六公里），一路风平浪静。

我在舱底打盹,断断续续做梦,又梦见自己在空中飞行,肉身沉重,醒来筋骨酸痛,发觉船已停了,甲板上一片静悄悄,没有人声。

我走上甲板察看,只见天气晴朗,红日东升,船停在水中,水色浊黄,岸上有树木人家,显然已离开大海,驶入江心。青岛上船时,听到的消息是上海报到,开航以后,船员说实话,他们奉命到安徽安庆第七绥靖区交人,这里显然仍在中途。

我不想去安庆,直觉反应此处不宜久留,可是下一步怎么走?彷徨间只见有人摇着一只小舢板来卖香烟,我打听这是什么地方,千幸万幸他听得懂,他说这是上海,千幸万幸我也听得懂。我明白了,押船的官兵为我们布置了一个"水牢",然后进城游乐去了!我当机立断,掏出牛老师给我的那一块银圆,那是我饥寒交迫中的全部财产,我知道必需罄其所有快刀斩麻。多么可爱的牛老师!多么可爱的银圆!然后,多么可爱的船夫啊,他立刻收起生意,渡我上岸。那是一九四九年三月,金圆券面临崩溃,银圆一元兑换纸券三十万元,这个数目对他有很大的吸引力。

千幸万幸没人看见。上岸后照船夫指示的方向走,经过一些农家,看见田地里插着东倒西歪的木柱,挂着稀稀落落的铁丝网,心中纳闷:难道这就是防御工事?这样的工事怎能抵抗解放军进攻?一直往前走,掏出指导员留下的地址问路,一直走进中心区最繁华的地方,两年零十一个月以前我来过,我还认识它。

指导员指定的那条马路,一侧全是高档商店,店员看见我走近,急忙拿出几个零钱来打发,我摇手拒绝,请他们看地址,他们伸手往马路对面一指。怎么对面这一边根本没有住宅?马路很长,我由这一头找到那一头,再从那一头找到这一头,不见目标。好容易拦住一个行人,他懂普通话,他告诉我这里是上海有名的跑马厅,根本没有门牌号码。我的心往下一沉,可是我不死心,我不能离开这条马路,这条路是我在大海中的一根救生绳。我仍然沿着马路寻找,由这一头找到那一头,再从那一头找到这一头。我想我是疯了。

后来知道，那时上海警备司令部组织了纠察队，沿街逮捕散兵游勇，倘若被他们捉到，以我尴尬的装扮、凶险的经历，经过他们的安排，我会化成保卫大上海的一滴血。可是我在市区逗留了那么久，没碰见纠察队。（也许他们正在打牌？）我是活在国民党的缺点里。（死在共产党的优点里？）

万难设想，我碰见了同事朱少校，如果这是写小说，读者一定认为不可能、不合理。"不信书，信运气"，我是歹命，当命运打盹的时候，我就绝处逢生。

我与朱少校一同在秦皇岛兵站办公，一同在天津被俘，同时释放，他在俘虏营里替我用盐水洗眼消炎，河北一别，我以为再也没有见面的机会。他的脸色黯淡，那时到处可见精神委靡的军人，连续的挫败销蚀了他们的自信。他第一句话就告诉我："上校爷爷"担任上海军械总库的副总库长，秦皇岛的那个军械库也来了，设在江湾，可爱的朱少校，他知道我最需要的是什么。然后他掏出几张钞票给我，我把他的手推回去，他淡然地说"你还是那个脾气"，像是褒又像是贬，不再勉强。

他什么也没问我，倒是我问他时局怎么样，他说"坏透了"。我问他在哪个单位工作，他说他要去安徽安庆，安徽安庆？我真希望他这句话是个谎，倘若果真，一个月后解放军渡江南下，东南地区国军全线溃退，朱少校啊你在何方！

奔到江湾军械库，先找我的堂弟东才和同学袁自立，他俩都是我在秦皇岛从中安排得到工作，劫后重逢，两人热情接待。不仅如此，我赫然发现父亲也在江湾，蒙他们两位照料！这一惊一喜非同小可。淮海战役发生，父亲难以留在浦口，妹妹和弟弟把他接到流亡学校里去住了些时，跟学生一同吃大锅饭，学校缺粮，他又到上海投奔堂弟。我能脱离解放区回到父亲身边，对他们每个人来说都是个意外，他俩能在我行踪不明之后照料我的父亲，真是今世难见的高风。

我和父亲无言相对，多少该说的话都没说，多少该问的问题都没问，多少该流的泪也没流。我们都知道相逢是个奇迹，但是也知道只有一个奇迹不够，下一个奇迹更难、更不可能。我们等待更大的痛苦，更深的绝望，因而陷入致命的疲倦之中。

江湾区的位置在长江南岸，靠近吴淞口，水运方便，住宅稀少，适合囤放军械弹药，联勤选中这个地方，用铝版组合了一望无际的库房。我的工作是每天登记械弹发出和收进的数目，制作日报表呈报总库，工作清闲，可是我完全不能写作，因为我丧失了反刍的能力和想象的能力。

我也不再那么爱看报纸，我仿佛可以料到以后会发生什么事情，人若未卜先知，还需要新闻报道吗？办公室里有一份《新闻天地》周刊，那时正是这份刊物销量最大、声望最高的时候，我在江湾只接触到这一份新闻媒体，我写这篇文章的时候，从圣约翰大学图书馆找到《新闻天地》合订本，整理我的回忆。

还记得我到上海不久，代总统李宗仁再派五名代表与中共议和，中共指定代表团四月一日北上，我看到这天出版的《新闻天地》，封面大字标题印着："万愚！万愚！"四月一日是西方的愚人节，中共怎么选了这个好日子，简直是"痛苦的滑稽"！那时《新闻天地》热心讨论国府"划江自守"，国共"隔江而治"，它说长江以南没有共军，长江号称"天堑"，有利防守，"反共靠水"，国府尚有完整的海军。它说国府虽失去东北和华北，白崇禧的大军尚在湖北，胡宗南的大军尚在陕西，陈明仁兵团尚在湖南，山西有阎家，甘肃有马家，加上四川和云南，国府还有议和的本钱。它说斯大林反对解放军渡江，对毛泽东当然有影响力。美国驻华大使赫尔利和美国总统特使马歇尔调停国共冲突的时候，中共都坚持组织联合政府，现在中共可以一偿宿愿了！这些推断，可以代表当时江南多少人的希望。

可是这一切都是梦幻泡影。

父亲原住北四川路底，有一段时间我每天在北四川路上通勤，看我生命中最后的上海。旧地重来，光景变了多少，怎么处处有衣冠楚楚的人摆地摊？原来百货滞销，公司没钱发薪，改用产品折价相抵，由员工满街摆摊求售，居然是日本投降日侨等待遣送的光景。历史决不重演，只是往往相似！交臂接踵，多少卖美钞的小贩，手中新钞刷刷响，多少卖银圆的小贩，手里的银圆叮当响，那是他们的广告，他们低着头沿着人行道不停地走来走去，等顾客找上来，一同躲进小巷里成交。那时贩卖美钞银圆是死罪，马路作刑场，就地枪决，我曾撞上行刑的场面。可是不久禁令解除了，又准许人民使用银圆，我情感麻木，理智未泯，这就是法律的"相对性"！书本上说，宣信爵士（James Simpson）是最后一个因盗窃罪而被吊死的人，那么最后一个上法场的银圆小贩是谁？他也该留下名字。三十年后，两岸政策急转弯，总有最后一个因"通匪"而判刑的人，总有最后一个因"反革命"而劳改的人，他们应该是重要的新闻人物，让我们思考法律到底是什么。

那时人人买银元，通货恶性膨胀，"金圆券"每小时都在贬值，餐馆卖酒按碗计算酒钱，第二碗的价钱比第一碗高，排队买米，排尾的付出的价钱比排头贵。坐火车的人发现餐车不断换价目表，一杯茶去时八万元，回时十万元。买一斤米，钞票的重量超过一斤，银行收款不数多少张，只数多少捆。信封贴在邮票上，而不是邮票贴在信封上。饭比碗值钱，煤比灶值钱，衣服比人值钱。"骑马赶不上行市"，"大街过三道，物价跳三跳"，生活矫治犹豫，训练果断，人人不留隔夜钱。乡间交易要盐不要钱，要草纸不要钞票。

还记得读过张恨水的小说《大富国》，人人有一本钞票簿，每一页上印着"1"字，付款的时候，自己掏出橡皮图章盖数字，图章上刻着"0"字，你爱盖几个零就盖几个零。还读过谁写的《李伯大梦》，李伯打电话，接线生告诉他每分钟多少钱，通话中间，接线生每分钟插播进来，告诉他电话费涨了，现在每分钟多少钱了。算盘本来十三档，大商店用的算盘加到十七档，因为交易的款项动辄几百亿几千亿。

那时只见新钞不见旧钞，钞票还没印好，印制的成本已急速上涨，许多新钞不能发出，或发出后成为废纸。我看见儿童用新钞折飞机互相投射，狼藉满地。政府只有拼命印大钞，小钞成捆，还有虚幻的重量和体积，三两张大钞在手，才令人孤苦悲凄，命薄如纸。最后新疆省银行发行过世界最大面额钞票，每张六十亿元，共印制四百八十万张。二〇〇四年五月十四日，美国一位收藏家展出这张钞票，电视幕上犹足以令人触目伤心，这一张钞票已说明多少人荡尽了家产。

发行金圆券是个骇人的连环骗局，当初说金圆券一圆含金 0.22217 盎司，但是并未铸造硬币，这是一骗；当局定下比例，以金圆券二亿换回法币六百万亿，这是二骗；本说发行总量二十亿，马上又有"限外发行"，这是三骗；然后干脆无限制发行，最后发行量超出三十四万倍，这是四骗。他骗谁，金圆券出笼的那天，聪明狡黠的人立刻去换银圆、买黄金，把金银埋藏在地下，那效忠政府、信任政策的人，纷纷把黄金美钞送给银行兑换新钞，政府骗了最支持他的人，骗得很无情。那时民不聊生，我和父亲的生活当然也十分困难。

乱世传奇多，这时候五叔忽然来到上海。我曾在上一册自述《怒目少年》里详细叙写五叔，他是个英勇的抗日军官，自武汉会战起，参加多次重大战役，抗战后期驻扎云南，曾参加缅甸的苦战。他受继祖母的影响，和我的父亲感情不睦，但是我做流亡学生的时候，他还是两次汇钱接济我。

抗战胜利，国府裁军，多少军官降级或失业，五叔所属的第二军也改成整编第九师，他本是炮兵营中校营长，立下很多战功，整编时升为上校炮兵指挥官。国共两军冲突激烈，眼看要打内战，五叔反对内战，毅然辞职。当时国军将领一片主战之声，五叔写信给"上校爷爷"提出自己的看法，他引用孙子兵法："知敌之可击而不知吾卒之不可以击，知敌之可击、知吾卒之可以击，而不知地形之不可以战。"

五叔脱离军职以后，一度在京沪线上经商，共军渡江之前，他到上海探望"上校爷爷"，顺便约集在上海做难民的本家本族见面。他叮嘱必须瞒住我们父子两个，他离开上海的时候又交代族人传话给父亲："告诉他我来过。"五叔为什么这样做？我只能有一个解释，他要伤害我父亲。我怎样描述父亲的反应呢？没有愤怒，没有悲伤，没有惊讶，也没有评论，我不知五叔达到目的了没有，我无法窥探父亲的心灵，他确实伤害了我，听到消息，我的小腹好像遭人猛击一拳，隐隐作痛，断断续续痛了许多年。五叔汇钱到流亡学校接济我，并且和父亲通信，那是表示对我有期望，上海过门不入，那是表示对我绝望，我连累了父亲。从那时起，以后许多年，我们再也不提五叔。我自己暗中纳闷：一九四九年，上海，当时已是"人之将死，其言也善"的时候，五叔干吗还要来这一套？

　　以后的事情我提前写在这里。和谈破裂，共军渡江，五叔一家带着继祖母、五姑还有四叔一家逃难，他们经湖南、入广西、最后逃到云南。继祖母在广西柳州去世，五姑在广西南宁出嫁。五叔一家和四叔一家在云南昆明定居。五叔在昆明之南的呈贡弄到一块地，亲自下田耕种，做胼手胝足的农夫，他为了符合"无产阶级专政"的要求，努力转型。

　　他不知道这种努力完全徒劳，他不知道在"人民民主专政"的体制下，"隐居"是消极抵抗，"隐者"是敌人潜伏蹲点。终于有人检举他组织反共救国军，终于他受审、判刑、交付长期劳动改造。劳动改造驱使政治上毫无价值的人发挥他的经济价值，同时也寓有教育作用，"晒黑皮，炼红心，汗水洗掉旧思想。"不幸中之大幸，中共没有把五叔发回原籍受辱，异乡的心理压力毕竟轻一些。五叔没有恶行，审判他的人也知道"反共救国军"是欲加之罪，案情虽然严重，但只有他一个被告，没有一兵一卒，也没有一枪一弹。专政虽然严苛，好歹也还有些寸短尺长，仅仅判了劳改。昆明的气候保护了他，种植的作物容易生长，一年到头几乎没有冬天，挨冻和受饿都免了。但是人生如戏，场地布景有差别，剧本情节有样板，五婶和五叔划清界限，离婚改嫁了，他的子女分散各地。

　　很惭愧，我虽然混到五十多岁，仍然没有力量充分去做我该做的事情，我不得不想：五叔当年汇给我的三万老法币究竟是多少钱？中国人常以黄金衡量币值，我查出抗战胜利那年，依中央银行的牌价，黄金每市两恰是老法币三万元。我找到五叔下落的时候，黄金每盎斯美金三百五十元，一盎司不足一两，大约八钱多重，算来每市两黄金大约美金四百多元。五叔后人以大弟弟最为困窘，以小妹妹照顾五叔最多，还有五姑，她在患难中和五叔手足情深，我以当时十两黄金的售价回馈他们。

不过中共对五叔的思想改造恐怕没有彻底成功，我看到他刑满释放后拍的一张半身照片，肌肉健壮，眼神流露着不明白和不甘心。那时政策上开始平反冤错假案，他四处出奔波申诉，没有成功。那时海外统战工作优先，海外关系吃香，他打听我在台北的地址，希望我能替他申请，无奈我们彼此音讯断绝。我本来不可能对五叔有任何用处，两岸新局硬是把我这样的人抬高，使我能做出根本不可能做到的事情。五叔侥幸，我只有惭愧。我尊敬五叔的为人，中国大陆对外开放以后，我在纽约开始打听五叔的消息，他现在需要我，一如我当年需要他，他的投资并没有落空。第一步，我先和老家兰陵的族人通信，用"顺藤摸瓜"法找到五姑（广西南宁），又从五姑处找到五叔的大儿子（甘肃银川），再找到五叔的小女儿（云南南华）。那时海外华人流行给国内亲友寄钱，我也顺从时尚。五叔早已去世了，他在小女儿家终其天年，后事也是小女儿和女婿独力操办，我对这位小妹妹表示了偏爱。

五叔念念不忘平反，我根据他老人家的遗志，找到本族出身的一位老革命王言诚先生。

王言诚和五叔是少年时期的玩伴，战前参加共产党，名字改为"田兵"，他是田野诗人，随军记者，内战结束后调到中央，参与文艺政策的执行，虽然是老革命，始终还有儒家的忠恕之风。"文革"期间，忠恕之心误事，贬到贵州省做文联主任，人脉仍在。蒙他老人家出面运作，以我的名义提出申请，五叔的未了之愿得以实现。

我看到云南省高级人民法院的刑事判决书，上面写着五叔晚年几件重大的事迹：

　　一九五六年，以组织反共自救军罪名被捕。

　　一九五七年五月三十一日，判处有期徒刑十五年，不服上诉，加判五年，改判为二十年。

　　一九七六年释放。

　　一九九三年五月，原判撤销，宣告无罪。

我把判决书影印了，寄给五叔的子女们，每人两份。我希望他们把其中一份交给服务单位的人事部门存盘备查，使他们不再是黑五类反革命的后代。这些弟弟妹妹终有一天发觉这张纸重要。

内战时期，解放军非常需要炮兵人才（还有工兵、通信兵和军医），五叔即使作战被俘，也能受到相当的优待。如果及早随着部队起义，还会吃香一阵子。五叔反战，因为内战是自相残杀，五叔拒降，因为投降丧失人格气节，他选择了"隐"，希望用背脊朝天低面求土赎回自己。这些年，我想来想去，他是个儒家，那年代，国内外一切儒家之徒都没有好下场，他不能幸免。

五叔一九〇八年四月生于兰陵，一九八四年一月因脑溢血死于南华，享年七十七岁。一九九六年十二月八日正式营葬，墓地选在云南呈贡郊外的山坡上。据说兰陵王氏是由异地移民而来，许多山东人本来世居云南，因吴三桂反清失败，遭清廷集体发配山东。据说山东老人病故，家属在出殡时祝福亡灵"大道西南，一路平安"。意思是魂归云南故乡。五叔安葬云南，也算是死得其所了罢。

5　山东青年的艰苦流亡

一九四八年，解放军在山东战场上节节胜利，占领区不断扩大。那时中共要彻底改造中国社会，对原有的价值标准、生活方式、伦理结构完全颠覆，而且手段极端激烈，原有的中上层阶级难以继续生存，所以每逢国军败退的时候，照例有大批难民跟随逃亡。这些难民原以为国军可以收复失地，他们可以重整家园，可是失地越来越多，他们却没有能力越逃越远。

在他们逃亡的时候，许多学校也随着战局的变化迁出山东，成为流亡学校，孩子们离开父母，另外去过集体生活，他们的父母家庭坐地认命等候解放，他们的学校还能奔向天涯海角。中国人有一个传统的想法，即使剿家灭门，只要有一个孩子逃出去，这个家庭就有一条根留下来，对祖先有个交代。于是难民家庭纷纷把孩子送进流亡学校，这就是为什么山东有那么多流亡学生。

依王志信、陶英惠两位先生合编的《山东流亡学校史》，那时山东省政府在江南一带成立了三十二所学校，收容学生三万多人。其后辗转迁移，山东省教育厅长李泰华，继任者徐轶千，主任秘书李梅生，加上全体督学，他们千辛万苦，各校校长更是历尽艰险。

父亲住在徐州的时候，有人介绍他到乡下农家去教家教，也就是私塾。父亲知道资讯重要，每逢星期天进城打听新闻，他听说山东省政府在江苏宜兴成立"海岱中学"，收容鲁南鲁西的流亡学生，决定把弟弟妹妹送进去读书。那时妹妹和弟弟都没读过中学，资格不合，父亲步行北上到峄县，拜访峄县中学校长宋东甫，请他证明弟弟妹妹都是峄县中学的学生。徐州到峄县大约七十公里，父亲从这条路逃出家乡，现在又走回去，一路上只见尸体，不见行人，村庄里有枪声，没有炊烟，共军国军或还乡团都可能杀死他。他老人家一向行为谨慎，为了子女，这是他平生最大的冒险。

父亲是个守旧的乡绅，严厉而沉默，平时和儿女没有什么沟通，更不相信"以鼓励代替责难"之类的诫条，用今天的标准衡量，他有许多缺点。但是他的道德勇气也是从旧环境旧人生观培养出来，他在激湍中坚定地撑着一艘又小又破的船，没有帮手，只有载重，他有高度的毅力和责任心，临难应变，大勇大怯，能屈能伸。

宋校长慨然答应父亲的请求，他是一个有远见的教育家，相信年轻人"读书便佳"。他不久就率领峄县中学师生南迁，行前扩大招生，带出来一千多名家乡子弟,那时山东是全国流亡学生最多的一省,峄县则是山东全省流亡学生最多的一县。宋校长和他的学生加入济南第四联合中学,共军渡江,情况紧急,他带领师生经湖南广州到台湾,学校带出来一部"万有文库",连一本也没丢掉,他治校的能力可见一斑,学生至今对他感念不忘。

海岱中学校长先为马观海,后为刘洪九。校本部设在江苏常州,第二分校设在宜兴,上海、宜兴两地不远,中间隔着苏州。这些地方都在长江南岸,著名的徐蚌会战(淮海战役)就在江北一大片土地上进行,那时父亲住在长江北岸的浦口,国军失利,京沪一带的秩序已经乱了,十五岁的妹妹孤身一人,穿过一群一群散兵和难民,把六十二岁的父亲从浦口接到宜兴。妹妹去见校长,要求学校暂时收留父亲,妹妹还去见宜兴县长,要求县政府给父亲安插工作。平津战役结束,堂弟东才随军械补给库撤退到上海,妹妹跟他联络,要求他暂时照顾父亲。这位堂弟答应了,所以父亲到了上海,住在江湾。

读《山东流亡学校史》,据刘朝贤、祁国祥撰文记述,一九四九年四月,解放军渡江南下,各流亡学校并没有完善的应变计划,仓促之间,有些学校陷入解放军的大包围圈,无路可逃,有些学校的师生认为走到这一步,流亡学校的人事已尽,今后只有各凭天命。海岱中学校长出差还没回来,校中无人定夺大计,出走的时机稍纵即逝,海岱中学校本部教务主任单一之对学生振臂一呼:"谁愿意走?跟着我!"八十几个人站到他的身边来,我的弟弟妹妹都在其中,第三分校训导主任王逊卿来了,他决定走,学生两百人紧随不舍。人在这个时候是孤独的,十几岁的孩子只有自己作出决定,自己负担后果。

这时南京不守,上海保卫战开始,由宜兴到上海的路断了。他们绕了一个大圈子,上海在他们东边,他们不向东走,向南走,经过五昼夜奔波,到达杭州。海岱中学原有师生两千七百人,杭州集合只剩下六百多人,这时杭州已是空城。

单一之、王逊卿两位老师再一次追问:大家谁愿意继续往前走?

有些学生意志动摇，有些学生实在走不动，他们离开杭州的时候，只有两百多名男女学生一同上路，我的弟弟妹妹仍在其中。他们绕道萧山、绍兴、余姚、宁波，冒险前进，炮声中进入上海市。一路快跑慢跑都在"真空地带"，他们经过村庄，国军刚刚退走，他们离开村庄，共军跟着进来，这才明白什么叫"势如破竹"，用刀劈竹子，刀刃未到，竹已裂开，解放军未到，村镇城市已经解放了。那年弟弟十三岁，妹妹十五岁，年龄那么小，他们怎么能走过来，他们饿了吃什么，渴了喝什么，累了怎么休息，夜里怎么睡，万一病了怎么办，他们怎么能不掉队，掉了队落了单怎么还能找到路，我不敢想也不敢问，他们对这一段经历永远永远不能忘记。

海岱中学师生两百多人五月八日到上海，当天晚上，弟弟妹妹来江湾见面。那时我逃到上海大约四十天，通货膨胀的压力沉重，我和父亲度日十分拮据，口袋里的钱只能请他们在路边摊喝开水吃烧饼。弟弟和妹妹长大了，还不够大，需要有人布置环境供他们顺利成长，共军渡江，流亡学生星散，他们能通过百分之九十的淘汰率，奋勇出线，也许在心理上、在下意识里，上海还有一个哥哥做了无形的牵引吧，但是我能做什么，"与君一世为兄弟，只是相逢在道旁！"

我是流亡学生过来人，知道弟弟妹妹多么需要零用钱。我穿着解放军士兵的"麻袋装"到江湾，连一根皮带也没有，腰里捆着绳子，上海难民区有兰陵王族二十多家，没人请我喝过一杯开水。军情紧急，上海随时可以失陷，银行已停止贷款，商家已拒收期票，我如何能向同事借钱？我任他们空手而来，空手而去，我虽然麻木了，仍然觉得羞愧，比我在青岛外围收容所里偷鸡摸狗更羞愧。我只能暗中思想，以后，如果还有以后，我再努力补偿。

短短十六年，中国出现三代流亡学生，短短十二年，我家出现两代流亡学生。我以第二代流亡学生看第三代流亡学生，弟弟出生对我十分重要，父亲一生唯谨慎，他有了第二个儿子才敢放走第一个儿子。他老人家的规划没有错，只可恨从第一个儿子流亡到第二个儿子流亡，命运给的时间太短了，我想我们是在张皇失措中挫伤了心灵，以后许多年，我们都不懂得怎样使别人快乐，也不懂得怎样使自己快乐。

单、王两位老师求见指挥上海战役的汤恩伯，汤将军马上接见，也马上给他们调度船位。五月十九日，他们在机枪声中驶入大海，前往台湾，这时是上海失守前七天，普通人等乘船已不可能。抗战时期，汤恩伯办过流亡学校，他有观念，知道学生重要，"任何一层地狱里都有天使！"可是这些流亡学生到了广州，想去台湾，坐镇台湾的陈诚就另是一副面孔了。

放眼看山东流亡学校的大流，烟台联合中学才是高潮。山东学生离乡流亡有两个出口，一条路南下到江苏徐州，一条路东进到青岛，青岛是山东全境最后的孤岛，青岛撤退前，省政府把流亡学生两千多人送往上海，成立烟台联合中学。

烟台联合中学由五所学校合成，其中两位校长争着做总校长，相持不下，教育厅决定另外请一位更有声望、更有能力的教育家出山摆平，以免组织的裂缝扩大，他们想到张敏之。

据《烟台联中师生罹难纪要》张敏之先生年谱，他是山东牟平人，复旦大学毕业。他从二十六岁起即担任教育工作，三十一岁出任山东第六联合中学校长，有率领千余师生迁出战地的经验。李仙洲将军成立流亡学校（国立第二十二中学），聘他为教务主任，他三十五岁。山东省政府成立流亡学校（山东第一临时中学），聘他担任校长，他三十六岁。抗战胜利，共军扩充解放区，张敏之又率领第一临时中学师生走避徐州，希望迁回山东。他在战争威胁下一面流动一面推行正常教育，校风和教学成绩都是一等一。

抗战时期，风闻山东省教育界有一"共识"，抗战胜利，第一临时中学当然就是山东省立山东中学，校址当然设在济南。可是爆竹一声胜利了，收复区发生政治利益分配的问题，连学校的校址也成为筹码，张敏之到了徐州，才知道"省立山东中学"已在济南成立，他一怒辞职，跑到青岛市政府去做参事。

山东省教育厅主任秘书李梅生乡长对我谈起张敏之，一九四八年十一月，山东省教育厅长李泰华为烟台联中物色校长，唯恐张敏之心中尚有"前嫌"，不肯答应。李梅生认为张敏之是个肯做事的人，青岛市政府的那个参事是个闲差，他不会恋栈，如果他知道这里有两千多名山东子弟需要他，他的使命感会超过一切。

可不是？电报打过去，人立刻飞过来。他十一月十五日带队出发，半个月后，也就是次年一月，烟台联中在湖南开学，这时张校长四十二岁。

张校长真的跳了火坑，国军守不住江南，他把学生带到台湾澎湖，山东流亡学生到澎湖者约八千人，澎湖军方硬把五千多男生编入野战部队，各校推张敏之为总代表，为学生受教育的权益力争，澎湖军方为他量身定做了一个"烟台联中匪谍组织"，置他和分校长邹鉴等七人于死地。而今而后，谈教育史必定谈到流亡学生，谈流亡学生必定谈到山东，谈山东流亡学生必定谈到张敏之、邹鉴，谈张、邹两位校长必定谈到烟台联合中学，先烈之血，教育之花。我常想，如果他留在青岛做他的参事，七个月后青岛也撤退了，他到台湾弄个中学校长干谅也不难，那些年，在台湾当中学校长是很舒服的差事。可是"他是一个肯做事的人"，老天这样对待他！难怪那是一个无神论的时代。

张敏之校长就职四个半月，解放军渡江南下，各路流亡学生仓皇向广州集中，"地经七省，跋涉万里"（陈子雷语），三万流亡青年经过疾病的筛检，恐惧的筛检，饥饿的筛检，怀乡病的筛检，多少人陷入解放军的包围圈，那也是一种筛检。最后还有大约一万人奔到广州，那已是一九四九年六月，上海已经失守。

那时山穷水尽，中国大陆势将没有他们的容身之地，在国民政府眼中，这些人应该是非常难得的"余数"，如果国民政府还有价值标准的话，这些人应该是千挑万选的精金美玉。各校校长天天开会，天天奔走请愿，要求国民政府把全体师生接到台湾，居然很难，很难。

那时台湾由陈诚当家,他禁止学生入境,除非学生先当兵。政治大学和国民党渊源极深,陈诚拒绝他们的申请,他们只好退到四川。教育部青年辅导委员会要在台湾设立台湾办事处,竟然也办不到。我手边有长白师范学院学生杨道淮的《流亡学生日记》,海军擅自把他们由海南岛送到澎湖,陈诚大发雷霆,他们的院长奔走交涉,受尽委屈,最后还是必须把学生送进青年训练团。

内战发生前后,全国各地不断发生学潮,学生的口号和行动几乎都是配合中共的斗争路线,学潮成了中共的战术工具。国民政府处理学潮焦头烂额,既丧失颜面又消耗元气,多少军政要人对学生的看法情绪化了,陈诚不但把学生当做祸水,就他拒绝教育部的青年辅导委员会设立办事处来看,简直把教育看成乱源,可以说是这种情绪的代表,他"虐待"现在看得见的学生,当做是惩罚以前闹学潮的学生。后来澎湖军方对山东流亡学生打压摧残,特务和军队联手构陷,手段毒辣,恐怕也都同样出于"情绪失常"。

那时秦德纯来到广州,他是军界前辈,以国防部次长兼山东省主席,他和陈诚对话,打开了流亡学校的申诉之门。聪明人想出一条妙计:山东的流亡学生不入台湾本岛,只到澎湖,而澎湖岛事实上是台湾的一部分。澎湖防卫司令部负责收容这些学生,十七岁以上的男生文武兼修,半天受战斗兵训练,半天受中学教育,如果解放军打过来,这些青年拿起枪杆进战壕,如果太平无事,这些青年将来拿着文凭去考大学,这批流亡学生既是兵也还是学生。另外军方成立"澎湖防卫司令部子弟学校",供女生和十七岁以下的男生读书,陈诚的意志贯彻了,山东人的要求也没落空。

无论如何这是把学生送进军队,军队怎样对待学生,老师们平素都有所见所闻,但是除此之外再也没有别的办法。这时一个幻觉出现了,日暮穷途的人靠幻觉支持。澎湖防卫司令李振清也是山东人,而且他的另一个名字也叫李仙洲,山东人称为"小李仙洲"。抗战时期,"大李仙洲"收容山东的流亡青年,教育的目标也曾以文武合一为名,实际上却是偃武修文,"大李仙洲"虽是军人,他对流亡学生的培育呵护俨然有大学校长之风,那个叫大李仙洲的山东人可靠,这个叫小李仙洲的山东人也应该可靠,于是大家由无可奈何变成心安理得,登上轮船。山东流亡学生原有三万多人,广州集结一万多人,登船去澎湖者八千多人。

大难来时各自飞,怎么飞也飞不出苦难的网罗。那年代事情总是向坏的一面发展,澎湖防卫司令部把五千多名学生强迫编入步兵团,"文武兼修"根本是个骗局,骗局!学生抗议,他们暗杀学生,校长抗议,他们枪毙校长,这个"白色恐怖第一大案"在台湾发生,我的下一本回忆录写台湾岁月,势必有个下回分解。大李仙洲做梦也没想到,他留下信用,小李仙洲的干部拿去恶性倒闭,"每一层天堂里都有一个魔鬼"!天下事谁能先知,善因常结恶果,休怪我也有过无神论时代。

这一群流亡学生虽然再经过销磨折损,还是出了许多人才。张敏之校长夫人王培五女士在特务监管、亲友疏离、生活贫困之中,把儿女教养成国际知名的学人,她并且在回忆录《十字架上的校长》里,缕述山东流亡学生日后的成就,计有:

将级军官近百人,佼佼者如"国防部"副部长王文燮,"海巡部"司令王若愚,"陆军总司令"李祯林。

文教界多人,佼佼者如政大校长欧阳勋,"中央研究院"院士张玉法,近代史研究所研究员陶英惠、吕实强、张存武,"中华经济研究院"院长于宗先,国民党党史会主委李云汉。台大文学院长朱炎,台大教授孙同勋、韩复智。文化大学史学系主任马先醒,政大教授李瞻、杨懋春、徐炳宪、姜占魁,花莲师范学院校长鲍家聪,师大视听教育馆长陈永昭。

政界学界两栖人物,佼佼者如台大校长、"国防部"部长孙震,台大教授、"考试院"秘书长王曾才,"内政部"主任秘书庄惠鼎。

警界出身的佼佼者,如"警政署"署长颜世锡,"出入境管理局"副局长刘蓬春,警务处长于春艳,"营建署"署长潘礼门。

艺文界人士也极多，众人熟知者有编剧家张永祥、赵琦彬，画家于兆漪。

科学方面有核子专家莫玮，昆虫学家程显华，太空医学中心主任王文景，三军总医院副院长杜方等多人。

这么长的一串名字，证明当初禁止流亡学生入台，决策人犯了大错。不仅如此，这一串名单也提醒我们，人在压抑之下、忧患之中，仍然要勇猛精进。澎湖的生活一言难尽，吃不饱，穿不暖，挨打受罚，冒着强劲的海风翻山越岭，修路筑碉，时时准备横尸海滩，保卫台湾，正如某政论家所说，政府对他们"待之不如牛马，所望有过于圣贤"。他们依然立志，依然进修，决不自暴自弃，压伤的芦苇自己不肯折断，将残的灯火那是自己熄灭。天助人助者，人助自助者，这群流亡学生无论成就大小，知名度高低，都成社会上的有用之材，"苦其心志，饿其体肤，空乏其身，动心忍性"，都发生了正面的作用，这"八千子弟"是八千个证人，证明咱们受中华文化陶冶的人可以具有这般韧性，青年朋友可以从中寻找大勉励、大启发。谁来从青年成长的角度写山东第二代流亡学生的历史？恨我不能。

事后回想，我替"小李仙洲"可惜。一九四九年，澎湖，如果他能培养这批青年，上面这一张耀眼的名单，都是他的学生，其中任何一个人的成就都是他的成就，这一群人对他的感念，足可使他的晚年享到天国的幸福。这张名单上，如果有任何一人不朽，足以使他不朽。在这方面，他的机会比"大李仙洲"好。他无须不择手段维持军权，可惜他没有智慧，无计两全。

6　上海市生死传奇（下）

一九四九年四月我在上海的时候，国共内战未歇，大家仍然幻想和平。那时李宗仁主政谋和，以李宗仁为首的桂系和中共有交情，抗战期间，桂系人马常说，国民党蓝色，共产党红色，我们桂系是紫色。

那时大家的印象是，中共一向主张和平，全是蒋介石要打。

但是中共把李宗仁列为内战的第二号战犯（第一号是蒋介石），李宗仁上台努力谋和，中共的电台仍然天天广播四十三名战犯名单，要求严惩战犯，没有缓和的迹象。

本来"战犯"是国际战争才有的罪名，国内战争用不上。那时抗战胜利未久，审判日本战犯的经过深入人心，中共宣传家乘势袭用这个名词，抢占正统上风。中共推出的和平条件"八条二十四款"，也是模仿盟军要求日本"无条件投降"。现在可以读到张治中的回忆录，他是国府派出和谈的首席代表，一向亲共，主和最力，连他也在回忆录里说，中共的条件"苛刻"。

可怜的北方难民，可怜的南方百姓，犹在巴望和平。霹雳一声，四月廿一日夜间，解放军在安徽荻港渡江，他们事先挖了一条运河，准备船只，国军毫无所知，而渡江前一连三个月，气象台向解放军提供天气风向风力预报，中央地质调查所提供了五万分之一的地图。说什么"长江无边，燕子也要飞三天"，说时迟那时快，西起九江，东至江阴，两天之内，三十万解放军全线强渡成功。

那时依我们可怜的、有限的常识推想，江防既已不守，两军应在江南决战。可是国军纷纷不战而走，那时报纸使用次数最多的字就是"撤退"，刘汝明在他的回忆录里面说，那时国防部命令他在第二线布防，他找不到第一线在哪里。

后来台湾的历史教授编写教科书，把这一连串撤退写成"不守"。十几岁的少年学生问老师"你们为什么不守"，二十几岁的青年教员怔住了，无法回答。李宗仁在哥伦比亚大学口述历史，指责当年蒋介石故意放弃东南的半壁江山，使他无法收拾残局，时人有云：蒋介石把门交给李宗仁，自己带走钥匙。今天回顾历史，他那时想"守"也不成。四月二十一日，江阴要塞投共。二十二日，海军第二舰队投共，浦口失守，我想起朱自清在浦口车站望着他父亲的"背影"。二十三日国军放弃南京，流民趁机抢粮店布店。京杭公路上，撤退的军队抢汽车汽油。南京中央广播电台有一位女播音员,长于播报新闻,那天晚上九点钟的广播新闻仍然由她播出,只是换了不同的立场和口吻。

南京是首都,依传统观念,首都失守就是"亡国"。安庆也失守了,军方曾指示溃散官兵都到安庆报到,抓到散兵游勇也送到安庆编训,安庆显然是整军经武的基地,除此之外,无锡、镇江、宜兴(我弟弟妹妹读书的地方啊)、嘉兴、常熟、常州、苏州纷纷告"失"。杭州也失守了,那是上海的大后方。解放军已在陆上三面包围上海,我顿觉呼吸迫促,氧气不足。

在那一片崩溃声中,每天晚上,我在那局促的"蜗居"里和父亲相对,整晚不说一句话,任时间流过,命运逼近。那时我只有"无用的知识",我坐在父亲面前,想到唐诗"千寻铁索沉江底,一片降幡出石头"。我也想起《桃花扇》里的名句:"俺曾见金陵玉殿莺啼晓,秦淮水榭花开早,谁知道容易冰消。眼见他起朱楼,眼见他宴宾客,眼见他楼塌了!"我偏爱《桃花扇》里那首七言排律:"龙钟阁部啼梅岭,跋扈将军噪武昌。九曲河流晴唤渡,千寻江岸夜移防。南内汤池仍蔓草,东陵辇路又斜阳。全开锁钥江淮泗,难整乾坤左史黄!……"

我回想"插柳学诗"的时候,疯爷涕泗横流朗诵《哀江南》。疯爷安在?《桃花扇》有一折《沉江》,剧情是史可法投江自尽,疯爷也偏爱。他以大清遗民自命,不用中华民国年号,在这个年号之下,他还可以西轩南圃,喝酒骂人,共产党来了,他逃到徐州,徐州告急,他逃到浦口,浦口不守,他下落不明。一九八〇年后,我千方百计找到他的女公子,也没问出究竟,传说他老人家拒绝渡江南逃,跳进长江去了!

我常猜谜:那时,父亲心里想些什么呢?上海是父亲的旧游之地,民国十四年(公元一九二五年)父亲"宦游"上海,那时军阀割据,上海是孙传芳的地盘。孙传芳,山东泰安人,他控制福建、浙江、江苏、安徽、江西五省,自称五省联军总司令,兼任江苏省督军。他的总部下设八个处,有四个处长是临沂同乡,父亲也投奔孙传芳幕中,担任秘书,在上海办公。我见过他早年的照片,仪表称得上英俊,十里洋场的繁华，他是个过来人。他，二十多年以后，重来上海，沦为衣食不周的难民，没有说过一句"想当年"。他几乎没叹过一口气。

民国十五年（公元一九二六年），国民革命军北伐。民国十六年八月龙潭之役，孙传芳全军覆没，父亲只提了一个小小的手提箱回家。都说军阀时代的官吏和贪污画等号，父亲的手提箱里却装满了上等的白纸！我曾写过一篇《白纸的故事》略述其事。

父亲读过山东法政专门学校，所谓"法政"，就是今天的政治经济，这个学校专门训练那个时代的官僚。抗战发生后，他的同学纷纷在沦陷区出任伪政权的官吏，也就是当了汉奸，那时当汉奸是脱贫致富的捷径，可是父亲从来没动过心。那时伪政权把国民政府设置的专员公署改成"道"，委派"道尹"，临沂是沂州道，我父亲的同班同学来做道尹。我记得有一次，这位道尹坐小轿车经过兰陵，事先通知八区区长要和我父亲见面，区长在欢迎道尹的队伍里给父亲安排了最好的位置。我记得那天街巷特别安静，几乎所有的人都去列队欢迎道尹，父亲却留在家里和我一起读《荀子·劝学篇》。抗战胜利时，我家在经济上已是贫民，论政治成分仍是地主，他带着未成年的子女离乡逃亡，困苦颠连，没有钱的人走不远，最后来到上海束手无策，很多老人后悔他当年做过的好事，父亲从未说过一句"悔不该"。

格言说"小心的人一直后悔"，父亲似乎从未后悔。

南京失守以后，四月二十四日，失太原，五月初，失西安，五月十四日，失武汉。我说过，父亲一向重视资讯，他有个朋友在复旦大学教书，那人是父亲通往外界的一扇窗子，唯一的窗子。父亲常去找他谈时局，我到上海以后也跟着同去。这人的态度还算和气，他说你来了，父子团聚就好。我们从他那里得到的，很少是消息，多半是意见。他说，老蒋打算死守上海，守到逐屋巷战，把上海守成二次大战时的斯大林格勒，倘若那样，上海市就要遭受很大的破坏。上海人本来很害怕，后来一想，汤恩伯不是能"死守"的人，老蒋把上海交给他，大家就放心了。

第三部

他强烈反对内战,他说:"也许我的一个学生正在向另一个学生开枪。"抗战胜利后,陈诚扬言六个月内消灭共军,复旦大学这位"进步人士"就说,国民党在写神话。上海保卫战开始,他说:守,上海是守不住的,逃,你们也逃不掉。他说,其实又何必逃?你换一顶新帽子还有三天不舒服呢,两星期后就习惯了。谈到中共的作风,他认为打天下的人照例不择手段,一旦打下江山,必定换一个做法,至少至少他要善待及早归顺为他出力的人,所以识时务者为俊杰,逃得越远,罪孽越重。他介绍一首顺口溜:"走不如留,留不如投,晚投不如早投。不留有祸,不投有过,早投没错。"

那时民心如此,这位教授(?)的看法代表很多人的想法。保卫上海期间,上海影剧界拒绝劳军。国民党办的中央电影公司撤往台湾,电影厂的一切器材都没撤出来,员工"护厂",工人拒绝搬运。人人闭口无言,连鸽子也是沉默的,可是,每天又几乎可以看见流言从家家门窗里流出来,里巷成河。你不是希望和平吗,"结束战争最好的方式就是投降"。解放军围城,中共的工作人员在市内深入家庭,教妇女扭秧歌,拿南方的圆形枕头当腰鼓,解放军入城,立即有万人秧歌队出来欢迎。标语画像也早已准备好,闹区和大道贴满。

商店柜台上的收音机里总是有周璇的歌:

　　五月的风吹在天上
　　朵朵的云儿颜色金黄
　　假如呀云儿确有知
　　懂得人间的兴亡
　　它该掉过头去离开这地方

上海的确守不住了,我们最后一次去复旦大学,他问我们有什么打算,父亲表情彷徨,教授说人到上海,回头是岸。他不断上下打量我,好像代表解放军看我是个什么材料。那时多少人犹豫不决,很像是叔本华说的那个寓言,一头驴子面前有两堆草,它不知道该吃哪一堆,结果饿死了。

父亲默然无语。上海不守，我们侥幸脱走，而且越走越远，中国接连发生镇反，反右，"文革"，如果我们父子留在大陆上，以我们的性格和背景，恐怕是没法过关。

五月十二日，共军开始攻打上海，他们手中有上海防卫工事的详图。上海南有黄浦江，北有长江，中间由西到东有苏州河，都是天然防线。军械库在苏州河以北，靠近"上海的脖子"吴淞口，出海方便。解放军从南部进攻，我们到二十二日听见炮声。我完全不知道战况发展，办公室里，每个人都不慌不忙，好像一切如常。到了二十四日这天，我看见每一位同事都袖手闲坐，停止办公，他们也不谈天，办公室异常寂静。我发现这天邮差没来，送报生也没来，由早晨到中午，电话没有响过，气氛诡异。后来知道，这天共军已越过黄浦江，攻打苏州河以南。

二十四日这天下午，同事们一个一个减少。中校分库长没来上班，少校库员上午来过，下午不见了。然后是尉官悄悄消失，我看见某上尉往皮带里插一把手枪，顺手捞起一支气枪，大步出门，他抬头看电线上的小鸟，举起气枪射杀了一只。他怎么还有这份闲情！到了这个时候，怎么还不多积一点德！人走光了，空空的办公室装满惶恐，我知道我不能留下，可是我也不知道怎样离开，军人在"敌前"擅离职守，也许杀头！

多年后，我知道有一首乐曲叫《告别交响曲》。据说当年某一乐团的团员很想回家过节，可是出钱支持乐团的"老板"要他们演奏，乐团的指挥特别写了这首曲子。我也从电视上看见演奏的场面，每隔一段时间，就有一两个团员放下乐器，退出舞台，最后所有参加演奏的人都走了，只剩下音乐指挥。一九四九年五月二十四日，上海江湾军械库办公室的情景宛然如此，不同的地方是：指挥先退，最后剩下的是我。后来知道此时汤恩伯已退到军舰上指挥作战，上海市长陈良已委派工务局长赵祖康代理市长，准备向中共办理移交，只做了七天市长的赵祖康，后来写了一篇文章，为上海的"末日"留下速写。母亲常说：

"我要你安全,不要你伟大。"她老人家不知道要伟大才有安全,那是"生男埋没随百草"的时代,我不去找危险,危险会来找我。

且说那时,军械库办公室门外出现大队国军,一个气宇轩昂的人来到门外,左右随从打开地图,听他东指西画。他转头看见我:"你在这里干什么?"他朝我的符号看了一眼:"你如果要走,那就赶快离开,如果你还不走,我就永远不让你再走。"看样子他是带着军队来布防,他现在有最高发言权。我能判断苏州河以南的阵地不保,江湾已成前线。

好吧,战地指挥官教我走、我就走,带着我的父亲。此时已是夕阳西下,父亲问我:"往哪里走?有路吗?"我说,"没有路也得走。"父亲连忙用面粉口袋装了一点白米,这是他逃难养成的习惯。他提起米袋,环顾四壁,掉下一滴眼泪,好大一滴泪,只有一滴。我心头震动,原来父亲也有沧桑之感,家国之痛,炎凉之憾。

通往吴淞口的公路上有成群结队的军人,路旁多少抛锚的汽车和坦克,东倒西歪。那时故乡的王氏家族四散奔逃,有二十几个年轻人逃到上海做难民,"上校爷爷"把他们一一安插在军械库的"监护营"里看守仓库,领饷吃粮,免受饥寒之苦,我在路上和他们相遇,他们和我一样,茫茫然往可能有船的地方走。他们有人和妻子诀别,告诉妻子说"你等我两年",意思是两年以后我会回来,如果我不回来,你可以改嫁。妻子慨然回答:"我等你二十年!"那时以为二十年就是天长地久了,谁知这一等就是三十五年。

一路上右方和后方远处几处火头,后来知道国军烧毁了汽车千辆和机场仓库里的物资。众人走到一处军用码头旁边停住了,我们也停住,后来知道这个地方叫张华浜,位置邻近吴淞口,上海市出海的咽喉。众人怔怔地望着江水,谁也不知道为什么要到这里来,站在这里有什么希望。路已走到尽头,大海苍茫,前景辽阔天地一望无尽,但是我们寸步难移。"在家怕鬼,出门怕水",水是我们的屏障,也是我们的绝路。

暮色变夜色，炮声震动码头，看见炮弹爆炸的火光。海面电光闪闪，海军军舰发炮射击共军的阵地，掩护国军撤退。码头上堆着无数木箱，没有闲情推测里面是什么物资，只盼望它能挡炮弹的碎片。来时路在我们脚下骚动，好像随时可以竖起来，把我们举高，使我们纷纷滑落回到原点。以后许多年，我每逢看见"上海撤退"四个字，我就回想这天夜晚的情景，这是撤退吗？这是逃亡！上将先逃，以后按官阶高低、职权大小、分成梯次脱逃，上帝遗弃了将军，将军遗弃了下级官兵。

后来知道，这天夜里，苏州河以南地区完全失守，负责守河的五十一军连夜开会，商讨起义投共。说时快那时慢，就在守军"找关系"向中共输诚的时候，张华浜海面驶来一艘船，起初我以为是幻觉，可是看众人的反应，证明那是事实。船缓缓靠岸，甲板上已经坐满了军人，它分明刚刚离开上海，为什么去而复返？这个伟大的谜、慈悲的谜，至今没人解得开。船离码头还有两三英尺远，岸边的人就往船上冲，大家都是军人，个个跳过木马。守船的部队也有准备，舷边甲板上站了一排强壮的士兵，你冲上来，他把你推下去，接二连三有人掉进江里，我听见类似下饺子的声音。还是有很多人往上冲，到了这般时分，你就是铜墙铁壁，也要来个鱼死网破。

轮船赶紧后退，离码头更远一些，守船的军队开枪镇压，子弹从我们头上掠过。人群稍稍安静下来，据说岸上的高级军官和船上的高级军官展开协商。大概协商有了结果，由船舷到码头架上一条长长的木板，好像一座独木桥，我们可以从木板上走过去。可是又有变数，甲板上早已坐满了官兵，他们本来已经脱离战场，又要回来冒这莫名其妙的险，简直火冒三丈。更何况摸黑上船的人可能踩着他们的腿，踢着他们的头。第二波推挤出现，先上船的人朝船外推后上船的人，船外就是江水。

我紧紧抓住父亲，我们裹在人流里，父亲跨上甲板，我的身体猛烈震荡，站立不稳，撒手下坠。我绝望中伸出一臂，幸而钩住了栏杆。我听见父亲低声唤我。可怜当初在新兵连咬牙切齿练过的单杠有了用处,我慢慢把身体举上来,这时候最怕有人再推我,这是我的最后关头。甲板上有只手拉了我一把,我转危为安,那天晚上这一推一拉,我历尽生死祸福。我们挤上甲板,只能在靠近码头的一边就地插针,以致船身开始倾斜,守船官兵再度开枪驱退码头上的人群,轮船急忙开入江心,驶向大海。天亮以后,我发现父亲是甲板上仅见的老人。我们周围都是愤愤的脸色。我小声探问昨天晚上是谁拉了我一把,居然没人回应,咳,他大概要避免触犯众怒吧,我想结一个生死之交的念头落空。

许多年后,我看电影《滚滚红尘》,这部戏因三毛编剧而知名,因第一次把汉奸塑造成正面人物而引起讨论。这部戏里有一九四九年五月上海撤退的场面,一切如我亲身经历。但是我得指出,那天晚上,张华滨码头只有军人,没有平民。国军撤退,一向受难民拖累,到上海撤退的时候,上海的老百姓看清局势,没人再跟着一同颠沛流离。

船上的滋味真好,"苦厌尘沙随马足,却思风浪拍船头。"我并不知道船往哪里开,只要开走就好。行走比停留好,道路比房屋好,海水比陆地好,漂浮比沉没好。三年半我奔波了六千七百公里,累了!而今而后,但愿能找到一尺土地可以站着不动,我再也不打算向外迈出一步。

第二天,一九四九年五月二十六日,上海易手。中共史家以解放上海为段落作了一个小结:解放军以农村起家,费时三年九个月夺得全国城市的百分之五十一(一千零六十一座),然后解放军仅仅以半年时间,再占领城市九百五十三座,合计为全国城市总数的百分之九十八。这最后半年,解放军进展之速,可以想见。

国军失去上海,时在抗战胜利、汤恩伯由柳州飞上海接收之后三年零八个月,我经过上海转往沈阳之后两年零十一个月。还得指出,一九二一年七月,中国共产党第一次全国代表大会在上海租界召开,共产主义在中国萌生,二十八年后,中共军队占领了上海。

此地一为别，正合了后来隐地的诗句：

　　　　拥抱我们的人

　　　　最后　　都成为

　　　　看不见的背影

写在《关山夺路》出版以后

最近,我和作家朋友有一次对话。他说:咱们这么大年纪了,还写个什么劲呢!我说,我们是干什么的,我们不是要为社会为读者写东西吗?他说,现代人写回忆录时兴别人替你执笔啊,我说,我是厨子,请客当然亲手做菜。你已写过很多了!是的,我已经写过不少,可是我总是觉得不够好,总希望写出更好的来。你现在写得够好吗?我不知道,我听说"从地窖里拿出来的酒,最后拿出来的是最好的"。

回忆录第一册《昨天的云》,写我的故乡、家庭和抗战初期的遭遇。第二册《怒目少年》,写抗战后期到大后方做流亡学生,那是对我很重要的锻炼。第三册《关山夺路》,写国共内战时期奔波六千七百公里的坎坷。以后还要写第四本,写我在台湾看到什么,学到什么,付出什么。我要用这四本书显示我那一代中国人的因果纠结,生死流转。

对日抗战时期,我曾经在日本军队的占领区生活,也在抗战的大后方生活。内战时期,我参加国军,看见国民党的巅峰状态,也看见共产党的全面胜利,我做过俘虏,进过解放区。抗战时期,我受国民党的战时教育,受专制思想的洗礼,后来到台湾,在时代潮流冲刷之下,我又在民主自由的思想里解构,经过大寒大热,大破大立。这些年,咱们中国一再分成两半,日本军一半,抗日军一半;国民党一半,共产党一半；专制思想一半，自由思想一半；传统一半，西化一半；农业社会一半，商业社会一半：由这一半到那一半，或者由那一半到这一半。有人只看见一半，我亲眼看见两半，我的经历很完整，我想上天把我留到现在，就是教我作个见证。

今天拿出来的第三本回忆录《关山夺路》，写我经历的国共内战。这一段时间大环境变化多，挑战强，我也进入青年时代，领受的能力也大，感应特别特别丰富。初稿写了三十多万字，太厚了，删存二十四万字，仍然是三本之中篇幅最多的一本。

国共内战，依照国民政府的说法，打了三年。依中国共产党的说法，打了四年。内战从哪一天开始算起，他们的说法不同。内战有三个最重要的战役，其中两个：辽沈、平津，我劫数难逃，最后南京不守，上海撤退，我也触及灵魂。战争给作家一种丰富，写作的材料像一座山坍下来，作家搬石头盖自己的房子，搬不完，用不完。内战、抗战永远有人写，一代一代写不完，也永远不嫌晚。

我们常说文学表现人生，我想，应该说文学表现精彩的人生，人生充满了枯燥、沉闷、单调，令人厌倦，不能做文学作品的素材。什么叫"精彩的人生"？

第一是"对照"。比方说国共内战有一段时间叫拉锯战，国军忽然来了、又走了。共军忽然走了、又来了，像走马灯。在拉锯的地区，一个村子有两个村长，一个村长应付国军，一个村长接待共军。一个小学有两套教材，国军来了用这一套，共军来了用那一套。一个乡公所办公室有两张照片，一张蒋先生，一张毛先生，国军来了挂这一张，共军来了挂那一张。有些乡镇拉锯拉得太快，拉得次数太频繁，乡长就做一个画框，正反两面两幅人像，一边毛先生，一边蒋先生，挂在办公室里，随时可以翻过来。这都是对照，都很精彩。

第二是"危机"。比方说，解放军攻天津的时候，我在天津，我是国军后勤单位的一个下级军官，十几个人住在一家大楼的地下室里。一九四九年一月十五日早晨，解放军占领天津市，我们躺在地下室里，不敢乱说乱动，只听见地下室入口处有人喊话："出来！出来！缴枪不杀！"紧接着，咚咚咚一颗手榴弹从阶梯上滚下来，我们躺在地板上睡成一排，我的位置最接近出口，手榴弹碰到我的大腿停住，全身僵硬麻木，不能思想。我一手握住手榴弹，感觉手臂像烧透了的一根铁，通红，手榴弹有点软。叨天之幸，这颗手榴弹冷冷地停在那儿没有任何变化。那时共军用土法制造手榴弹，平均每四颗中有一颗哑火，我们有百分之二十五的机会，大概中间有个人福大命大，我们都沾了他的光。这就是危机，很精彩。如果手榴弹爆炸了，就不精彩了，如果没有这颗手榴弹，也不够精彩，叨天之幸，有手榴弹，没爆炸，精彩！

第三是"冲突"。比方说，平津战役结束，我在解放区穿国军军服，这身衣服跟环境冲突，当然处处不方便，今天想起来很精彩。后来由于一次精彩的遭遇，我又穿解放军的衣服进入国军的地盘，我的衣服跟环境冲突，又发生了一些精彩的事情。冲突会产生精彩。

在《关山夺路》这本书里，对照、危机、冲突各自延长，互相纠缠，滚动前进。杨万里有一首诗"万山不许一溪奔"，结果是"堂堂溪水出前村"。我们家乡有句俗话："水要走路，山挡不住。"我还听到过一首歌："左边一座山，右边一座山，一条河流过两座山中间。左边碰壁弯一弯，右边碰壁弯一弯，不到河心不甘。"国共好比两座山，我好比一条小河，关山夺路、曲曲折折走出来，这就是精彩的人生。

由第二册回忆录到第三册，中间隔了十三年，这是因为：

国共内战的题材怎么写，这边有这边的口径，那边有那边的样板，海峡两岸都时兴"长官出思想，作家出技术，群众出生活"，我不愿意符合他们的标准，我很想写我自己的生活、我自己的思想，我应该没有政治立场，没有阶级立场，没有得失恩怨的个人立场，入乎其中，出乎其外，居乎其上，一览众山小。而且我应该有自己的语言，我不必第一千个用花比美女。办不到，我不写。

我以前从未拿这一段遭遇写文章。当有权有位的人对文学充满了希望、对作家充满了期待的时候，我这本书没法写，直到他们对文学灰心了,把作家看透了,认为你成事固然不足,败事也不可能,他瞧不起你了,他让你自生自灭了,这时候文学才是你的,你才可以做一个真正的作家。

所以隐地说,我写《关山夺路》使用了我等待了一辈子的自由。

这四年的经验太痛苦,我不愿意写成控诉、呐喊而已,控诉、呐喊、绝望、痛恨,不能发现人生的精彩。愤怒出诗人,但是诗人未必一定要写出愤怒,他要把愤怒、伤心、悔恨蒸馏了,升华了,人生的精彩才呈现出来,生活原材变成文学素材。我办不到我也不写。

五十年代台湾的反共文学,"文革"结束后大陆的伤痕文学,都太执著个人的生活经验,都不很精彩。可敬可爱的同行们!请听我一句话:读者不是我们诉苦申冤的对象,读者不能为了我们做七侠五义,读者不是来替我们承受压力。拿读者当垃圾桶的时代过去了,拿读者当出气筒的时代过去了,拿读者当拉拉队的时代过去了,拿读者当弱势团体任意摆布的时代也过去了!读者不能只听见喊叫,他要听见唱歌。读者不能只看见血泪,他要看血泪化成的明珠,至少他得看见染成的杜鹃花。心胸大的人看见明珠,可以把程序反过来倒推回去,发现你的血泪,心胸小的人你就让他赏心悦目自得其乐。我以前做不到,所以一直不写,现在才写出来,所以我自己说:为了雕这块璞,我磨了十三年的刀。

多少人都写自传,因为人最关心他自己;可是大部分读者并不爱看别人的自传,因为读者最关心的是他自己,所以这年代,人了解别人很困难。我写回忆录在这个矛盾中奋斗,我不是写自己,我没有那么重要,我是借自己的受想行识反映一代众生的存在。希望读者能了解、能关心那个时代,那是中国人最重要的集体经验。所以我这四本书不叫自传,叫回忆录。有些年轻朋友很谦虚,他说他的父亲或者祖父那一代到底发生了什么事,他知道得太少,所以对父亲祖父的了解也很少,他读了这本书多知道一些事情,也好进一步了解老人家。这太可爱了!

国共内战造成中国五千年未有之变局。我希望读者由我认识内战，由内战认识五千年未有之变局。可能吗？我本来学习写小说、没有学会，小说家有一项专长："由有限中见无限"，他们的这一手我学到了，我有时在《世界日报》上写一些小文章，《世界日报》的魏碧洲先生告诉我，那些小文章里面往往藏着很大的东西，这是他给我技术检定及格证明书，我的四本回忆录都要秉持同一个旨趣。

当初我在台湾学习写作的时候，英国历史家汤因比的学说介绍到台湾，他说历史事件太多，历史方法处理不完，用科学方法处理；科学的方法仍然处理不完，那就由艺术家处理。他说艺术家的方法是使用"符号"。照他的说法，文学作品并不是小道，艺术作品也不是雕虫小技，我一直思考着他说的话。

我发现，凡是"精彩"的事件都有"符号"的功能，"一粒沙见世界，一朵花见天国"，哪粒沙是精彩的沙，哪朵花是精彩的花。本来我不相信这句话，诗人帮助我，一位诗人颠覆庄子的话作了一首诗，他说"我把船藏在山洞里，把地球藏在船上。"还有一位诗人写《下午茶》，他说下午在茶里。牧师也帮助我，"一粒麦子，落在地里死了，就结出许多子粒来。"法师也帮助我，他说"纳须弥于芥子"。四年内战，发生多少事情，每一天都可以写成一本书，每一个小时都可以写成一本书，我用符号来处理，我写成一本书。

中国人看国共内战，这里那里都有意见领袖，这本书那本书都有不同的说法。我写第一册回忆录《昨天的云》尽量避免议论，维持一个混沌未凿的少年。写第二本《怒目少年》，我忍不住了，我用几十年后的眼睛分析四十多年以前的世界。现在这本《关山夺路》，我又希望和以前两本不同，我的兴趣是叙述事实，由读者自己产生意见，如果读者见仁见智，如果读者横看成岭、侧看成峰，我也很高兴。除了跟自己不同，我也希望跟别人不完全相同，有许多现象，别人没写下来，有许多看法，以前没人提示过，有些内容跟人家差不多，我有我的表达方式。我再表白一次，我不能说跟别人完全一样的话，我是基督徒，我曾经报告我的牧师，请他包容我，一个作家，他说话如果跟别人完全相同，这个作家就死了！做好作家和做好基督徒有矛盾，好基督徒要说跟牧师一样的话。说跟教友一样的话。作家不然，他说话常跟蒋先生不一样，常跟毛先生不一样。我的同行因此付出多少代价，大家衣带渐宽终不悔。到了今天，朝代也改了，人也老了，儿女也变成外国人了，为什么还要勉强做学舌的鹦鹉？为名？为利？为情？为义？还是因为不争气？

我的可敬可爱的同行们！"自古文人少同心"，我说的话应该跟你不一样，你说的话也应该跟我不一样。东风吹，战鼓擂，今天世界上谁怕谁！一个人说话怎么总是跟别人不一样？这样的人很难做好教徒，能不能做好雇员？好朋友？好党员？可怜的作家！他只有一条路，就是做好作家，他是一个浮士德，把灵魂押给了文学。

以前有人问我，他想看一本关于国共内战的书，只看一本，他应该看哪一本。我说，如果只看一本，我推荐张正隆写的《雪白血红》，他从中国大陆的角度看解放战争，有角度就有局限，但是他的角度很大，角度越大面积也越大，局限也越小。我现在要说，只看一本书无论如何不够，因为我们的角度再大、也不能超过一百八十度，还得再加上一本，加上我的一百八十度，我从国军的角度看内战，角度也极大，也跳出个人遭遇政治环境的局限。也许我们都是瞎子摸象，但是，我们都确实摸到了象，而且不止摸到一条腿。

文学艺术标榜真善美，各位大概还记得，有一首歌叫《真善美》，周璇唱过，咱们别因为它是流行歌曲就看轻了它，写歌词的人还真是个行家：

真善美。真善美，他们的代价是脑髓，是心血，是眼泪。……是疯狂，是沉醉，是憔悴。……多少因循，多少苦闷，多少徘徊，换几个真善美。多少牺牲，多少埋没，多少残毁，剩几个真善美。……真善美，欣赏的有谁，爱好的有谁，需要的有谁……

这首歌唱的简直就是一部艺术史！各位女士，各位先生，内战四年，千万颗人头落地，千万个家庭生离死别，海内海外也没产生几本真正的文学作品。我个人千思万想，千方百计，千辛万苦，千难万难，顾不了学业，顾不了爱情，顾不了成仁取义、礼义廉耻。看见多少疯狂，多少憔悴，多少牺牲，多少残毁。我有千言万语，欲休还说。我是后死者，我是耶和华从炉灶里抽出来的一根柴，这根柴不能变成朽木，雕虫也好，雕龙也好。我总得雕出一个玩意儿来。……我也不知道欣赏的有谁，爱好的有谁，需要的有谁。一本书出版以后有它自己的命运，自己的因缘。

出书以前，照例先在刊物上亮相，把样品"秀"给大家看，希望引起大家的兴趣。除了长篇小说也不能全都登出来，总得留下一部分买了书才看得见，这样新书才有点新鲜。《关山夺路》共计三十六篇，出书以前发表了二十篇，我特别喜欢副刊，文章先投给副刊，各位副刊主编也鼓励我，《青年日报》（李宜涯）、《中央日报》（林黛嫚）、《中华日报》（吴涵碧），还有《联合报》副刊（陈义芝）、《中国时报》人间副刊（刘克襄）、《自由时报》副刊（蔡素芬），还有纽约的《世界日报》（田新彬）、《彼岸》月刊（宣树铮）。各位女士先生的名字我常记在心里。

每一篇文章都有许多反应，有些反应从中国大陆的网站发出来，大陆的网站转贴了这些文章，网页的设计，读者可以在文章后面"跟帖"，把读后感贴上去。他们有他们的角度，有他们的语言风格，给我很多启发。我一面写、一面得到读者和编者的鼓励，鼓励使我文气奔放，鼓励使我胸襟开阔，所以这一本写得比前两本好。

亲爱的读者，请听我一句话：表演事业需要鼓励，作家写作也是一种表演，他和演员、音乐家一样需要掌声，大家热烈鼓掌的时候，作家、演员、歌手都是小孩子。亲爱的读者，你是有影响力的人，请妥善运用你的影响。如果买书像买香烟一样，有多好！也许吸烟的人戒了烟买书，如果买书像投票一样，有多好！你投票才会有你喜欢的市长州长，你买书才会有你喜欢的诗人小说家。

最后我说个比喻，明珠是在蚌的身体里头结成的，但是明珠并不是蚌的私人收藏，回忆录是我对今生今世的交代，是我对国家社会的回馈，我来了，我看见了，我也说出来了！

参考资料

铭谢各地政协文史委员会出版的文史资料,留下珍贵记述,兹永志各位方志史家芳名于此:

名称	期别	出版日期	有关作者
阜阳史话	第3辑	1984年4月	刘奕云
阜阳史话	第5辑	1985年8月	张树山/梅良材/岳镇/王登山
阜阳史话	第6辑	1986年5月	廖运泽/周世忠
枣庄名胜古迹		1991年12月	王广才主编
枣庄文史资料	第2辑	1990年9月	邵剑秋/童邱龙
临沂文史资料	第2辑		魏宾/陈常进/王澎/吴仲贤/李泽钧/沈林甫
临沂文史资料	第3辑		田玉峰/顾相贞
临沂文史资料	第4辑		唐士文/田玉峰/郑慎
临沂文史资料	第5辑	1986年4月	唐毓光/唐士文
苍山文史资料	第1辑	1983年4月	党史办公室/张文明/刘廷尧/郭怀钦/李学忠/王善才
苍山文史资料	第2辑	1983年12月	王伯华/靳耀南/秦泽甫/魏玉华/周志诚/田兵/戎相见

苍山文史资料	第 3 辑	1984 年 11 月	王子通/张文强
苍山文史资料	第 4 辑	1985 年 11 月	王玉璞/狄井芗/王庆祥
苍山文史资料	第 7 辑	1991 年 2 月	田兵/靳耀南/王玉久/昇石
河南文史资料	第 25 辑	1988 年 2 月	杨廷贞/王国谟
河南文史资料	第 33 辑	1990 年 2 月	王凌云/陈浴春/别炳坤
峄城文史资料	第 1 辑	1989 年 10 月	孙业林/席德本
峄城文史资料	第 2 辑	1990 年 9 月	杨传珍
峄城文史资料	第 3 辑	1991 年 4 月	董益锡/苑畔岩
南京文史集粹		1986 年 7 月	袁辟璋
南京文史集粹	第 3 辑	1991 年 5 月	曹艺
古城风云录		1988 年 3 月	宋黎/郑诚/史香涛/孙海澜/赵略/佟理/李达一

苍山县志
阜阳市志
阜阳县志
安康县志
汉阴县志
沈阳市志
南京市志
上海市志

生活·读书·新知三联书店刊行

王鼎钧作品系列（第一辑）

碎琉璃（自传体散文）

这部散文集以温柔的口吻，娓娓叙说故乡的亲人、师友以及少年经历，自传色彩浓郁。

蔡文甫先生在1978年出版的《碎琉璃》的序文中说："我相信在鼎钧兄已有的创作里面，《碎琉璃》是真正的文学作品；他如果有志于名山事业，《碎琉璃》是能够传下去的一本。世事沧桑，文心千古，琉璃易碎，艺事不朽。"

山里山外（自传体散文）

初版于1984年，是《碎琉璃》姊妹篇，关于抗日流亡学生的自传体散文。

描绘抗战时期流亡学生的旅程：走过大江南北，人生百态，山川悠远，风俗醇美；呈现大时代之中一个流亡学生的感怀、梦想和抱负。

左心房漩涡（散文集）

这本书写的是乡愁。集中书写了乡愁这"一个复杂而美丽的结"，全书四部三十四篇，皆用"我"对"你"的呼唤、寻觅、对话写成，包含着"后世"对"前生"的呼唤、游子对故土的寻觅、"东半球"和"西半球"的对话……

1988年这部散文集出版之后，即被评为台湾当年"十本最有影响力的书"，并获得《中国时报》文学奖。

千手捕蝶（散文集）

初版于1999年。

作者的一部极富禅意的寓言式散文集，六十余篇小品式的哲理文字耐人寻味，是一部愈读愈耐读的书。

昨天的云（回忆录四部曲之一）

这是四部曲的第一部，出版于1992年，写故乡、家庭和抗战初期的遭遇。作者对家乡的风土人情、历史掌故及种地劳作信手拈来；同时将个体的遭遇置于宏大的社会背景中。以小见大，在朴素无华中显示出一种深度和力量。

怒目少年（回忆录四部曲之二）

初版于1995年，记录了作者1942年至1945年作为流亡学生辗转阜阳、宛东、陕西汉阴等地的逃难经历。

在这一场颠沛流离中，作者作为一颗小小的棋子，见证了一个普通中国人的命运。虽有血泪炮火，却也有人情之美；虽则苦难尝尽，却也有活泼泼的生命展开。生动的细节之下，是历史的烽烟和家国之痛，也是个体的经验和成长。

关山夺路（回忆录四部曲之三）

出版于2005年，作者以个人化的叙述视角，生动细腻地描述了国共内战期间各色生民遭遇，更以实际的体会和细致的观察揭示了国民党败退和共产党胜利背后的种种因由，具有十分珍贵的史料价值。

文学江湖（回忆录四部曲之四）

2009年出版，王鼎钧写他在台湾看到了什么，学到了什么和付出了什么。

作者记录、反省在台生活的三十年岁月（1949—1978）；从中既可窥见这三十年世事人情和时代潮流的演变，也能感受作者对国家命运、历史教训的独立思考，是一份极具历史和人文价值的个人总结。